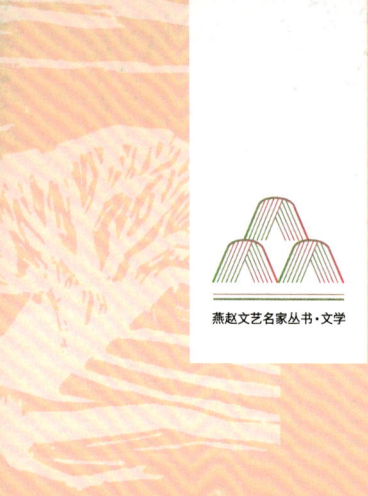
燕赵文艺名家丛书·文学

蔡子谔 著

绿色惠风
蔡子谔诗文集

河北出版传媒集团
河北教育出版社

图书在版编目（CIP）数据

绿色惠风：蔡子谔诗文集 / 蔡子谔著. -- 石家庄：河北教育出版社，2025.3. --（燕赵文艺名家丛书：文学）.
ISBN 978-7-5545-9087-4

Ⅰ．I217.2

中国国家版本馆CIP数据核字第2025FR5669号

燕赵文艺名家丛书·文学

绿色惠风——蔡子谔诗文集
LVSE HUIFENG——CAI ZI E SHIWENJI

作　　者	蔡子谔
出 版 人	董素山
选题策划	汪雅瑛
责任编辑	孙亚蒙　张玉娟
特约编辑	赵鑫雅
装帧设计	郝　旭
出版发行	河北出版传媒集团
	河北教育出版社 http://www.hbep.com
	（石家庄市联盟路705号，050061）
印　　制	石家庄名伦印刷有限公司
开　　本	787 mm×1092 mm　1/16
印　　张	21.25
字　　数	283千字
版　　次	2025年3月第1版
印　　次	2025年3月第1次印刷
书　　号	ISBN 978-7-5545-9087-4
定　　价	108.00元

版权所有，翻印必究

序言

文化兴则国家兴，文化强则民族强。燕赵文化源远流长、博大精深，形成了慷慨悲歌的燕赵精神，孕育了灿若星河的文艺名家。他们立时代之潮头、发时代之先声，传承着河北文艺的优良传统，书写和记录着人民的伟大实践，为河北文化事业的繁荣发展做出了巨大贡献。

星河灿烂，艺道日新。为了继承和发扬老一辈文艺名家的宝贵精神，发挥好他们在文艺创作道路上的"传帮带"作用，推动文艺繁荣发展，河北省坚持以习近平文化思想为指导，组织实施了文艺名家推出工程、中青年文艺人才"秀林计划"、文艺后备人才"春苗行动"、文艺名家情系河北"故乡创作计划"，通过每年为文艺名家出版专著、召开研讨会、成立工作室等方式，支持名家开展创作、发展事业，鼓励名家收徒传艺、扶携后辈，勉励新一代文艺工作者见贤思齐、接续奋斗，努力形成河北文艺事业长江后浪推前浪的生动局面，构建"老中青梯次衔接、省内外交相辉映"的人才格局。

作为文艺名家推出工程的重要内容，省委宣传部会同省文联、省作协开展了"燕赵文艺名家丛书"的编辑出版工作，按照"一人一书"的原则，为我省文艺名家出版作品集或个人专著，集中展示文艺名家的创作历程、奋斗精神和创作成果，强化文艺名家的行业引领效应，带领人才成长、带动文艺事业发展。首批文艺名家包括张峻、尧山壁、封秋昌、蔡子谔、刘小放、边国政、梅洁、刘家科、何玉茹、傅剑仁、谈歌等11位著名作家，以及边发吉、旭宇、郑一民、铁扬、孙德民、曹贤邦、刘瑞新等7位著名艺术家。

择一事，终一生。这18位著名作家、艺术家，是河北文艺发展的实践者和见证人，代表着一个时代的文艺水平和精神。他们用一生的文艺实践，走出了一条扎根时代、扎根人民的创作之路；他们用无愧时代的精品，绘就了欣欣向荣的文艺画卷；他们用发自内心的真诚和热爱，传递了生生不息的文艺薪火。全省广大文艺工作者要以名家为榜样，不忘初心、牢记使命，不负时代、不负人民，创作更多思想精深、艺术精湛、制作精良的优秀作品，热忱描绘新时代新征程的恢宏气象，书写生生不息的人民史诗，奋力攀登新时代文艺新高峰！

编委会

2024年9月

目录

报告文学小辑

原动力的潜层开掘	/3
当代戎冠秀（节选）	/85
绿色惠风（节选）	/91
画家韩羽剪影（节选）	/105

燕赵河汉

天文学家祖冲之	/133
地理学家郦道元	/140

诗豪刘禹锡	/147

欧美掠影

卢浮宫的走廊里	/157
母与子,各有思	/162
威尼斯水城和贡多拉	/166
罗马许愿池畔"三人行"	/170

小文一束(上)

诗中"听雨"	/175
读书偶得	/177
韩大星治印小史	/178
妙在"隔"与"不隔"之间	/186
惊吓于长白山"天池"	/190
读书偶得	/191
琼岛澄迈村墟"闹年"奇观	/192
为"耳菜"撰吉联!	/194

小文一束(下)

"在党50年"的老夫妻	/197

孟宪昌书法集序 /200

路继舜隶书字根植于《曹全》 /203

寻春 /206

他较与自较 /207

妙悟 /208

嗜香玩色之人 /209

改联 /210

南国风景殊

一夕六饮潮州茶 /213

思念亲人、朋友

多亏托了共产党的福！ /221

我书法家的父亲 /225

我平凡而伟大的母亲 /231

金婚 /240

我缄默奉献的子谦大哥 /246

作品"集锦"

诗人白居易（节选） /253

左宗棠前传（节选） /265

五赋合集

《兰亭序》引 /313

汉光武帝赋 /316

皇安寺赋 /319

西里赋 /322

中山刻石守丘恩义歌 /324

跋 /327

报告文学小辑

原动力的潜层开掘
——刘庄煤矿纪实

编者按：中篇报告文学《原动力的潜层开掘》约7万字，共6章35节。嗣后北京师范大学出版社同年出版增补同名报告文学单行本，约10万字。河北省委书记邢崇智撰写《尊重工人的主人翁地位》为序，《河北日报》在头版予以推荐，《文艺报》1991年8月25日以《河北省委书记邢崇智推荐＜刘庄煤矿纪实＞》为题予以报道。该作品荣获中国作家协会"1990—1991年度全国优秀报告文学奖"。1992年5月17日《人民日报》以《33篇报告文学获奖》为题予以报道，《文艺报》发表了获奖篇目及评论。

煤，作为固体燃料提供的热能，仍是当今工业世界的主要"原动力"之一。

因之，煤，便以它的确定的固体形态，被人们视为"原动力"的形象化身。

——作者题记之一

有人说，刘庄煤矿之所以能于岌岌危殆中得以生存，是因为领导揭开了一个隐秘——即在距离刘庄煤矿现采区约 1700 米远的地底,还潜藏着一个可供他们开掘约 27 年的煤层,因此刘庄煤矿便获得了赖以生存的"原动力"……

有人说,刘庄煤矿的生存之道,在于他们的干部掘开了潜藏在刘庄煤矿五百矿工心灵深处的"煤田",使蕴含于他们血肉之躯内的"原动力"迸发出了更多的光和热!

我以为,这都是对的。然而,我还认为,刘庄煤矿于艰难竭蹶之中求得生存这一事实本身,既向全社会令人信服地展示了原动力潜层开掘的巨大意义,又向全社会潜移默化地进行着原动力潜层开掘的伟大实践。

——作者题记之二

第一章 原动力的光热效应

1988 年暮春。

"嘎巴"一声,唐山市 30 号居民小区房屋的山墙,崩裂了一道并不惹眼的罅隙。这种灾异现象,首先较为集中地发生在唐山市路南区南新道一带,后来也波及其他单位。

凡是亲历了 1976 年 7 月 28 日唐山大地震的人,都产生了一种灭顶之灾即将临头的巨大恐怖!

几天之后,他们顺藤摸瓜,终于找到了制造这场"小地震"的"罪魁祸首"——就是他们的近邻——唐山市刘庄煤矿。

愤怒的人群,潮水一般地涌进了刘庄煤矿的大门。

在矿长办公室里,一个身躯颀长、面庞清癯的人,被这愤怒的人群密密匝匝地围了个水泄不通。

这个四十出头的高个子,便是刘庄煤矿的工会主席贺广祥。

1988年3月18日,贺广祥出任矿长,他对这一切表示了宽容和理解:是的,30号小区的壁裂梁坼,确实是由于他们刘庄煤矿的地底采掘直接造成的。但这能怨他们刘庄煤矿吗?能怨他这个刚刚上任的矿长贺广祥吗?

刘庄煤矿筹建于1973年。那时,与他们井下采区相对应的地面,还是地处市郊的一片荒地,乱石磊磊,榛莽丛生。1976年地震之后,这里划归唐山市路南区的区辖范围,不几年,便高楼林立,厂房棋布了。

刘庄煤矿筹建、打井在前,路南区及地面建筑等开设、盖房于后。倘若将时空观念倒错或互换一下,这里出现的,便是《伊索寓言》中《狼吃小羊》的那种居上游者怪罪下游者"将水弄脏"的乖谬逻辑!

然而,30号小区和南新道一带的居民,他们走到哪里,便得到哪里的同情和支持。他们的逻辑虽然乖谬,但他们拥有无可辩驳的事实和人们"洒一掬清泪"的同情。

于是,刘庄煤矿和他们刚刚上任的矿长贺广祥,便被群情激愤的严厉责问和无情驳诘,推上了众目睽睽的社会舆论的"被告席"。

当刘庄煤矿五百矿工还沉湎在无名的怨诽和揪心的痛惜之中时,一个致命的打击又在悄悄地等待着他们。

1988年8月14日,唐山市政府召开了一次市长办公会议,专门解决由于刘庄煤矿地下采煤造成市区地面塌陷的问题。矿长贺广祥被召去列席了这次会议。会议形成了一个决议:为维护市政建设大局,刘庄煤矿"只掘不采",作下马的准备。

列席会议的贺广祥虽慷慨陈词、据理力争,但瓜藤纠葛的历史旧账,怎么算得清、说得明呢?市政府的决定还需要他来落实和贯彻哩!

刘庄煤矿的前途,像深邃幽暗的巷道,暗淡无光;刘庄煤矿的命运,像破残欲坠的巨大煤矸石，岌岌可危！

矿长贺广祥同矿领导慎重商量之后决定：刘庄煤矿是存是亡？五百矿工是走是留？由全矿职工大会搞一次"民意测验"。

民意测验由工会主席刘桂林主持。他将"测验票"一张一张地放到每个矿工的手里，又从他们手里一张一张地收回来……

刘桂林宣布了民意测验的结果：98％的矿工心甘情愿地留下来，与刘庄煤矿共度难关。刘桂林激动的话音一落，全场沉入一片寂静。难道是人们都不相信自己的耳朵了吗？这是怎么回事儿呢？是冷静对炽热的瞬间凝冻，是理智对情感的严密钳制，是疑虑对信念的残酷窒息，是偶然对必然的暂时否定？

顷刻，忽然一阵旋风般的掌声匝地腾起，就像爆炸了一颗原子弹一样，五百矿工热泪盈眶，欢呼雀跃！心底的光和热在这一刹那间全部迸发出来！陈少华等十几名退休老矿工老泪纵横，满是老茧的手摇撼着贺广祥的双肩，呜咽着说："要是企业垮了，我们工人就像女人出嫁，出家进一家不容易啊！再加上咱矿这么好的矿领导就更不容易了。"有人还说："老煤区不能采了，我们争取开辟新煤区，如果国家投资有困难，我们工人集资也要干！"王友增、李树然等四五个吃劳保的矿工，又重新回到了井下采煤的掌子面上……

掌声仍在轰鸣，像一阵阵春雷，震撼着大地，震撼着矿井，震撼着每个刘庄煤矿矿工的心！

从这雷鸣般的掌声里，五百矿工听见了自己那颗爱矿如家的炽热之心的激烈震颤，听见了产业工人"团结就是力量"的高昂凯歌，听见了对干部真心实意甘当公仆的由衷赞美，听见了恢复党的优良传统的急切呼唤！

这是从矿工心里迸发出来的多么巨大的原动力，就是从产业工人的群众中产生的多么强烈的光热效应呀！

第二章 历史断层的清渣与开掘

工人就得像牲口套上嚼子那样给我老实干活儿，省得我用鞭子抽

"轰隆隆——"这是破碎的页岩坠石，像瀑布飞泻一般塌落下来，在巷道深处发出令人惊骇的声音。

当巷道内完全恢复了那种万籁沉睡的寂静之后，那些猫在钢拱支撑架下的开拓大队的矿工们的身影，挣脱勾魂索命的"无常"的纠缠，才在他们头盔上幽暗的矿灯的映照下，开始渐渐活动起来，用铁锹一锹一锹地将这里的矿渣清理干净。

这里是侏罗纪或二叠纪造山运动亦即煤的形成期地壳隆起造成的断层，所以地层的页岩残破，碎石如瀑，开拓工作十分艰险而困难。

刘庄煤矿某前任矿长，便是未能汲取这种历史教训而得到免疫的一个人。他认为，工人就是奴隶，"就得像牲口套上嚼子那样给我老实干活儿，省得我用鞭子抽"。有时，他甚至在公开场所就这么讲。

让我们回到刘庄煤矿的井下来吧！那个正在矿井下带着矿工清渣的开拓大队长刘桂林，虽无上述病菌和毒瘤的侵袭，但他却正病着。他本是一个虎背熊腰的精壮汉子，但因最近受着胆囊炎和胃病的折磨，吞服了"镇痛定"和"缓神疼"之类的镇痛药物，还得抱着虚弱、疲惫的病体，和矿工一起摽着劲儿干。不然，由于干群关系趋于恶化，使得常常窝火的矿工"一个馍馍，两斤水，软馍（磨）硬了泡"——这样一来，就更难完成开拓"进尺"了。

刘桂林带着快要散架的病体和一身湿透了"窑衣"的虚汗上得井来，还没喘口粗气，便被一伙怒不可遏的矿工围住了：

"刘师傅，这，这还让咱们活不？"

"刘师傅，咱们得找矿头儿把话说明了，不能让他们老干这些个捣

灶的事儿！"

……

"这是咋儿啦？这是咋儿啦？"刘桂林是个点火就着的火暴脾气，又生就了一副侠肝义胆，这方圆几十里的矿上，他独赢了个"工人领袖"的美称。原来开拓队这月工资中，不但将当月的奖金全扣了，还扣了基本工资的26.7%。他一听，就吼道："走，找矿长去，我桂林就是撕皮捋肉，也得跟他把这话捅哒明白。"

他带了开拓队的一帮矿工，找到了矿长，吼了一通，话虽通达明了，事也摆列清了，但他的开拓队大队长的职务也给撸掉了。

他不服，又找矿长吼了一通。矿长便以他无理取闹、寻衅滋事为由，勒令他停止下井，让他这个八级工的"大老板子"当勤杂工去清扫厕所，掏屎倒尿……

为什么这样严厉、这样冷酷地对待刘桂林呢？说来也不蹊跷。1975年11月末，东北营口、海城地区大地震时，唐山市便出现了"青蛙出洞蛇出穴"的反常现象。当时还在屈庄煤矿当工人的刘桂林带着一帮矿工找到当时还是主抓安全的副矿长，想给他提个醒儿，矿上提前搞点安全防范措施什么的，要不，一震起来，井下矿工可连个囫囵尸首都捞不着哇！

可副矿长没有拿正眼瞅他，悠着腔调拿班作势地说："有没有措施关你的屁事！"

"是不关我刘桂林的屁事。"刘桂林也是九条牤牛拉不回的犟脾气，"矿长，你听明白了，这可关系着窑下工人的几百条人命！"

"我说刘桂林，你小子是要煽动民心闹罢工咋儿的？再闹腾，我处分你。"

"处分我？井下出了人命，我刘桂林到法院告你去！"

……

"处分"和"告状"都没有变成现实。但到年底，刘桂林届届获得煤炭管理局"先进工作者"的光荣称号到底被矿长给撸掉了。

就这样，矿长同工人、干部同群众在心头结下了"疙瘩"。

古人说：鞭之虽长，不及马腹。刘桂林想躲远点，惹不起，还躲不起吗？于是，1976年8月21日他调到刘庄煤矿。不料，1977年初，这位副矿长接踵而至，而且由副矿长晋升为矿长。

刘桂林毕竟没有躲过被鞭笞的厄运。

披荆斩棘，筚路蓝缕的开拓之功不可没，但"避嫌"的教训也当汲取

1982年春夏之交。刘庄煤矿来了一个身材虽不魁伟，但神情肃然、颇具军人气质的人。他便是新到任的刘庄煤矿党支部书记李树森。

李树森是从部队转业的团级干部，在他身上还保持着一种可贵的雷厉风行的军人作风。

他来矿之后的第一件事，便是穿上窑服，戴上矿灯，蹬上长筒水靴，下矿井同矿工们一起甩着膀子干活儿。

第二件事，是召开全矿大会给在工人中享有很高威望的"工人领袖"刘桂林平反，恢复他的名誉，还解决了一些有关矿工疾苦的问题。

这两件事在工人中引起很大震动，在刘庄煤矿曾赢得"李青天"的美誉。矿工们的劳动热情，就像火上浇油，"呼"的一声点燃了。各班组纷纷成立"膀子队"（意即甩开膀子玩命干），劳动竞赛搞得如火如荼，如浪如潮。刘桂林带着开拓大队的"膀子队"，两个月完成了四个月的任务，竟打出了一口45米深的"暗井"。

这第三件事，就是发现和启用刘庄煤矿现任矿长贺广祥。这对于今天的刘庄煤矿来说，是一件有历史意义的事件。

贺广祥是在1973年的隆冬投入刘庄煤矿的筹建工作的。开始他当调度员，第二年他调到供销科当采购员。他以火一样的热情扑在工作上，几次顶风冒雪到东北深山老林的林区采购坑木，还曾代表他所在的科室出席过唐山市先进集体的表彰大会。1976年唐山地震之后，贺广祥调入唐山市煤炭局计划科工作，这时的他已经表现出办事练达和利落的才干来，与科室共事的领导和同事也能和谐相处。正在他以自己逐渐成熟的踏实步伐，向更高的人生阶梯迈进时，却因人事变故遭到冷遇而蹭蹬跌落了。

不久，局里领导找他谈话，说要调他去加强基层煤矿的工会领导工作（说是去当工会主席）。他虽也"悟"到了这里面有什么文章，但他能说什么呢？于是他便返回了久违的刘庄煤矿。来到刘庄煤矿之后倒是搞工会工作，但只是一般干事，并未让他"加强领导"。他头一次尝到了那种自己被作为祭奠派系斗争胜利的"供果"的苦涩滋味……

他曾向煤矿办公室的一位同志叙说过自己的疑虑和苦闷——因领导谈话时是让他来刘庄煤矿"加强领导"的。而现在，他所感受到体验到遭受到的，不但丝毫没有"加强领导"，而不断"加强"的，却是"被领导"（实则带"被监视"的味道）这一惊诧莫名的现实。

这位办公室的热心同志，曾跑到局里找有关同志打问贺广祥的人事安排问题。回答却是：贺广祥曾经想偷越国境，投敌叛国。这位同志又问，有没有什么言论和行动呢？回答是：暂时还没有发现。

这个"莫须有"的罪名连同这位有关同志的回答，实在让人忍俊不禁。你们"暂时还没有发现"贺广祥任何"偷越国境，投敌叛国"的言行，你们何以知道他在"想"呢？难道你们是一条蠕动在他肚子里专以"刺探情报"为职业的"蛔虫"侦探吗？

李树森书记来到刘庄煤矿之后，很快便注意到这个身躯颀长、长得很帅气的工会干事贺广祥。他口才很好，有组织才能，无论什么活动，经他四下一张罗，便有声有色、如火如荼地开展起来，最后还不免要夺个奖旗、奖状什么的捧回来。工会搞文艺节目，他常登台引吭高歌，赢得满堂喝彩。然而他却毫无恃才傲物的骄盈气色，工会的琐屑杂事，他总任劳任怨地干，星期天从来都没有休息过。此外，就是从不"贪小"——不占公家毫厘的便宜。

很快,贺广祥被李树森提拔为刘庄煤矿的工会主席。李树森器重、扶掖贺广祥,从他身上看到了美的未来,看到了美的希望;贺广祥尊重、辅佐李树森,从他身上学到了好的传统、好的作风。刘庄煤矿的热能和动力被开发出来,生产和各项工作呈现出一派欣欣向荣、蒸蒸日上的景象。1984年的原煤产量为6.63万吨,创历史最高水平。从《唐山劳动日报》和唐山广播电台的新闻,也陆续看到和听到了有关"刘庄煤矿"的报道。

李树森披荆斩棘,筚路蓝缕,是为刘庄煤矿原动力的挖掘开拓道路的第一人;但他功亏一篑,败于垂成,也是客观上为刘庄煤矿的潜层开掘设置了巨大路障的第一人。这就是刘庄煤矿的沧桑变迁所昭示给人们的深刻辩证法。

李树森复员前便是团级干部,在地方煤炭系统的干部中,论资历没有几个人能同他比肩。加上他工作有魄力、有实绩,又受矿工群众拥戴、推崇,他不但同矿长尿不到一个壶里(后来矿长调到市煤炭局去了),也根本没有把市煤炭局的局级领导放在眼里。

他所谓"强项抗上"的态度也确实令人吃惊。举例说吧,桌子上的电话铃响了,他抓起听筒,那腔调、语气里便挟着军人火爆脾性的雷霆闪电:"喂喂,谁呀?谁?哦,市煤炭局老×呀,什么,让我去开会?开会——扯淡!你听着,我李树森没工夫去伺候。"他不管电话里老×的话说完没说完,便"咣"的一下将话筒重重地掼在了机座上。这电话里所说的老×,便是唐山市煤炭局的一位领导。

1985年市煤炭局的领导班子里,除书记和局长外,从某种意义上来说,副经理和科长等人都是李树森把他们从刘庄矿"撵"出去的,再加上他那种暴躁得令人吃惊的"傲骨强项"的执拗态度,市煤炭局内已经形成了一个矛头对准李树森和他的刘庄煤矿的"坚强堡垒"。

李树森的儿子是个汽车司机，用时下对这种吃香职业的流行说法来讲，便是握"方向盘"的。从某种意义来说，作为矿党支书记的李树森也是握"方向盘"的。

然而，他在把握"方向盘"时出现了一个自己当时难以觉察的疏漏之处——这就是"避嫌"。

刘庄的煤要运出矿去，如果不是李树森的儿子，而是由别的运输部门或别的司机来承揽这个运输任务，那便是一种无可非议的正常业务。然而，李树森没有高度警觉到"避嫌"这一点。于是，当他的儿子开着大卡车从刘庄煤矿进进出出地拉煤时，矿里便产生了他"以权谋私"或"搞特权"的舆论。由于他稍有不慎，在处理牵涉到矿上和私己的经济事务上，稍有疏漏——或者说将他所把握的"方向盘"稍稍打偏了一点，便终于令人痛惜地陷在了泥淖里……

围攻资产阶级特权的"土围子"，里面的人想突破重围夺路奔逸，外面的人却想攻打进去盘踞起来……

1985年初，李树森被撤去了刘庄煤矿党支部书记的职务。当然，撤职时也还是给了一个小小的"台阶"下，并没有让他脸面上过于难堪：按国家干部条文例行公事，处级干部五十五岁以上的要适时地退居二线。于是，李树森便被"调到"市煤炭公司当调研员而赋闲了。

新来的领导，为了清算李树森，会议一个接一个。就像打开了一个又一个能量巨大的聚光灯，霍地一下将巨大的光束凝聚为令人眩目的一个焦点，急箭一般地射向他们所要探照的目标——刘庄煤矿工会主席贺广祥。

贺广祥经过磨砺淬炼，在政治上渐渐走向了成熟。当这巨大的精神压力，又一次像急驰流云一般朝他头顶上奔袭而来时，他没有惊惶失措地躲避，更没有趋炎附势地逢迎，而是直挺挺地站着顶住了："对任何事物都要一分为二，对李树森也要这样。他以权谋私（其实并没有那么严重，但当时不得不这么说）的失误，应该引以为戒。但他对于刘庄，不管怎样说，是做出了贡献的。"直到现在，贺广祥在谈及李树森时，钦敬之中不无惋惜："他基本上称得起是一个少私无畏的人。"

由于李树森已离开刘庄煤矿，那么"活靶子"或"替罪羊"只好由不肯低头服软的贺广祥来充当了。然而，他们忙活了一阵子才发现，这个贺广祥是个很难找到"碴口"的人，于是他们只好另辟蹊径了……

这时的刘庄煤矿在改革大潮的推动下，也曾搞过所谓以社会主义分配原则"按劳取酬"为准绳的奖金条例。当这种奖金方案实施或兑现时，那种他们刚口诛笔伐过的墨迹未干、唾星犹湿的"资产阶级特权思想"，却像一条毒蛇在啃噬着他们不无妒意的心，缠绕着他们的日趋僵化的神经："照这样发奖金还了得，那不比矿长、书记还要多得多吗？这叫'按劳分配'吗？"矿上有名的"铁腿"孙祥，超定额82车（41吨），按奖金条例，当获得23元的奖金。但当他和其他工人到统计室去领取奖金时，得到的冰冷回答是"没钱"。"嚎，奖金条例不是有明文规定吗？""没钱有规定也是白搭。""你们还讲不讲理？""讲理找俩'矿头儿'去吧，没俺们的事儿。"愤愤不平的矿工闹了个沸反盈天。孙铁腿最后得到了双重意义——既具有象征意义又具有安抚意义的一份奖金——五元钱。

刘庄煤矿的矿工们对于当时矿领导班子中某些成员这种以权谋私的所作所为极为愤慨，曾编过这样的几句顺口溜："好饭叫他们吃遍了，小车叫他们坐烂了，实惠叫他们搂足了，企业叫他们搞乱了。"

这就有一比，后来攻入"土围子"的人与那逃出"大圈子"的李树森相比，真可谓是"大巫见小巫"而"后来者居上"了。

邈远的历史回声，又如暮鼓晨钟一般，以其窾坎镗鞳之声，穿云破雾，响彻天地之间……

我们现在仍然回到矿井下的清渣和开拓中来。

这时，就连某前任矿长时那种"用鞭子抽你也得干"所造成的，在某种恐惧生存危机的胁迫下产生的浮面的紧张生产场面，也弛怠、涣散和消失了。

当年赫赫有威的开拓大队长刘桂林，经过几番蹭蹬、几许磨难，由前任书记李树森给他平反纠偏之后，才重新回到了井下。他凭着一颗扪心无愧的良心和一种理所当然的质朴逻辑（拿工资就得干活），依然站在了开拓的前沿阵地——地狱之门的黢黑门槛上。他吆喝来了两个人，李得利将就着在他"翻眼"时给他打下手。李得利是五级工，他刘桂林早就是八级工的"大老板"了。这脏活儿累活儿危险活儿，得他们"小工"们往前站才是理儿。唉，他听吆喝地一块来了，就够给面子的了。还说啥？！另一个年轻小伙儿就不一样了。他跟着到掌子面转悠了一会儿，说了句："刘大哥，你是好样的。这刘庄煤矿，干活，扯淡。"便寻摸到一个支护牢靠的安稳地方，沉入"黑甜乡"的奇异梦境中去了，连个"观山儿"（通报险情）都没有。刘桂林和李得利干着干着，借着矿灯昏暗的光束，忽然发现身后不远，分明有个黑魆魆的影子飘飘忽忽地在动。莫非真是地狱之门裂开了一道缝罅，钻出一个索命的小鬼来了？说实在的，多次出生入死的刘桂林也从未见到这种令人毛骨悚然的怪异现象。"谁？！"那黑影悄然不动了。这巷道深处的时间和空间仿佛浑然交融地凝固为一体，跌入浩瀚无垠的死寂之中……但当他们又佯装干活时，那东西又飘忽忽地移动起来。"邪门儿。我看你是不是鬼？！"刘桂林吼了一声，追过去一看，原来竟是一位副矿长！

这真是咄咄怪事，为什么一个堂堂正正的副矿长要干这种偷偷摸摸的鬼蜮伎俩呢？

矿领导班子的某些主要成员的所作所为，激起了矿工普遍的愤慨和不满。他们牢骚满腹，怨气冲天，劳动情绪低落，生产便出现了"大滑坡"的现象。怎样把生产"促"上去呢？于是，他们便千方百计地找工人的"碴口"，然后便造一种声势：大会"点"，小会"批"——这实质上是重蹈"大批判开路"的覆辙；扣发奖金，张榜公布——可起到杀鸡吓猴、以儆效尤的震慑作用。不承想，要熟悉井下工人种种"碴口"的"第一手材料"，非到井下去搜集不可，而几个中层干部收集来的"材料"，在他们看来，不是没把"大方向"掌好便是不够典型。"不入虎穴，焉得虎子。"在此关键时刻，这位副矿长便自告奋勇，愿为前驱也。副矿长亲临井下，也是有苦难言。攉煤的矿工们一见他来了，便不管不顾、昏盆打酱地一阵疯攉，将那煤屑炭尘扬簸得如同弥漫的烟障和飞起的雨鞭一般，使他看不清听不见躲不及也一无所得。"吃一堑，长一智。"后来，他下井后便把头盔上的矿灯熄了，蹑手蹑脚地，像幽灵一样地在黑黢黢的巷道里荡来荡去……

历史往往会出现惊人的相似之处。这便是一种被人们重新发现了的包含着沉重历史负载和惨痛历史悲剧为丰富底蕴的"历史感"。

在刘庄煤矿的历史穿行的跫然足音中，那种已经成为人们记忆中的邈远的历史回声，又如暮鼓晨钟一般，以其豰坎镗鞳之声，穿云破雾，响彻天地之间……

第三章　"暗井"使潜层开掘增加了深度

洁白的诱惑，使他产生了坠入"暗井"般的一片黢黑

人们一说到"暗井"，不假思索地便会将它理解为"陷阱"，又进而引喻为害人的圈套。然而，当你到煤矿上去，在矿工们嘴里听说到的"暗井"，便具有另一种蕴含，是另一个概念。他们所说的"暗井"，也叫"盲井"，是地下采煤或采矿用来联系上下水平而无直通地面出口的垂直或倾斜的通道。暗井内装有提升设备，供人员上下、运输矿石、材料及通风、排水之用。这"暗井"，自然成了采煤学中的一个概念。

我们的故事便从这暗井中的所谓提升设备的绞车说起。

刘庄煤矿工会主席贺广祥的爱人侯金芝当时便是开绞车的。

那是在1985年春季之后，新调来的书记便把肃清李树森"流毒"的矛头对准了当时任工会主席的贺广祥。贺广祥时时谨小慎微，如履薄冰，造成了极大的心理压力，他贤惠而善良的妻子侯金芝也同他一起承受着这沉重的精神折磨，以至于夜里常常发出瘆人的梦谵。就这样，在她当班时，一次神思恍惚，将绞车的笼罐开得高出了地面30厘米左右。其实，如果绞车的笼罐里是上井的矿工，就像下级台阶那样泰然地走下来，一点事没有；而要是立在滑车的笼罐里，便要被不轻不重地"蹾"一下。这个小小事故的"严重程度"不过如此！

而当时的刘庄煤矿领导便要当作一次严重事故来处理，并及时召开了股室以上的全体干部会议，因为侯金芝是干部的妻子，对干部及其家属要从严要求，从严处理。于是当场决定给侯金芝扣发三个月奖金并降一级工资的处分。

贺广祥噙着泪应承下来了，他真诚地同意对干部从严要求。当他想起妻子于恶魔梦谵中惊醒后那种心有余悸的可怜神情，心里实在难受极了！那个为他担惊受怕的爱妻侯金芝，在矿里从来没有人说过她不好，见了谁都是一脸憨厚的微笑，受了委屈总是躲避着他暗地里偷偷抽泣落泪，怕他见了难过，影响工作。这次苛严的处分，难道不正是"她"在代替自己受过吗？！

贺广祥只提出了一个请求：不要将这次事故及处理结果在矿里张榜

公布。

所有在场的矿领导和股室干部都表示同意：打了不罚、罚了不打嘛，既然已经从严惩罚了，就别再张榜公布了。

可是没过几天，贺广祥见办公室主任两手拎着一张墨迹淋漓的"大字报"之类的东西，从矿办公室里急匆匆地走出来，碰见人还笑咧咧地在说什么"扳倒大树好吃枣"之类的俏皮话。

贺广祥走过去一看，正是一张处理侯金芝事故的"公告"。可这是怎样的"公告"呢？在追究侯金芝发生事故的原因时，竟污人清白地对贺广祥进行了人身攻击，说致使侯金芝妒意发作，心神不定、铸成事故的原因，是贺与××的不正当关系……

说好了不张榜公布的，为什么又要张榜公布？即使一定要张榜公布，公布侯金芝事故和处理结果就是了，为什么要扯到他贺广祥身上，飞短流长地进行人身攻击？！这哪里是什么处理事故的"公告"，简直是地摊上那些杂七杂八小报上传播"桃色事件"的花边新闻！

这真是把人糟践到家了！贺广祥是个刚烈汉子，浑身的血直撞脑门儿。

他腾腾地来到书记室，冲着书记大声问道："侯金芝的事故处分，不是说好了不公布的吗？怎么又写出'布告'来，还有那'布告'上写的——'纯粹是人身攻击！'"

书记若无其事地瞪着眼珠子瞅了贺广祥一下，转动着他那不太灵便的大舌头，说："啥事儿，这又算个啥事儿？！贴就贴哩。"

他那大舌头加上昌黎口音，将"啥事儿"说成"啥喜儿"，更在若无其事的冷漠态度上增加了几分幸灾乐祸的嘲弄意味！

当领导的，就这样说话不算话，就这样平白无故地糟践人侮辱人打击人吗？！

贺广祥眦眦欲裂地瞪着书记，眼内的血丝像燃烧的怒火在向外喷射！

书记见贺广祥不再开口,嘴唇像凛冽北风中的枯树叶子瑟瑟发抖,两眼发直、血丝缕缕,那张仿佛刚刚用剃刀刮过的脸变得惨白惨白——他感到事情好像有些不妙……

贺广祥已将瞪着书记的眼睛移开,移到了他正对面的那片墙壁上。那片墙壁是那样的洁白无瑕、那样的莹白如玉……

那一片白色对他仿佛产生了无限的诱惑。来吧,来吧,和我融为一体,你我都是如此的洁白无瑕,你我都是如此的莹白如玉!来吧,来吧,抹在你脸上的锅黑,泼在你身上的污水,扣在你头上的屎盆,都会化为乌有,还给你一片冰清玉洁的雪白!来吧,来吧,血性男儿,不为瓦全,宁为玉碎!受着这样的窝囊气活着,怎如我这样寻"白茫茫大地真干净"?!

贺广祥,此时此刻的贺广祥,也许接受了白色对他的诱惑,也许拒绝了白色对他的诱惑……

然而,贺广祥在一刹那间默默地弓下背来,埋下头来,像百米运动员冲刺,像牯牛犄角,像猛虎扑食,一头撞在了那洁白的墙上!

他并没有获得他所期盼的一片冰清玉洁的雪白,而是仿佛从头顶爆裂开一个硕大无朋的墨水瓶、那浓墨淋漓的汁液,铺天盖地地弥漫开去,顷刻间化成滂沱墨雨,将他冲进那黑黢黢深幽幽冷冰冰的暗井里去了……

一个共产党员向上一级党委反映问题,竟要下跪乞求——他仿佛被抛弃在绞车出了故障的一片死寂的"暗井"里

1986年的盛夏,鸣蝉在树上,用一种喑哑的嗓门儿,神秘的声调"知了,知了"地叫着。蝉啊蝉,你到底知道了什么呢?实在叫得人心烦、纳闷儿!

贺广祥处在极度的苦闷、愤懑之中,周围的一切使他困惑不解:自己努力工作,被说成是"跟人不跟线",自己想说个"直理儿",被指责为"越陷越深";自己作为工会主席,为活跃职工文艺生活,同文艺骨干的正常关系，被诬蔑为"不正常"……

人身攻击、流言蜚语，压得他喘不过气来！

怎么办？他的眼前一亮，浮现出金光灿灿的镰刀锤头和红光熠熠的旗帜。对，找党组织去，请求上一级党组织帮助查清情况，解决问题；然而，他将得到怎样的回答呢？

一天上午九时许，唐山市地方煤炭管理公司正在开党委会。

贺广祥推开了会议室的门。

正在开会的党委委员们目光都射向了贺广祥。一位党委副书记说："正在开党委会，有事吗？"

"我有几句话要说。"贺广祥尽量克制自己的情绪，使态度平静、理智一些。

"不是跟你说了吗？现在正在开党委会。"

"我只说几句话。"

"你那几句话比党委会还重要，你那事比党委会的事还大？"

"不是大事，我就不来找你们。"

"有多大，死人了不？"

贺广祥听到这些冷冰冰硬邦邦直愣愣的话语，心里难受极了，作为一个中共党员，有紧急情况向一级党组织反映，怎么就这样艰难，这样冷冰，这样无情呢？就是党中央不是还允许一个党员提意见反映问题吗？党啊，亲爱的党！党啊，我的母亲！难道您的儿子有了冤受了屈遭了难，您能撒手不管吗？不，不会的，不会的。

贺广祥再度克制自己激愤的情绪，打算再申明一下事情的严重性，使党委会的领导同志能让他把刘庄煤矿发生的事情以及一个党支部书记在其间所扮演的卑劣角色简明扼要地说几句，还有那个无辜的女孩子被逼得几次要寻短见哇！

"贺广祥，问你哪，你的事有多大，死人了不？"又一句冰冷梆硬的话像棱角锐利的石头甩了过来。

贺广祥被一种侮辱性的逼问深深激怒了，他蓦地挺直了腰，扭头要走。他贺广祥是个血气方刚的血性男儿，当时他脑子里只有一个闪念：今天我贺广祥就死给你们看看。作为市公司的一级党委的某些领导，怎么可以这样对待一个共产党员反映基层党支部的错误做法将要逼出人命的紧急情况呢？！太不像话，太轻侮人，太没人味了！

然而，就在他往门外迈出一步时，好像看见了那个永远是一脸憨笑的妻子侯金芝和孩子满面的泪光，还有那个青春韶秀、粉光融滑的无辜姑娘满头的血光，他的心被这血和泪的光照亮了：我死容易，从楼上往下跳时，我贺广祥连眼也不闭，可以说我现在对死一点畏惧也没有——但我死了，这一切不更说不清了吗？

他倏地转过身来，向党委会的全体成员跪下了，泪流满面地说："请允许我，就说几句话。"

党委书记说："你不是要说几句话吗？几句话，就超不过十句吧？"

"超不过。"

"那你说吧。"

贺广祥站立起来说："请求党委调查我在刘庄煤矿的具体情况，帮助解决问题。说完了。"

书记说："去吧。"

贺广祥没有动身，冲着书记和副书记说："你们开会，我在隔壁的屋里等你们。"

贺广祥说完话，像耗尽了气力似的，费劲地从会议室里走出来，摇晃着颀长的无力支撑的身子，找到一个暂时无人的房间，木然地坐下了。

这时，时值盛夏，满屋都是阳光树影。

然而贺广祥默默地枯坐在那里，却感到自己的身子在瑟瑟地发抖。那摇曳的树影遮翳着他的眼时，他好像被滑车的铁笼罐坠到了"暗井"的井筒中间，里面是那样的一片死寂、一片漆黑、一片冰凉，死寂到听不见自己那将要被窒息的呼吸，漆黑到摸不见、看不着、找不到自己的魂灵，冰凉到身上的热血快要凝冻……

党啊！党的温暖阳光，快快照照我吧！我是多么需要温暖、需要光明、需要热情啊！

就这样，贺广祥从上午九点钟一直等到下午三点钟，仍没有人来找他。他没有喝水，没有吃饭，没有挪动一下地方，如木塑泥雕的一般。

到了下午三点多钟，他听得外边有一个苍老暗哑的大嗓门儿破口大骂："什么玩意儿，你们还有没有共产党的气味？！别说是一个矿里的工会主席，就是一个普通工人，你们应不应该接待？人家从上午九点等到这会下午三点多啦，饭没吃，水没喝，你们还有人味儿没有？"

这是市煤炭公司的调研员李树森看到这种情况，在楼道的走廊里大骂。

大约过了十来分钟，门开了，进来的是市公司的副书记，满脸铁青，对贺广祥说："你回去吧，下星期二我去刘庄。"

贺广祥遵从他的意旨回去了。

那位副书记星期三来刘庄之后，召开了一次矿里的股室以上的干部会，让造谣者作了个浮皮潦草的检讨后，就散会了。

书记他们通过批李树森的流毒、批资产阶级特权没有批臭贺广祥，他们自以为这次通过这样一个"桃色事件"一定把他彻底搞臭了，他们的目的算是完全达到了。

他们粉墨登场，紧锣密鼓地忙了一阵子也确实忙累了，该喘口气儿歇息歇息了。

被搁置在"暗井"井箱中间悬着的贺广祥，仿佛这才被绞车缓缓地提升上来，脚才踏到实地上……

但过了一段时间，市煤炭管理公司又下调令调贺广祥到市公司做工会工作，免去他刘庄煤矿工会主席职务。

贺广祥接到调令之后对书记说："我要和你们说清楚，你们不能想怎么治摆我就怎么治摆我，市公司的书记什么时候来，我什么时候同他谈问题。"

贺广祥关在自己的屋子里，两天没有喝一口水，没有进一粒米……

然而他的思维却在积极地活动，他想得很多，他想得很远，他想得很深……

寒冷中的人最需要温暖，黑暗中的人最需要光明，孤独中的人最需要群体的友谊！这也许正是他进行深刻反思的内驱力和原动力吧！

啊！暗井啊暗井，挖煤凭借你增加了潜层开掘的深度；啊，暗井，对我贺广祥来说，不是同样增加了我认识问题探索真理彻悟人生的深邃程度吗？

……

刘庄煤矿有些富于正义感的干部和矿工对于矿领导和市公司领导的这种做法表示了极大的不满和愤慨，对贺广祥的遭遇寄予了深深的同情。袁瑞芝、刘桂林、张之平等人多次到市纪检、市总工会反映问题，为贺广祥等申诉不白之冤。

市纪检的同志对贺广祥的问题进行了调查了解，认为市煤炭公司和刘庄煤矿领导的做法是不妥的，不同意调动贺广祥的工作。

市公司领导不得不收回成命，让贺广祥继续在刘庄工作，并假惺惺地劝他要注意身体，身体是革命的本钱云云。

1986年市政府对全市所属公司的干部进行了实绩考查和民意测验，这次群众性的考绩活动，像一面镜子，照出了市煤炭公司工作中的差距。

市委组织部对市地方煤炭公司的领导班子作了适当的调整。不久，市煤炭公司也对刘庄煤矿领导班子进行了调整，将书记、副矿长等调离了刘庄。

在他们离开刘庄煤矿的那一天，刘庄煤矿的矿工自动捐钱买爆竹"欢送"。他们一下买了上百元的鞭炮，房顶、地下的人一齐燃放起来，爆裂的火花和烟障将刘庄煤矿都笼罩住了。

离任的矿领导急忙偷偷从烟障中逃出来，到唐山饭店聚一聚，矿工们又敲锣打鼓、燃放鞭炮，像送"灶王爷"一样地一直把他们送到唐山饭店……

第四章 心灵"原动力"的滞层开掘

干部的"公仆意识"，只有在工人真正获得当家作主的主人翁地位的对象性关系中才能确立

我们轻轻拂去历史的尘埃，就会发现，那些生活在莽涛苍雾的蛮荒时代的人类祖先，都被初民通过自己的诡谲的神奇幻想，在"用一种不自觉的艺术方式加工"自然和社会形式的同时，也将自己的传说中的始祖"加工"为某种"公仆"的典范。他们构筑巢穴，钻燧取火，亲尝百草，耜耕五谷。而大禹"亲自操橐耜……沐甚雨、栉疾风""居外十三年，过家门不敢入"，则是他们的杰出代表。远古时代的初民的蒙昧形态的"公仆意识"。他们"通过想象以征服自然力、支配自然力、把自然力形象化"是一种生存需要，也是萌芽形态的"人民性"的折光反映。

随着人类文明进步和阶级诞生接踵而至的，即是一种原始社会道德的堕落和蒙昧形态的公仆意识的沦丧。氏族公社的首领，由"公仆"变成了奴隶制国家的奴隶主。

无产阶级以"解放全人类"，实现"世界大同"为己任。无产阶级的杰出革命导师和领袖，才是全心全意为人民服务的"公仆"。马克思、恩格斯、列宁、毛泽东、周恩来，他们探索真理的睿智思想和艰苦卓绝的革命实践中，无不闪烁着历史唯物主义的"公仆意识"的耀眼光辉！

以马克思主义、毛泽东思想为思想基础的中国共产党是以全心全意为人民服务为宗旨的。《关于党内政治生活的若干准则》中明确指出："各级领导干部都是人民的公仆，只有勤勤恳恳为人民服务的义务，没有在政治上、生活上搞特殊化的权利。"这是无产阶级执政党将"公仆意识"提高到党性原则的鲜明例证。

随着改革开放大潮裹挟而来的欧风美雨，飘洒在政治体制、经济体制及商品经济调节机制不够健全的肌体上，以至于滋生出来的政治上、生活上特殊化或曰特权化的"霉菇毒菌"，腐蚀着意志薄弱者的"公仆意识"。

改革，积重难返，谈何容易啊！然而，小小的刘庄煤矿的领导干部，决心从现在开始，从自己开始，一点一滴地做起……

凌晨，无论是晨光熹微、燕语呢喃的初春，还是阴霾满天、朔风呼啸的隆冬，在刘庄煤矿厂区的甬道上、花圃旁、办公室通道内，都可以看见持帚清扫或端盆泼地的身影，而担负这"黎明即起，洒扫庭除"的清扫任务的，不是社会上的清道夫，也不是厂内的勤杂工，而是刘庄煤矿的矿长、书记……

过去，矿上有几名勤杂工专门负责清扫厂区的办公楼的卫生，从1987年7月之后，这清扫厂区甬路的活计便由矿长、书记、副书记等领导干部"承包"下来了。后来，把这个干部清扫制度推广开去，便建立了从矿长、书记到股室人员轮流值班的制度，并且一年搞两次认真的评比，好的受表扬，差的挨批评，毫不含糊。

笔者在刘庄煤矿采访期间，天刚蒙蒙亮，窗外便传来一阵窸窸窣窣的声音。掀开窗帘一看，原来是一个科室的干部在清扫厂区甬路，他扫得那样认真、那样仔细……

他们消除着地上的污秽和垃圾，也清除着干部心灵上那些特殊化或特权化排泄出来的污秽和垃圾。

由于矿工整天在井下的煤粉炭屑里摸爬滚打，春夏秋冬都是一身臭汗一身黑泥，那身"窑衣"把他们单身宿室里的床单被褥总是弄得黑黢黢的，又脏又乱，霉腐气息中还夹杂着一种难闻的汗酸气。多么好的工人啊！他们在地下营造了巷道纵横的立体交叉的空间，而他们自己的生存空间竟是这样的狭小可怜！1987年5月里的一天，矿里领导看到这种现象，他们动情了，提出了刘庄煤矿矿工宿舍旅馆化的要求，而且决心自己动手来实现这个要求。矿长杨福荣、书记刘明利和工会主席贺广祥，他们带着科室的20多名干部来到职工宿舍，挽起袖子，亲自动手，将所有的东西搬挪到外边，用扫帚扫去墙角的蛛网尘埃，用大白粉将16间房屋的墙壁粉刷得莹白如雪，并将矿工的被褥用品换成一水新的。有个矿工欣喜地说，长这么大头一遭住这么白净光亮的房子。那个矿工高兴地嚷，这新簇簇、齐崭崭的新被、新褥、新枕巾一铺，明晃晃的灯在那雪白的墙上一照，就像"洞房花烛夜"一样，我们个个"煤黑子"都要当新郎官喽！夜幕悄悄地降临了，当矿长、书记、工会主席和干部们带着一身臭汗和疲惫不堪的身子离开时，被工人们拽住了，一定要请矿领导同他们在一起吃一顿家常饭，为他们的"乔迁之喜"欢庆一番。几个矿工气喘吁吁地紧忙活了一阵子，总算让矿领导吃上了一顿热气腾腾的玉秫渣粥拌豆片。

1989年，矿里又配备专人，对宿舍实行旅馆化管理，增设了文娱活动室，使大家有了舒适的休息场所。1988年暑期，刘庄煤矿在北戴河租了房间，安排去疗养的是清一色的矿工，没有一个股室以上的干部。矿上还修缮了浴池，为了使井下工人上井后洗好澡，副矿长刘炳礼经常亲自试洗澡水的冷热。在同一时间，矿领导要外出开会，矿里的工人要去医院看病。矿党支部副书记卞庆峰便让矿领导去挤公共汽车，而把吉普车派去送矿工看病。刘庄煤矿的干部，真是把工人的冷暖疾苦揣在怀里，放在心上啊！

矿工秦玉柱家里，一直是父子两人鳏居着，过着孤独而恬淡的苦涩日子。秦父没有职业，身体孱弱多病；秦玉柱憨厚实在，沉默寡言，二十八了，还没搞上对象。秦玉柱唉声叹气的模样常常浮现在矿领导的脑海里，于是便委托团支部发动团员青年给他物色了一个对象。过了一段时间，女方听信了一些追风捕影的流言，说秦玉柱生理有病，要退这门亲事。为了解决秦玉柱这个"老大难"，矿领导曾三次亲带秦玉柱去医务室检查化验。然后带了化验单做通了女方的思想工作，消除了女方及家长的疑虑。为了操办秦玉柱的婚事，矿工会作出决定，补贴五百元为他置办了被褥和一些生活用品，并且亲手为他布置新房。结婚那天，矿领导又亲自带着秦玉柱去接新娘。新娘接来了，婚礼举行了，矿领导酒没喝一口，烟没抽一支，正要悄悄离开时，秦玉柱的父亲紧紧地捉住了他们的手。这个饱经风霜的老人，老泪纵横，泣不成声："恩人哪，你们是我们家的恩人啊，你们的大恩大德，玉柱一生一世忘不了哇！"秦玉柱憨乎乎地傻怔着，脸上挂满了感激而喜悦的热泪。现在秦玉柱已经有了一个白白胖胖的儿了，小家庭的日子过得和和美美比蜜还甜！

矿里工人打趣地说，矿领导这个"公仆"，真算是做到"家"了！

干部的"公仆意识"，只有在工人真正获得当家作主的主人翁地位的对象性关系中才能确立。

刘庄煤矿的领导真正做到了把工人当作企业的主人，在工作中坚持走群众路线，细心听取群众的意见，自觉接受监督，有过则改，从善如流。矿里的工会和职代会具有很高的权威性，绝不像某些单位的矿长（或厂长）将它用来当作标有"民主管理"饰物的"时髦帽子"，用时戴戴，不用时弃如敝屣！

1987年调资，矿领导依靠职代会8次审议修改调资方案，直到全矿职工满意为止。1989年11月，职代会向矿领导提出了克服库房混乱等57条意见和建议，矿领导随即召开了股室以上负责人会议，逐条研究改进措施,凡是能当即解决的问题,立即落实到人头加以解决。

这里有这样一个富有象征意义的镜头:前几年,矿上的通勤车座少,井下矿工上井之后登上通勤车时,座位常常被捷足先登的井上人员占据了。坐不到座位的井下工人熙熙攘攘地挤在一起站着,家远的一站就是一个来小时。前任矿长杨福荣看到这情形,便让办公室给井下矿工固定了座位号,多余的再安排井上股室的人员。工人堂堂正正地端坐在有靠背的软席车座上,而书记、矿长却坐在低矮的小马扎上。他们借这时间向矿工了解情况和征询意见时,常常仰面朝上,洗耳恭听,频频点头;工人回答问题时则"居高临下",口讲指画,意气洋洋……这被工人亲切称为"马扎书记""马扎矿长"同工人的对话场面,确实是工人当主人、干部做公仆的形象而生动的写照。

他们战胜了"战神"——那个用他的羞颜可以融化黛安娜膝上的冰雪的玛尔斯

马克思指出:"货币,因为具有购买一切东西、占有一切对象的特性,所以是最突出的对象。"

在改革开放的今天,当人们的价值观念中最敏感、最脆弱的区域受到"商品经济"的猛烈冲击和严重挑战时,这个"最突出的对象"——货币(金钱)往往反过来成为人们衡量人,特别是衡量执政党的干部的一个最突出的价值尺度。

有一些党员干部甚至有一些唐哉皇哉的高级干部,他们在这个价值尺度面前倒下去了!他们丧失了党性、阶级性和人性,变成了没有灵魂的可悲而可怜的一个个猥琐皮囊或干瘪躯壳!

哦!难道这一切能简单地诅咒"商品经济"或特殊商品——货币(金钱)的罪恶吗?!

我们且来看看刘庄煤矿的党员干部在货币(金钱)面前的所作所为,

以及他们的所作所为产生的战胜了"战神"的巨大精神力量吧！

调资，这个与货币（金钱）直接相关的经济活动，也许是一种最使人兴奋、使人不安、使人魂牵梦萦的事，也是各级领导最挠头、最棘手、最进退维谷的事！

风生于地，起于青萍之末——调资消息尚未公布，人们的情绪便波动起来。喊喊喳喳、交头接耳、猜测揣摩，浸淫溪谷，盛怒于土囊之口——消息的证实评议乃至公布评定结果的全过程，是一个使某系统某单位的全体成员都席卷进来，囊括在内撄及其心的情绪大骚动、神经大亢奋、心灵大曝光的巨大风暴！

刘庄煤矿的调资不例外地也掀起了风暴，然而，这风暴有些特别：不是一种摧毁力量的狰狞暴露，而是一种聚合力量的胜利微笑……

1987年底，在刘庄煤矿调资过程中，因指标有限，矿长杨福荣、书记刘明利和工会主席贺广祥三人私下磋商，订下一个"君子协定"，让出半级的指标来拨给工人。矿长、书记、工会主席是矿里主要领导者，也是企业的主要承包者。企业完成了生产的利润指标，调资时他们都调一级是天经地义、理所当然的。再说，他们还坚持下井，超额完成了他们自己规定的原煤生产指标（大体相当于他们工资的定额）。这就表明，他们除了自己的企业管理、职工政治思想和党务工作以及工会和职代会的组织领导等各项本职工作之外，他们在井下完全用自己双手所挖掘的原煤创造的利润来养活他们自己。矿上的好多工人都长了一级，而这样的矿长、书记和工会主席都仅仅只长半级！这消息传开之后，在刘庄煤矿荡起了美好的情感涟漪：啊，多么好的矿长、书记和工会主席啊！他们真的做到了金钱面前不伸手。这就像把带着他们体温的御寒棉袄披在了我们工人身上，把他们嘴边的充饥食物让给了我们工人果腹。人心都是肉长的，他们这样做，我们工人心里不难过、不感动、不义愤吗？这样太不公平，太不近情理了！

于是矿工们强烈要求召开职代会，讨论强行为矿领导长级的事。但作为工会主席的贺广祥在这事上一反常态，时而哼哼唧唧，拿话敷衍搪塞；时而嘻嘻哈哈，不说"正经的"；有时还佯装嗔怒说："这不关你们的事儿，少管！"总之，这次他是压制了矿工们的"民主"。矿工们在急得别无选择时，便由29人联名给市煤炭公司写了一封"告状信"，告的就是刘庄煤矿领导"压制"工人"民主"，不采纳工人强烈要求为他们领导涨工资的事。

市煤炭公司也无法解决这个"案子"。俗话说，周瑜打黄盖，一个愿打一个愿挨。而刘庄煤矿的领导，他们自己既是周瑜，又是黄盖。谁——矿上的工人和市煤炭公司的领导——也奈何他们不得！

1989年，市煤炭公司分配给刘庄煤矿60%面的调级指标。凡是符合条件的井下工人可以长一级，但井上的职工由于指标的限制，只有5%的职工能长一级。这时，矿长贺广祥又率先提出了自己主动让出半级。他的这一举动又一次在全矿引起了震动，于是出现了10名井下大队长和12名井下矿工每人主动让出半级的动人事迹。

好多矿工曾噙着泪规劝他们的矿长："奖金少点就少点，涨工资可是关系到后半辈子的事呀，该要就要，可不能这么轻易地一让再让了。"贺广祥带着感激的微笑回答道："这个道理，我们当领导的心里都明白。但让出来可以平衡职工心理，平息不少矛盾。大家气顺了，拧成一股劲儿，把生产搞上去了。想想看，是得大还是失大呢？"

以个人之"小失"，与国家的"大得"相比可谓是"小失"，但对个人就不能这么说了。换取刘庄煤矿和国家之"大得"，这也正是刘庄煤矿干部乃至工人于平凡中见伟大的一种催人泪下的创举。

"今夫弈之为数，小数也。"如果说，让出半级乃至一级工资，在个人和家庭的经济棋盘上还是一个不会引起经济危机而丧失心理平衡的"小数"（这里的"数"权当"数目"讲，不作本义"技艺"训释）的话，那么，万元巨款，就不能不算"大数"而足够叫人怦然心跳、骤然失色、陶然忘机的了！

那么，刘庄煤矿的干部，在万元奖金这个"大数"面前的所作所为又是怎样的呢？

1988年，刘庄煤矿完成了各项承包指标，按有关文件规定，矿领导班子的正职如矿长、书记，副职如副矿长、副书记等都应得承包奖万元左右。那么，这笔巨额奖金拿不拿，拿多少呢？矿领导实在是颇为踌躇：不拿吧，如何体现和落实承包责任制的责权利的统一和社会主义初级阶段的"按劳取酬"的原则呢？再说，刘庄煤矿的干部又不是不食人间烟火的木雕泥塑的菩萨，有实际困难，有活思想，也需要调动积极性呀！拿吧，将用什么杠杆来调节矿工和干部由于奖金的巨大差额所造成的严重心理倾斜？矿领导班子召开了一个会，专门研究年终承包奖金的事。

会上，有的领导坦诚地发言了："咱们矿能有今天，干部虽然有功劳，但主要还得靠全体职工的努力啊！"发言虽没有明确表示是拿还是不拿，但其倾向性是非常明确的。大多数干部也都用质朴的语言表达了这样的一种极其可贵的倾向。贺广祥心里热了，他用有些潮润的眼睛郑重地看了看每个可以信赖的干部，最后如同敲定音鼓一般一字一板地说："我认为这笔钱应该拿，但拿多少，要考虑到职工的心理承受能力。"最后形成的统一意见是：正职拿全年奖500元，副职拿400元。刘庄煤矿领导全年承包奖金数额张榜公布之后，又一次引起了刘庄煤矿每个矿工强烈的心灵震动，他们实在按捺不住心中的不平和激愤——其间当然也许渗透了古老民族特有的"路见不平，拔刀相助"的侠肝义胆！他们像卷起的怒潮一般将工会主席刘桂林裹挟在里面。刘桂林不得不作出妥协，决定召开职工代表扩大会议。谁也没打招呼，而自愿列席的人将会议室挤得满满当当的。会场里就像油锅里撒了盐，噼噼啪啪地"爆"起来："矿领导对于他们自个儿，也应该按规定办事，该拿多少拿多少。""比贡献，他们一个子儿不剩地全拿了也不多！""矿领导不能老这么让，俺们工人心里可受不了。他们没日没夜地干了一年，'按劳取酬'，也是应得的劳动报酬啊！"当然，也有的工人发出这样的感慨："原来我猜想当官的准少搂不了，没承想，他们才拿这么点儿啊！"这样群情激荡的职工代表扩大会，开一次，与矿领导协商一次。就这样，会开了三次，与矿领导协商了三次。最后双方达成妥协：正职的承包奖金增加到800元，副职增加到500元。这场"起于青萍之末，盛怒于土囊之口"的特殊的情感风暴，才渐渐地平息下来了。

在我国建立社会主义有计划商品经济的新体制的今天，某些人的商品意识的觉醒，从某种程度讲突出地表现在他们对于金钱的强烈追慕和占有上。然而，矿长贺广祥对于那种可以自动飞到手心上钻入皮包里爬进衣兜中的金钱采取一种什么态度呢？

1988年12月，矿上的汽车承包队盈利不少。队长肖春业为了感谢矿领导的大力支援和各方面的热情关照，想从自己分得的红利中拿出一部分来，向矿领导"意思意思"。贺矿长对他说："你承包赚的钱，也是辛苦换来的，多得了一些也是合法的。我们对你的帮助，是矿上的帮助，不是我们矿领导哪几个人的事。你要真有心'意思意思'，那就向矿上的全体矿工表表心意吧。"肖春业拿出了1万多元交给矿上，作为补贴奖金分发给了矿工。事后，肖春业不无感慨地打趣说："到头来，还是贺矿长把我给'涮'了。"对于贺矿长这种一尘不染的廉洁行为，他口服心服，表示甘愿挨"涮"。

马克思在强调货币（金钱）的个性特征时指出：它是有形的神明，它使一切人的和自然的特性变成它们的对立物，使事物普遍混淆和颠倒。

马克思所精辟阐释的货币（金钱）的这种个性特征，在刘庄煤矿的某些人身上醇酒般地产生了使其陶醉而沉溺的迷茫，从而误入歧途地走向"人的和自然的特性变成它们的对立物"的异化历程……

刘庄煤矿的财会股股长，本是一个较为能干且具有一定业务水平的会计。然而他没有能够抵御金钱对他的诱惑和侵蚀，在他的魂灵的深处渐渐地生长出一层绿茸茸的铜锈来……

"中共唐山市开平区委关于刘庄煤矿某某某信访问题调查组的调查报告"指出:"该矿原财务负责人某某某由于违反财经纪律,工作有失误等原因,经矿方请示区煤炭局于去年7月被矿方解聘,并安排其到矿第三产业任会计。今年5月5日,我区审计局关于对该矿的《承包审计报告》中指出:该单位会计的基础工作比较薄弱,特别是1988年6月以前,某某某任财务负责人时,有的账表不符,表表不符,科目有的运用不正确,无固定资产明细账,低质及易耗品不进行五五摊销,有白条入账情况,因而造成利润不实及漏税现象等等。"

矿长贺广祥及时了解到这些情况后,找他进行了严肃的谈话,他便先发制人,开始在工人群众中间散布某些关于贺矿长所谓经济问题的流言蜚语。由于他的会计股长的特殊身份,而且散布时又故意吞吞吐吐、遮遮掩掩,造成一种讳莫如深的神秘气氛,并扬言:"他贺广祥要是撤我的职,我便将他的事儿彻底抖落抖落!"

金钱的力量不但使那么一些人成为他自己的对立物而走向"异己",同时还居心叵测地使他人成为自己的对立物,进而"使事物普遍混淆和颠倒"起来。

关于贺广祥的流言蜚语不胫而走,在矿上扰乱了广大矿工的生产情绪。贺矿长知悉后,便在一次职工大会上站起来朗声说道:"不是有人说'贺广祥把我撤了,我就要抖落抖落他'吗?我就不信这个邪,非把他撤了,让他抖落抖落我,好使我少犯错误。"于是,他立刻请求职代会,组织职工代表成立经济清查小组,开展检查他贺广祥等矿领导及矿承包集团的经济财务工作。

查账结果,矿领导班子的几位成员,不但没有多拿钱,1988年每人还少拿8000元。贺广祥全年总收入4283.18元,其中含津贴430.95元,全年奖金1090元,年终奖800元,比本矿中上等收入的工人全年收入还要少336.78元。

查账结果公布在矿门口的大黑板上，白纸黑字，有目共睹。

围观的矿工们不禁瞠目咋舌，感慨万端："咱们矿领导胆真大，真敢让工人查账，公布他们个人收入，这还不是人家行得端立得正身上干净！""我们刘庄矿领导这样清正廉明的好领导，真是打灯笼也难找！""那造贺矿长谣的人也太卑鄙了！"

……

这位财会股长的职务最终被贺矿长撤掉了，而贺矿长也被他彻底地抖落过了。他们各自的愿望都实现了。然而值得我们深思的是，金钱的魅力又一次显示了它特殊的神奇力量，使得共产党员贺广祥的形象成了这位财会股长的愿望的"对立物"，从而获得了比金子那种"反射出最强的色彩"还要美丽的光辉！

莎士比亚曾在《雅典的泰门》中将有形的神明——货币（金钱）比作"永远年轻韶秀"，其"羞颜可以融化黛安娜女神膝上的冰雪"的玛尔斯。然而，这个战无不胜的战神，却被刘庄煤矿的干部和工人的奉献行为和神奇力量战胜了。

砸破了那粒蒸不烂煮不熟捶不扁炒不爆的铜豌豆

人们好有一比。当今社会上的人情关节，就好像是元代杰出戏曲家关汉卿笔下的那粒"蒸不烂煮不熟捶不扁炒不爆"的"铜豌豆"一样：谁也奈何它不得！

刘庄煤矿领导干部的面前，同样摆着一粒又一粒响当当硬邦邦亮光光的"铜豌豆"。对于这碰不得嚼不烂咽不下的"铜豌豆"怎么办呢？矿长贺广祥语重心长地说："对此我们不能只埋怨社会，我们也管不了社会，但我们能管好自己，管好我们刘庄煤矿。"

刘庄煤矿的领导说话算数，他们就是从严于律己，即"管好自己"着手的。

他们第一个攻破的，便是自己家庭中至亲至爱的人情关节。

在煤炭系统，人们常听到这么几句顺口溜："矿长、书记的儿子开汽车，女儿进卫生所；队长、调度的儿子干电钳工活；老板子的儿子把煤攉。"作为煤矿企业的领导，如何在坚持党的原则、执行国家的政策、运用手中的权力的同时，正确妥善圆满地处理好亲属、朋友和熟人的种种繁复问题，不仅是衡量一个党的干部的严格尺度，也是企业里众目睽睽的醒豁目标，议论纷纷的热门话题和牵挂切切的敏感神经。我们且看刘庄煤矿的领导是怎样用自己的行动，来作出回答和抚慰人们敏感神经的。

贺矿长的妻子侯金芝在矿上是开煤山爬坡车的，这是全矿女工中最脏最苦最拴人最腻歪的活儿。说起最脏最苦来，这是明摆着的事实：安装着爬坡机的那间5平方米的小屋，紧临煤山，窗敞门破不说，单说那爬坡机牵引爬坡车的钢缆，要从小屋的山墙穿凿而出。于是，直冲煤山的山墙便豁开着一个户牖般的大洞。大风骤起，煤屑炭尘漫天飞扬，灌进小屋，匝地飞旋。就在那茑萝不动、纤尘不起的无风日子，每倒一次煤车，那从煤山顶上暴起的粉尘，就像飞珠溅玉的黑色瀑布流泻倒灌进小屋里来，蜇眼呛鼻……由于门窗洞敞、四下通透、屋小檐低、墙单瓦薄，真是冬天裹一身风雪，夏天流遍体"黑水"！说是最拴人最腻歪，那就是一个班八小时，人就像这爬坡机的钢缆一样，将你拴得死死的，一刻也动弹不得。而且是三班倒、不分白昼黑夜的。怨不得过去与侯金芝一块干这活的两名女工，都相继托人调走了，换上了两名男工。而贺矿长的妻子却仍在这开爬坡机小破屋里，没有动窝儿。

工人们看着心里觉得不落忍，找到贺矿长说："贺矿长，咱贺大嫂也是女工，凭什么就该让她死拴在爬坡机上干苦活儿？""俺贺大嫂也是四十好几的人了，干那累活儿体力也够呛呀！""矿长，你没白没黑地在矿里忙，家里总得有人照顾一下呀！""你就看着俺哥几个的老面子给金芝对付着调换调换吧！"贺广祥听了这些滚烫的话语，心里头也撞起一股股热浪。但他立刻勒住了情感的缰绳，反过来问那些来说"人情"的工人道："我当工人时，她就开爬坡车；我当工会主席时，她干的也是这种活；我当矿长，她就干不了啦？！只要我当矿长，她的工作就不能调。"

就这样，矿长的妻子侯金芝还在那间窝棚似的小屋里开着她的爬坡车。她——这个具有中国妇女传统美德——温良恭俭让的矿长妻子，心甘情愿同自己的丈夫一起"爬坡"，去攻破一道又一道的"人情"难关！

刘庄煤矿的前任党支部书记刘明利却使他最疼爱的独生子失望了，但他却是一个真正的好爸爸。

刘书记的独生子，根据国家有关煤炭系统职工可以带子女的有关规定，到刘庄煤矿上班来了。刘书记没有将他留在井上分配一个舒适的工作，而是让他当了井下工人。

刘书记那刚上班的孩子头天下井，一见那黑咕隆咚的直井，吓得心里直哆嗦，腿肚直转筋儿！回到家里，老伴一听说，心疼得擤涕抹泪地冲着刘书记抱怨道："你当着矿里的书记，孩子沾不上光，反跟着遭罪！这是啥道理呀！"

本人就是井下大老板子出身的老书记刘明利，他难道还不知道当井下矿工的危险性？他自己就在井下挨过碰撞，受过创伤，饱尝过井下那危机四伏的滋味！在井下，那真是四块石头夹一块活肉啊！但矿上五百双眼睛都睁大了，看着自己这双手将儿子往哪儿摆哩！若是摆得不妥不当不正，甭说别的，自己的双手再去摆弄别人，别人能心悦诚服地动弹么？不一拨一扑棱才怪哩！他给老伴倒杯热茶，递过块毛巾去，语气温和地说："孩儿他娘，你自个儿说说，咱家的孩子是骨头肉长的，人家的孩子就是钢铸铁打的？你那孩子怕挨砸，别人家的孩子就不怕？……再说，咱是矿上的书记，矿里五百双工人的眼睛都看着咱哩！"

一席在情在理的质朴话语，把老伴说服了。儿子现在还在井下推"轱辘马"，跑得快着哩！

刘庄矿的领导深深感到，自己家里的这个"人情关节"还稍好办一些，自个儿将牙一咬，有泪往肚里一咽，就闯过去了。可最棘手最挠头最砸脚的，还是一些亲朋好友的"人情关节"。你秉公办事，他骂你寡情薄义，是冷血动物；你稍加照顾，他也许会立即转守为攻、得寸进尺；稍加不慎，反会结下仇隙，纠缠个没完没了。

矿长贺广祥在"人情关节"的交锋上，就遇到了这么一个对手，她就是矿医务室针灸大夫。

贺矿长当年遭受诬陷时，这位针灸大夫曾到处奔走，为他洗清不白之冤。为此，贺广祥也从内心感激过她，他们之间的关系处得十分融洽，可说是莫逆之交。

这时正值刘庄矿面临"只掘不采"的绝境，要努力开发第三产业，这位针灸大夫向矿上提出承包针灸门诊所。这在客观上也能起到为企业分忧解难的作用，贺矿长对这位在他危难之际伸出过友谊之手的针灸大夫，从内心来说是比较照顾的。他曾特别关照第三产业的华文经理，把最好的四间临街的房间让出来，作为"美容针灸门诊所"的所址。

贺矿长诚心诚意地盼望这位针灸大夫的"美容针灸诊所"能够顺利开张。在筹备的过程中，他作为矿长曾不惜"屈尊降贵"，像个小伙计一样地为即将开张的"美容针灸诊所"擦玻璃、扫地、整理房间。贺广祥是个很通人情、很重人情的人。

然而，在承包的原则问题上，贺广祥没有因为是莫逆之交的朋友作出让步。

矿上对于各承包点，曾作过统一规定：交足承包金额的基数之后，利润须按二八分成，承包人得八，矿上得二，对此这位搞承包的针灸大夫没同意；按统一规定：修房、水电费等均由承包人承担，但由于考虑到将要与外资合营等因素，矿里对房屋曾耗资进行过一番修葺装饰，她也不同意。矿上还要求，矿工在"美容诊所"就诊，诊所应予优惠：按半价收费，并安排一至三名职工。她只同意安排一名职工,并得由她本人挑选。此外,她还提出了一些诸如医疗设备的更新换代要由矿上承担等要求。从1988年8月到1989年2月,矿上本着相互谅解、相互迁就、相互磋商的精神,曾八次同这位针灸大夫洽谈此事,都未能达到预期目的。

贺广祥对待这位针灸大夫承包"美容针灸诊所"一事,他在原则许可的范围里,的确已经做到了仁至义尽,但他绝不越原则的雷池一步!私心膨胀了的针灸大夫不仅对贺矿长的这番良苦用心没有丝毫的感激之情,相反,她认为贺广祥办事不通"人情",从此忌恨在心。后来,终于造成了对于贺广祥和刘庄煤矿来说都是一场灾难性的风波……

贺矿长坚持原则,破除"人情关节"的磊落行为,虽未得到曾是朋友的这位针灸大夫的谅解,却得到了绝大多数矿工的热烈支持和充分信赖。工人们说:"领导没私心,我们干活就有劲。"还有工人说:"干部不长歪心眼儿,我们才不使歪劲儿。"

矿工亲眼看见领导班子办事光明磊落、坦荡无私,不被"人情"所左右,对于矿领导的企业管理才心悦诚服。

有一次,一名矿工偷拿了矿里的一根铁管做天线,贺矿长罚他50元,并给予他一次记过处分,责令他在全矿大会上作了检查,以正矿纪。原想这工人会寻衅滋事的,没想到他竟对矿领导说了这样的一番话:"你们不是想杀鸡给猴看吗?冲着矿领导办事不藏不掖,没偏没向,我愿意当一回鸡,教育别人。以后,我一定好好干,改变自己的形象,干不好就是你们的儿子。"

如果说"铜豌豆"是一个硕大无朋的"重核"的话,那么刘庄煤矿破除"人情关节"的加速"粒子"将它砸破之后在人们心理的反应堆里所引起的链式反应,将释放出更大的能量,并成为推动企业前进的巨大原动力。

人才之道,便是"蓄泄"之法。会用人的领导,便是一堵坚固的堤坝,使蓄积之水在奔泻时产生巨大的原动力

崚嶒的页岩壁上,怒涛倾注,訇然雷鸣,喷雪进霰,云飞雾走!霍霍如电光射来,闪闪如霜锋劈落!那喷射飞泻的水头,有的如夭矫野马,雪鬃飘飞,跌宕奔腾,一阵雷霆滚荡之声,震慑肝胆;有的若冰山琼崖,颓然崩摧,飞珠溅玉,一片璀璨晶莹之光,寒气袭人……

这是瀑布,还是飞泉?是山洪的狂怒咆哮,还是泄洪闸下的汹涌宣泄?!

不,都不是,这是河南省鹤壁煤矿的100多米地下的巷道中,地下水在以每小时十几立方的流量向外怒不可遏地迸发喷射,流泻奔涌……这桀骜不驯的"水龙王"仿佛在瞬息吞吐之间将要把这个年产原煤几百万吨的偌大矿井,化为一片茫茫水乡泽国……

毫无惧色地站在这桀骜不驯的"水龙王"面前,带领刘庄煤矿注浆队全班人马,最后降伏了这狂暴狞厉的凶龙的,是一个普通的矿工,他的名字叫王长顺。

他天生一副愣头愣脑的样子,两片嘴唇像拦洪坝上的闸门一样,又肥又厚,眼光中却闪烁着机敏和智慧的灵光!他喜欢傻呵呵地笑。这憨笑背后,有令人羡慕的幸运,也有难以排遣的苦恼。他在刘庄煤矿里成为"土专家"的故事,对我们是富有启迪意义的。

他是唐山市郊区果园乡曹家口村人,上学读到高一,但那时整天价乱乱哄哄地也学不了个啥,就参军了。他参军后分在唐山市公安局火警总机当报务员,1975年12月复员回地方后来到了刘庄煤矿。

来矿不久,刘庄煤矿的立井井筒发生了渗水流沙的现象,于是立即去请东北工学院治水专家杜嘉鸿教授前来治理。杜教授采用的是"井筒无压流沙层注浆工艺",王长顺正是实施这个工艺的作业班班长。通过学习和实践，他在初步掌握了"帷幕注浆"技术的基础上，居然加上了些自己琢磨出来的一些个"嘎咕"主意，形成了自己的一套东西。

1988年3月，刚上任的贺广祥矿长早就看出了王长顺有心计、好动脑、肯吃苦，是把技术上的好手，没想到自己刚刚上任他就要求调走。贺矿长便多次找他谈话，语重心长，晓以大义，希望他留在刘庄煤矿共度难关，前景是美好的。

雨过地皮湿，王长顺没有动心。

当时的副书记袁瑞芝曾四次将王长顺请到她家中，她亲手炒了几个长顺喜欢吃的家乡菜，温上一壶暖酒，并让她爱人——开滦矿务局勘探队机电工程师王若，一起做长顺的思想工作。最后一次，袁瑞芝忙完之后坐下来，一边斟酒布菜，一边用大姊对小弟说话的口吻，对长顺说："长顺，你嘎巴利落脆地给你大姐一句话吧，你是不是嫌刘庄煤矿挣的钱少？手里攥着注浆技术到外单位去挣大钱，嗯？"

长顺憨答答地笑了，两片厚厚的嘴唇微微抖了一下，没有吐出字来，借着罩在脸上的醉红掩饰了他的赧颜……

"长顺，刘庄目前遇到困难。大姐不走，希望你也不要走。跟贺矿长一起干一番事业，不好吗？"

长顺木然地坐着，两片厚厚的嘴唇微微抖了一下，眼里噙着泪花，他点了点头。

精诚所至，金石为开。他王长顺即便是铁石心肠，也要被这温馨美好的姊弟情感化解开了。人家袁书记是为什么呢？四次请自己到家中视如胞弟一般，我王长顺为了多挣那仨瓜俩枣的工资，不就真成了豆腐肩胛——戳不起个儿了吗？

正在这个当口上，刘庄煤矿分得了一个名额，这是由中国煤炭部在安徽淮北召开的全国煤矿治水学术会议的名额。

这个名额，对于它的获取者来说（特别是地方煤矿）是一种资格、一种权威、一种用金钱也买不到的荣誉和嘉奖。在特殊情况下，也许还是一种晋级提薪的牢靠阶梯！

贺广祥接到这个名额之后颇费踌躇，给谁呢？矿里很多人都想要。

然而，贺广祥矿长最后还是决定将这唯一的名额给了"临时工"王长顺！

1988年3月26日，王长顺如期赶到会上，在签到处一看，傻眼了，表上已签到的几乎是清一色的专家、教授、高级工程师、高级技师，最次毛的也是工程师或技师！而他王长顺，充其量是一个工人，这工人二字还得挂引号——因是"临时"的。

在威严而神圣的科学殿堂的门槛前，他感到了自己的渺小和卑微，一种畏葸和惶惑的自卑感不禁油然而生……

他开会的过程中，一个人形单影只地独处一隅，不敢和别人交头接耳、亲承謦咳，更不敢和别人高谈阔论、各抒己见。因为他看这些专家、教授个个风度翩翩，器宇轩昂，雍容大雅，顾盼自雄。他觉得自己这个"临时工"像一个"粗瓷碗"，怎好和那些金光灿然、雕缋满眼的"景泰蓝"放在一起呢？

忽然，有一个面目清癯秀气、操着一口闽南话的中年人找到他，对他说："你是不是叫王长顺呀，你也在会上说说你的一些实践中的体会吧。"

一种热血冲撞的激动弥漫着王长顺全身，使他微微寒栗颤抖起来，他嗫嚅着："我，我不行……"

在那"闽南口音"的鼓励和劝勉下，他终于鼓起勇气，走上了神圣而庄严的学术讲坛，作了一次题为《谈谈地方煤矿井巷治水》的发言。

他的发言获得了意外的成功，会场响起了一阵热烈的掌声。他通过自己直接实践所获得的质朴真理，运用他那直觉把握的简洁表达，在众多专家学者那缜密严谨的逻辑链条和探赜索隐的深邃理论的一片"灰色"之中，显出若干惹人喜爱的明亮色调来。这仿佛是一股山野的清风，吹绽了一朵带着泥土芬芳的素馨花，竟使得那些姹紫嫣红的国色天香要回眸凝眸，粲然含笑了。

那位操闽南口音的中年人，便是中国煤炭部基建司国家级专家，曾四次登上"煤炭治水"的国际讲坛，并赢得了"小龙王"称号的曾荣秀高级工程师。

在曾荣秀同志的倡导下，煤炭部国家级专家魏德华、煤炭部第49工程处高级工程师孙明周、河南煤研究所所长高级工程师李勋千、河北煤炭场基建处工程师梁庚晨等九位与会者联名给刘庄煤矿领导写信，建议为王长顺在评定技术职称时予以破格提拔。

信函发出之后，曾荣秀感慨系之、兴犹未艾，又直接给刘庄煤矿贺广祥矿长挂了一个长途电话，赞叹道："人才难得，发现人才、培养人才的人更难得啊！我深深地感谢你为国家发现和培养了人才。"会后，这位国家级专家在钦佩和好奇心的双重诱导下，专门邀请贺矿长到京晤面恳谈了一次，对这位独具慧眼的伯乐颇为赞赏。

当年6月20日，在曾荣秀的举荐下，王长顺还出席了同保加利亚煤炭井巷涵洞注浆专家进行学术交流的小型国际研讨会。他是出席会议十三人中的唯一工人代表。他的简短发言，引起了金发碧眼的外国专家的"OK！OK！"的赞誉。

由于王长顺在注浆方面取得的突出成绩，矿领导推荐他当了开平区的政协代表。他的职称问题，贺矿长亲口对笔者讲，作为破格提拔，将他的"助理工程师"的报表呈递上去了。

刘庄煤矿成立了注浆队之后，贺矿长委任王长顺为队长。

于是王长顺带领着他的注浆队，披坚执锐、南征北战。他们在河南鹤壁、宁夏灵武、湖北当阳漳河、江苏铜山、安徽淮南、淮北等煤矿的治水注浆工程中取得了令人瞩目的成绩。如在河南鹤壁矿务局的治水注浆，超过了国家0.446米3小时的标准，威震鹤壁，名扬遐迩。有的煤矿愿意出月薪1500元聘请王长顺当注浆技师，还有的矿以"农转非"为条件殷勤挽留，却被他婉言谢绝了："我是刘庄煤矿培养出来的，我要给刘庄煤矿出力。"

我们倘若说这质朴的言语掷地作金石声或闪闪发光的话，那是有道理的。因为这话里实实在在地有着"含金量"，在作为它的物质承担者啊！

是的，贺矿长确实善于用人。他曾对记者就用人之道发表过这样富有哲理的见解："用人之长，世上没有不可用之人；用人之短，世上没有可用之材。我们的原则是：量才而用，不以个人恩怨划线。朋友再好，没有能耐不用；反对过自己的而有才，照样提拔重用。我们一批同志就是这样起用的，你们可以随便采访。"

根据笔者采访获悉，现任工会主席的刘桂林便是贺广祥量才破格提拔的。别看刘桂林是个彪彪愣愣一戳四直溜的大汉，脾气暴烈执拗，桀骜不驯，同前面的好几位矿长都发生过面对面直接冲撞、骂詈，闹得矿长下不来台，但由于他有一副侠肝义胆，常为矿工兄弟打抱不平，在工人中享有很高的威望。古人常以相马喻作识才，九方皋不为牝牡骊黄的假象所迷惑，故九方皋成了相马圣手；伯乐一过冀北之野，良马遂空，因而"伯乐"成了举荐良才的代名词。倘以此设喻，刘桂林便是生性暴烈不驯时常奋蹄尥蹶的红鬃烈马，有胆有识、别具慧眼的贺广祥终于大胆地提拔重用了他。实践证明，他的工会和职代会的工作做得极为出色，成为矿长的得力助手。

矿上有个叫张士英的工人，以前犯过错误，但他社会交际广，路子"野"，很有活动能力。矿上大搞多种经营时，他曾主动找贺矿长表明心迹。矿长根据他目前的表现和他办事机敏、活泛的特长，对于他的要求予以了充分肯定和支持，使张士英备受鼓舞。他自筹资金4万元，带着5名闲散人员，把一个五金批发店办得红火热闹，门庭若市。有人问矿长："你就不怕他再犯错误？"贺矿长说："我不敢保证他今后一辈子不犯错误，但目前不会出毛病。因为他有了一个重新树立自己形象的机会，他是会珍惜的。"

笔者在刘庄采访期间，有一次饭后在水池旁涮完碗筷，同一位矿工闲聊起贺矿长的能用人和用能人的话题来，这个工人说了一句深含意蕴的话。他说："矿上的能人就像这水，贺矿长、袁书记就是这池子。"

这是多么言简意赅的话语啊！他说的正是古人所说的用人之道在于"蓄泄"之法："蓄"者，搜求并聚集人才；"泄"者，散发即运用人才也。

贺矿长和袁书记等矿领导，正是手挽手、肩并肩地站在一起，用他们的血肉之躯及其对象化的本质力量——发现人才的慧眼，挽留人才的诚心和任人唯贤的公心，筑起了一座比钢筋混凝土还要坚固的巍巍高坝。坝内"蓄"满了盈盈荡荡一湖春水，聚集了巨大能量，一旦开启闸门，便会爆发出那种"蓄泄之雾，震荡雷风"（唐崔融语）的雄阔恢宏的壮丽景观来。

风，也是一种原动力，古人却将用情感来进行感染教化的方式也称之为"风"

这是一个语义学中很有意思的问题。即由于气压分布不均匀而产生的，那种跟地面大致平行的空气流动，便是我们所说的"风"！

然而，古人却将这"风"，喻为用情感来进行感染教化——亦即我们今天所说的"思想政治工作"。

这"风"的观念，显然来自儒家诗论。《毛诗序》中写道："风，风也，教也；风以动之，教以化之。"这便是讲的诗的感染教化的功能或作用。而这种作用又是同艺术诉之于人的情感这一特征密不可分的。

依我个人的看法，当今的思想政治工作（即所谓"风"）之所以显得苍白无力，行之少效，其原因盖出于"风"未含"情"——思想政治工作缺乏真挚动人的情感教化功能和作用的缘故。是的，人们也在常说："晓之以理，动之以情。"讲大道理者，洋洋洒洒、林林总总，不乏其人；而以真挚美好的情愫开启心扉、撄及灵府的便寥若晨星了。

然而，刘庄煤矿正是这样的一颗闪烁着诱人光辉的晨星！

家庭是社会生活中的细胞，也是一根和血缘关系紧密绾结在一起的特殊的情感纽带。

刘庄煤矿的领导密切注视着五百矿工及他们在这条纽带上由于情感涟漪泛起的皱褶，或因情感纠葛绾结的疙瘩。

矿里有个青年矿工叫杨顺礼，因为常同一些不三不四的年轻人在一堆儿厮混，抽烟酗酒、打架斗殴常常少不了他。

引起家庭祸端的，则是他渐渐地染上了赌博的恶习。开始，是下班之后晃悠到某个朋友家，玩玩"搬砖筑长城"的麻将，有时运气来了，福星高照，一夜也赢它个十块八块的。这虽是小打小闹，可十块八块的，要顶好几个班，省得流几身臭汗哪！

于是渐渐地由迟到、早退到开始旷工，又由隔三岔五地旷工，到旷日持久地旷工。而"搬砖筑长城"，虽也轻巧有趣，但那大多是老头儿老婆儿们闲情逸致的消遣。当今的哥们儿，年在韶华，血气方刚，不来点"迪斯科"或"霹雳舞"什么快节奏的，能来情绪吗？雷霆乍起、势若风旋；滚爬匝地，筋斗腾空；声嘶力竭、长啸如嚎；红男绿女，丰臀细腰；腰如蛇扭、臀似瓮摇；还有那最勾魂摄魄的，是那色香肉艳的云雨梦呓，一张樱唇皓齿的嘴，正在吃吃地笑……

得！打牌也得快节奏的，那多痛快多解气多潇洒多气派！赢了，就点得了一切！可那快节奏五张牌的"派司"一甩，一个月的奖金全没了；再一甩，百十元的工资全泡汤了；瞪着挂血丝的大眼，咬牙再甩一把，咳哟，我的妈！自行车归人家了……

杨顺礼欠了人家一屁股的债还不了，咋儿办？自个儿家里的自行车、收音机，那点破玩意儿，值得了几个钱？再说，都已经抵押出去了。

当他不是从自个儿家的厨房里将煤气罐和炉具扛起来要挪挪地方时，一副亮晶晶冷冰冰响叮叮的不锈钢"手镯子"给他戴上了。

一年之后，他从劳教所回到家之后，迎接他的不是年轻娇妻泪落满腮的嗔怒，而是一纸白惨惨冰冷冷方正正的"离婚申请书"和相对无言、木然枯坐的沉默……

她爱人把那张"离婚申请书"留给了他，自己却回娘家去了。法院多次调解，他爱人认定破镜难能重圆。

杨顺礼豁出去了。他剃光了头，头皮让剃头师父刮得清虚虚地泛着光亮！他喝醉了酒，怀里掖上了一把将锋刃磨得雪亮的菜刀。常揣着手，佝偻着腰，在他丈母娘家附近的街巷里转悠，他决心要用这把菜刀来演一场他与她乃至她家同归于尽的人生悲剧！

矿领导知道这件事之后，党支部书记袁瑞芝、矿长贺广祥等人在严厉批评、坚决制止和耐心说服了杨顺礼之后，曾十几次到女方家中做"说和"工作。然而女方已经是吃了秤砣铁了心，无论怎样苦口婆心，也难使她回心转意了。而且，袁瑞芝和做工作的同志们，常常得到的回答是冷眉冷眼、冷言冷语和冰冷铁硬的"闭门羹"！

就在法院最后判决的那一天，袁书记和贺矿长急匆匆地赶到法庭。袁书记看着法官最后仲裁那支将要落下的朱笔时，她想到了离婚后杨顺礼和他妻子及她家将会遇到的各种艰难，甚至意想不到的"飞来横祸"！她噙着泪水，跑到法官面前，苦苦恳求再给她一次做工作的机会。贺矿长也凑过去，恳切地对法官说："让我在这法庭上，当着法官和小杨爱人和她家长说一句话，我要是帮助不好杨顺礼，我就不配当矿长！"眼前的这一切感动了法官，感动了小杨的爱人，也感动了小杨的丈母娘。这样好的领导，实在是没见过。法官放下了饱蘸朱墨的裁决之笔，女方及家长也点头同意暂时不离了。

杨顺礼这个浑浑噩噩、懵懵懂懂的愣小伙子，这几年输了赢了打了骂了拷了放了，都没有动过情，没有哭过。那天，他见到这情景，眼睁睁地看着书记袁瑞芝和矿长贺广祥在这丢人败兴的法庭上，在帮助杨顺礼的

《保证书》上签字画押时，他实在是忍不住了，冲过去一把抱住贺矿长，一边痛哭流涕，一边呜咽地说："我杨顺礼就冲着矿长、书记，我改不好不是人！"

回到矿上之后，不但贺矿长、袁书记像亲兄弟、亲姐弟那样经常做杨顺礼的思想工作，还在杨顺礼所在的采煤二队专门成立了一个帮教杨顺礼的小组，由队长范长川和朱天良当组长，每星期让杨顺礼谈谈自己的工作和在家里的表现。当他谈到他爱人和丈母娘包括小舅子，现在对他态度都有了改变，他爱人有时见他累了，还给他斟上两杯酒、摊上两个荷包蛋时，大伙心里别提有多么高兴多么开心多么乐呵了！

杨顺礼现在已彻底改正了赌博的恶习，生产热情高，劳动态度好，时常得超产奖。小家庭的日子过得非常美满幸福。

一把钥匙开一把锁。晓之以理，特别是动之以情地对后进青年做思想转化工作，是刘庄煤矿政治思想工作的一个鲜明特色和成功经验。

矿上曾有十四名职工被劳改、劳教过。当他们被释放时，矿领导不嫌弃他们，陆陆续续都接收回来。一方面对他们从严要求，经常指出其进步和不足；另一方面一视同仁，用其所长，并鼓励他们大胆工作。这些人中有七个人有了明显的进步。

刘庄煤矿经常组织职工开展多种形式的活动，把思想教育寓于其中，起到了学习、开会所不能代替的特殊作用。文艺活动便是提高人们道德情操、纯洁人的思想情感的审美教育，带有更加浓烈的情感、色彩和形象特征。从这点来讲，这似乎更切近于古人所说的"风"的教化形式和方法。

刘庄煤矿的矿工在班前班后，常常用雄浑有力的歌声来抒发自己的劳动热情和向自然搏斗的无畏气概。像《咱们工人有力量》《刘庄矿歌》和《学习雷锋好榜样》等，都是矿工们常唱的歌曲。

这里我们讲一个胡子拉碴的五十三岁的老矿工刘连弟，成为矿山"新歌星"的有趣故事。

年过半百的老矿工刘连弟,过去回家之后,便蔫嗒嗒地往炕上一躺,整天灰眉土眼,无精打采。人到五十五,好像庄稼过了暑,还有几天活头儿呢?

有一次,矿里搞歌咏比赛,一伙年轻人故意对蔫头耷脑、老实巴交的刘师傅起哄,愣给他报上了一个节目。他虽跺着脚直拦着,但工会组织者在这伙年轻人的乌儿喊叫怂恿下,便将他的节目给记上了。

这下可把刘连弟老师傅急坏了,回家同老伴商量。老伴说:"既然大伙都在一堆逗乐取笑,你就跟咱闺女学着哼哼几句,到时候凑凑热闹不就结了。看把你愁的,值当吗?"

于是,上中学的女儿回家后,除了温课外,还要挤出时间来教老爸唱歌。

教什么歌呢?女儿会的歌也不多呀?父女两人在一起搜肠刮肚地琢磨了半天,才选了一首《妈妈的吻》。

在比赛的时候,当刘连弟师傅一本正经地将那《妈妈的吻》唱完之后,简直把全场的人笑得前俯后仰,乐不可支!

这副滑稽样子,也实在太逗笑了:五十多岁的大老头子,胡子拉碴的,还尖着嗓子嗲声嗲气、撒娇佯嗔地唱《妈妈的吻》!这能怨刘连弟师傅吗?要知道他的老师是他十六七岁的小女儿呀!可小女儿的老师,又是电视和收音机中那十七八岁的稚气天真、娇态可掬的小歌星程琳或朱晓琳呀!

这一来,刘连弟反而来劲了,有空便到矿文化娱乐室向会唱歌的学,后来还到区群艺馆参加业余演出队的演出。他不但在矿上干活劲头更足了,回到家中,再也不蔫头耷脑、郁郁寡欢了。进进出出,都哼着歌子,步子也不踢里踏拉,迈得又轻快又敏捷。还常常剃头刮须,从精神到外貌,完全变了一个人似的。难怪矿上的人都管他叫"新歌星"了。

我在刘庄煤矿采访期间,有幸听到了刘连弟师傅的演唱。他唱的是《篱笆、女人和狗》的插曲，那种流行歌曲的滑脱轻快旋律中，又夹杂着几分"西北风"特有的沉郁悲凉，他唱得十分认真十分自如而又十分有韵味！真是一个十足的"新歌星"！

像这样的"新歌星""新舞星"，在刘庄煤矿是不乏其人的。

美好的情感有一种动人的力量，如春风吹拂万物——这正是古人用"风"来喻作教化即政治思想工作的缘故。

贺广祥矿长千里迢迢赶到湖北当阳向在那里的注浆工人拜年的动人事迹，便像春风一般吹暖了全矿人的心！

1989年春节，刘庄煤矿的十一名注浆工人正在湖北省当阳煤矿进行注浆工程。注浆这活儿，一天就在水里泡泥里滚煤里爬。寒冬腊月，水寒彻骨，有时冻得人上牙磕下牙，浑身打哆嗦。

湖北这地方的饭菜，实在吃不惯，什么菜里都放辣椒，辣得人又打喷嚏又流泪。这种情况下，赶上大年三十，谁不想家呀？

这十一个弟兄一躺下，就盯着房梁上的椽子檩条愣愣地发呆。别说都是二三十的男子汉，要是有人挑头擤鼻涕抹泪儿地一哭，谁也难保不唏嘘落泪的。

头过年，矿上捎信来说，贺矿长可能要来和他们一块儿过年。听了高兴是高兴，但说实在的，弟兄们也都是将信将疑。他贺广祥是一矿之主，管着五百多号人，过年时矿里矿外，屋里屋外，该有多少事借这过年的机会要办要应酬要拱手磕头呀！哪儿还顾得上我们这千里之外的几个弟兄呢？

贺矿长也实在是忙啊！阴历廿七那天，矿上冷冻厂厂长拉着他一起到各矿去推销冷库里的海鲜等年货，矿长面子大、人缘好、路子熟，加上正在年关——过了这村没这店了。于是贺广祥便同王德文一起，跑了东窑煤矿又跑屈庄煤矿，好说歹说，总算死乞白赖地将一车冻海鲜都推销出去了。

屈庄矿矿长留他们吃过饭后，已是下午两点多钟了，回到矿里处理了些事回到家里已是三点多了。

当贺矿长向妻子侯金芝突然说出他马上要赶车到湖北当阳去拜年时,侯金芝愣怔怔地站在那里半天没有动。

"咋儿啦?咋儿啦?不就是到当阳去拜过年马上就回来吗?"贺矿长虽然嘴里故意这么满不在乎地嚷,但他心里也不好受。是啊,眼前这个贤惠温顺的妻子跟着他吃了多少苦遭了多少难憋了多少气受了多少委屈啊!过大年,还不能全家团圆,在一起高高兴兴乐乐呵呵地待几天!

贺广祥伸出双手,轻轻地将木然呆立的妻子缓缓地搂在怀里,低下头,侧过脸,在她的耳鬓轻轻地吻了一下。这时,他发现妻子的身体微微地颤抖起来,接着从他怀里发出了呜呜咽咽的啜泣声……

"干吗?干吗?"贺广祥虽然鼻子发酸,泪水也在眼眶里噙着直打转转,但他想,必须马上用男子汉的阳刚之风,扫荡这种悲凄凄的阴柔之气,不然自己更深地被感染被触动被俘虏,那就麻烦了。他用双手按着妻子的肩头,让自己的身体退脱出来,又故意大大咧咧地嚷道:"不几天就回来了吗?快,快,噫,牟国栋还没把东西送来吗?"

"平时你不顾家我不怨你,可是大过年的……"妻子还沉浸在悲切依恋的氛围中,窝窝憋憋的一口气出不来。

"我问你呢,牟国栋送东西来了吗?"

这时侯金芝才惊醒过来,想起了牟国栋送来这一大堆年货时咋儿说话那么呜噜呜噜地含混不清哩,敢情是……

还没等侯金芝说话,贺广祥已发现那堆年货:油焖对虾、"十里香"扒鸡、腊肠、点心、七条烟和两对44号的长筒大胶靴(因两个工人脚大,当地买不到),于是,金芝抹了泪过来同贺广祥一起将一个大帆布袋和一个小皮箱塞得鼓鼓囊囊的,足有六十多斤,然后用毛巾将布包襻儿和皮箱提手拴在一起。贺广祥用力搁起来往肩上一拎,拎起大衣,扭过身来,用另一只手在金芝脸上泪痕犹湿处轻轻抹了一下,笑道:"看你这熊样!好啦，我走了。"

金芝也笑了，这已是一种宽容地笑、谅解地笑、欣慰地笑了。她想拽住他的手，说一句什么话，或像在二十年前谈恋爱那样，用她那手心攥得汗渍渍的小拳头，在他那宽阔伟岸的肩膀上轻轻地捣一下，娇嗔地"报复"一句："就你那熊样强！"

然而，没容得她将这带着温馨回忆的怪嗔，再重新咀嚼品味一下，贺广祥已迈出了门，大步流星地去了……

在湖北当阳漳河煤矿的弟兄们虽然对贺矿长的到来始终抱着将信将疑的态度。但他们又多么盼望着他来啊！他的模样、他那亲切的音容笑貌常常在他们的睡梦中、视觉幻觉中浮现出来。打从阴历廿六、廿七起，他们每天一上井，正好五点来钟，窑衣也顾不得换，便步行着到十几里外的火车站去接。

他们伫立在寒风刺骨的站台上瑟瑟发抖，而脑海里却幻化出这样的情景：啊！贺矿长那高大伟岸的身影终于出现了。十几个人一拥而上，嘴上喊着"万岁"，眼里流淌着热泪，他们簇拥着他回到住处，大家顾不上把冻结在身上的湿漉漉的窑衣脱下来，就手忙脚乱地折腾开了。有的人打来热水，能让贺矿长动手吗？不能，绝对不能！咱们把他牢牢地按在椅子上，入乡随俗，客随主便嘛。那就得听咱们的，掰着他的头擦擦脸，按着他的腿烫烫脚……嘿！过年啦！总得吃一顿团圆饺子吧！可到哪儿去找案板和擀面杖呢？咦，有了。铺盖一卷，露出半截床板，用笤帚疙瘩扫扫，案板不就算有了吗？可是擀面杖呢？借，在这湖北的当阳（过年没有吃饺子的习俗），是肯定借不到的。嗨！搁在墙角的那几个圆不溜秋的酒瓶子，不就是现成的擀面杖吗？等大家团团围坐在桌旁时，贺矿长端起酒杯，为大家唱一曲《祝酒歌》，那时，大家不醉才怪哩！但不是陶醉在醇香的美酒中，而是陶醉在那像醇醪一样醇厚甘美的歌声中，陶醉在温馨甜蜜的干群关系中……

然而，每天的冷酷现实都是：乘兴而来，败兴而归。

贺广祥出门之后泪水才扑簌簌地落下来，低头一看，胸前洇湿了一片，用手一摸，仿佛还带着爱妻身体的温润……

他当晚赶至北京站，曾荣秀高工已为他准备好第二天去当阳的车票。于是，他于阴历廿九凌晨二时抵达当阳站。戊辰年（即1988年）十二月是小月，廿九便是通常的大年三十。由于还是午夜，他在车站旅馆里躺下打了个盹儿。起来洗漱之后，便扛上沉甸甸的大提包和皮箱，斜披着棉大衣，朝市中心长途汽车站奔去，他听说有长途汽车开漳河煤矿。好不容易赶到长途汽车站，没想到那里冷冷清清的，因为今天是年三十，所有的班车都停了。明天大年初一，倒还有一趟班车到漳河煤矿。今天要赶去，还有一趟十点六分从襄樊发车朝漳河那边开的，于是贺广祥又扛起沉重的背包、搭上大衣朝回赶。火车站人也不多，买票上车都还顺利。从当阳站到漳河站也就是一个多小时的路程，十一点钟左右就到了。

待贺广祥下火车一打听，傻眼了，漳河镇和漳河煤矿完全是两码事，漳河煤矿离这儿还有九十多里路，还得且坐一阵子车哩！

湖北当阳地区是莽莽苍苍的丘陵地带，四周远山如黛、起伏连绵；天空彤云密布，犹如灰蒙蒙的沉重铅块重压在这旷远寥廓的苍穹之上。

这个四级的漳河镇小站旁只有一间碎石乱砖堆砌成的山野小店，小店内的墙壁，被柴火烟熏火燎得黑黢黢的，像一个幽深的黑洞。屋外几只昏鸦在一棵柞树的老枝枯杈上聒噪着飞来飞去，更显出这偏远小站的荒疏和苍凉。

贺广祥听说漳河镇好像（那人也不敢肯定）有一个个体户开的出租车站。可漳河镇离车站又有十多里路，这里既无公路又无汽车。他只好再次扛起背包和皮箱沿着田埂小路往漳河镇赶。

这时朔风呼啸，背上那条绾结挎包和皮箱的毛巾，隔着厚厚的棉大衣，仍像在往肉里紧勒一样。身上热汗淋漓，小霰粒子从衣领中随着寒风灌进脖子里去,像一把把小锥子一样把肉扎得生疼……

贺广祥经过一个水库时,靠着湖边一棵老根虬结的枯树小憩一会儿。在湖水里,他看见了自己茕茕孑立、形影相吊的身影。他忽然想起了不知是哪位唐代诗人"独行潭底影,数息树边身"的名句,这难道不正是此时此刻的真实写照吗?

仰望天空,团团败絮一般的灰云,疾驰而过,飘洒着霏霏雪霰;湖里拍岸的风浪,像巨兽啃噬吞食的声音,使他的整个身心仿佛处在一种无可躲避的蜷缩之中,他深深地感受到了离开社会喧嚣和群体温暖的个人的渺小;在这广漠苍凉的灰暗深处,希望像粒明灭的萤火在引导他前行……

贺矿长挣扎着站起来又走了一段。他估摸是脚掌上的血泡破了,加上扛着六十斤重的包,每走一步,脚上都发出锥扎般的疼痛。他一拐一瘸地总算挨到了漳河镇。

在镇口见到一小杂货铺,有一个老头儿正在张贴春联。他急忙上前打听,得知镇上确有一个个体的出租车小站时,他高兴得连声道谢,按照指点的方向急忙火地奔去。

小出租车站阒无一人,空无一车。招呼了半天,才见一个三十多岁的少妇从里屋走了出来,簇新的金丝缎面绲边薄棉袄外罩着乳黄的细灯芯绒背心,下身是一件绷得紧紧的苹果牌石磨蓝牛仔裤,鹅蛋形的脸庞上薄薄地搽了点胭脂,耳鬓的乌发下摇晃着金闪闪的小耳坠。看样子,她就是这里的小老板娘了。

"喊么什,喊么什?——大年三十也不叫人清静一哈子……您家也不看今天是么什日子,哪里还有车!附近?附近也冇(音'冒')得别的车了。钱?哎哟——钱纸今天都要烧把天上的灶王爷,哪个要您家的钱哈?"

这小老板娘两片薄薄的嘴唇,"快"得像刀片一样。她忙着在擦桌子、摆椅子，看来是一会儿全家就要吃"年饭"了。贺矿长看来一时说不动，只有先歇歇再说了。

又过了一会儿，老板和司机出车回来了，贺矿长忙向他们递烟，他们一家吃年饭，也邀贺矿长入席。于是贺矿长拿出些对虾和扒鸡来，席间，频频向老人、老板和老板娘敬酒，向他们讲述自己风尘仆仆赶来给工人兄弟拜年的一路辛苦，讲离家千里的注浆兄弟工作的艰难困苦，讲刘庄煤矿干部工人亲如一家的动人事迹。小老板娘终于被他说得感动了："你这个当矿长的真是不容易啊，当官的像你这样关心小老百姓的还真是不多。有得说的，凭你这副好心肠，我给你派车！"

贺矿长在车老板家吃过年饭、殷勤道谢并付过车费之后，一辆小面包开到小店的门前。他坐到了司机的右边座椅上。

蓦然回首，发现老板也坐在后排的车座里。送我一人，为什么他还要跟着呢？是不是他们见我提着鼓鼓囊囊的两大包东西，起了歹心？要是那样，今天算是倒霉到家了。

于是他高度地警觉起来，每根感觉的神经都绷得紧紧的。他微微地斜侧着身子密切监视着他们，企图发现蛛丝马迹……

车忽然戛然停住了。贺矿长从车窗向外望去，暮云四合，岚气浮动，不远的一座古庙宇，古柏如虬，黛色参天，昏鸦绕树，哀啼不已，给这寂静幽僻的山林笼罩着一层凄厉肃杀的恐怖氛围。他的目光向身旁一扫，坏了，驾驶员的座位空了，在车下正有一个人在同他低声讲什么。是不是就要在这下手呀？！他的心提到了嗓子眼儿里。

过了一会儿，那司机又上来了。将车又往前开了一会儿，在一个场坪上停了下来，说道："漳河煤矿到了，我们就回去了！"

贺矿长将信将疑地拎着包下车之后，正在找人打听，猛听得有人可着嗓门儿一声大喊："贺矿长来了！"

就在这一刹那，不知从什么地方，十一个兄弟全都蹿了出来，在离贺矿长三五米远的地方骤然停下来，这是我们那个永远是精神抖擞、器宇轩昂的贺矿长吗？而眼前这个人却蓬头垢面，疲惫不堪，一步一瘸，步履蹒跚……

啊！这正是我们的贺矿长，他从三千里外的冀东平原风尘仆仆地赶来了，他抛下他那温暖的家庭和爱妻娇子赶来了！然而，他却为我们带来了冀东平原大地的厚爱，带来了五百名阶级兄弟的深情，带来了天伦之乐的家庭温暖。

他——刘庄煤矿的贺广祥矿长来为我们十一名矿工拜年啦！

"贺矿长——"不知是谁这样撕心裂肺般地喊了一声，便一头扑了过去，搂着贺矿长哭泣起来。其余的弟兄们，有王长顺，有张玉洪，刘玉华、闫来柱，还有年过半百的郭鸣庭工程师，全都倏地一下和贺矿长紧紧地搂着抱着拽着拉着——十二个人终于头碰头、肩靠肩地抱在一起痛哭起来……

哭吧，哭吧，痛痛快快地哭吧！

在这呜咽地号啕地啜泣的各种哭声里，渗透了对于他们荆棘载途的创业精神得到了报偿的无比欣慰，包含着对矿长一诺千金、说话算话的肃然起敬，渗透着对矿领导真正拿工人当亲弟兄待、揣在怀里放在心里的由衷感激，也缭绕着他们对亲人（包括矿领导）一瓣心香的虔诚祷祝……

哭吧，哭吧，痛痛快快地哭吧！

这哭声是一种庄严的召唤，它呼唤着党的优良传统的回归，这哭声是一种神圣的宣言，它宣示着人世间的阶级情谊仍然是那样的美丽动人！这哭声是一种轻蔑的唾弃，它唾弃了当今社会那些被铜锈腐蚀了的魂灵那种人情薄如纸的人际关系！

起风了，这凛冽强劲的雪风呼啸着怒吼着咆哮着，显示着它蕴含着的摧枯拉朽、复苏万物的雄伟力量！

他们开掘的不仅仅是自然界地下潜层的原动力，也是人们心田的原动力

毛泽东主席亲自主持制定的《鞍钢宪法》的主要精神，一言以蔽之，便是"两参一改三结合"（即干部参加劳动，工人参加管理，改革不合理的规章制度，领导干部、工程技术人员与工人群众相结合）。

从某种意义来讲，刘庄煤矿在生产经营和处理干群关系的一些成功实践和基本经验来看，正是《鞍钢宪法》在改革开放的新的历史时期的生动体现和必然回归。

《鞍钢宪法》第一条，便是"干部参加劳动"。其作为《鞍钢宪法》的精髓的重要作用，是不言而喻的。

刘庄煤矿的干部下井参加劳动，他们开掘的不仅仅是自然界潜层的原动力——煤，这种社会主义工业现代化的重要食粮或力量源泉，同时也开掘了潜藏在工人心田深处的原动力——建设社会主义工业化的巨大劳动热情。

刘庄煤矿有一个历史上遗留下来的既成事实而一时又无法解决的难题：即井上辅助工是井下采煤工的二倍。这种严重畸形的比例结构真是一件令人难以理解的怪事！

于是矿上便有了这样的顺口溜："黑脸的养活白脸的，白脸的身后都站着有脸的。"这不仅是对这种极度不合理的分工现象的揭露，也是对目前一种权利与另一种权利进行等价交换的社会赘疣的愤慨！

刘庄煤矿老矿长杨福荣在任时，在其他矿领导的支持下，毅然决然地作出了一个这样的决定：矿领导干部带头坚决下井参加劳动。凡是可以下井的井上干部，实行半天办公半天到井下参加劳动。

开始，许多井下矿工对这个决定是不理解不信任不欢迎的。他们把干部下井说成是"下捞"，意思就是下井有井下津贴，干部下井能多挣钱。

刘庄煤矿的矿领导下井参加劳动，从一开始就不是花拳绣腿地摆摆样子走走形式凑凑热闹，而是真刀真枪来真格的。他们在井下单独开了一个工作面——在劳动上也要真正独当一面，并制定了一整套的采掘工作方案，做到了有计划有组织有定额，从掘进进尺到推车运料，从信号把钩到打眼放炮，全部由股室以上的井上干部承担。

刘庄煤矿的矿领导为什么要这样干呢？难道他们个个都是钢打铁铸的精壮汉子吗？不是的。当时的副书记袁瑞芝，唐山地震时被压在倒塌的楼房底下，砸断了四根肋骨，左臂、锁骨和骨盆都被砸成粉碎性骨裂，左臂上仍打着不锈钢的固定夹板；当时的工会主席贺广祥身上也有伤残；矿长杨福荣、书记刘明利、副矿长李自治，都已年过半百，身体羸弱多病。要说刘庄煤矿的矿领导都是老弱残兵，这并不是一种揶揄和嘲讽，而是一种实事求是的反映或说明。

1987年8月24日，这是全矿矿工难以忘怀的一个值得纪念的日子。

这一天，以书记刘明利、矿长杨福荣、工会主席贺广祥、副矿长李自治等矿领导为主的掘进班正好赶上"独头"（单独工作面），掘进条件十分困难。运料、攉煤、行人、通风等工作都很难施展得开，井下老板子瞅了瞅说："够呛，碰上这种掌子面，你们干部能掘出6架就算是了不起了。"

可矿领导心里暗下决心：矿工兄弟能拿下12架进尺，我们咬牙拼命也得拿下来！

早晨八点钟，矿领导都换好了打着补丁的窑衣，头顶着矿灯下井了，他们个个面色严峻、不苟言笑，带着一种悲壮意味的使命感！

老书记刘明利，他抱着一架钻机打眼，那钻机狂怒地嘶鸣着，在他怀中就像抱着一头不肯驯顺的黑色雄狮，使得他单薄羸弱的身体像发疟疾一样地颤抖摇摆……

贺广祥个子高，在湫隘狭窄的掌子面干活，只能猫着腰，弓身驼背，他手中的那把攉煤的铁锨，就像龙舟竞渡时的那叶桨，飞快地翻飞着……

推车的干部奋力奔跑在黑魆魆的巷道，就像岩洞里飞旋疾驰的山鹰一样，勇敢而骄傲地在这"别有火光黑比漆"的神奇天宇振翅翱翔；他头上的熠熠闪光的矿灯，随着矿车飞快地奔驰，又像划着柔美弧线的陨星……

口渴了，就从井下的大巷里捧几口清冽的泉水润润燥热得快要起火的嗓子。

掘12架进尺的工作量，没有下过矿井的人们，尽管有着极其丰富的想象力，但还是很难有个较为准确的估量。这样说吧，掘12架进尺的木料、拌子和芭片就可以整整地装一大卡车，我们倘是在地面上装卸这样一大卡车的东西，不用说那也是很要费一把劲的。但这一大卡车的东西要一点一点地装在绞车上，运到矿井下，再一点一点地倒装在矿车上，运到与掌子面上下大体对应的方位。然而对于过去不经常下井的干部来说，需要人一根一根直抱在怀里，斜拖在胯下、竖扛在肩上，从仅可容肩的几乎垂直的"煤眼"里，得那么鸦默雀静地憋住劲儿，慢慢地提上去，这样的"煤眼"一般的纵深是9米，到采掘的掌子面有时要穿过六七个这样的人行"煤眼"。然后，在不断开掘进尺的地方，用芭片隔住煤层和顶棚，再一根一根地支护起来。而采掘出来的12架棚子的煤，要一锹一锹地擢到"溜子上"，一层一层地滑落到最底层，用矿车运出去。而这12架棚的煤要整整地装105矿车，大约50吨。

12架进尺的活儿，对于虎虎势势、彪彪威威的那些大老板子来说，也同样得咬着牙，紧三火四地猛折腾，何况是这些平时缺乏锻炼的老弱病残呢？

今天矿领导和井上干部的进尺架数，像一条无形的情感彩带，紧紧地绾结在全矿矿工心扉的纽上。

井上矿工急头急脑地往电话室里跑，一会儿问问：

"几架了？"

"3架了。"

"哎哟！可真够劲的！"

……

"几架了？"

"8架了。"

"哎哟，我的老天！这不是把咱矿长、书记那几把老骨头累散架了吗？是谁这么缺德，非要斗嘴磕牙地要同矿领导较劲……"

到了晚上七点十五分，当井下、井上的矿工听说矿领导和干部们终于拼死拼活地拿下了12架进尺时，激动得说不出话来，热泪扑簌簌地夺眶而出……

年过半百的老书记刘明利由于过度劳累，神智恍恍惚惚，他觉得身子像一片树叶子那样轻飘飘的，头是那样的虚空昏胀，仿佛刚想起自己在井下攉煤就立时又把自己忘却在迷迷茫茫的一片黑雾里。头上那盏矿灯，昏昏黯黯的，就像快要熄灭的蜡烛一样，连自己也不能照明亮了似的……他仿佛看见了一面红光熠熠的旗帜，啊！那是胜利的骄傲，凯旋的欢笑，收获的酬劳……他伸出一只颤巍巍的手要去抓住，但心慌气短、骨酥肢疲，没有抓住，终于倒在了井巷的水淌子里……

采煤队的工人郭振轩是个火性暴烈的脾性，当他知道干部们中午每人才吃了一个馒头、一根黄瓜时，气得急眉火眼地吼道："这些个缺心少肺的废物囊们！谁送的饭？谁送的饭？干部就是铁打的？不吃饭能干活吗？"他风风火火地跑到食堂，催着炊事员给干部做饭炒菜。

采煤大队的工人们，没人吆喝，自动组成了慰问小组，手里高举着大红纸写的贺信，兴高采烈地欢迎矿领导和干部们凯旋上井。

他们浓墨淋漓地在《贺功信》中写道："你们开辟了地方煤矿建矿十八年来干部下井参加劳动的新纪元，刘庄煤矿有你们这样的领导，没有打不胜的仗。"

工人胡殿荣主动办了一期黑板报,热情洋溢地表彰矿领导参加劳动的动人事迹。

刘庄煤矿的矿领导,不仅参加井下劳动,而且渐渐形成了这样一个约定俗成的规矩:即井下哪里有困难、哪里有危险的时候,矿领导便出现在哪里、战斗在哪里。用贺矿长的话说:"困难和危险,是对干部最严峻的考验,也是干部联系群众、关心工人的最好体现。"

煤矿生产上最危险的事,就是煤层自然起火。稍有不慎,火情蔓延,可能造成矿毁人亡的惨剧。

刘庄煤矿由于是复采矿,煤层风化严重,常常发现自然火点。灭火抢险,一发千钧,刻不容缓!刘庄煤矿的矿领导真是"心之忧危,若蹈虎尾,涉于春冰"一般,时时悬心不下。

1989年春节前夕,主运大巷出现四处火点,大量的一氧化碳随着通风口流逸进工作面。如不及时制服,不但严重威胁工人生命安全,而且还会导致这个投资近千万元的矿井彻底报废!

矿领导班子充分意识到问题的严重性,及时做出决策:为了稳定职工情绪,决定不动声色,佯称为了让全矿矿工欢度春节,放假七天。矿领导秘密召集了全矿股长以上的干部会议,决定留在矿上灭火保矿。并严令要求恪守秘密,不得向外泄露半点消息。

要扑灭火点,必须在经由火点处凿开一个煤门,以便沿着煤门通设注浆的管道。当时火点的煤层内已在炽热地燃烧,合金钢的钻杆在几秒钟的时间内钻进去抽出来时,已烧得通红。附近的一氧化碳含量高出保安规程规定的几十倍或上百倍,吸一口就能立即置人于死地。

就在这种矿井和生命的生死攸关的当口上,书记刘明利、安全矿长李自治、安全股长贾连祥等,头戴呼吸器,身负自救器站在上风口,抡着大锤,握着钢钎,叮叮当当地猛干起来……他们就这样拼搏奋战在最危险的前沿阵地,经受着生与死的最严峻的考验!

一天，两天……整整的七天，炎威赫赫的火神终于被刘庄煤矿的干部彻底降伏了，化险为夷，矿井保住了。

1989年2月13日，当矿工欢欢喜喜地度过春节返矿上班时，听说春节期间矿上发生的事情，很多人都感动得掉泪了。这个说："早知道这样，我说啥也得留下来跟干部一块儿干！"那个说："咱矿里的干部不过春节，拼着命地干！"

从1987年5月到1988年年底，在一年半的时间里，干部们下井劳动平均每人达200天，书记刘明利多达288天。干部劳动共生产原煤2195吨，创产值14.2万多元，除去40名股室人员的全部开支之外，创纯利9万多元。刘庄煤矿的干部——"白脸"不用"黑脸"养活了。干部参加劳动，它的重要意义不仅仅在于创造了多少产值、多少利润，而在于他们开掘自然煤层创造经济价值的同时，开掘了人们心田的热能，创造了人的本质力量自我实现的更高价值。

刘庄煤矿的"铁人"高国山就是其中的典型。他家住在农村，离矿130多里路。1987年的麦收时节，他骑车直奔家里，可到地里一看，麦子还没有完全熟透。他连家也没回，便骗腿上车，毅然返回矿井，投入热火朝天的竞赛中去了，就这样一路风驰电掣地蹬了260多里路。几天之后，他又一次回到家中，见麦子都已黄熟，进地就拔。后来邻居发现了，回家捎话给他爱人，他爱人马上做好干粮、烧好开水，"箪食壶浆"地送到麦地，又生气又心疼地说："骑那么远道的车子，咋不回家吃点热乎饭再干呢？你就没家吗？"高国山说："回家耽误事，干完活我还得赶紧赶回矿里上班呢！家里的活儿不能误，矿上的活儿更不能丢啊！"

1987年12月份，同高国山同住一室的刘桂林，发现他神情委顿乏力、面容憔悴，就觉得不对劲，解手时才发现他尿血，经过仔细盘问才知道他患急性肾炎已有十天之久了。但他却一声未吭，硬是咬紧牙关坚持下井生产。刘桂林把这一情况向主抓生产的赵副矿长汇报之后，赵副矿长心疼得老泪纵横。他立即找到高国山,悔憾交加地埋怨道:"你病得这么厉害,为什么不早吭声啊?"高国山说:"咱矿里的干部都这么拼命干,我怕在这当口上养病拖了二队的后腿,丢咱二队矿工的脸啊!"刘庄煤矿的矿工都称赞高国山是矿井下的"铁人"。去煤管局的杨福荣局长称誉说:"高国山就是我们地方煤矿的艾有勤。"

刘庄煤矿还有一个挂"铁"字绰号的矿工,那就是"孙铁腿"。孙铁腿原名叫孙祥,他是刘庄矿的井下推车运输班班长。在矿上劳动竞赛之中,一吨重的矿车,他推着快跑如风,一个月就跑了1500里路程,相当于唐山到北京打两个来回。因此矿工们都管他叫"孙铁腿"。

刘庄煤矿的矿工说得好:"矿领导和干部们对于苦事、累事、危险事都豁着命干在前头,我们工人没说的,再苦再累我们心里也痛快!"二队采煤队队长范长川也说:"干部参加井下劳动,他们采掘的是我们每个矿工心中的煤田——这样,刘庄的'一团火'精神才发扬光大了。"

是啊,范长川的话不仅说出了刘庄五百矿工的心声,也道出了干部参加劳动,比采掘自然界原动力更有价值的人们心田的原动力,才是它的深远的历史和现实意义的所在。

第五章 开掘手之歌

作为矿里的第一开掘手,他首先开掘的,是他自己丰富多彩、宽阔深邃的内心世界

犹如出类拔萃的建筑师之于飞檐雕甍、美轮美奂的亭榭楼阁,作曲家之于气势恢宏、灿烂辉煌的华彩乐章,丹青巨擘之于阿堵传神、颊上添毫的绘画神品,雕塑家之于神形兼备、呼之欲出的人体塑像,当我们期盼濡墨挥毫来勾勒刘庄煤矿的矿长贺广祥的工作作风、领导艺术及精神风貌时，不知在多大的程度上取决于历史、社会、阶级的时代精神所汇聚的统一意志，又在多大程度上取决于他个人的气质、禀赋、志趣、情感和脾性等诸方面的个性特征。

一位西方哲人说得好：每个人都是一个世界。这个"世界"自然是指人的包寓了外部客观世界的内在精神世界。我想历史、社会、阶级的统一意志和个人的一切个性特征，无不融汇、包容和潜藏在这个诡谲而深邃的世界里。

贺广祥作为矿里的第一开掘手，他十分注重开掘或曰开发他自己丰富多彩、宽阔深邃的内心世界。

他生得颀长伟岸，一米八的高个子，脸庞清癯中透着英俊。那轮廓分明的嘴唇和骨棱棱的下颌骨，似乎表现了他坚韧的意志和潜在的力量。他生就了一副军人的容貌。

他喜欢穿一身笔挺的将校呢制服，冬天披一件宽大的棉大氅，他好像有意将自己的外部形态塑造成一个威武的军人！

他动作极其敏捷，走路孔武有力，说话声音洪亮、干脆利落，从不拖泥带水、吞吞吐吐，并且喜欢打手势，讲起话来口讲指画，纵横捭阖，很有一种指挥疆场、叱咤风云的气概。

他具有军人那种雷厉风行的作风。凡是矿领导班子拍板敲定了的事情，说干就干，决不延宕迟疑。在"只掘不采"的严峻时刻，说要开辟第三产业，大刀阔斧，快刀乱麻，喊里咔嚓，冷冻厂、五金批发经营部、烟酒门市部、饭馆、旅馆、针灸美容门诊部（后关闭）、注浆公司、清污分流的地下水治理都办起来了；说要到湖北当阳漳水煤矿去给那里的十一位弟兄拜年，一刀斩断妻儿柔情，一把抹干别离泪水，从冷冻厂回到家中十五分钟，便背扛着两个大包出发了。

更能表现他军人气魄或军人风采的，是他那种"是旗必夺、是第一必争"、战则必胜的决心、意志和精神。他有一双鹰瞵鹗视的犀利目光和犹如蟒蛇一般,一旦咬住"猎物"便千缠百绕、决不罢休的坚韧毅力和必胜信心。这里我们且不说五百人的小小的刘庄煤矿是怎样在地方煤炭系统获得单项采掘进尺第一的,就说拔河比赛吧:在唐山市来说,几万人乃至十几万人的大企业就有好几个,至于万儿八千人的中型企业那更是比比皆是。在那些个几万人的大企业里选出十几个像日本巨无霸似的高山葵那样的大相扑来,他们只要双手紧紧地攥住绳索,然后酣然入睡那样往后一仰,似乎便巍巍然如泰山岿然不动了。然而,贺广祥就是不服这股劲儿,刘庄人就是不信这个邪!贺广祥将从他们矿五百人中挑出来的男女拔河队,拉到南边深如沟壑的大沙坑那边去,将矿里的大卡车开进坑里去,然后拴上胳膊粗的大缆绳让他们拉拽上来,拽上来了再开下去,开下去了再拽上来……硬是这样,他们刘庄煤矿的男女拔河队多次双双夺得过亚军或殿军。他们的拔河队杀出了虎威,当个头并不起眼的刘庄拔河队员雄赳赳、气昂昂地随着音乐的节奏步入运动场时,全场便会爆发出惊雷般的热烈掌声。

"是旗必夺,是第一必争",贺广祥要的就是这种"绦旋光堪摘,轩槛势可呼"的锐不可当的英雄气概。这种勇锐气概,正是他领导企业进行顽强拼搏、锐意进取的精神核心。

那么,贺广祥是不是意在将自己雕琢成一个一味使用蛮力的赳赳武夫呢?

不是的,他在注重"勇"的同时,非常注重"谋";崇"武"之际,又颇尚"文";嘉许铁马金戈、勇猛拼搏的勇士,又心仪广搜博采、好学深思的才彦。他在塑造自己的个性或曰有意开掘自己的内心世界时,本身便渗透了一种辩证法的思想。

贺广祥也许不能像哲人那样讲出许多精辟、深邃的大道理来。然而,他从他自己的实践中"悟"出来的许多切实可行的办法,无不寓含哲理,使人听了读了看了沁人肺腑、启迪心智、茅塞顿开而大受教益。

他在答记者问时指出：

"从现象上看，我们（指干部——笔者）少拿了钱，但却激发了工人群众的劳动热情（笔者按：物质变精神），促进了全矿经济效益改善（笔者按：精神变物质）。从这个意义上讲，我们得到的比失去的要多得多。当矿长不能只算个人小账而不考虑全局利益和工人利益的大账，否则就是一个糊涂矿长。

"奖金是否拿、怎样拿？我这样认为，法律允许的不等于提倡，合同规定可以拿的不等于必须拿（笔者按：从哲学的眼光看，这似乎涉及关于'法'的现象、方法、任务、权利、义务、契约及法律制度等为基本范畴的法哲学的问题，这里姑不赘言）。我们坚持这样一条原则，按规定我们该得的奖金，拿不拿要看是否有利于调动职工积极性，有利于全矿安定团结？有利时就得，反之就不要或少要。因为这不光是个金钱问题，它连着职工的心，关系到全矿的兴衰，起码目前是这样（笔者按：这便清楚地说明，贺广祥等矿领导清醒地认识到：物质变精神不是无条件的而是有条件的。这里面又渗透了方法论和实践中的策略性问题。他们深悟'物质变精神'或'精神变物质'需要条件，而这个条件，往往就是'量变引起质变的一定的"关节点"或"交错点"'。这就是哲学上用以表示事物所能容纳的量的幅度的'度'。贺广祥及矿领导把这个哲学上所说的'度''关节点'或'交错点'，称之为'矿工心理承受能力的限度'。实际是矿工和干部共同的心理承受能力的限度或阈限）。"

毋庸置喙，贺广祥以及矿领导这种"物质变精神"与"精神变物质"的成功现实，却是要以牺牲他们自己个人的经济利益或曰以他们自己的奉献精神作为前提的。

中国那些把好事（如涨工资、发奖金等）办得一塌糊涂，并非都是十足的笨伯，关键则在于他们缺少贺广祥和矿领导的这种自我牺牲、自我奉献的精神。

再说用人，贺广祥说："用人之长，世上没有不可用之人；用人之短，世上没有可用之材。"在这里不仅闪烁着辩证法的思想之光，同时更多地体现了唯物史观的实践意义。

此外，他长期当工会主席，文娱活动是工会主席的一项重要工作内容。也许是他从这种长期的文娱活动中"悟"出了渗透着浓烈情感色彩的审美教育的重要而有效的作用，因此矿里的文娱活动搞得如火如荼，丰富多彩。

他自己便是一位出色的男高音，声音高亢激昂，具有声乐里所说的那种"金属光泽"。笔者亲耳聆听过贺广祥唱的《祝酒歌》和《赞歌》，他唱歌充满着激越飞扬的浓烈情感，表现出一种一往无前奔腾不息的冲击力量，使举座情不自禁，击节而合。

贺广祥对于他丰富多彩、宽阔深邃的内心世界的成功开掘，不仅使他成为刘庄煤矿的第一开掘手，同时，他又是以自己高亢的歌喉讴歌社会主义主旋律进而向全社会进行心灵开掘的开掘手！

对于"水"的联想，使我们对于她这个发掘人们心灵真善美的开掘手，获得了真善美的发掘

袁瑞芝是刘庄煤矿的党支部书记。她是一个出色的基层工作者。

我们在生活当中常常遇见的女党政干部，有很多都带点《人到中年》中那个"马列主义老太太"的气息——满脸正统，一口马列，往往使人敬而远之。

然而，袁瑞芝作为中青年的党的工作者，给人的印象则是那样的文静娴雅、没有半点的矫揉造作。这使我们想到了一个形容美好而温顺性格女性的成语——柔情似水。

在矿里，年纪比她小的矿工，提起他们的袁书记口口声声都是亲热地呼她"袁大姐",她在他(她)们面前显出了当大姐的温醇而宽厚;而年纪比她大的矿工虽都尊敬地称她"袁书记",她却在他(她)们面前显出了当妹妹的几分纯真和活泼。

谁有了思想疙瘩,她请你上她家里去坐坐。当大姐的请你,难道请不动么?好吧,去吧。去了,她给你放桌子、搬凳子、撂盅子、摆筷子,不一会儿,几个凉盘端上来,几个爆炒油焖的热菜也摆上来了,她给你亲自斟上酒,让她爱人王若同志陪着你喝,她在一旁一边侑酒布菜,一边轻声细语地说"大姐可不希望你这样下去","大姐可不喜欢你那样做",把一些道理掰开了、揉碎了,一点一点地慢慢说细细讲……

仅做王长顺的思想工作便不下十余次,请到家里就有四五次之多。人非草木,能不动情?

她这种做思想政治工作的方法,不禁使我们想起杜甫《春雨》中的佳句"随风潜入夜,润物细无声"来。她正是在用党的思想的"春雨",无声无息地、潜移默化地滋润着人们的心田啊!

她的思想工作,从来不是僵化的、刻板的、老套的,而是变化的、灵活的、新鲜的。她做谁的思想工作,就要有的放矢,对症下药。这就好像"水"具有"随类赋形"的特征一样,她的思想工作具有极大的可塑性和灵活性,故能取得很好的效果。这一点,可以彰明较著地体现在她的报告(这也是一种特殊形式的思想工作)的开场白上。有人仔细地注意过,她所作过的几十场报告的"开场白"中,没有一场是完全雷同的。如在河北省军区作报告时,她简述了唐山大地震时,是解放军将她从死亡中拯救出来,给了她第二次生命,她的身上还流动着亲人解放军的殷红血液!她声情并茂的几句话,一下子把全场的气氛推向了凝聚情感和吸引注意的制高点,这也是她政治素质、思想素质和敏捷才情的具体表现。

然而,袁瑞芝又是一个十分坚毅、刚强的人!柔,是她外部表现的形态;刚,则是她内在蕴含的气质!

对她来说，"外柔内刚"才是去掉了片面性的较为客观的个性描述。我们由"外柔内刚"极易联想到"水滴石穿"这个成语所包含的某些意蕴。

袁瑞芝的思想工作和党务工作，就表现了这种持之以恒、久久为功的韧性特征。比方说做青年矿工杨顺礼妻子家里的思想工作，十几次都未能见效，在别的矿领导都要放弃时，她却坚持要到即将判离的法庭上做最后的调解工作。精诚所至，水滴石穿！矿工家里闹矛盾，她随叫随到，半夜敲门半夜去，去年一年家访谈心达300多人次。

她的"外柔内刚"，还表现在她参加井下劳动上。她现在的左臂上还上着不锈钢夹板，浑身上下有十几处伤病，我们可以想象，这么多处的伤残，会给她的肉体和精神带来多么大的难以忍受的痛苦啊！然而，从来没有见她痛苦地呻吟过、悲观地沮丧过、失望地喟叹过，她总是那样的在温和亲切的微笑中透着一股子坚毅刚强的精神。

只要她悄无声息地一换"窑服"，后面便呼啦啦地跟了一大帮井上的女工作人员——她的行动便是无声的命令。尽管她的伤残使得她洗衣服时连衣服都拧不干，但下到矿井里，她总是要穿过几道"煤眼"爬到最高的工作面去攉煤推车；有时在钻"煤眼"时，身上多处伤残使她行动极为不便，常常爬到半截滑了下去，滑下来了咬着牙再爬上去……

她的"外柔内刚"还表现在她对她所挚爱的事业的执着追求和忘我的工作上。一个王长顺和一个杨顺礼都做了上十次的工作，那么一个五百人的煤矿，光做思想政治工作这一项，该要耗费她多少精力和时间？此外，她亲自主抓的党务工作的制度化、正规化和经常化，又要耗费她多少精力和时间呢？商议、研究、处理矿内矿外的一些有关的大大小小的事务、参加矿内矿外大大小小的会议，又要耗费她多少精力和时间呢？此外，她还参加了唐山工程技术学院采煤专业大专班的进修。她的那个十二岁的宝贝儿子，在等不到妈妈回来，也等不到爸爸回来时，饿得只好在抽屉里找出五斤粮票拿去换了三个包子吃。她的爱人王若同志同笔者谈及这些时心疼得哽咽难言……

水滴石穿，她的事业终于取得了令人瞩目的成功。贺广祥矿长高度评价了她的工作：没有袁瑞芝的工作，就没有刘庄煤矿今天的局面。

西子湖和梅雨潭中的水，固然温柔得如同软缎一般，但黄果树或清音阁下的飞瀑，却又具有巨大的爆发力。一次，袁瑞芝和财务股长刘殿琴推着一辆矿车在快步行走，忽地袁瑞芝听见身后有一种尖厉呼啸的声音正在逼近，在这一发千钧的时刻，她在发出瘆人呼喊的同时，一把推开了同她并排推车的刘殿琴，自己也顺势闪在了一旁。当她俩刚刚闪离巷轨的那一刹那，一辆风驰电掣而来的重矿车，同她们推的那辆矿车"咣"地撞在一起，翻出道轨之后，将巷道的岩石撞了一个大坑！原来是一辆装煤的重矿车，是后面的两位同志，在推至这段下坡道时拽不住车而松手了……在这车毁人亡的紧要关头，使人意外的是，这个柔情如水的袁瑞芝，却像高山飞瀑那样爆发出巨大的冲击力，从而避免了一场严重事故的发生。

贺矿长对笔者讲，袁瑞芝有较好的政治素养和才干。刘庄煤矿从建矿以来更换过十四位矿长和八任书记，没有任何一个矿长或书记说袁瑞芝不好的。她既坚持原则，又能极巧妙地斡旋转圜于历任矿长和书记的种种矛盾纠葛的罅隙之中，起到了很好的协调和平衡作用。矿里的干部都赞誉地说，袁瑞芝是"刘庄煤矿的周恩来式的人物"。在这里，她又像是水平仪中的那粒标志平衡的水珠，建设社会主义的大厦离不了这样的不易被人注意的"水珠"啊！

袁瑞芝常说，是党给了她第二次生命，没有党就没有她袁瑞芝今天的一切。她用自己的整个身心来工作，正是为了报答党对她的大海一般的恩情。

作为党的一位优秀基层干部，袁瑞芝好比一滴水珠。而她，以自己的真善美，保持了这滴水珠的晶莹剔透，正因为这样，这滴晶莹剔透的水珠，才能更好地折射太阳——党的灿烂光辉！

他曾是开拓队队长，井下开拓就是打先锋。他是一位舍生忘死救过六条人命的雷锋式的矿工，然而至今还不是一位先锋战士

刘庄煤矿的工会主席刘桂林，是一位富有传奇色彩的人物。

在前面我们虽然已经讲过一些有关他敢于疾恶如仇、乐于助人的动人事迹，但他还有一些更加感人的故事，鲜为人知哩！

1974年在屈庄煤矿当开拓大队大队长时，一天，他和刘江、张庆先等七人一起作业，忽听得一声惊雷般的"轰隆"声，接着整个掌子面上煤尘弥漫，成了黑雾腾腾的一片混沌……刘桂林骇然一惊，但他很快就镇静下来，这是"大冒顶"。他想，自己是开拓队长，在这种危急时候，决不能退缩。于是他便大声呼喊一同作业的几个人的名字，有的正在趋避奔逸，有的被这突然发生的事变震蒙了还躺在地上，但刘江和张庆先两人，已经见不到他们的踪影了。大冒顶崩塌下来的煤几乎把掌子面都填满堵实了，他判断刘江和张庆先两人肯定是被埋在了里面。

这时有人开始用锹撺煤，被他制止了，他便指挥着大家用手扒。就在他们用手拼命撺扒的时候，又连续发生了三次冒顶，一块大约三百斤的磨盘般的大矸石，就落在他的近旁，掀起的煤面碎块，差点将他半埋在里面了。他最先扒到的刘江，等他把刘江的头部扒得全部露出来时，发现他眼珠子都鼓出来了，但还有气息，他忙交给别人继续救护。不一会儿，他又在离刘江不远的地方扒出了张庆先。经过及时抢救，他们两人都安然无恙地活下来了，至今还在煤炭战线工作。

1978年7月28日，刘桂林刚刚下井不一会儿，就听见巷道里"轰隆隆"的雷响，震得支护顶棚的煤渣煤面霍霍地往下直落，接着就隐约听见巷道深处，传来令人毛骨悚然的救命声。

刘桂林奔到塌方现场一看，全是一片煤矸石。由于煤矸石与煤矸石之间还留有些许缝隙，还能隐约地听见被埋在矸石下的人那微弱而瘆人的呼救声。他们用手攉了九个半小时,终于救出了范长川和费小良。

范长川是刘庄煤矿一位优秀的采煤队队长,我们从电视的荧屏上,不是都看见了他宣讲刘庄煤矿廉政事迹时,那略显清瘦的憨厚模样吗?

1980年,刘桂林被撤了开拓大队大队长之后,仍冒着生命危险救出了被冒顶压在了煤渣矸石中的苏诚。苏诚的头被扒出来后,他一条腿跪着,一条腿平伸出去,然后将苏诚的头枕放在自己大腿和小腹之间,双手一边清理他上身的煤渣矸石,一边紧吆喝着人们用锹把撬翻堆压在他下身的巨大煤块和矸石。他忽然发现自己怀里的苏诚苏醒过来,泪流满面地对着刘大哥说:"咱们最后一面了,您的恩我只好来世再报了⋯⋯"刘桂林一听这话,也流着泪说:"好兄弟,别价,咱们哥俩要一块享够了共产主义的福,才去见阎王爷哩!"他们流着泪说的这话,反把一旁那些心急如焚地抢救的人们给逗得哭笑不得⋯⋯

1974年夏季,老家丰润山头庄和王务庄的大堤被暴发的山洪冲塌了一段,一个叫刘小敏的小女孩被呼啸奔腾的沖浪卷走吞没了。刘桂林听见有人呼救,便连衣服鞋袜都没脱,奋不顾身地跳入水中,游了一百多米,终于救出了这个十四五岁的女孩,被当地的庄户人家称作"活雷锋"。

此外,这位被庄户人呼作"活雷锋"的刘桂林,还出生入死扑灭过六次火灾——三次在部队,三次在地方。然而,他这样一位多次奋不顾身、舍己救人的好同志,至今还不是一位共产党员。

在屈庄煤矿时,他多次被评为局里的先进生产工作者,但由于仗义执言,得罪了某矿长,以至于到刘庄煤矿后找碴撤了他的开拓大队长,并责令他像"四类分子"那样清扫厕所。想下井当开拓工,冒险为采煤打先锋尚不可得,更甭想加入先锋战士的光荣队伍——当共产党员了。

去年,他在书记袁瑞芝和贺广祥的鼓励下才又一次向党组织递交了入党申请书。

这次省委调查组的领导同志听了他的这些事迹之后,感叹而愤慨地说："你就是一位活着的雷锋，你应该是一名共产党员。"

我们衷心祝愿这位在井下打先锋的老开拓队长早日成为共产主义的先锋战士。

第六章 自然与社会"原动力"的潜层开掘

春夏之交的嘈杂喧嚣中，社会主义的主旋律奏出了高昂的时代强音

唐山人民广播电台工业部记者李学明以饱满的政治热情，于1988年9月首先发表了长篇录音报道《沸腾的刘庄煤矿》，接着《中国煤炭报》记者周军于当年11月12日至19日在该报陆续发表了他采访的刘庄煤矿纪实系列《干群之间》《真正的公仆》《用人的诀窍》《稳重的起步》等，较为全面系统地报道了刘庄煤矿动人的典型事迹。

中央电视台的著名节目主持人肖晓琳同志和中央电视台记者张步冰同来刘庄煤矿，开机采访和拍摄题为《凝聚力之谜》的电视报道片。记者张步冰为了拍摄好该片，还推迟了婚期。

1989年3月，市委宣传科科长湛庆臣、开平区委宣传部负责同志，偕省委宣传部刘斌国同志到刘庄煤矿听取汇报时，被动人的事迹感动得落泪了。湛科长回去立即将刘庄煤矿的典型事迹向黄成武部长作了汇报。黄部长当即请周跃明副部长到刘庄煤矿蹲点，亲自"解剖麻雀"，抓第一手材料，并作出了一整套关于刘庄煤矿经验的宣传计划，组织报告会，在全市思想政治工作会议上作重点发言，搞一次电视座谈会等。

随后，派宣传科的刘云生同志在刘庄煤矿调查采访了一个多月，渐次形成了报告团宣讲的整体思路，嗣后又责成梁秀兰、吕惠均同志会同刘云生一起草拟报告会讲演稿。讲演稿拟就之后，黄部长和周副部长曾亲秉笔，字斟句酌地进行过审慎而精细的修改。

在此期间，周跃明副部长派出了新闻科、宣传科的全班人马投入了刘庄煤矿的深入而持久的宣传活动。

这一切，得到唐山市委书记刘善祥同志的充分肯定和积极扶持。

唐山市委召开的刘庄煤矿廉政事迹报告会，于4月27日下午在唐山市政府礼堂举行。唐山市人民广播电台当日于《唐山新闻》中发了消息。次日的《唐山新闻》以《刘庄煤矿事迹引起强烈反响》为题，发布了消息。

4月27日下午，唐山市刘庄煤矿四名同志在市政府礼堂报告了矿领导班子廉洁清正、甘当公仆、干群关系亲如鱼水的动人事迹。会场座无虚席，不少人流下了激动的眼泪。

在这场报告即将开始时，刘庄煤矿报告团成员胡殿荣忽然发现了唐山市委书记刘善祥同志就坐在自己身后。当主持报告会的黄成武部长请报告团的同志上主席台时，胡师傅扭过头对刘善祥同志说："刘书记，请上主席台吧。"刘善祥同志低声对他说道："不上台啦，我是来学习的。我本来昨天就应该来，因为昨天田纪云副总理来视察工作，我没来成。我今天是来补课、受教育的。"说完便示意请工人胡殿荣等赶紧上台——亲手培植了刘庄煤矿典型经验的人，却在自己培植的典型经验面前，当了一名虚心的小学生！

春夏之交的嘈杂喧嚣声中的刘庄煤矿报告团，以社会主义的主旋律奏出了高亢激昂的时代强音！

平凡小事，却展示了"党的优良传统重新回到现实生活中来"这一不平凡的重大主题

由中央电视台的主持人肖晓琳，摄像张步冰、李小群等制作的《凝聚力之谜》，是一部成功的优秀电视报道。当国家广播电影电视部部长艾知生同志很有兴味地看完《凝聚力之谜》后，感慨颇深地指出："你们这部片子抓得很成功,很及时。你看人家工人讲得多好,多有水平。就连我们也讲不出人家这样的话来,这些话对全国人民有很大的价值,完成之后,作为《观察与思考》恢复后的第一部片子向全国播出。"

1989年10月30日,唐山市人民广播电台在《唐山新闻》中以《<观察与思考>恢复播出首映式在我市刘庄煤矿举行》为题的新闻报道中,以简洁明快的语言,为我们真实地记录并描述了当时的热烈而欢快的情景:10月29日晚上,在刘庄煤矿职工食堂里,灯火通明,花团锦簇,一串串歌声,一阵阵掌声,伴随着人们一张张充满笑意的脸。

8点10分,刘庄煤矿出现在电视屏幕上,在场的矿工们高兴地喊出了声。随着每一位人物的亮相,都会引来一阵笑声。

《中国煤炭报》记者周军、李仁堂带着极大的兴趣问贺矿长:"你常说,你们的经验只不过是50年代和60年代初极普通的做法,而现在人们却感到新奇,成了新闻。你对此有何感想?"

贺矿长坦然答道:"这恰恰是应该引起我们党和全社会高度重视和反思的问题。"

是啊!这确实是应该引起我们党和全社会高度重视和反思的问题;然而,我们的党和我们的人民已经在高度重视和深沉地反思了。

我们的党在反思,我们的人民也在反思。他们都在积极地以自己的意愿、推论、判断及爱憎等心理活动和思维活动,通过刘庄煤矿的事迹这面镜子,让心灵以自己的活动作为对象在反观自照。这是这种精神的自我活动和内省方法获得了自身价值的表现,也是党和人民运用这种精神或思想的炬火,照亮自己艰难征途的勇敢探索和实践。

我们的党,我们的祖国,我们的人民是大有希望的!

省委宣传部秘书长李振台同志,便是进入了这种深沉反思中的一个。他曾到基层作社会调查,痛切地感到很多地方干部和群众的关系紧张,是改革和建设过程中面临的一个十分严峻的问题,还曾撰《缓松这根绷紧的弦》一文，发表在《共产党员》上。当他听到刘庄煤矿这个干群关系的好典型后，便当即赶到刘庄煤矿进行了调查核实，回来后向省委常委、省委宣传部部长刘荣惠同志作了汇报。

省委领导对此极为重视，省委宣传部部长于1989年10月22日下午亲到刘庄煤矿看望了正在生产的矿工和干部，并亲手挥笔为刘庄煤矿写下了"艰苦创业"的条幅；高度赞扬了刘庄煤矿在困难时期干部职工心不散，紧密团结共渡难关所取得的成绩，并要他们拿出详细材料到省里汇报。听取汇报时，除省委宣传部部长外，还有省委宣传部常务副部长、省委政治部主任等领导。他们都被刘庄煤矿的动人事迹和这种新型的干群关系深深地感动了，并确定邀请刘庄煤矿的代表到省会来宣讲。

1990年1月份，刘庄煤矿报告团应全省党员教育经验交流会的邀请，第一次到省会石家庄作报告。报告团同志的心情既激动又有些紧张。

当他们一行四人在石家庄市科技大厦宾馆住下来，唐山市委副书记和市委宣传部的领导便来看望他们，并告诉他们一个意想不到的消息：明天（元月14日）的报告会省委书记邢崇智同志，还有省委副书记及常委都要来听。

报告团的所有团员一听愣住了，他们兴奋、激动、紧张、不安！他们的心像上紧了的发条，似乎非走到明天那场报告会之后才能松弛下来。

当他们步入会场时，全场响起了热烈的掌声。

他们从电视和报纸上常常见到的邢崇智书记等省委领导，都以和蔼亲切的目光注视着他们，同大家一起鼓掌欢迎他们。

报告会开始之后，全场阒无声息。只听见袁瑞芝一人，用她那清亮、激越的嗓音，在叙述感人的凡人小事，在抒发真挚的内心情愫，在追忆难忘的峥嵘岁月，在赞叹宽阔的云水襟怀……吐字清楚、抑扬顿挫的话语从她嘴里吐出来，就像一股流向山涧的淙淙溪水，欢快、畅达、明朗，激扬着感人肺腑的音符和荡气回肠的旋律……

台下的听众大多是省地市党政干部，这时约有半数人都已下泪。当胡殿荣讲至贺广祥矿长千里赶到当阳同十一位弟兄抱头痛哭时，台上台下热泪涔涔，呜咽一片……

刘庄事迹报告会开始之前，省委书记邢崇智已作了近两个小时的报告。原安排是由副书记吕传赞作总结的，但报告会一结束，邢崇智书记便接过话筒，情绪激动地讲道："刚才听了刘庄煤矿的事迹，刘庄煤矿我没有去过，但是听了他们的报告后，确实感到讲得实实在在，非常生动感人。刘庄煤矿是我们一个真正社会主义的企业，人与人之间的关系是社会主义的，体现了共产主义精神，这里的工人把矿当成家，是矿里的主人。干部把矿当成家，把工人作为主人，把工人的一切冷暖都放在心上，干部很关心工人，所以，工人很爱护干部……"

邢崇智同志讲至此处时，声音已经有些哽咽，略略停顿了一会儿——看来，作为省委书记，他尽量在克制自己情感的表露。但刚讲两句："是相互的，大家齐心协力，团结一致，这些事情是非常感动人的……"讲到这里，邢书记噎住了，他眼里噙着泪花，一会儿看看话筒，一会儿看看茶杯盖，突然又伸出因过于激动而微微颤抖的右手要拿话筒，但当手指刚刚触及话筒又倏忽地抽缩回来，改去拿茶杯盖，在茶杯盖沿上轻轻地摩挲着……

就这样足足有两三分钟的时间，邢书记接着讲下去："确实体现了我们社会主义企业、社会主义国家人与人、领导与工人、工人与工人、工人与国家新型的关系。这次党员教育工作会就应该很好地、集中地研究一下刘庄煤矿是怎么教育它的工人、党员的，研究一下他们的凝聚力是从哪来的？"

副书记吕传赞同志在邢书记的即席讲话之后，又作了简短的讲话："同志们，正像刚才崇智同志讲的，刘庄煤矿的事迹确实很感动人，很教育人，很激励人！他们并没有讲很多大道理，讲的都是凡人小事，但是在他们先进事迹中确实渗透了崇高的共产主义精神……"

会议结束后，邢崇智书记亲切地同刘庄煤矿报告团的四位同志握手并合影留念，随后省委领导又一起合影留念。

在为省直机关所作的那场报告结束时，与会的全体同志听说矿长贺广祥到省会办事也在会场，便报以雷鸣般的掌声，热烈要求他上台与听众见面并讲话。

贺广祥在暴风雨般的掌声中登上讲台。他说了两句话："同志们这样热烈地鼓掌是欢迎我们刘庄煤矿吗？不，小小的刘庄煤矿，没有做什么惊天动地的大事，你们欢迎的是，党的优良传统重新回到现实生活中来了！"

《中国煤炭报》记者周军、李仁堂曾就此发问："你们在各地演讲时，面对经久不息的掌声，你有何感想？"

贺广祥这次较为客观地回答道："我想我们得到的是一半掌声，而那一半是怀念和召唤党的优良传统和作风，体现出人民对党的优良作风的热爱和对国家前途的期望。"

贺广祥说得多么好啊！刘庄煤矿确实没有干出什么惊天地、泣鬼神的大事，但这些平凡小事，却向全党和全国人民展示了"党的优良传统重新回到现实生活中来"这一不平凡的时代所赋予的重大主题。

自然与社会"原动力"的潜层开掘这一系统工程获得振奋人心的初步成功

根据邢崇智书记关于"总结经验"的意见，1990年2月6日，省委办公厅、组织部、宣传部、《河北日报》社、《共产党员》杂志社等五个单位一行八名同志，来到唐山市刘庄煤矿进行调查研究。

正当省委调查组用"这种忘我拼搏的精神和严谨细致的工作作风"在塑造自己的形象时，有的人却仍在用空话闲话废话乃至风凉话在塑造自己的形象。

有人说贺广祥背六十多斤重的东西去慰问真傻，不如在当地买。正如贺广祥他自己说的那样："可见没有体会的人，永远不会懂得'水还是家乡的甜'这个道理。"

还有人说刘庄煤矿干部参加劳动的天数不实。

这里插入一段补充材料，可资反证。笔者在采访时，省煤炭厅副厅长亲口对笔者说："刘庄煤矿的矿领导和干部参加劳动那是实打实的，不是花架子，不是做给别人看的。我这个人有个习惯，到下边的煤矿去，事先从不打招呼的。因为那样一来，有些虚套的东西反叫我不舒服，也不利于了解一些真实情况。可以说我下去，往往是搞'突然袭击'。我这样去过刘庄煤矿四次，其中有两次矿领导贺广祥、袁瑞芝等都不在，下井去了，是临时找人把他们从井下叫上来的。其中一次，想利用等他们的短暂余暇，找矿医务室的大夫为我扭伤过的腰——那是在别处下井扭伤的，不是在刘庄——扎扎针，可没有想到，大夫也下井去了。这样就给我留下了很深的印象：刘庄的干部和井上人员下井参加劳动，确实已经形成了制度。"

1990年2月19日，省煤炭厅副厅长带领地方处领导及生产科高级工程师，亲自到刘庄来进行现场办公，以及时审定解决刘庄煤矿的"240工程"这一项目的工程设计及资金问题。

省煤炭厅许厅长对于刘庄煤矿的典型事迹，给予了热情的赞扬和崇高的评价："刘庄煤矿这一先进典型的产生，不仅是全省地方煤炭系统的光荣，也是我们全省煤矿系统的光荣。刘庄煤矿是我省煤炭系统的一面旗帜。"并且要求全省煤炭系统都要认真地学习刘庄煤矿这一先进典型。特别要求煤炭系统的领导干部和基层干部都要像刘庄煤矿的干部那样，深入基层、参加劳动、以身作则，甘当公仆。

许厅长在今年2月10日要到北京部里办事，在离开石家庄的头一天临时召开一个厅党组扩大会议——将刘庄煤矿"240工程"有关问题拍板敲定下来。会议是在晚饭之后的七时半开始的,一直开到当夜的11点半。会议不仅确立了对于刘庄煤矿"240工程"应采取"宜粗不宜细,立即上马"的指导思想,而且具体缜密地研究了如果在会同唐山市地方煤炭管理公司等有关单位在开现场办公会时,对于"240工程"中的某些技术性问题出现拉锯式的矛盾纠缠或扯皮现象时如何处理和解决的策略性具体方案。

参加今年2月19日的刘庄煤矿现场办公会议的,除省煤炭厅蒋副厅长三人外,还有唐山市地方煤炭管理公司、开平区煤炭局、中国煤炭科学院唐山分院及刘庄煤矿的领导和工程技术人员等二十余人。会议由蒋副厅长亲自主持,在一种严肃、审慎而又紧张的气氛中进行。

会上,工程技术人员各抒己见,有的认为"240工程"排水系统的设计不合理,现在采用的80D型的水泵功率小,排水效率低,应改换成大泵……蒋副厅长对原施工方案提出了不同意见,即将原方案中的后退式采煤方案改为前进式采煤方案。所谓后退式采煤法,即要将采煤的巷道开掘到煤层的顶头,然后开始回采。这样施工周期长,井下投入大,经济收效慢。前进式采煤法即在采掘巷道一通过"石洞",初见煤层,便立即开辟采区,边采煤边向前掘进。仅这样一种采煤方案的变更,通过概算大约可节省投资60万元,即由原来的450万元降低到390万元。

现场办公会从早晨八点多钟开始,整整开了一天。

最后,蒋厅长拍板时问道:"大家说,从刘庄现采区往西南方向延伸的1700米处,即14线至17线之间有没有煤?"

所有与会者初而面面相觑,继而异口同声地答道:"有。"

"有,我们便要将它拿出来,刚才已进行了充分的论证。即便是有一部分在'建下'和'水体下',我们完全有办法将它拿出来。尽管现在还存在着资料不全和施工设计不尽合理之处,但我们应采取'宜粗不宜细,立即上马'的方针。至于资金,省煤炭厅投资150万,市里投资150万,刘庄煤矿自筹150万。现根据将后退式采煤法改为前进式采煤法节省的约

60万元，就冲销刘庄煤矿的自筹资金好了。也就是说，刘庄煤矿自筹90万元就可以了。整个'240工程'采取刘庄煤矿资金包干，即缺了不补，余下归己。关于省厅投资的部分，我回去后就申报省财政厅当即划拨。使刘庄煤矿'240工程'尽快上马。"

"240工程"批准之后，消息不胫而走，像春风吹拂着每个"刘庄人"的心。人们纷纷奔走相告，欢喜雀跃。工会主席刘桂林没有参加当天的现场办公会，当他一听到"240工程"被批准的消息，高兴得狠狠地当胸擂了自己两拳，蹦了好几个高，并立即赶到即将散会的现场会议上，向蒋副厅长深深鞠躬，表达了刘庄煤矿五百矿工最深厚最真切的谢意和敬意。

刘庄煤矿于艰难竭蹶的逆境之中，经过奋力拼搏，终于获得了向这块潜藏在地下的150万吨的煤田开掘的权利。

刘庄煤矿是在党的关怀下，在人民的支持下，在他们向社会进行开掘并获得了令人振奋的精神成果——社会"原动力"的推动下，获得了这种自然"原动力"的开掘权利的。

刘庄煤矿获得了新生，刘庄煤矿的干部在向矿内所有矿工进行心灵"原动力"潜层开掘的同时，将他们这种心灵"原动力"潜层开掘的精神产品——通过报纸、电台、电视及报告会等向社会展示出来，这本身便是向社会这个更加广阔的天地，进行新的"原动力"的潜层开掘！

《河北日报》于1990年2月27日的头版头条刊发了中共河北省委发出的关于"开展学刘庄见行动讲传统树新风活动"的通知。通知中强调指出："中共河北省委2月24日发出关于认真学习刘庄煤矿经验的通知，要求全省各级党委抓紧做出安排、组织各级各部门各单位的全体干部，特别是领导干部，对省委、唐山市委联合调查组的调查报告《新一代继承了老传统》认真地读一读，想一想，议一议，扎扎实实地开展学刘庄、见行动、讲传统、树新风的活动。"接着以头版二条和二版头条的主要篇幅，全文刊登了中共河北省委唐山市委联合调查组的《新一代继承了老传统——唐山市刘庄煤矿干群关系的调查》。应当指出的是：在此之前，中共唐山市委不仅转发了唐山市委宣传部的《关于学习、宣传刘庄煤矿的通知》，并向中共河北省委送交了《关于学习、宣传刘庄煤矿的报告》。河北省委主要领导及省委秘书长都看到了这个报告。

《河北日报》于3月1日、3日、4日连续以《刘庄煤矿的实干家》为题，并配以速写画像，分别介绍了除贺广祥、袁瑞芝和刘桂林三位主要矿领导以外的赵英、张玉洪、高国山、王全会、范长川等十一位矿山英雄的动人事迹。附带提一句的是，这也是贺广祥等矿领导对于"新闻媒介"所采取的态度，即"一要实事求是，二要留有余地，三要突出群体，四是不要捧杀"的具体体现。在记者采访时，他们推心置腹地"突出群体"，而自己却毅然决然地退避三舍了。

《河北日报》3月9日于头版头条发表了题为《三把柴同烧一团火——记刘庄煤矿的领头人》的长篇通讯。在同版的二条发表了省委书记邢崇智亲笔撰写的文章；《发挥党的优良传统的威力》。文章中指出："学习刘庄的经验，密切党群关系，最根本的是要普遍进行一次马克思主义群众观点和党的群众路线的再学习，再教育。马克思主义产生以前，唯心主义的英雄史观占着统治地位。只有马克思主义才把颠倒了的历史颠倒过来，第一次真正地、科学地解决了人民群众创造历史这个根本问题，这也是历史唯物主义的精髓。但是，一个时期以来，有人却对人民群众创造历史这个基本原理，散布了种种疑惑言论，甚至公然予以否定。我们要通过再学习，再教育，批判唯心主义英雄史观的各种表现，真正使广大干部特别是各级领导干部牢固地树立人民群众是历史创造者的观点。只有这个问题解决了，干部是人民公仆的观点，相信群众和依靠群众的观点，领导者的权力是人民赋予的观点，对上级负责与对人民负责相一致的观点才会确立起来，在工作中才能真正贯彻好党的群众路线。这是恢复和发扬党密切联系群众的优良传统的思想保证。"

这是渗透了马克思唯物史观的精到之论。

《人民日报》于3月23日在头版头条发表了长篇通讯《点燃自己，照亮别人——刘庄煤矿工人谈他们的带头人》。通讯采用刘庄煤矿工人的生动语言作为每节的标题："首先是工人的亲兄弟，其次才是'头儿'"，"危险时刻，干部上，工人撤"，"遇上好事，干部让，工人上"和"天塌下来，我们和矿领导一起撑"，向全国人民质朴而形象地讲述了刘庄煤矿带头人的动人故事。

《河北日报》3月18日于头版头条刊登了《刘庄煤矿事迹鼓舞激励各界人士——来信选登》。现摘要几条，抄录如下：

唐山市档案局任梦宝说：这样的典型要广泛宣传。电视台如果转播他们的报告，我要让全家都看看。

锦州女儿河造纸厂工人齐国忠给刘庄煤矿来信说：听了你们的事迹……我从内心喊出一句：刘庄煤矿党支部万岁！

一位用开滦赵各庄稿纸写信，署名'素不相识的人'给刘庄煤矿写信说：你们的崇高理想和大公无私的精神，在我的脑海里留下了很深的印象。

北京市大兴县供销合作联合社王兰给刘庄煤矿写了一封近两千字的长信。信中说：有人说社会风气不好，可像您这样的干部不是依然存在吗？

隆化县荒地乡烧锅营村女青年李淑新给刘庄煤矿来信说：看了你们的事迹报告，我的眼泪夺眶而出，我不会用美丽的辞藻去描绘你们美丽的心灵。你们不贪高薪，不受贿赂，处处以身作则，在一个小小的煤矿里默默无闻地工作着，你们太伟大了！

元化县驻军某战士给刘庄煤矿寄去了自己的津贴和一封热情洋溢的信，信中要求把这些钱给煤矿工人们每人买一条毛巾和肥皂，以表达战士的心愿。这位战士没有说出自己的名字。

北票矿务局煤矿职工专科学校采矿教研室魏凤海给刘庄煤矿来信说：我从重庆大学毕业近三年来，一直处于苦闷、彷徨的境地……看了你们的事迹介绍，我对你们矿非常向往，想到您那去工作，请您认真考虑我的请求。

……

4月17日上午，刘庄煤矿报告团应邀来到中央党校宣讲。主会场设在一个小礼堂里，坐在下边听讲的约240名学员，大多是中央直属机关或地方的省部级高级干部，两个分会场共3600人左右，一半是教职员工，一半是学员。而分会场的学员也几乎全是省厅局级或地区专员一级的干部。会场气氛极为热烈，讲到动情处，不仅主会场，就是分会场，也是一片抽泣声。报告结束之后，很多同志拥上前来，紧握着报告团同志的手说："太感人了，这样的报告听不够！""为什么不向全国推广、宣传？！我们国家太需要这样的典型了。"当报告团离开了会场，在校园的甬路上碰到了一位七十多岁的老教授，他用颤抖得十分厉害的手拉住报告团的同志，激动地朗声说道："你们的报告太好了！是治理我们国家的一剂良药，是向全党全民进行思想政治教育的一本教科书。"据中央党校有关同志透露，这场报告，使95％的听众（包括分会场的）落泪了。这是中央党校罕见的事情。

4月27日上午，由河北省委宣传部组织编辑，河北大学出版社出版的《新一代继承了老传统——刘庄煤矿经验汇编》一书的首发式，在省会石家庄举行。

4月28日下午，省总工会受全国总工会的委托，在省政协会议厅举行了"五一劳动奖章、奖状"的隆重发奖大会。贺广祥矿长代表唐山市刘庄煤矿领取了"五一劳动奖状"。在此之前，刘庄煤矿党支部书记袁瑞芝和工人代表胡殿荣，在首都举行的颁奖庆祝会上，光荣地受到党和国家领导人及中华全国总工会主席的接见。

刘庄煤矿代表胡殿荣作了报告。他的二十三分钟的发言，四次被情不自禁的热烈掌声所打断。

报告会结束后，党和国家领导同志与劳模报告团的同志进行了亲切交谈。刘庄煤矿的贺广祥、袁瑞芝、刘桂林、胡殿荣参加了座谈会。

5月9日，全国总工会劳模报告团即将分赴京、沪、冀、青、鄂、滇、皖、晋、新等全国各地之前，出现了一个小小的"麻烦"。

这个小小的"麻烦"，是第二分团团长、全总书记处书记同志在找刘庄煤矿参加报告团工作的刘桂林同志做工作时泄露的："你们刘庄，不是两个同志吗？为了照顾全总报告团的整体效果，只好把你和那位工人师傅（即胡殿荣）分开，让他去别的团，二团由你一个人去讲。"负责全总劳模报告团组织工作的顾景民说得更加直截了当："没办法，现在各报告团都争着要你们刘庄的代表，只好把你们俩分开了。"于是，刘桂林留在原来分定的二团走闽浙一带，胡殿荣另分至四团，赴黔贵一线。

全总劳模报告团所到之处，受到当地党政领导和人民的热烈欢迎。从机场、火车站到他们下榻的宾馆，一路洋溢着欢歌笑语，雷动掌声，一道流动着花束旗帜，飞光溢彩！沿途的少先队员手持花束，边雀跃，边呼喊："热烈欢迎，欢迎欢迎！"当劳模报告团的轿车在全副武装的警察骑着摩托车队在前边缓缓导行时，刘桂林实在按捺不住内心的激动之情，哭了，一个井下挖煤的"煤黑子"，受到了如同欢迎国家领导人一般的隆重礼遇。这不正是党风所系、民心所向的党的优良传统回归到现实社会生活中来的一个象征吗？

刘庄煤矿党支部书记袁瑞芝同志还出席了全国职工思想政治工作的年会，并被授予优秀思想政治工作者的光荣称号。她和范长川同志应邀在会上宣讲了刘庄煤矿的事迹，引起极其热烈的欢迎和反响。

上述事件《人民日报》《工人日报》《河北日报》《河北经济日报》及《唐山劳动日报》等均有报道。

我们读着这一段段热情洋溢的话语，眼前便好像浮现出一块块黑漆漆光的煤多被点燃了，被点燃了……

那被点燃的火星，似乎开始只有一点点、一星星，就仿佛一只闪闪发光的萤火虫，落在了黑黢黢燃烧的煤块上，渐渐地这种美丽的萤火虫越来越多，它们凝聚在一起，搅成黄莹莹的一团……风一吹，忽地一下，蹿起了一条火舌，在微风中，仿佛带着豆蔻年华的少女那羞涩的颤抖亲吻着这陌生而又热恋着的寥廓虚空。她渐渐大胆起来成熟起来热情起来，那青春燃烧的火焰奔蹿腾骧，蓬勃奋飞，像无数红熠熠、黄灿灿、紫花花的彩绸漫天狂舞起来，天地沐浴在一片金光之中……

啊！多么美丽而热烈的辉煌之火啊！

这火不仅是刘庄煤矿的矿工在矿领导的带领下，将从石炭纪、二叠纪或侏罗纪便郁积、潜藏、深埋在地球深处的"原动力"——煤，挖掘上来燃烧起来释放出来的美丽景象！这火也是每一个刘庄矿工和我们共和国每一个热爱祖国、热爱社会主义、信仰共产主义的公民，将郁积、潜藏、深埋在自己心灵深处的"原动力"——建设社会主义祖国的巨大热情和能动积极性，挖掘上来燃烧起来释放出来的美丽象征。

这巨大的"原动力"将推动着共和国历史的巨轮滚滚向前，向前：去迎接更加美丽、灿烂的明天！

1990 年 4 月 20 日脱稿

刊于《长城》1990 年第 4 期，获中国作家协会"1990—1991 年度全国优秀报告文学奖"

当代戎冠秀（节选）

编者按：中篇报告文学《当代戎冠秀》4万余字，共8节。本作选刊的是第8节。

> 拥军情
> 为全国拥军模范
> 刘金鱼同志报告文学
> 题签　刘振华
> 一九九一年七月二日

当年北京军区政委刘振华上将为蔡子谔所撰报告文学《当代戎冠秀》题字

八 我死了，是为了军民共修的桥通路通！

刘金鱼入党几年来，她一步一个脚印地实践着她自己的誓言。赢得了西戌村党员和群众的赞扬和拥护。

1987年4月，西戌村党支部改选，党员们都开始酝酿候选人，这是关系到西戌村党员和群众利益的大事情，不仅党员就是群众也十分关心。一时间人们走家串户、评头论足、交头接耳、议论纷纷，出现了少有的神秘气氛……

刘金鱼从不隐瞒自己的观点。她站出来，拍了胸脯："咱不当万元户，要搞好党支部。"这年，她刚好整整六十，正是花甲之年。

我们毫不隐讳，刘金鱼不是没有缺点和不足——有。比方说，她性情急躁，脾气倔强，没有文化，年岁又大，身体也不太好。她能当好这个支书吗？

但西戌村无论党员或是群众，对她那种一心为公、有钱不往口袋装的崇高精神，没有不佩服得跷大拇指的。笔者亲眼所见：西戌镇临公路的一家个体户开的照相馆，门楣上横挂着一个牌匾，上面赫然书道："学习刘金鱼见行动，现役军人照相一律免费。"由此可见一斑。

全村有党员72名，选举到会的51人。刘金鱼得47票。她当选为西戌村党支部书记。

她在热烈的掌声中，也发表了几句"就职演说"："今天我被选为西戌村的党支部书记，三年内，我要为西戌群众办几件实事：第一，村采矿队的工资要年年兑现；第二，村里的旱地变成水浇地；第三，户户吃上自来水；第四，村里的集体经济收入我要翻一番！"她的讲话又一次赢得骤雨般的掌声。

由于刘金鱼在西戌承包了第一个尾矿点，开辟了一条安置劳力的致富之路。村里和镇里都先后办起了尾矿点。这不仅成为西戌村集体经济，也是村民们个体经济收入的主要来源。村采矿点的工资不兑现，就会严重影响村里群众的生活和情绪。1990年年底，她从北京开完全国拥军模范表彰大会回来，不料在西戌镇、涉县的供销社、银行都因"冻结"，贷不出款来，于是她立即四处借贷：向工矿企业、向集体摊点、向亲友个人。

然后加上她自己的全部个人积蓄，总算凑够了18.5万元，使村采矿点的工资全部兑现了。当村民们笑逐颜开、欢度新春时，他们可曾知道，刘金鱼为了筹措兑现工资的款项，愁得两次潸然落泪、嘤嘤饮泣呢？

由于她领着全村群众修建了扬水站和水塔，旱地变成了水浇地，户户也都吃上了自来水。1987年西戌村集体经济收入是30万元，1988年是78万元，翻了一番还多。此后几年虽国家银根紧缩、市场疲软，但他们的集体经济收入仍保持这个水平，并略有增长。刘金鱼这个年逾花甲的农村老太太，在"就职演说"中的许诺，已全部变成了现实。

刘金鱼的目光看得更远了，她胸中澎湃起更大的激情，脑海里描绘着更加宏伟的蓝图！

她要在当地驻军的赞助和参与下，拓宽西戌村街面的主要干道。然后在邻村的深沟大壑上建起一座"同心"石桥来，使西戌村与绕村而过的长（治）邯（郸）公路连接起来，让偏远、闭塞的山村参加外部世界以改革开放为主旋律的经济大合唱！

搞这样宏伟浩大的工程，对于一个年逾花甲的总指挥来说，其艰难困苦的程度，恐怕无论你怎样展开想象的翅膀肆意翱翔，也不会超越严酷的现实！

刘金鱼迈动小脚，立在西戌村鳞次栉比的巷道般的当街上，一声吆喝，要让这商店铺面、房宅院落往后退，再往后退，闪出一条坦坦荡荡的都市般的大马路来。这是何等的气派，何等的豪情！又是何等的艰难竭蹶、寸步难行啊！

然而，刘金鱼的小脚赶到哪里，她的吆喝声追到哪里，哪里便腾起黄尘漫漫的雾障；雾障款款落下后，宽宽的街面神话般地闪现出来……

就在大马路与桥头衔接的咽喉地带，出现了一个最难拔的"钉子户"。

这个"钉子户"，有几棵合搂抱的杨树参天而立，挡住了军民同筑的"同心桥"的去路。修路用的沙子、石头和水泥等建材物资运不进去，严重影响了工期。

"钉子户"姓李，是个软硬不吃的主儿，软来软磨，硬来硬抗。说破大天，就是不让砍伐这几棵树——实际上，是要借拖延时间来增加他漫天要价的筹码。

村里别的干部来做工作都碰了钉子；就连西戌镇的冯镇长来了，他也是梗着脖子又吵又闹……

一天早晨，刘金鱼突然出现在他的面前，指着那树说："李××，把这树除了。"

李××用眼瞟了一下刘金鱼，见她身后不远，已有两个彪形大汉扛着大锯伺候着这边；桥头这边，铲土机的马达隆隆怒吼，钢铁大铲正跃跃欲试……

"李××，前几天冯镇长把政策、道理都给你一点点掰开了、揉碎了，你还听不进去？你还要咋样？！"

"今儿个日子不对付，不吉利——"李××自知理亏，他心里明白，他这几棵树已经享受着"优惠价"了，但他仍要"坚持"一下，"不能除！"

"'四旧'早破了，今儿个非除不行。"

"非除不行？"

"非除不行。"

"除吧！"李××一下子蹿上前来，死死地搂住了树干。他怕再叫这六十多岁的刘金鱼搂住了双腿，那他可就成了冷水烫猪——不来气儿了！他呀，纵有泼天的气力也没法使呀！这回，他可要先下手啦。他搂着树，还将头紧紧地贴在树干上，完全是一副同归于尽的架势。然后大声吼道："除吧！我让你们夯死我。"

谁也没想到他会来这一招儿，喧闹欢腾的山村沉入一片静寂……

山里人有憨厚温驯的一面，但惹恼了、逼急了，也有剽悍野蛮的一面。村委会主任王水的可能在拆迁时秉公办事，态度生硬了点，不知得罪了谁。一天夜里，"轰隆"一声巨响，土石崩云、烟尘弥漫、山墙洞豁、星月彻照，北屋山墙被炸开了一个瓮口般的大洞！他和妻儿几乎被浮土埋住了……

刁顽的李××来这一手，倔强的老太太会怎样呢？谁都捏把汗！

刘金鱼用眼瞅了瞅他，又瞅了瞅大伙儿，往前站了一步，朗声说："李××，今儿个咱当着西戌村乡亲们的面，把话说明了，夯死你了我刘金鱼偿命，一命对一命！你死了没意义，是根儿鸿毛；我死了，是为了军民共修的桥通路通，除！"

刘金鱼话音儿一落，两个彪彪愣愣的汉子扛着一人多高的大锯片上来了，熄了火的铲土机又重新吼叫起来！

李××颓然倒地，像一摊烂泥一样！

"同心桥"已巍然屹立在西戌村东头的深沟大壑之上。

笔者在西戌村采访时，有幸读到了一位颇通翰墨的乡先生撰写的《"同心桥"铭记》，依稀记得一些词句，现摘录如下：

"同心桥"两旁，绿柳白杨，映带水浒左右；高楼广厦，棋布山麓上下……惠风和畅，村民齐颂，共产党富民政策；云霞蒸蔚，百姓同赞解放军丰伟功绩……女共产党员，西戌村党支部书记刘金鱼，年逾花甲，身先士卒，昼夜劬劳，呕心沥血，造福民众……

这准备刻石上碑的《"同心桥"铭记》的文藻，虽出自乡先生的手笔，但却是西戌村人民群众的共同心声。

去年清明节前，中国人民解放军总政治部副主任周文元将军等一行来涉县为刘伯承元帅扫墓，特地驱车到西戌村看望了全国拥军模范、子弟兵母亲刘金鱼。

那天，周文元将军就站在这"同心桥"的工地上，十分有兴味地听取了刘金鱼关于拥军优属等工作的汇报。

刘金鱼说："俺一个老婆子，没啥好说的。今年要办八件事：一是军民共修这座'同心桥'；二是改变村容村貌；三是修整7200米渠道——

新修3000米，其余的维修；四是改河造田30亩；五是低水高调，变旱地为水浇地；六是用推土机推平荒山圪梁，解决群众特别是军烈属盖房难的问题；七是继续改善光华学校的教学条件和设施，让这座拥军学校十年内不落后；八是带头集资，更新和改善拥军医院的医疗设备……"

刘金鱼掰着指头说，周文元将军掰着指头听。周文元将军情不自禁地跷起拇指，大声说："金鱼同志，你干得真不错。是第二个戎冠秀啊！"

刘金鱼紧紧地握着周文元将军的手，眼眶里噙着滚烫的热泪……

此情此景，勾起了刘金鱼难忘的回忆。

那是在石家庄白求恩国际和平医院的病房里，子弟兵的母亲，年逾九旬的戎冠秀，安详地躺在雪白的病榻上……

刘金鱼心里一阵难受，几年没见，她已经那样衰老了，那干瘪瘦弱的身躯，像一束枯黄的茅草，瑟缩在被褥里；那昏瞀的双眼，像一盏快要熬干的油灯，黯然无光了……

是的，她是山上的野草，"野火烧不尽，春风吹又生！"她将自己那盏照路油灯的光亮，抹在了子弟兵金灿灿的帽徽上！她是子弟兵的母亲，是解放军的骄傲！

当河北省军区的首长将全国拥军模范刘金鱼介绍给戎冠秀时，戎冠秀那昏暗的目光，忽然闪现出欣慰喜悦的光亮来，喃喃地说："好好，过去拥军……打鬼子，现在……要带头干，干社会主义！不干不是共产党员。"

戎冠秀说完，从被褥里颤巍巍地伸出一只枯瘦的手来，像是要把什么东西递给刘金鱼似的，刘金鱼双手紧紧地握着戎冠秀的手，她眼里噙着泪花说："戎妈妈，我要向您学习，搞好拥军，干好社会主义！"

戎冠秀老人好像完成了使命的传递，脸上露出了释然宽慰的微笑……

节选自《长城》1991年第4期

绿色惠风（节选）

编者按：中篇报告文学《绿色惠风》4万余字，共4章，本集选刊第一章、第三章。

第一章 微风生青萍

涉县，位于河北省的西南边陲，毗邻晋、豫两省，坐落在峰峦叠起的太行山南麓。

涉县境内山岭纵横，河谷交错，坡场广阔，呈深山区地貌。全县33.07万人，其中农业人口为30.7万。近年来人均自产粮198公斤，口粮仅为140公斤。人均收入只有110.3元。它不仅是全省最贫困的县，也是全国最贫困的县之一。

造成涉县人民如此贫困的原因，尽管很复杂，但最基本的还在于其恶劣的生存环境："首苦乏水"——这是清嘉庆四年，涉县县令戚学标，喟然太息涉县黎庶之贫困的症结之一。

汉武帝元鼎三年（前114年）涉县大旱，人相食。晋怀帝永嘉五年（311年）涉县大旱，人相食。北魏延兴四年（474年）涉县自皇兴三年以来，连续六年大旱，赤地千里。宋端拱二年（989年）涉县连年大旱、民多饿死。元文宗天历二年（1329年）涉县连续四年大旱，死者枕藉。明嘉靖八年（1529年）涉县星陨，岁大饥，人相食。清光绪三年（1877年）豫北特大旱，涉县大饥，逃荒饿死甚众。

《涉县志》中还移录了明代一位县宰，将自己到任时的亲见亲闻写成了一篇令人毛骨悚然、惊世骇俗的文字，其辞曰："蒙恩除授今职于十四年八月二十六日，抵任自西北入县。见村墟瓦砾，野鞠（菊）蒿茱，庐断烟炊，骨忱涂藉，臣即于车中泣下……（此地）历年以来，四载凶荒，一粒未获，翻秋菽浪，全齑螟螣之口，明月花村，遍是蟊贼之窟。五瘟二竖，（使）八口七亡。一脯为艰，半菽不饱；甚者妻解夫户，兄分弟裔……"

也许有人不禁要问，不是"河谷交错"吗？怎么会如此"乏水"以致旱魃肆虐、民不聊生呢？

是的，县境之内便有两条河（清、浊漳河）穿流而过。浊漳河从县东南边侧峡谷汨汨流过，基本没有灌溉面积。清漳河虽贯穿全县，然而它的河床处于县境的最低沟谷。在漳北渠尚未挖掘开凿的1960年之前，滔滔不绝的清、浊漳河水，竟白白地在焦渴如焚的涉县百姓脚下流淌过去，可望而不可"汲"啊！

一首幽怨凄惶的歌谣唱诮："有女不嫁西岗村，提起吃水痛煞心，十里以外去担水，挑起笤桶骂媒人。"民国十六年修撰的《分省地志》，对涉县的缺水情况有着更加具体而翔实的记载："此村无井，借用彼村者，往往以争至讼。运水之村，每逢亢旱，取汲于十数里之外。冒赤日，度绝壑，舀取升斗以供爨煮，甚至有累数日不盥手面者。"根据1989年编撰的《涉县水利志》提供的涉县五大片缺水乡镇的吃水情况是：索堡片的宇庄沟、偏城沟、鹿头沟、唐王皎沟等35个较大的村庄到索堡的清漳河汲水，单程为50至60华里。西达片的王金庄沟、张家庄沟、关防东西两沟等41个村庄汲水单程为50多华里。河南片和连泉片的29个村庄为20多里。最近的中原片也有13华里之遥。1986年初春，邯郸地区专员郭洪岐同涉县县委书记武永昌同志等一起，深入深山区摸第一手材料。一天中午，他们来到青塔乡的寺峪村，亲眼见到一个农民在长满绿蒲的污水坑里担水。他们便尾随其后，走了好几里山路，来到了他那只有几户人家的自然村里。

他们发现每个农民家中里里外外的瓮、缸、盆、罐里都装的是水。经问询，才知道这些水分了几个等级以便重复利用：人食用的，淘米洗菜的，饮牲畜的，大姑娘小媳妇洗脸的，洗刷衣物的，等等。

为尽快解决深山区人民的饮水问题，地区决定，立刻行动，突击一春，挖三万眼水窖，每个水窖补助工100元，地区财政拨出30万元来。仅为解决人畜饮水困难一项，涉县政府和人民每年就要付出100万元和49万个工日的巨大代价！严酷的生存环境——单单是缺水，就给涉县人民带来了多么沉重的负轭和苦痛啊！

那是1985年春夏之交的时分，原县长王树安和县政府办公室副主任江钦所同志，几乎同时从不同的渠道得悉了关于联合国系统的世界粮食计划署（英文缩写"WFP"）无偿粮援的项目这一信息。

联合国"WFP"无偿粮援项目的宗旨：一是援助缺粮和人均收入低的贫困地区，二是生产发展有潜力的地区。它是实行补工补粮的办法（类似国内的"以工代赈"）。项目区每户平均按五口人计算，每天出一名劳力，每个工日补助3.25公斤小麦。帮助项目区进行农业综合开发，改善生产条件。粮援的目的，不是"锦上添花"，而是"雪中送炭"。河北最贫困的涉县正需要"雪中送炭"啊！

县里马上正式组建了粮援"项目办公室"。由常务副县长吕忠魁挂帅任主任，县委顾问李瑞任顾问，开始专门跑"项目"。当他们来到省城石家庄后，突如其来的消息使他们傻眼了，全省申报粮援项目的地区、县早已捷足先登，在省农业厅挤成疙瘩了。光是保定地区就有七八个县。

李瑞见到邢书记后，他们一起谈着忆着战争年代的一些往事、一些同学、朋友，真如杜甫诗中吟咏的那样，"访旧半为鬼，惊呼热中肠"啊！邢书记还说："我前几年回了一趟家，对儿时的伙伴说了我的突出印象：山上面的树木更少了，你我下巴底下的胡子却多了啊！"

是啊！那位下巴底下髯须萧萧的清代县令戚学标，在二百年前，也忧虑地发出过"次苦乏薪",亦即"乏木"——就是缺柴。

"乏薪",乃"冈峦重复,悉巇磊乱石"之故也。由于涉县境内山峦系太行山脉的一部分,多为石灰岩地貌,岩体坚硬,土层瘠薄,树木极难存活,植被率很低。据1984年普查,全县森林覆盖率仅为7.5%。恶劣的生态环境导致了恶劣的气候环境。据涉县近23年的连续统计:82%的年份春旱,36%的年份夏旱,55%的年份秋旱,且暴雨次数为年均1.4次,往往是暴雨如倾、河水横溢,旱灾便急骤变为洪灾了。

山洪暴发,泥沙俱下,水土流失极为严重。年表土流失量在100万吨以上,水土流失面积达1036平方公里,致使大量农田和水利工程被泥沙淤盖和废弃。

由于"乏土"和"乏水"造成了"乏薪"(植被率低),而"乏薪"又益发造成"乏土"和"乏水"(水土流失)。

如何根治涉县人民生存环境"乏水","乏薪"即"乏木"和"乏土"等痼疾呢?摆在他们面前的,还有一个严重困难,则是"乏金"!

李瑞来找邢书记,也正是为了解决联合国"WFP"无偿粮援这一"乏金"问题。

李瑞才不失时机地切入了正题。李瑞说,我们一起上高小的偏城镇,特别是圣寺驼一带还很穷,这次争取的联合国世界粮食计划署项目中,县里就打算划入"项目区"。你不是说涉县山上的树木少了吗?这个粮援"项目"要是能争取上,我们计划在项目区育苗125公顷,造水土保持林8567公顷,经济林667公顷。还要搞水利灌溉工程、土地改良工程、防洪工程、人畜饮水工程……

李瑞侃侃而谈,邢书记聚精会神地听。

当李瑞谈完之后,将期待的目光投向邢书记时,只见他以手支颐,沉吟不语。半晌,才说:"涉县是贫困县,我要支持。全省的贫困县,我都要支持。谁最符合条件谁就上……"

1988年元月24日,《项目提纲》终于在农牧渔业部外事司国际二处赵锡林副处长那里通过了。

李瑞、吕忠魁他们才长长地嘘了口气,将心里的那一块石头放了下来。吕忠魁探询地问赵处长:"那是不是请赵处长及时将我们的《项目提纲》报到部里审批,听说,还要报国务院审议、立项?"

赵处长仍然没有吭声。他示意在一旁的欧青平从文件柜中取出一个文件放在了吕忠魁他们面前。

哎哟!这不是农牧渔业部等四个部早已报了,而且国务院已经批准立项了吗?甭说他们心里有多么激动多么兴奋多么高兴了!要是在涉县,没准他们真要像孩童一样拍着手,蹦个高哩!然而,他们的心马上被一种庄严的情感霍然攫获而剧烈震颤!啊,这是党中央、国务院,也是老一辈革命家对涉县老区人民的关怀;这便是党的阳光,党的雨露,党的惠风啊!

然而,国务院的批准立项,才走出了争取"粮援项目"的第一步。后面的路,真是"漫漫其修远"啊!

第三章 轻摇层林翠

1989年元月中旬。

就在联合国专家评估团莅临的前夕,两场暴风雪,像海啸般地铺天盖地席卷而来,沙县大地的山区林莽、原野沟壑、村舍茅寮、道路河流,全都变成了冰雕玉琢的银白世界。

县委、人大、政府、政协、纪委五套班子召开紧急联席会议,要求所有领导都奔赴评估现场第一线,亲自发动群众扫雪。

元月14日,当外国专家抵达涉县的第二天进行现场踏勘评估时,亲眼见到所有的考察现场（有的地广数顷）和路途——无论是陡峭的山路还是平地，只要你脚走到的地方，雪都被清扫得干干净净。他们无不为之感动，认为这是一种了不得的盛情，也是一种了不起的精神！富有文化修养的团长特布里吉斯先生，嘴里似乎喃喃地念着那句"这雪使我感到温暖"的诗……

外国专家评估团一行六人。他们是：团长特布里吉斯先生、水利专家赫斯姆·泰玛先生、农业专家特里萨·索普先生、林业专家克里斯特拉·戴维斯先生、农经专家耶布·希姆斯特拉先生及黄斌先生。随同到来的还有农业部的项目官员和省农业厅厅长及专家等五人。

戴维斯，是英国籍的国际林业专家。他目光锐利，思维敏捷。常穿一件浅灰色的羽绒夹克衫，他总喜欢把扣子扣得严严实实的，看上去，很像一个充满了气的空口袋。后来的事实证明：戴维斯先生真称得上是一个虚怀若谷的"口袋"。

16日上午他在县林业局高级工程师项目主持人之一常剑文、副局长白书太等人的陪同下，考察了畔峪村的小穴整地，块状育苗整地的样板和东安居大穴整地的样板。

畔峪村的小穴整地在村北的山顶上，山路上的雪都已清扫干净，但仍是坡陡路滑。戴维斯先生已是五十六七的人了。当有人上去搀扶他时，被他婉言谢绝，只见他步履敏捷而矫健地朝上登去。

到了山顶，人们俯视脚下宜林坡地，那被清扫过的鱼鳞坑内，偶尔在松软的浮土上滞留着星星点点的薄雪，在冬季淡淡的日影下整个耸立的山峦，就好像一尾银鳞闪闪的鲤鱼，要奋鳍摇尾，腾空跳去一般，它使人触景生情地产生一种"鲤鱼跳龙门"的联想和喜悦！

戴维斯很有兴致地看了小穴整地和块状整地的样板。并就株行距以及为什么要在山顶的生土地上育苗等问题同常剑文交换了意见。常剑文关于在生土地上育苗可以避免"立枯病"的回答，由于来自实践并被实践证明因而得到了他肯定和赞赏。

下午戴维斯考察了南沟经济林——花椒栽培生长情况和石家庄村梯田样板。他对经济林群落中套种小麦等农作物这种"立体农业"模式很感兴趣。他说当代农业模式研究中，西方有的林学家、农学家刚刚提出了这样的理论构想，不想在中国涉县的土地上已早就成为令人赞叹的现实了。这是涉县农民的创造。

16日上午考察了大树沟人工栽植油松、侧柏的情况。当吉普车停在更乐的大树沟底，戴维斯一钻出汽车，便被大树沟两旁山坡上的油松和侧柏林深深吸引住了。

"Matchless in the world（世界上无与伦比）。"戴维斯两手叉腰，由衷地赞美道："Un——Matched in the world。"

也许是由于审美感兴引起了情绪激动，或者说情绪激动触发了审美感兴，使得情感对理智的思索和判断，显示了在表达上的些许干扰和微弱差异：他起先的赞叹语是"举世无敌"，当然也可译为"举世无匹"，但后来则更准确地选用了"举世无双"……

这里确实是"举世无双"的。

过去，当我们观赏东山魁夷那充满浓郁诗意的风景画时，那画面经常出现的层峦叠嶂、鳞次栉比的柏树林，总以为那是在继承日本"浮世绘"传统下，渗透了他独特创造个性的一种装饰性的艺术表现手法。而眼前大树沟的北坡，在笔者看，正是一幅立体的灌注了蓬勃生命活力，而又骀荡着浓郁诗情的东山魁夷的风景佳作！

显然，他的"举世无双"不仅仅是赞叹这大树沟的人工栽植技术显现了巧夺天工的审美价值，同时也赞叹着涉县农民在土层极为瘠薄的石灰岩山体上创造了世界上绝无仅有的奇迹——因为在他们看到的世界其他国家，这种石灰岩地貌的山上却是光秃秃的——即我国古代诗词文藻中的"濯濯童山"。

下午，戴维斯在沙河村的苗圃里，看见那密密匝匝的几万个营养钵中，都已长出葱绿可爱的侧柏幼苗。顽强的绿色生命啊，真是"野火烧不尽"的！戴维斯高兴地问："营养钵在造林中，百分比是多少？"

"营养钵在造林中占1462.76公顷。"常剑文从容地答道，"整个造林面积为9234公顷，只占15.8%。"

"营养钵能缩短育苗期，并使幼苗茁壮。为什么不都用这种方法？"

"因塑料制品较贵，成本较高，所以不能都采用。"

"移栽时去掉塑料袋吗？"

"不去掉。"常剑文从地上拿起一个营养钵，说，"就这样整个地移栽在挖好的鱼鳞坑中。"

戴维斯顿了一下，皱着眉头问："那样不会影响树苗的根系发育、生长吗？""不会。"常剑文举起手中的营养钵："您看，这无底塑料袋只有10cm，主根生长都扎在10cm以下。此外，不去掉塑料袋还可以保墒。"

"主根尚未穿透塑料袋前，不会发生缠根现象吗？"

"不会，那时根系还不发达。"

"而在我们西方国家在移栽营养钵时，都是要将塑料袋去掉的……"

常剑文心里明白，道理虽然都讲得很明白了，但外国专家一旦形成的固定看法，似乎都很难改变。为了解决这个存在着分歧意见的问题，他决定在明天考察木口村侧柏造林整地及成活情况时，着重看成活情况。

翌日来到木口村侧柏幼林地，常剑文让人用小手锹挖出了几株侧柏幼树，株株生长茁壮，根系发育良好。而无底的塑料袋还像一个透明的围脖一样套在主根上端的颈部，对主根的生长没有任何妨碍作用。

事实胜于雄辩，戴维斯又一次伸出了拇指："OK！"

营养钵这个有形无底小口袋的问题总算圆满解决了；但常剑文没有想到，一个无形的无底大口袋正在等待着他哩！

我们从实地踏勘之后的座谈记录中可以粗略地统计到，在两次的座谈中，戴维斯先生连珠炮似的一连提出了84个具体问题；加上在实地考察中提出的诸如营养钵移植时去不去塑料袋之类的问题，总共在170个左右。对于这些问题，戴维斯往往不满足于一般的介绍，而张口就是："请给我一个准确的数据。""能给我一份材料或表格吗？"

但使常剑文等人感到惊诧莫名的是头一次座谈会结束之后，戴维斯含笑地向他走过来递给他一沓纸。很客气地说："常先生，除了刚才说的那些图表外，能把这些表格都填好，明天一起给我吗？"

常剑文接过来一看，原来是十三四张空白表格。这些表格的内容，绝大多数都是座谈会涉及内容的延伸或扩充。啊，这些表格都是哪里变出来的？戴维斯真像是一个令人惊讶不已的魔术师！

如果说一个精确的数据，是对某种情况或某种现象的准确描述的话，那么呈现在表格中的一系列数据，便存在着通过系统的有序性和多维性来显示出内在联系的规律性和事物本质的可能性。

戴维斯的表格，不正是在这种意义上显示着他本人的价值观吗？

常剑文接过来，逐一地翻看了一遍，然后胸有成竹地说："可以。"

农业项目的主持人高级农艺师刘寿松想，有水利工程，有林业工程，似乎谁都还没有听说过农业工程。农业不能称之为"工程"，那么怎样计算工程"定额"？又怎样折合为"以工代赈"的粮援呢？

刘寿松想首先从说明农业"工程"的必要性入手。并让水利工程来挂钩搭桥，从而证明农业工程是整个项目工程系统的不可分割的子系统。

15日上午，刘寿松等人陪同团长特布里吉斯和农业专家索普来到南郭口考察平整土地样板时，指着眼前平展的土地说，将来漳北渠延伸到这里来，如果不平整土地，漳北渠的延伸工程就起不到灌溉作用——成了聋人的耳朵。

当团长笑着问翻译这句民间俗语（实为歇后语）的意思时，翻译说只是摆在那里做样子，起不到实际作用。团长和索普都点头称是。

此后，团长和索普都没有再问什么。刘寿松心里明白，他们对平整土地的必要性是认识到了，但对平整土地的增产效果，特别是平整土地的方法，似乎还是持怀疑态度；而"定额"的问题，一时更是无法讨论和确定。

16日上午，到王金庄村的岩凹沟考察梯田典型情况，除索普外，团长也来了。

在吉普车中，刘寿松便断断续续地向他们介绍了一些情况。

刘寿松热情饱满，精力充溢地解说、介绍，仍然没有提起他们的兴致。更没能找到引起他们兴奋的热点或消除淡然态度的疑窦。

然而，转机就在这时悄然降临了！

吉普车开到王金庄村豁口时，团长忽地眼睛一亮，问这是什么地方？

刘寿松说前面就是农业综合治理的典型王金庄岩凹沟。索普也示意让车暂停下来。

这里，实在不能不让团长和索普感到新奇和惊讶。

从王金庄豁口远眺，王金庄岩凹沟两旁的山顶上，全是郁郁葱葱的油松和侧柏，真是黛色参天，青翠欲流。在萦青绕白的山岚中隐现出来的，是犹如刀削斧劈一般整齐的梯田。梯田的石堰边上，全是枝条柔韧、迎风摇曳的花椒树。五六月间花椒开始挂果，一串串红玛瑙般的骨朵果，杂缀在黛绿的枝叶间。远处望去，就像在那一条条石坝的莹白玉带上又包上了一道镶红嵌绿的花边。沟底随着山麓的蜿蜒走势，修筑着一层高过一层的蓄水塘坝。坝内碧波荡漾，清澈见底。不时有几只羽毛雪白的鸭子，嘎嘎嬉戏其间。这时，你的整个身心，仿佛都沉浸在"白毛浮绿水，红掌拨清波"的一片天籁之中……

"啊！这是我见到的世界上治理得最好的一条沟。"索普连连揿动摄影机的快门，竖起大拇指："了不起，了不起。"

"啊！这太美了！完全可以开辟为旅游区。"团长也由衷地赞美道。

美——就其一般意义来讲，是人的本质力量的对象化。但具体说，只有那些"按照美的规律造型"（马克思语）的，并将人的本质力量凝固于其上的对象，才是美的。

到了王金庄岩凹沟，索普主动地问刘寿松，你能讲一讲这石堰是怎样修筑的吗？

刘寿松说，可以。

王金庄村坐落在涉县境内的深山沟里。要想彻底改变"人多地少产量低，吃粮年年靠救济"的状况，就得全村人咬紧牙、攥牢手、豁出命地抠死"土"字打算盘——这是原王金庄乡王金庄村党总支书记王全有终日寻思的一个道道。

这里说的在"土"字上打算盘，无非是根治荒山秃岭，扩大耕地面积，至于"豁出命"去吗？

莽苍苍、光秃秃的岩凹，石厚土薄坡陡。严酷的事实告诉我们：每造一亩梯田，都要垒砌一两丈多高、一米来长的双层石堰，石堰垒好了，要在底层填大石，中层填碎石，表层填土。在满山遍野都是石头的岩凹沟，土却成了最匮缺最金贵最稀罕的东西！这里的土从哪里来，得用镐尖锹刃从岩罅石缝里一点一点地抠，得从山巅壑底一筐一筐地担。土石混杂在一起，就得用筛子过……

一天收工时，累得精疲力竭、骨酥筋乏的人们正要离去时，却被王全有喝住了："慢，别走咧！"说完后，他便坐在一道石堰边上，慢条斯理地只顾将自己脚上那双踢倒山的粗布鞋脱下来，一只又一只地翻倒过来。在石堰上轻轻磕打，将鞋窝窝里的泥土倒泻在堰内。当人们纳闷儿不过，正要发问时，王全有却憨笑着怨艾道："咋啦？还傻愣着！还不脱鞋……"当人们弄明白是怎么回事后，他们没有喧嚣没有讪笑没有嬉闹，肃穆而凝重的气氛，立即如同沉沉暮霭一样笼罩下来。他们都仿效着老支书的样子，将鞋脱下来，双手捧着，走到堰内，将鞋翻转过来，让鞋窝中的泥土沙砾映着晚霞的余晖，像金色粉屑一样闪闪烁烁地流泻飘洒下来。他们脸上那种庄严而郑重的神情，都感悟到泥土和自己的生命和生存休戚相关的紧密联系，进而从沉甸甸的泥土中掂出了自己生命的重量！

获得泥土、获得土地，就是获得自己的生存权利。王全有他们要为自己，为后人豁命干！

在一个雪风凛冽的冬晨，王全有领着乡亲们要攀"南天门"。这里上有坡下有坎，中间是五丈多高的悬崖峭壁，如斧劈钺砍一般。有人畏葸不前地说太危险了，不如换个地方。年过六旬的王全有脱掉鞋袜，光着脚板，用脚趾钩踞着冰冷如铁的岩石缝隙，寸挪尺移地第一个攀上了崖头，顺着崖边开出了一道一尺多宽的堰基。接着四十多名乡亲也拉手蹬肩地攀上了崖头，凿石垒堰地干了起来。正值隆冬腊月，霜刃如刀。王全有和大伙一样，攥钎握锤的手冻得满是裂口。血滴落在钢钎上，结了一层如同蜡泪一般的艳红冰凌。当有人问他冷不冷时，他说："怀里搂着'红火柱'，能冷吗？"他们一气干了八天，终于修成了一块"天门悬田"。他们就这样咬牙豁出命地干了七年多，用六七百个工日修一亩田的工夫，降伏了岩凹沟，治理了高山交坡，修整了桃花岭。在57条大大小小的深壑峻岭上，垒起了总长500华里的双层石堰，造出了4000多块共计500多亩高标准梯田。

1974年，王全有又领着乡亲们在河滩山涧里砌涵洞造田，起自桃花岭，终至康岩沟口。全长4800多米，双涵洞2200米，中间还料石干砌了9个谷坊坝，3座石拱桥。动用土石方20万立方米，总用工日42万个，造良田244亩。

王金庄流传着这样的顺口溜："下雨满山流，干旱渴死牛。吃水比油贵，吃粮更发愁。"这里十年九旱。大旱之年担一担水要往返60多华里，修了梯田治了"土"不行，还要治"水"才行。王全有由朦胧到清晰由肤浅到深刻由犹疑到确信这个认识之后，便决定先在大南沟修建一座小型水库。

修水库谈何容易！王金庄没有工程师、技术员。王全有便带着老石匠李天顺，身背干粮，两次冒雨步行到百十里外的古介水库取经。别的且不说，资金要勒紧裤带用镚子和毛票一点一点地凑。就说那沙子，得发动全村的男女老少翻山越岭，往返40余里去背，乡亲们硬是从龙虎河用麻袋背回了25万斤沙子。没有水，也要越岭翻山、往返几十余里，到毗邻的武安县七水岭村去用水桶挑，规定每人一天挑两趟。年逾六旬的王全有却非要挑三趟才肯歇息。经过全村人两年零一个月的鏖战，动用了7万立方石料，建成了一座蓄水量13万立方米的小型水库。

水库修成后，紧接着王全有又带领水利专业队兴修了一系列的配套工程：开凿和浆砌了38华里长的盘山渠道，筑塘坝16座，挖水窖443眼，开凿引泉石槽5华里，打井19眼。1977年在村前又修筑了一座容量为9000立方米的饮水池。

"随修梯田随栽树，边凿灌渠边浇树，无树水土保不住，有树穷山能变富。"这是王全有挂在嘴边的口头禅。他在山顶上种植了22万株油松侧柏；在梯田石堰的边沿上种花椒——总植30万株。这不仅创造了十分可观的经济价值（松柏大多合抱成材，花椒每年可收入100万元），而且创造了十分喜人的社会价值（保土保水）乃至审美价值。

王全有领着全村人民一步一个脚印的成功实践里，蕴含着综合治理山区的工程化和系统化的内在联系，因此他们干的这一套虽然是"土"的，却获得了"洋"专家的高度评价和极大兴趣。

索普指着左近的一道石堰问道：

"石头不够用，怎么办？"

"到山上采，然后运下来。"

"怎么运法？"

"肩扛杠抬。"刘寿松双手举至左肩做扛抬状。

索普始而惊讶，继而连连点头。

"我要特别向你们说明的是——"刘寿松用眼盯着团长和索普说，

"修复地堰是地上的看得见的农业工程,农民非常艰苦。而平整土地,深翻增施有机肥等是地下的看不见的农业工程,农民同样非常艰苦。"

"中华民族是勤劳、智慧的民族。"团长情绪激动地说,"这石堰使我想起了象征中国的万里长城。"

"是的,是的,中国农民是诚实勤劳的。"索普诚恳地说道,"修整梯田的石堰的工日 3.68 天／米,太低了,深翻增施有机肥第一种方法的工日每公顷 275 天也太低了。这些工程'定额'都要增加。"

刘寿松这下明白了,为什么他们对农业工程特别是平整土地这些看不见的地下农业工程持有疑虑,因为外国有的项目官员,最易在这类项目中欺上瞒下,中饱私囊。在王金庄的岩凹沟,也许这些日炙雨蚀、沐风宿露的石块,使他们想起了胼手胝足、坚韧顽强的中国农民;而通过这些唇含齿啮、并肩挽臂的石堰,进而联想到巍然屹立的中国长城和奋发图强的中华民族……终于,他们深深地感到了中华民族的伟大实践精神,永远是可信赖的。

"谢谢。"刘寿松紧紧握住索普先生和团长的手摇撼着,眼里噙着激动的泪花……

农业工程最犯难的"定额"问题,终于迎刃而解了。而且竟是这样出乎意料!

节选自《人民文学》1992 年第 12 期

画家韩羽剪影（节选）

编者按：中篇报告文学《画家韩羽剪影》约 6 万字，共 4 节，本集选刊第一节、第四节。

要极省俭的画出一个人的特点，最好是画他的眼睛。

——摘自鲁迅《南腔北调集》

圆

（一）一个圆圈——搞"特殊化"的乌龟

这里要写的，就是当前中国人眼睛中最深恶痛绝的事儿。可也怪，像这样的事儿，临到自己头上，摊到自己面前时，有些人便不能像在议论别人时那般疾恶如仇了，或者说，他已有些眉开眼笑了！然而，又绝非所有的中国人如此！

宋代词人柳永常用"画眼"的传神手法来写柳，"烟柳画桥，风帘翠幕"，把柳色柔条喻为随风袅袅的烟雾，实在是既新颖、又美妙的。如我们连类引喻地描摹一下保定市五四路两旁那稀稀朗朗的几棵柳树的话，恐怕只能用"清明几处有炊烟"了。

但时间不是清明，是 1977 年的初夏。一天，一辆灰绿色的"东风"三轮，像一只无头的绿豆苍蝇，一头朝着道边的一株柔条摇曳，清荫匝地的柳树扎过去、扎过去。在一片潴滞着污泥浊水的地方停下来后，却掉过头来，喘了口气儿，车身微微一颤，仿佛积累着力量，一面突突地小声放着"屁"，一面把车屁股朝映掩在柳荫下的一堵墙戳去，仿佛要用屁股去寻觅出一条下蛆的"缝"来似的！

"吱呀"一声，那墙上果然奇迹般地现出了一道缝，缝越来越大，啊！原来在这柳叶葳蕤之中还隐藏着一扇暗绿色的门！这是河北工艺美术学校的"后门"，然而，该校总务处的某些同志却要讳莫如深而满脸正气地纠正别人说："这是'侧门'，在学校的南侧嘛！"然而，我们无暇以"大胆设想，小心求证"那种考证癖的办法去为这后门侧门"正名"了，使我们诧异的却是：隔着一道墙，墙里墙外，竟配合得如此默契，也真可谓"天衣无缝"了！

"墙里秋千墙外道，墙外行人，墙里佳人笑。"这时，一个身材清癯颀长的中年人，嘴上叼着一颗纸烟走了过来，用左手勾起的食指顶了顶眼镜架，想从被车屁股以及上面的帆布顶棚堵得严严实实的缝隙中"窥探"出一点什么名堂来。工艺美校的普通教师中，早已风传着这"来无影，去无踪"的"后门"秘闻了，百年不遇，千载难逢，今天这稍纵即逝的"神秘现场"总算让早走一步的他瞅见了，他能放过发布和揭穿这秘闻的机会吗？墙里，笑声是有的，叽叽哈哈，嘻嘻哈哈……人，自然也是有的，但似乎不是风姿绰约的佳人，在打秋千，而是晃动的几个大腹便便的颟顸身影，那晃动的幅度较荡秋千要小，而节奏自然要快，这就使得在"缝"中窥探的他，未能通过那圆圆的灰曀曀的近视镜片，迅速而敏捷地在他视网膜上清晰地成像……

"啪！"他的肩头被人猛古丁地重重拍了一下，他回过头来："嘛？嘛？"他见是黑大个儿的司机示意要借火，他一边将手中燃着的烟蒂递过去，一边指着车屁股问道："这是干吗，这是干吗？大白天的……"

"去吧,从正门绕过去,来个突然袭击,你也许能赶上'抄肥'!去吧,去吧!"黑大个儿把烟蒂递还给他。

他扔掉烟蒂,用脚一跺走了。但绕过去后才发现,总务处平房侧旁过道被一堆乱砖堵死了,他试着爬了一下,想逾越过去,但没有成功,反被墙根的蒺藜狗子扎了一下,生疼生疼的,当他再绕回来时,"笑渐不闻声渐清,多情却被无情恼!"这里的"东风"三轮早已杳无踪影,而"后门"也早已板着铁青的面孔,闭得严严实实的了。

"这是干吗,这是干吗!大白天的干这种鸡鸣狗盗的勾当。"他抬起脚不重不轻地朝门上踹了两下,大声嚷道。

他这平地一声呼,倒是时候——因为正赶下班,于是许多声音很快都向他辐辏过来:有叮叮铃铃的自行车铃声、有橐橐踏踏的脚步声、有吸旱烟袋的咝咝声、有吸吮冰棒的唾唾声,有纤纤素手下毛衣针拨弄的窸窸声,也有薄薄樱唇中葵花籽磕剥的屑屑声……

他,在叙说,在讲解,在答问,在陈词,在震聋,在发聩!细密的汗珠从他的额头沁出来,汇成一股小小的激流,绕过抖动的眼眉,朝眼睑冲去,以致他不得不中断他充满激情的演说,掏出手绢,擦他的汗水和那圆圆的眼镜片。

大家,借这时间和空间,马上发出了强烈的共鸣:在议论,在评说,在补缺,在摭漏,在阐微,在发幽!大家似乎并没有像他那样大汗淋漓,然而那声浪,怒涛澎湃的声浪,却像百川归海那样,有一个共同的方向:"这事不能了了,得兜底揭一下。""对,兜底揭一下,给报上写篇稿。""嗨!河里没鱼市上见,报上稀罕这事?能给发?""那咋儿办呢?""中央不是三令五申不让……"

"不正之风就得揭!"那位戴眼镜的中年人用食指顶了顶圆圆的眼镜片,仿佛已经作好了战斗准备,"我这就去写,豁出去了!"

"对,就得把不正之风搞成过街老鼠……"

"且慢——嘞！"正当"眼镜"要奋力前行时，不知从什么地方钻出来一个中年汉子，一把将他"执"住了。说是"执"，是因为那腔调和架势，颇易使人联想到旧戏舞台上的捕快拿人。但那活脱、滑稽的情态，又很容易使人想起阿Q——一阵旋风似的冒了出来，"锵锵，得，锵令锵！我手执钢鞭将你打……"——"且慢——嘞！"那中年汉子仍保持着那腔调和架势，但声音却低了许多，那语气中透着劝阻的意味了。

观者如堵的人群，似乎很有些人在猜谜了：这个邋里邋遢的中年汉子是谁呢？要说他就是从道边兀自站起来的钉鞋匠，赞同者怕不乏其人；从他那满头顶着高粱花的憨厚气质来看，要说他就是"合作化"时期的梁生宝，质疑者恐寥若晨星！但，又觉得不全像，因从他那开始向"苏格拉底式"的前额发展的宽阔额头上那几茎稀疏细软的毛发中，从他那深邃的眼神中，似乎伏着几丝不易被人觉察的儒雅风度……

他终于撒开了那个"眼镜"，开始在地上寻找了。寻找什么呢？是鞋钉，是鞋掌，是麻索，还是鸭嘴锤呢？是稻种，是麦种，是风干皱裂的馍馍，还是带着手心热汗的五分钢镚儿？是汤罐，是黄金，是象牙，是诡辩派学者希庇阿斯，还是被苏格拉底本人感叹为非常"难"于寻觅的美呢？

啊，寻找，千百万年来，历史长河的风簸浪淘，不正表明了人类在寻找，历史在寻找吗？正是由于这种一只手伸向过去，一只手伸向未来的永不休止的寻找，人类才得以繁衍生息，得以遭递进化。倘把眼光收拢来，对于文学艺术来说，那么，把手伸向过去的寻找就是继承，把手伸向未来的寻找就是革新；对于社会生活或社会风尚来说，难道不也是这样吗？特别是当前，举国上下都在寻找，寻找这些年来丢失了的东西，而那些信仰未泯的人，胸襟坦白的人，热血躁动的人，则比一般人表现出来更多的急切、焦躁情绪。刚才的"眼镜"就是其中的一个。那么，这个中年汉子呢？

这个中年汉子，似乎已经寻觅到了他要找的东西，是什么呢？这是谁也难以逆料的——是一块馒头大小的土坷垃。这时，熙攘的人群掀起了一阵骚动,像潮水一般地随着他的走向,迅速地朝四下涌荡开去。一些有经验的小孩手里已经有了准备还击的坷垃,嘴上却毫无顾忌地喊起来:"疯子,疯子!"

然而这被呼为"疯子"的汉子,并没有用土坷垃投人,而在那暗绿色的"后门"上画了一道圆弧线。这弧线在他手下慢慢地神奇地伸延着,啊,原来是一个圆!

照实说,这不能称一个圆,充其量只能称作一个椭圆。这就不能不使围观的人产生种种遐想:也许"疯汉子"在幼年时,没有在严师的指导下,练就像列奥那多·达·芬奇那种娴熟的"画蛋"功夫,因此,他当然不能像风流倜傥的唐代画圣吴道子一样,在画兴善寺中门内神头顶的圆光时,表现出那种"立笔挥扫,势若风旋"的气势和风采来。然而,他似乎也绝无阿Q虽尽平生之力,却在画押时将圆圈画成瓜子模样的羞愧和懊恼……

不!就在人们猜疑围观的工夫,只见他手臂上下挥动了几下,一幅画便跃然"门"上,不是卧波虹桥,不是长河落日,也不是舞爪的螃蟹,却是一只缩脖乌龟!乌龟壳上赫然写着几个大字"特殊化!"

"老韩!""眼镜"在中年汉子肩头猛捣一拳,"真有你的!"

被"眼镜"称为"老韩"的中年汉子扔了坷垃,冲"眼镜"眯眼笑笑,微微颔首之后,走了。

"他是谁?是谁?"人们纷纷问道。

"他就是鼎鼎有名的漫画家韩羽呀!"

啊!韩羽。人们的眼睛变成了一双双大大小小的圆。是诧异,是惊奇,是赞叹,是埋怨,是钦佩,是嫉恨?……

虽然不是曹孟德所吟咏的腾雾神龟,但这只"特殊化"的乌龟,却委实搅起了一场轩然大波!

（二）金黄金黄的圆月

金黄金黄的圆月，滚圆滚圆的大西瓜，是韩羽童年时童话一般美丽的梦，梦一般神奇的童话……

四十多年前，在韩羽的老家山东聊城县的一个普普通通的乡村，韩羽的名字自然远不如今天这般"响亮"。岂止不响亮，简直就很少有人提起！不知是哪一位"口头漫画家"发现了小韩羽那与众不同的又高又大的圆圆的额头，毫不吝啬地给他送上了个令人发噱的雅号——三门楼（韩羽行三），于是"韩三门楼"不胫而走，反成了韩羽的"大名"，越叫越"响"了。

然而，在小韩羽高高圆圆的"门楼"后面，都藏着些什么呢？这可是聊城的乡亲们永远也猜不透的谜！

这秘密，在许多年后，韩羽把它画进了一幅画里，这就是《瓜棚听雨》。著名老画家张仃在《韩羽的画》中写道："我喜爱韩羽的画。……他风格独特，朴素天真，幽默出于自然，先是我喜欢看他的农村小品，他熟悉农村生活，他的作品有一种乡土味……完全近于天籁。"

瞧！一个看瓜的男孩子趴在高高的茅寮小瓜棚里，两条胖墩墩的小腿，一只自由自在地弯勾着，一只高高地翘起来，好像在水里打"扑腾"，但这时，他却一动未动，一双小手支着下巴颏儿，瞪着两只亮晶晶的大眼，仿佛在用他的整个身心在聆听……

茅寮外边，是一望无边的碧沉沉、绿油油的田野。这田野被无边的如烟如雾的风帘雨幕笼罩着。这是怎样的雨呢？是像丝丝银发随风飘曳，缕缕筝线身躯抖颤那样的蒙蒙细雨呢？还是如飕飕羽箭骤然疾驰，扎扎飞蝗铺天盖地那般的滂沱豪雨？这雨落在瓜蔓上，是窸窸窣窣、淅淅沥沥，像谁在耳边说悄悄话，在吃吃地笑呢？还是谁在脖后捆巴掌，噼里啪啦的，但不觉得疼，只有点麻酥酥的痒呢？啊，诗一般的大自然已经把这个如痴如醉的男孩搂进了自己天籁的怀抱里……

韩羽的童年是贫困的，然而又是美好的。他永远也忘不了在瓜棚里度过的那像瓜瓤一样甜蜜的岁月。

对看瓜的小韩羽来说，西瓜熟了的时候是最难熬的。偷瓜的猹不难对付，最不好对付的，是自己那张馋嘴！怎么办呢？自家的瓜，爹要留着换钱，还说一家老小，柴米油盐都指着它呐！难道就这样守着满地滚圆滚圆的大西瓜流哈喇子吗？

又一个星月灿烂的夜晚，小韩羽终于抵抗不住那红瓤黑籽的诱惑，他猫下腰，像一匹小猹，蹭蹭地窜进了邻家的瓜地。他搂定一个滚圆的大西瓜，把耳朵贴在瓜脐上，用两个拇指轻轻一挤，熟透了的沙瓤瓜立刻发出了被人识破的叹息声。小韩羽喜滋滋地一拳打下去，瓜瓤和瓜子喷了满脸，他顾不得去擦，贪婪地埋下头去，立时感到整个儿身心都沉浸在凉丝丝、甜蜜蜜的世界里……

"哈哈，你这个馋嘴猹！"小韩羽的耳朵被揪住了，虽不是很疼，但酸溜溜、麻酥酥的，他只好很不情愿地让嘴巴离开了那一窝水、一兜蜜的瓜瓤，顺着拉力把脑袋扭了过来。

哦，原来是田大爷！这块瓜地的主人。他那银白色的胡须在碧蓝的夜空和金黄的月轮下，十分耀眼！他在笑呢，笑得眼睛眯成了一条缝！

"你这个馋嘴猹，又偷嘴啦？""唔。""为啥不摘自家的？""俺爹让俺好好守住自家的……""嘿！真叫绝！守住自家的，摘别家的，看我今天揍扁了你这个小琉璃耗子，哈哈哈！"

瓜田里荡漾着一片爽朗快活的笑声……

圆圆的明月睁大了好奇的眼睛，看着这快活的一老一少。瓜田的夜色更加皎洁而迷人了。

（三）圆圆的葫芦头是小和尚的脑袋

看过美术片《三个和尚》的人们，一定不会忘记那三个光光的圆圆的葫芦脑袋，三个既可爱、又可怨，既可怜、又可恨的和尚啊！这些动人形象阐明的哲理，明白得像和尚水桶中盈荡明澈的清水，又深邃得像庙宇崖下澄明凝碧的幽潭！这部美术片破天荒地获得了文化部优秀影片奖、首届电影金鸡最佳美术片奖、第四届国际童话电影节银质奖、第三十二届柏林国际电影节银熊奖……美术片《三个和尚》那别开生面的"人物造型"就是由漫画家韩羽设计的。

韩羽为《大街上的龙》童话集设计的封面，获一九八〇年全国书籍封面优秀作品奖，为老舍著作《离婚》所画的插图获一九八一年全国插图优秀作品奖……

艺术是没有国界的。在日本，为中国漫画家洗尘的鸡尾酒会上，日本首相铃木和官房长官欣喜而郑重地接过中国漫画家代表团的赠品，那正是韩羽的作品。《读卖新闻》在醒目位置上刊登了韩羽的戏画《十五贯》。要求签名留念的名片、笔记本、纪念册像纷纷扬扬的雪片朝韩羽的笔底飞来……

不久前，深圳博雅艺术公司举办了韩羽画展，韩羽的画以独特的风格征服了港澳，轰动了画坛。开馆第一天，展品就被争购强半，人们喜爱画家的作品，也喜爱画家那诙谐机智又不失赤子之心的性格。韩羽的《自嘲》诗使许多观众发出了会心的微笑。诗曰：

> 路行百里常转向，书藏半橱称富翁。
> 砚有积墨二分厚，心无灵犀一点通。
> 惯于坏画充好画，聊将嘘声作赞声。
> 鲁鱼亥豕成粥煮，混了春夏混秋冬。

哦，韩羽！韩羽！画家本人同他的画一样，都是一个富有魅力的谜！

拜访韩羽的人纷至沓来。在韩羽的画室里，他们看到了一幅堪称奇特的漫画。

韩羽的画室内，靠东墙扯着一条细细的铁丝，铁丝上用竹夹子夹着他新近甫作的画幅，有的还水汽淋漓，淡墨含晕。铁丝中央挂着一幅《关公战秦琼》。此画取材于相声，是嘲笑那个既荒谬绝伦又刚愎自用的韩老太爷的。因为韩老太爷是山东人，他不但要看"关公战秦琼"，还一定要让唐朝的山东好汉秦琼打败三国的"五虎上将"关羽，方可解颐开心！画里，韩羽夸张地把关公画成丢掉一只靴子的狼狈相，大大地嘲弄了那个蛮横得荒唐、昏聩得幼稚的韩老太爷。韩羽的画有一种"稚拙"的美，这种"稚拙"，表露了画家未泯的童心，这种"稚拙"，恰似一只孩子的小手，在你的胳肢窝底下轻轻地搔，搔得你忍俊不禁，搔得你不能不笑，那是一种轻松戏谑的笑，一种自然天真的笑。

然而这还不是那幅"堪称奇特"的漫画，那幅漫画躲在门旮旯里，在铁丝尽头竹夹子夹着一张三寸长的小纸条，每次开门关门，小纸条就在微风中翩然翻飞。说起来恐怕谁也不信，小纸条上是一幅当代两位著名漫画家的"合作"，然而这幅"画"只有八个字。说它是"漫画"是因为它具备了漫画的特点，也表现了两位漫画家的个性。"画"曰："逐步戒烟，每日千支。"八个大字，写得工工整整。还颇有点令人费解：难道决心戒烟的韩羽还要和"日啖荔枝三百颗，不辞长作岭南人"的苏东坡争一日之短长吗？

韩羽似乎看出了大家眉头的疙瘩和心上的疑团，说："哦，我几次戒烟总戒不掉，我认为，关键还是决心不大。于是写了个'座右铭'挂在这里，时时寓目，殷殷为戒嘛！"

"那为什么'每日千支'呢？"

韩羽笑了："这是方成来串门，在上边加了一撇，'十'就变成了'千'，量变引起了质变,我的'座右铭'反倒成了一幅讽刺我自己戒烟的漫画了,哈哈!"

来访者不禁想起另一位著名漫画家华君武的一幅题为"戒烟"的漫画:一个吸烟者这次信誓旦旦、捶胸顿足地要戒烟了。瞧,他果真付诸行动,把手一扬,将他那心爱的红木烟斗,从窗户里扔了出去!那红木烟斗像一只小小的喷气机,拖着一缕青烟,在空中画了一个半圆的弧线,一头向地面扎下去……然而就在这自由落体坠地的一刹那,戒烟者也用自己健步如飞的双脚在楼梯上画出了一个凌空的弧线,含着"异地逢故知"的喜悦和"一别两茫茫"的感叹,抖开衣衫,将烟斗兜在了怀里——两个半圆的弧线弥合了,成了一个不容置疑的"圆"。

来访者,大抵都具有敏感的艺术细胞。他们说,方成添了一笔,成了两位漫画家合作的漫画;那么,不添这一笔,韩羽这戒烟"座右铭"本身难道就不是漫画吗?比方说,那些幼稚可爱而又不能管束自己的小学生,用削铅笔的小刀在课桌上歪歪斜斜地记下了赌咒一般的誓言:"上课再玩小刀是小狗。"这难道不正是一幅不事雕琢、稚气可掬的漫画吗?

几个字和一个圆都可以成为漫画的奥秘,在于它们发出了认真得近于滑稽,滑稽得近于幼稚的真诚声音!

(四) 生活和艺术中的"圆"

当明晃晃的圆月变成红瞳瞳的旭日时,小韩羽一个鲤鱼打挺从床上爬起来,把昨夜瓜田偷瓜被捉的事情扔到了爪哇国,眯瞪着眼,开始了新的一天有趣生活。

红彤彤的初日,用她那祛黄色的光辉把大地染得金灿灿的。农家院落的柴门上,歇着几只麻雀,啾啾噪鸣,突然,一阵滚滚黄尘飞扬起来,吓得麻雀叽叽喳喳地惊飞,只见在弥漫的飞尘里,金灿灿一片光辉中,两只雄鸡"咯咯咯"地蓬勃奋飞,上下腾翻地"斗"起来了。它们怒眼圆瞪,篷起的颈毛像环插在脖颈上的万杆羽箭，扑扇着翅膀，冲撞啄撕，直到颤巍巍的鸡冠上滴下红殷殷的血来……

"岭上晴云披絮帽，树头初日挂铜钲。"红彤彤的初日仿佛真变成了明晃晃的"铜钲"（即铜锣），因为韩羽和他的小伙伴们当真听到了"镗镗镗"的锣声，他们抵制不住心头的喜悦，咧嘴一笑，撒开两片脚丫，向锣声的发源地跑去。

粗布帷帐的木偶"戏台"上，正演着两个酩酊大醉的醉鬼打架。他们踉踉跄跄、跌跌撞撞，他们恍恍惚惚、颠颠倒倒……起初，他们似乎只是戏谑打闹，后来竟动了真格儿的！赤手空拳，劈头盖脸地厮打起来，其中一醉鬼操起一柄雪亮的利斧，白光一闪，"哐"地将对方的脑袋劈成了两瓣儿。只见那脑袋开瓢的醉鬼，双手一捧，合在一起，用一手扶头，另一手继续拼搏……

韩羽的心提到了嗓子眼上，他目不转睛地瞪着那"刑天舞干戚，猛志固长在"的醉鬼。其实，那开瓢的醉鬼脑袋，就是放大了的一枚红枣核，只不过上面画了一对圆睁睁的怒眼，没有须眉，没有口鼻，为什么竟有一种勾魂摄魄的力量呢？当时，韩羽当然没有也不可能来探索由红枣核儿变成充溢着生命的脑袋这一艺术奥秘的契机，然而，"戏台"上那生命的颤动，胜利的酣畅，瞬息的变幻，模拟的酷肖，像一条条有力的触角，紧紧地钳住韩羽的好奇心。他攒足劲，往前拥去。

"韩三门楼，你咋回事？"

韩羽不理会，默默地寻找摩肩接踵的缝隙往前攒动。

"韩三门楼，老实点！"韩羽光光的门楼头上，重重地挨了一栗子壳。他扭过头，发现是邻家一个比他高半头的小子。

"'咯楞眼'，怕你呀？！"

韩羽从啄斗的雄鸡身上，似乎已经找到了什么出奇制胜的秘诀。你看他，张臂握拳，挺胸凸肚，就连身上那件被扯掉了两颗扣子的小白布衫，被风鼓荡得猎猎翻飞，简直就像小公鸡陡然篷起的颈毛一样。他们扭打着，喊叫着，下着绊腿……当韩羽像那小公鸡一样，雄赳赳地昂着头，一头冲撞过去时，不但那比他高半头的小子溃退了，就连那木偶"戏台"也挡不住他的猛烈攻势，稀里哗哗地垮了下去！木偶戏台顿时乱成了一锅粥……

当那演木偶的民间艺人悻悻然地提着锣槌找到韩羽家时，早已寻不着韩羽的踪影。他在哪里呢？他躲进了贮满清凉的蚊帐里——那里有几幅年画条屏，画上婆娑的绿柳使他一看到就浑身凉爽。此时，他正瞅着《渔樵图》上那摇曳柳梢间的一轮圆圆的晓月，愣怔怔地在傻笑哩！

啊，艳红艳红的一个小圆点，神奇的小圆点，使小韩羽对着一个邻家的小姑娘发起呆来。小姑娘怎么突然变得妩媚可爱了？原来，只是她的眉心点了一个圆圆的小红点！奇怪，这么一个小小的红点就会使一张娃娃脸变得光彩照人，这真是一件不可思议的事情。也许，这一点点红色是从初升的太阳里采来的？是从雨后的彩虹中飞来的？

山东的民间艺术以粗犷泼辣、富于生活情趣而著称于世。从小就喜爱民间艺术的韩羽，常常不自觉地痴迷于民间艺术那凝红点翠的喜庆色彩的世界里。

圆圆的灯笼挂起来了——哦，好不容易把"年"盼到了，韩羽换了新衣，随父兄挨门挨户给本村和邻村的长辈们拜年。他被墙上那一张张花花绿绿的新画吸引住了，《吉庆有余》《刘海戏蟾》《鹿鹤同春》《郭暧拜寿》《梅开五福》《牛马平安》……山东年画的造型具有强烈的装饰性，民间艺人们对年画的线条与色彩都有独到的见解："眉眼清秀，头脸俊俏，身架匀称，颜色花俏"，"年画要得好，头大身子小……"，"红间黄，喜煞娘；红熏紫，臭其屎"。这是说，红与黄配在一起在色度上对比强烈，因而热烈明快，而红与紫，由于色度接近，配在一起就显得沉闷……

最使小韩羽着迷的还是那幅《老鼠娶亲》的年画，瞧，多有意思啊！

一群老鼠穿戴得漂漂亮亮，它们吹吹打打，抬着花轿送新娘呢。花轿上那个老鼠扭扭捏捏，满脸喜气，真像新媳妇一样害臊呢！韩羽看得出了神，竟忘记了给老人磕头的事儿……

在故乡的土地上，民间艺术的花朵是到处都可以盛开的。那是个回娘家的新媳妇吧？她的胳膊弯里挽着一个花包袱，包袱皮上画的是"连年有余"——一个又白又胖的娃娃抱着一条大鱼，坐在美丽的莲花上……卖玩具的来了，那个泥老虎真讨人喜欢，它胸前画了一朵大红花，脸上和前爪上也抹上了几道桃红。它一点也不像个"山中之王"，倒像个秀气的小娃娃。韩羽捧在手上看了又看，摸了又摸，还是恋恋不舍地放回了货郎担上。因为在他的口袋里，一个圆圆的铜板也没有。

（五）画漫画的调色盘是圆的，戏剧舞台上的锣鼓也是圆的

艺术，用自己的巨大魅力，第一次强烈震撼了韩羽幼小心扉的，偏巧不是圆圆盘碟上那"响亮"的色彩，而是圆圆锣鼓上的响亮声音！

一天傍晚，在聊城上中学的韩羽和伙伴猫着腰，在"哐哐"如同骤雨一般的锣鼓声和黑压压的一片人中坐下来时，"三观寺"旁的戏台上，《李陵碑》已经开始了。

这时，暮色苍茫，残阳如血。"三观寺"里，神像毁圮，蛛网纵横。禅院里，古柏如虬，黛色参天，昏鸦绕树，哀啼不止。乡村自然舞台本身，就笼罩在一片苍凉悲壮的气氛中。

金鼓声中，白发萧然的杨老令公跌跌撞撞地"搓步"，猛然间，看见一块残碑断碣，壁立崖头，他撩起征袍，掸拭浮尘，惊愕地发现，原来是"李陵碑"！

这演员功底深厚，唱念做打，眼身法步，样样精当。加上表演细腻入微，使人恍然如临其境，特别是那苍凉悲壮的"反二黄"唱腔，经过略带喑哑的嗓音一唱，更显得凄厉悲惨，荡气回肠，唱到高处，那声音如一柄长剑

直插云天，响遏行云！唱毕，他醉步踯躅，后退数步，猛然一个趔趄，跌倒在地，跪步甩发，征袍蒙面，惊呼一声，腾身跃起，撞向石碑……

霜风凄厉，昏鸦哀鸣，松涛如吼，黄叶纷飞。李陵碑上那几片枫叶，被夕阳染成一种令人惊颤的血红，既像老令公殷殷凝碧的血，又像人们心头熠熠升腾的火！

戏散了，韩羽还呆呆地坐在那里，当身边的一个同学用胳膊肘撞了他一下，他眼前已是灯火阑珊。他这才意识到该回校了。

路上，他们兴奋地谈论着。韩羽实在无法用语言来表达他看完《李陵碑》之后的强烈感受和对演杨老令公那个名角的艳羡。

"那就是俺表叔！"刚才用胳膊肘撞他的那个同学得意地说道："在天津'大舞台'上挂二牌咧！"

"是吗？是吗？那你明天带我见见你表叔！"韩羽喜出望外，迫不及待了，"让你表叔教我一段《李陵碑》怎样？"

第二天，韩羽终于见到了那个扮演老令公的名角演员刘世勋。刘世勋此时虽然卸了妆，依然十分精神，浓眉吊眼，眉宇间透着一股英气。浓密的一圈络腮胡，更增添了几分豪横，只是那一身黑绸裤褂显得有些邋遢。

引见韩羽的那个同学第一句话便开宗明义："表叔，他想跟你学戏。"

山东大汉煞是爽快！那刘世勋浓眉一抖，将韩羽上下一扫，说："行。"

"表叔，他还会画画哩！"

"哦，会画漫画吗？"在一旁的刘世勋的太太走过来问道。她也是唱戏的，梳得乌黑油亮的发髻上插着两朵小小的、散发着淡淡芳馨的白兰花，穿一身乔其纱镶细边紧身旗袍，更显着娉娉婷婷，脚上趿着一双绣花拖鞋，给人几分慵懒的感觉。当她看见韩羽不假思索地点了头之后，她笑盈盈地说："漫画是很难画的呀！"

这话深深地印在了漫画家韩羽的脑海里，就连她那温和感叹的语调和雍容娴静的神态，也保留着当时的清晰程度。

"你每天下午放学后,到我这里来吧。"刘世勋老师郑重地说。

韩羽没有磕头,只是深深地鞠了一躬,算是很有礼貌地告辞,也算是十分草率地拜师了。

使韩羽想不到的,是刘世勋老师那种极其严肃的态度。他先教唱腔,一板一眼,一字一腔,从不马虎。然后再加入眼神、手势、身段、台步,后来触类旁及至亮相、云手、圆场等戏曲表演的一般程式化套路。老师一丝不苟,弟子毫发不爽,一出"黄金台",教了半年,韩羽居然不但不感到腻烦,相反倒把"李陵碑"都放到脑后去了。

然而,登台的欲望时时强烈地驱遣着韩羽那颗争强好胜的心。当时,除了过过瘾头,出出风头之外,似乎还有一种神秘而严肃的成分在里面。那就是刘老师的"李陵碑"能把人唱得壮怀激烈,我的"黄金台"也把人唱得神飞胆豪,那才叫棒呢!

登台就那么简单吗?不!别的且不说,单是那像砖头一样厚的靴底,一迈步,就叫你在台上踉踉跄跄地老想栽跟头!还有那宽大的蟒袍,抖袖,甩袖,云水……不练行吗?他横下一条心,把蟒袍和靴子一股脑抱到学校里来了。

上课时,老师感到蹊跷了:一向聪明伶俐挺精神的韩羽,近几天怎么像遭了霜的茄子一样,蔫啦?

"韩羽,回答这个问题。"老师提问了。

韩羽像触电一样,微一战栗,终于磨磨蹭蹭地站了起来,但仍然是耷拉着头,罗锅着背,蛤蟆着腰,模样十分可疑。

"站出来!"老师似乎发现了什么奥秘。

韩羽没有动。老师盛怒地吼道:"站出来!"

韩羽仍然纹丝未动。

"嘎嘣!"课桌猛一颠晃,在老师猝不及防的猛力拉拽下,桌腿折了!被韩羽的一只脚紧紧勾住的桌腿折了,韩羽终于被拽出来了,然而他却挺直了腰板，做出一副"好汉做事好汉当"的英雄姿态，气宇轩昂地站在比他低半头的老师面前。老师用教鞭把罩拖在地面的肥裤腿一撩，韩羽的脚上露出了缎面皂靴那比砖头还要厚的粉白靴底来。顿时，吃吃的窃笑声像浪花一般溅满了整个教室……

泪花在韩羽眼中倔强地旋转着，一滴也没有流下来！

幼年的韩羽，自然是不懂得半点儿"圆滑"的。

生活中的待人接物，"圆滑"的反义词可以说是"稚拙"；艺术里的风格情趣，稚拙的同义语可以说是天籁。

这么说，天籁就是稚拙了？不，不！这似乎表明，思维中在种概念和属概念之间出现了扑朔迷离的错乱！

那么，天籁到底是什么呢？是整个画幅的气韵生动，是应物象形的天真烂漫，是随类赋彩的天然淡雅，是经营位置的浑然天成，是传移摹写的逼真酷肖，是骨法用笔的飞动蜿蜒？

是，也不是。

人　籁

（一）作为中国漫画家访日

韩羽随中国漫画家代表团赴日访问期间，有一个强烈的印象，就是"飞驰"，仿佛自己永远在一条"线"上飞驰。

代表团一行五人，乘坐的高速列车一启动，霎时间韩羽便感到好像在自己身上插上了翅膀，振翮飞驰起来：在鳞次栉比的摩天大楼上空飞驰，在蜿蜒蛇行的高速公路线上飞驰，在海碧天青的神户人造岛，在寥廓江天的电波微颤中，在"东京—京都—大阪"的铁路干线上飞驰，飞驰！

但是，在韩羽的脑海里，仿佛另有一条无形的线，牵动着他梦萦魂绕，精骛神驰。

那是在箱根小憩的短暂时光，他们领略了明治时代开创的雅洁别致的旅舍——环翠楼的特有风姿。这环翠楼位于溪涧潺潺、层峦叠翠的深处，不知是为了有意渲染和点缀这环翠楼的雅洁古朴的意趣，还是为了证实这环翠楼兴创年代的绵远悠久？起居室内大多悬有名人的题咏和书画作品。韩羽的起居室内便高悬一块横匾，上赫然书着"半空碎水落珠玑"七个大字，遒劲苍老，雄奇飞动，俨然像一位中国书家的法书。但落款却分明署着：伊藤博文。韩羽等人在客厅一幅巨大的《归去来兮辞》的画卷前，看到陶渊明那潇洒旷达的风貌和他那"不为五斗米折腰"的傲骨，有如他乡遇故知一样。竟致陶然忘机地吟咏起"归去来兮，田园将芜，胡不归"来，倘不是同方成同志视线相遇，彼此发现了穿着宽衣博袖的和服和异国装束，韩羽怎会相信这是在远隔着莽涛苍雾的"扶桑"呢？

在箱根关卡旧址的资料馆里，透过巨大光洁的玻璃橱柜，韩羽看到了许多珍贵的历史文物：有铜锈斑驳的盔甲，有青光融融的刀剑，古朴雅致的线装书、金题玉躞的文函……使人恍如漫步在北京故宫博物院里。

韩羽他们曾到日本漫画家小岛功家里做客，这个小岛功，曾用飘逸流动的线条，描绘勾勒了日本形形色色的妩媚而又温顺的女性形象。而她自己也是一头披到颈部的柔软的长发，面容常带着谦和文静的微笑，使人联想到她身上所具有的柔情如水的某些女性特有的气质。然而，在她的家宴上，却呈现出一种别样的情味来。随着"唏才！唏才！？"用嘴模拟的锣鼓点，赤冢石工夫扮演的"黑头"闯了上来，只见他头上包着蓝条巾，脸上用红、黑两种颜色画了脸谱，表示着角色的忠勇和威猛。反穿着西服上衣，袖口上绑着用来甩水袖的手绢，他在"唏才！唏才"声中亮相之后，便摇摆着身躯，亮起嗓门"咿咿呀呀"地唱起来……他的日本式的"京剧"表演，使得华灯溢彩，杯盏摇红的家宴，更增添了几分一衣带水的手足之情。

那么，那条牵动着韩羽梦萦魂绕、精骛神驰的无形的"线"究竟是什么呢？就是绾结在中日两国人民心头的友好纽带，在这条友好纽带上织着两国人民相同或相近的文化渊源、民族心理和民间习俗。也许，正是出于这种缘故，韩羽的画在日本得到充分的理解。

可以这样说，作为漫画家的韩羽独得了一种殊荣，那就是在日本方为中国漫画家洗尘而举办地鸡尾酒宴上，中国漫画家代表团把韩羽的两幅画作品作为礼物，郑重地赠送给了铃木首相和官房长官。

世界上发行量最大的报纸之一——《读卖新闻》，在同一版中，用醒目的位置，别出心裁地分别刊登了五位漫画家的一幅漫画作品和一幅他们自画的漫画像。这些漫画家们都夺魂摄魄地攫取了自己的特征，寥寥数笔，惟妙惟肖地勾画了自己的神情意态，韩羽发表的漫画作品是《十五贯》。而那幅他自画的漫画像，特别令人发噱：一笔画了一个倒置的歪嘴葫芦，算是脑瓜，在葫芦肚的边上，斜添了三条弯曲的弧线，成了贴在后脑勺的几绺疏发，半个问号，是耳朵，一长一短的两点是眉毛和眼睛。数数，总共只用七笔，七笔！而这传神的七笔啊，却勾出了他那稚拙的笔墨情趣，勾出了他那幽默的喜剧意味，勾出了他那酷肖的个性特征。

慧眼识器而给了韩羽以赞许的，是日本漫画界的元老，年逾古稀的横山隆一先生。

（二）如何俘虏读者？

一天，韩羽沏上茶，同一家报纸的编辑并坐在简易沙发上，他眯起眼，问道：

"你是多年的老报人了，你说，读者和作者是什么关系？"

"哦哦……我未及细想这个问题。不过，这篇短评专稿，等着发排哩。今天，我就是专门来聆听您寓目后的意见的。"

"那不忙,我们还是讨论一下这问题的好。"他抽出两支烟,递给了编辑一支,由编辑掏出打火机为他点了,霎时几缕白烟便在他们头顶缭绕飘散起来。他继续问道:"你动笔时没有考虑这个问题吗?"

编辑这才意识到实际他已"介入"了,于是摆了摆头,并掏出笔和采访本来。注意记下他的意见。

"敌人!"

啊!这石破天惊般的结论,使这位编辑诧异眼前的这位漫画家的逻辑思维竟同他的形象思维一样的怪异!

"敌人,是敌人的关系。"他加重语气,重复而又肯定地说了一遍,又狠狠吸了口烟,说道,"当然,这是个比喻,列宁说,一切比喻都是蹩脚的。现在'四人帮'倒了,我们自然也不必庸人自扰,相互揪辫子了。你说,为什么不是敌人呢?作者写东西都是想俘虏读者。斯大林在讲到列宁的讲演具有钢铁般的逻辑力量时是怎样说的呐?……像无数万能的触角,把你紧紧钳住,把你变成他的俘虏。但是观众往往要'负隅顽抗',是很不好俘虏的。常有这样的情形,十来岁的小学生,掀开一本书,翻几页,没意思,扔了,你再塞在他手里他也不看了,甚至耳提面命都不管事了。但你俘虏了他呢?那他吃饭睡觉都得抱着捧着,夺都夺不下来。"

"您说的是作品的艺术感染力,是形式美的审美魅力?"

"是,但也不全是。黑格尔有这么一句话你可能是熟悉的,形式是向形式转化的内容。形式和内容之间是没有大沟的。那么我们这篇短评打算用什么来俘虏读者呢?"

"……"编辑确实没有想起这些,一时语塞。

"真诚。我们应该用内容的真诚。"

"我们没有说半句假话呀?"

"是的。内容确实都是翔实的,但你看这些词语像什么?'香港画坛驰誉'呀，'东方马蒂斯'呀，对，你不要急，听我说，是有报道，香港也确有画家这样比附，并不是一人，但这都是出于他们的个人偏爱。其实满不是那么一回事，什么马蒂斯？懂眼的行家一听就腻歪；那不懂的，任你吹得天花乱坠，他也不知这马蒂斯为何许人也，管什么用？！"

他见那编辑同志默然不语，眯着眼，用较舒缓的语气说道："文中提到的'天籁'，确是我追寻的崇高境界，是我追求的审美理想。虽也确有前辈这样称呼过我的画，但这都是对我的鞭策和期望，我在泰山脚下刚刚起步，离玉皇顶上松涛盈耳的'天籁'还远着哩！不过话说回来，这泰山脚下的第一步，就是'真诚'，就是发自内心，发自肺腑，就是'有真意，去粉饰，少做作，勿卖弄……'"

韩羽说得很动情，并用恳请的语调要求在发稿时不要这样写。

编辑被韩羽的"真诚"降服了，更确切地说是"俘虏"了。

（三）艺术的质朴天籁

横山隆一先生的别墅，坐落在景色宜人的镰仓。

横山隆一先生身材十分矮小，他在驱车前往横山别墅前，韩羽明明看见他钻进自己前边的那辆轿车里，但在行驶途中，他竟发现横山隆一先生失踪了，当他正要探身向司机询问时，透过轿车明净的后窗，瞥见几根白发，从座位皮沙发底下翻飞起来，他才释然地笑了。然而，横山先生知识的渊博、精力的充沛和情趣的高雅，同他那出奇矮小的身躯一样，也是使人惊讶的。

横山隆一先生别墅的庭院，充满了天然的山野情趣。黛色参天，浓荫匝地，日影下彻，溪底卵石历历可辨。小溪旁有草亭翼然，仅可容藤，杂树扶疏，掩映环绕。使人感到一种恬静淡泊、归真返璞的天然意趣。俨然是元代倪瓒逸逸草草的一幅《林茅舍图》一样。

大门里侧的一间小寮，颇有些像鲁迅笔下咸亨酒店的格局，曲尺形柜台，未上漆的核桃木制坐凳、橱架和柜台，展示着主人天然古朴的雅趣。但不同的是那橱架里陈放着各种质地不同、造型各异的酒壶和酒杯。横山先生说，偶有闲暇，总要漫步踱到这里来，浅斟独酌一回，当然，也要把他那些精巧别致的酒具拿出来，摩挲把玩一番。

横山先生的客厅，是东西合璧的款式，硕大无朋的玻璃窗，使满厅洒满阳光树影，左半边置着一堂软垫沙发，右半边置一堂中国式紫檀硬木桌椅，中间地板上铺着一大块凝朱簇银地绣着"仙鹤起舞"图案的地毯。沙发两长两短，对开围着，黑绒底子缀满醉红洒金的海棠叶子，中间一张矮几上摆了一只两尺高天青细磁胆瓶，瓶里插着一大蓬罕见的龙须菊。中间缺口处却高高地竖了一架乌木镶云母片蝙蝠的四扇屏风。倒是中国的漫画家们入境随俗，率先在屏风旁的"榻榻米"上围坐下来。东道主也只好主随客便了。中日两国漫画家促膝谈心，频频举杯。日本漫画家栗田纯彦，平素总是紧闭腮帮深陷的瘪嘴，寡言少语，像个衰朽而慵懒的老妪。而今天却一再躬着腰举起酒杯来，双唇微颤地向中国客人敬酒，白皙脸庞上架着琇琅眼镜的是青年漫画家片山雅博，每当韩羽出入门口或上下台阶时，胁下轻轻地插入一支散发着体温余热的手来，微微一托，接着耳畔也便送过来亲切的细语："韩廿二，小心。"这种兄弟般的温暖关切，使韩羽尤难忘怀。此刻，他仍坐在韩羽的近旁，左手把盏，那腾出的右手，似乎时刻准备轻轻托一把已经微醺的韩羽。小岛功呢？脸上依然挂着女性柔和的微笑，在向中国客人频频敬酒……

横山家宴上最忙碌的要数女翻译，那天她穿了一身净黑的丝绒短裙，外套一件银灰西服，脑后松松地挽了一个高耸的唐贵妃髻。莹白的耳垂，露在乌黑的秀发外，吊着一个翠绿的坠子。从窗外流泻进来的明媚阳光，不时把她娉婷忙碌的身影映在那挡云母屏风上。这位消息灵通的女翻译大概早已打听到韩羽是山东聊城人，可她的祖籍或者说郡望也是山东！他们原来是同乡哩！异国邂逅，乡音无改，鬓毛染霜，恍然如梦，这真令人"惊呼热中肠"啊！女翻译用手帕拭去眼里噙着的泪花，笑盈盈地从手提包里拿出一张素洁的中国宣纸来，恭谨地展放在画案上，双手合十、躬身恳求道："韩羽先生，给我画一张画，让我这个侨居异域的中华儿女，作一个永久的纪念吧！"当她说到"中华儿女"时，清朗柔美的声音微微发颤，说至"永久纪念"时，竟含幽咽啜泣之音，眼眶又被泪水湿润了。站在韩羽面前的，不是一个巧于酬酢的女翻译，而是一个黄发垂髫的小同乡！韩羽也被这"乡情"深深地打动了。他二话没说，置砚拂纸，濡墨挥毫。素洁的宣纸上，霎时间出现了况钟和尤葫芦的喜剧形象。韩羽挥洒自如，点虱生风，墨色含晕，笔力透纸。当韩羽画完最后一笔时，一向举止文静、带有女性柔情的小岛功猛地抓住了韩羽的手，激动地摇着说道："啊！好啊，好啊，韩廿二先生，是我们东方的，东方的韩廿二。"

"不！"德隆望重的日本漫画界元老终于说话了，"不！你们看这满画的真，是这样的动人！这是一种童稚的真！"他的话获得了在场画家的赞同和喝彩。

韩羽的画在日本，在这个既同西方有着频繁交往，而同中国悠久文化又有一脉相承的睦邻，获得画界同行如此深切的了解和赞誉，是不难理解的。

我国古代文论中，对于一些不事雕琢、天然成趣的作品，谓之"天籁"。就是说，这些作品，有着风声鸟鸣那种天然的真趣。李白诗中"一曲斐然子，雕虫丧天真"，便从反面向我们点明了：天然成趣的真，不假雕琢的真，才是"天籁"的最可贵的品格。我们的审美经验还向我们表明：反映儿童生理、心理状态的那种天真的稚拙，是儿童的天然本性。这种天然本性的对象化，便真切地表现在他们幼小心灵的美的创造活动，诸如儿童歌舞和儿童图画上，由于他们也能在某种程度上反映社会生活，也具有一定的美学价值，但似乎还不能说是艺术创造。因为儿童对生活的理解毕竟是肤浅、幼稚和片面的。然而，艺术上的稚拙感就完全不同了，它表现了艺术家的赤子之心和对这种独特创作个性的热烈追求。这种洋溢着天然情趣和回旋着天籁的稚拙感，便具有了特殊的审美魅力和艺术感染力，并成为艺术家一种难能可贵的艺术素质。在西方现代派艺术中，有一"达达派"，就是把追求这种儿童天真的稚拙感作为他的艺术的宗旨的。甚至他们派别的名称，便是这样的一面旗帜——"达达"就是模拟儿童在说法语"马"一词时那种牙牙说话的稚拙语态。然而，他们都是一些轻才小慧的浅薄之辈。他们孜孜于形式上虚假模仿的本身，便已经"雕虫丧天真"了。而在这方面形成了独特风格和天然真趣的大师，就要首推"印象派之后"的马蒂斯了。

一提"印象派"，某些人似乎就要自然地联想起驴尾巴上绑画笔的情景来，那实在是在特殊的文化专制下，造成一种缺乏常识的戏谑性的误解。其实，印象派在19世纪末叶的法国画坛，正是一股虎虎有生气的革命派哩！他们反对并摒弃当时学院派墨守成规的表现手法，走出画室，在明媚的阳光下直接描绘清新的景物。竭力追求在光色瞬息变幻中，表现出对象的空间感和外光感来，一扫宗教题材中死气沉沉的灰褐色调。马蒂斯一出，把"印象派之后"在艺术创作上开拓地强调自我，抒发个人情感的特色，更加地发扬光大了。他那稚拙天真、率意狂简的画，多用浓艳大色块的具有东方情调的线描，使人感受那些热烈的色彩在欢快跳跃，整幅画回旋着明快稚气的天籁！

我对横山隆一对韩羽的赞语做一番这样的理解和浅释，如无可厚非的话，足见这位日本漫画界元老对韩羽的推崇。这是不是社交活动中出于礼仪的酬酢呢？但德隆持重的横山先生终于迫不及待地要用他的行动说话了。

就在韩羽揎袖挥毫的时候，娴悉日本风习和善于察言观色的中国漫画家代表团团长江有生同志，他已经注意到了东道主横山隆一先生情绪的变化了。当韩羽画讫，女翻译频频躬身致谢时，横山自饮了一杯酒，醉眼陶然地乜斜着画，嘟嘟囔囔地说："哎，没有人给我老头儿画画了哟……"江有生便用胳膊肘轻轻地碰了一下韩羽，用眼神示意他留心横山先生的情绪。正当窘于酬酢的韩羽，无所措手足的时候，见横山先生满满地酹了两杯酒，递给了韩羽一杯，喷着酒气，语音有点含混，但态度却极客气地呼道"韩廿二"，这直呼名姓的称呼从德隆望重的日本画界长者嘴里吐出来，便带着一种严正、庄重的意味，不禁使人产生一种正襟危坐，肃然相对的感觉。

"韩廿二先生，你喜欢喝酒吗？"

"喜欢。"韩羽点点头微微躬身说道。

"我请你喝三个月的酒，我把这房舍庭院全送给您，你给我画三个月的画，行吗？"

韩羽噤住了，一时不知如何对答，富有涉外经验的江有生同志急忙凑过去，在他耳边低语道："快，快把你仅存的画拿出来。"

中国漫画家代表团这次访日，每人都带了十幅画，供巡回展出用。韩羽带了十三幅，除巡展的十幅和赠送铃木首相和官房长官的两幅外，仅剩一幅了。韩羽领会了江有生同志的意思，忙把那幅画取出来捧送给了横山先生。

横山先生抖开画幅，见是一幅笔酣墨畅的《快活林》，非常高兴："要知道，我们日本画界，十分看重韩廿二先生的画啊！"方成同志忙机敏地应道："同样，我们中国画坛也是很推崇韩羽先生的画的。"两人相视，会意而亲善地笑了。

横山先生高兴了，他拿出了珍藏的许多有趣的东西，供大家赏玩。有他自制的瓶子、玩具汽车打火机和世界各国的别致的烟具。他自己一件一件地摆弄着展示给大家看。然后，把一个带有长长的胶皮管的烟锅点着，盘起腿来吸了几口，突然他正襟危坐，把烟锅盘顶在白发皤然的头脑顶上，微微地摇晃着头，让缕缕青烟萦绕于银发霜鬓之间。这位年逾古稀的画界耆宿的风趣举止，把大家都逗笑了。使大家很自然地想到中国农村的那些儿孙绕膝的老爷子，怀着舐犊深情逗趣的种种乐事来……

翌日，中国客人起床时，熹微晨光已经为横山先生的庭院染上了金灿灿的绚烂彩色！这时，韩羽听到隔壁的客厅里，传来一个笨重的物体触落在厚厚地毯上的沉闷钝响，他急忙披衣推门一看，原来是横山隆一先生，早已起来了，把客厅里一个雕镂精致的硕大镜框，放落下来，把韩羽画的那幅《快活林》嵌在了里面，韩羽和大家帮他挂了起来，他仔细地端详了一番，笑了，笑得那样的甜美！

吃过早点之后，横山隆一先生把中国客人带进了宽敞的工作间，南边堵了半壁的大玻璃柜橱里，全是横山隆一先生出版的漫画作品和著作。这，似乎使得"著作等身"这个略带夸张意味的溢美之词，反在横山先生极为丰硕的实绩面前，显得有些自惭形秽了。

横山先生走到宽大的工作台前，上面早已放着一块磨制得十分精致的小木牌，横山先生拿起一函大墨来，双手捧定，倾斜着在砚海里像拉锯一样地，缓缓地一推一拉地研磨起来，待韩羽和其他中国漫画家走进来时，他恳请道："韩廿二先生，给我写个名字吧。"

韩羽急忙从横山先生手里夺过墨来，仿效着横山先生的样子将墨研磨好后，在木牌上工工整整地写下了"横山隆一"四个字。横山先生又指着木牌的侧面说："在这里再写上你的名字呢！"韩羽从命，照他的话做了。

横山先生在送中国漫画家走出寓所时，指着门楣旁那一块嵌钉在大理石上的铜质名牌对韩羽说："你给我写的那块不能挂在这里，挂在这里，明天就会不翼而飞的。"

这是为什么呢？

也许，是艺术的质朴天籁，已经胜过了金灿灿的物质闪光吧！

《庄子·齐物篇》里有一句话，"汝闻人籁而未闻地籁夫！汝闻地籁而未闻天籁夫！"读者同志们，你们到底是从韩羽所作所为的"人籁"中闻到了他画中的"天籁"呢？还是从他画中的"天籁"中，闻到了他的"人籁"呢？

1984 年 6 月 6 日改竣

燕赵河汉

天文学家祖冲之

当我们仰望浩瀚无垠、星汉灿烂的夜空时，一轮明月冉冉升起，它冰清玉洁，引人无限遐想。嫦娥奔月、吴刚伐桂、玉兔捣药、蟾宫折桂……一个个人们耳熟能详的神话故事，都赋予月亮幽怨、荒寒、孤寂的美丽意境。然而，纵观漫漫历史长河，在现实中能"蟾宫折桂"者，科学家祖冲之可谓中国第一人。1967年，国际天文学联合会把月球上的一座环形山命名为"祖冲之环形山"，让祖冲之声震寰宇。而在此之前，1964年，紫金山天文台为纪念他对世界科学文化作出的伟大贡献，将国际永久编号1888的小行星命名为"祖冲之星"。

一

公元462年，在南朝宋上朝理政的大殿里，祖冲之与戴法兴唇枪舌剑，展开了一场著名的辩论，辩论的重点，便与月亮有关……这次大辩论推动了一场震惊世界的历法改革。

我们把在地球上的人看到的月亮运行轨道叫"白道"，太阳运行轨道叫"黄道"（实际是地球围绕太阳运行的轨道）。月亮在"白道"上运行，从第一次月圆或月缺到第二次月圆或月缺的这一段时间，人们称之为"月"；每个月是29天多一点，12个月为一年，这种计年的方法称之为"阴历"。太阳在"黄道"上运行，从第一个"冬至"（即一年当中太阳光直射南半球距离赤道最远的点，也就是白昼时间最短的那天），到下一个"冬至"共需365又1/4天（实际上就是地球围绕太阳运行一周的时间），于是人们把这一段时间称作一年。按照这种方法推算的通常叫作"阳历"。

问题偏偏出在：阳历和阴历的一年的天数，并不恰恰相等。

按照阴历计算，一年共计354天；可按阳历计算，一年则应是365天零5小时48分46秒，阴历一年比阳历一年要少11天多。为了解决这个问题，必须使阴历和阳历的天数一致。怎样才能一致呢？我们睿智的先人，很早就想出了一个聪明的办法——"闰月"。也就是在若干年中插入一个闰月，由于采用了这种闰月的办法，阴历和阳历年便比较符合而"阴阳燮和"了。

当年，大殿里弥漫着剑拔弩张的紧张气氛。在雕饰精美的龙椅之上，昂然高坐着宋孝武帝——"孝武"对于南朝宋来说，简直是一个讽刺。南朝宋文帝刘义隆遭太子刘劭所弑，可登上皇位没几天的刘劭，又被时任江州刺史的二弟刘骏刺杀了。这刘骏便是宋孝武帝——"孝"与杀兄联系在一起，"武"与"窝里斗"联系在一起。他虽道貌岸然地端坐在那里，但仿佛总是透出几分心神不定的神情。他为了保住皇位，决心改革朝政，在用人方面，拔擢寒门以抗衡朝廷中的豪门权贵，还奖掖科技人才，大力发展经济。宋孝武帝面前站立着的势不两立的祖冲之和戴法兴，便是与他的新政有关的两个人物。

祖冲之的原籍是范阳郡遒县（今河北涞水）。西晋末年，祖家由于战乱，迁到江南居住。祖冲之的祖父祖昌，曾在南朝宋做官，主持建筑工程；同时，祖家历代对于天文历法都很有研究，因此祖冲之从小就有接触科学技术的机会。早在青年时期，他就有了"博学多才"的美誉，并且被派到当时皇帝专设的一个官署——华林学省，去从事研究工作。

大辩论中，祖冲之在朝臣众目睽睽之下，回答宋孝武帝的问题："你的《大明历》，较之目前用的《元嘉历》，究竟好在何处？"

祖冲之说："启禀圣上，微臣推算测定的《大明历》比起《元嘉历》来，有三方面的改进。其一，微臣充分吸取了《元始历》打破'岁章'的方法（我国古代历法家把19年定为计算闰年的单位，称为'一章'，在每章里有7个闰年，这便是'岁章制'）。《大明历》规定在391年内有144闰的新闰法。这无疑要比《元始历》《元嘉历》精密。其二，微臣在《大明历》中应用了'岁差'现象。太阳运行一周（实际上是地球绕太阳运行一周），不可能完全回到上一年的冬至点上，总要相差一个微小距离，这种现象叫作'岁差'。按照微臣的推算，一个回归年的长度为365.2428141日（与今天的推算值仅差46秒）。其三，微臣已经周密计算，求出历法中通常称为'交点月'的长度，即月亮相继两次通过黄道与白道的同一交点的时间长度，是27.2123日，这样便可准确地预报日食、月食出现的时间。"

祖冲之在《大明历》中，对于"岁章""岁差"乃至"交点月"的精密推算和科学创新，无疑是前无古人的科学创举。

"不行，不能推行《大明历》。"站在祖冲之对面的南台侍御史兼中书通事舍人戴法兴，双眉紧蹙地大声说，"如此这般，诬天背经，你祖冲之将古圣先贤置于何地？！"他甚至怒气冲冲地骂祖冲之是浅陋的凡夫俗子妄加穿凿，没有资格谈改革历法。

谈到"资格"——他简直忘了他自己早年是以卖麻布为生的低贱出身，趁着宋孝武帝"拔擢寒门"的机会，媚悦于上，终于成了皇帝的心腹重臣。他专权跋扈，使得群臣敢怒不敢言。

祖冲之神情自若，从容不迫地说道："我们不应该信古而疑今。倘古法虽疏，永当循用，那不是将错就错吗？"

戴法兴气急败坏，怒不可遏地呵斥："历法是国家社稷之大法，秉承上天神灵之奥蕴，岂是你这轻才小慧的祖冲之想改就能改的？！"

戴法兴是个嫉贤妒能的人，越辩他越发醋意勃发，妒火中烧，于是便演绎出这么一场科技史上文明、进步与愚昧、保守针锋相对的辩论来。

在这场大辩论中，许多朝臣被祖冲之精辟透彻的理论说服了，但是他们因为慑于戴法兴的权势，不敢替祖冲之说话。最后还是钦点的另一个审定《大明历》的中书通事舍人巢尚之，站出来对祖冲之表示了支持。他称，《大明历》是祖冲之多年研究的成果，根据《大明历》来推算，元嘉十三年、十四年、二十八年和大明三年的四次月食都很准确，几乎是毫发不差，用旧历法推算的结果误差就大多了，既然《大明历》事实证明确比《元嘉历》好，就应当采用。

这样一来，戴法兴哑口无言。祖冲之取得了最后胜利。宋孝武帝决定在大明九年改行新历。谁知大明八年宋孝武帝溘然驾崩，接着统治集团内部发生变乱，相互挞伐征讨，改历这件事就被搁置起来。一直到南朝梁天监九年（510年），新历才被正式采用，可是那时，遗恨终生的祖冲之已去世多年了。

二

宋孝武帝刘骏死后，《大明历》的实施遂成水月镜花，虚无缥缈。此时祖冲之正值英年，难道就此蹉跎岁月么？余下来的岁月该研究什么呢？祖冲之再次抬头望见了那轮明月，明月也再次启发了他又一个震撼世界的研究发现——祖率。

圆圆的月亮，触动了他富有创造性的思维，月亮是圆的，太阳是圆的，月亮和太阳运行的轨道即"白道""黄道"也应是圆的。那么，圆的周长与直径的比例即圆周率（π），到底是多少呢？这是一个与上至天文历法、下至百姓生活密切相关的数学问题。

古代的先民，凭着长期的劳动实践经验，得出了"周三径一"的圆周率约数，即圆的周长是直径的3倍。然而，这毕竟太粗疏了。圆的周长肯定比直径的3倍还要多！于是，苦苦求索圆周率的艰难步履，从未停止过。西汉刘歆、东汉张衡、三国鼎立时期王蕃和魏晋时期刘徽便是探求圆周率的先驱,其中刘徽创造了用割圆术来求圆周率的方法。

根据《隋书·律历志》的记载,祖冲之把1丈化成1亿忽。丈以下的单位是尺、寸、分、厘、毫、丝、忽,1丈等于1亿忽。于是,他推求圆周率的前行步伐,迈出了远超前人的一大步。他的计算结果共得出两个数值:一个是盈数(即过剩的近似值),为3.1415927;一个是朒数(即不足的近似值),为3.1415926。圆周率真值正好在盈朒两数之间。《隋书》只有这样简单的记载,没有具体说明他是用什么方法计算出来的。不过从当时的数学水平来看,除刘徽的割圆术外,还没有更好的方法。祖冲之很可能就是采用了这种方法。把圆的内接正多边形的边数增多到24576边时,便恰好可以得出祖冲之所求得的结果。

在欧洲,直到1573年才由德国数学家渥脱求出了355/118这个数值。比祖冲之求得(圆周率)这个数值,晚了将近1100年。因此,日本数学家三上义夫,在他撰著的《中日数学发展史》中,建议把355/118这个圆周数值称为"祖率",来纪念这位中国的大数学家。

祖冲之死后,他的儿子祖暅继续父亲的研究,进一步发现了计算圆球体积的方法。

祖冲之还曾写过《缀术》五卷,是一部内容极为精彩而深湛的数学著作,很受人们重视。唐朝的官办学校的算学科中规定,学员要学《缀术》四年;政府举行数学考试时,多从《缀术》中出题,后来这部数学经典曾经传到朝鲜和日本。可惜到了北宋中期,这部有价值的著作竟然失传了。令我们扼腕痛惜不已!

三

自公元464年起,祖冲之先后出任过娄县(现江苏昆山市东北)县令、京城的谒者仆射和长水校尉等官职。这时,齐明帝读了祖冲之撰写的《安边论》,颇想让他巡行四方,兴造大业,以利百姓。因此尽管整天忙忙碌碌,事务烦冗琐细,然而,祖冲之对科学奥秘探索的浓厚兴趣,始终像炽烈的火焰,在他胸中熊熊地燃烧着……

根据史书记载,祖冲之在机械制造方面,取得了极为丰硕的成果。他发明的水碓磨、指南车、千里船和欹器等,多数是适用于黎民百姓生产生活的,有的甚至沿用至今。此外,他在音律及哲学研究方面也多有著述,成就卓然。

指南车是一种用来指示方向的车子。车中装有机械,车上装有木人。车子开行之前,先把木人的手指向南方,不论车子怎样转弯,木人的手始终指向南方不变。这种车子的机械结构已经失传,但是根据文献记载,可以知道它是利用齿轮互相带动的原理制作成的。

相传远古时代黄帝对蚩尤作战,曾经使用过指南车来辨别方向。公元417年,东晋大将刘裕进军至长安时,曾获得后秦统治者姚兴的一辆旧指南车,车子里面的机械已经散失,南朝齐高帝萧道成就令祖冲之仿制。祖冲之所制指南车的内部机件全是铜的。制成后,萧道成就派大臣王僧虔(书法家王羲之的孙子)、刘休两人当检验官,看看祖冲之制造的指南车,是否构造精巧,运转灵活,走在逶迤的路上木人的手是否还能常指向南方。

当祖冲之制成指南车的时候,北朝有一个名叫索驭公式的人来到南朝齐国,自称也会制造指南车。于是萧道成也让他制成一辆,在皇宫里的乐游苑和祖冲之所制造的指南车比赛。结果祖冲之所制的指南车运转自如,索驭公式所制的却很不灵活。王僧虔和刘休都异口同声地判定祖冲之所制的指南车获得优胜。索驭公式只得认输,并把自己制的指南车毁掉了。祖冲之制造的指南车，我们虽然已无法看到原物，但是由这件事可以想象，它的构造一定是很精致灵巧的佳构。

祖冲之还制造了一些造福民众的劳动工具。他看到劳动人民舂米、磨粉很费力，就创造了一种粮食加工工具，叫作水碓磨。古代劳动人民很早就发明了利用水力舂米的水碓和磨粉的水磨。祖冲之还设计制造过一种千里船。它可能是利用脚踏轮子激水前进的原理造成的，据说，一天能行五十多公里。

祖冲之还根据春秋时期文献的记载，制造了一个"欹器"，送给南朝齐武帝的第二个儿子萧子良。欹器是古人用来警戒自满的器具。萧子良得到后爱不释手，他问祖冲之，这个复活的古董有何用处？祖冲之说："它是一个警器，古人用以警策自诫，它的寓意就在于'虚则欹，中则正，满则覆'。"据说，杜甫的先祖杜预曾三次试制这种器具，都没有成功。由此可见，祖冲之对各种机械制造都有精深的研究，就连晋代有着"杜武库"之誉的杜预，也望尘莫及。

祖冲之的成就不仅限于自然科学方面，他还精通乐理，对于音律很有研究。此外，祖冲之除了有内容极为深奥的数学著作《缀术》之外，还著有《易义》《老子义》《庄子义》《释论语》等著作。这些书与《缀术》一样，都已经失传了。根据这些著作断定，祖冲之不仅是伟大的数学家，而且也是哲学家和经学家。

祖冲之的儿子祖暅，也是一位杰出的数学家、天文学家。在数学方面，他创立了球体体积的正确算法；在天文学方面，他曾著《天文录经要诀》一卷，可惜也失传了；祖冲之创制的《大明历》，就是经他三次向梁武帝建议，才被正式采用的；他还制造过计时用的漏壶，人们可以根据水位来判断时间，并且著有一部《漏刻经》。祖冲之的孙子祖皓，也精通天文学和数学，史书记载其"有文武才略"。

刊于《河北日报》2016 年 3 月 18 日

地理学家郦道元

令人诧异的是，在中国优秀传统文化的传承史之中，一部为仅有万来字的《水经》作注解的《水经注》，不仅其篇幅和字数竟然远远超过了原著约三十倍；而且在自然地理、人文地理、地名学等多学科领域的重大学术价值和卓越贡献，也远远超过了原著，从而使作者本人成为"世界地理学的先导"而享誉寰宇。他，便是河北涿州人郦道元。

一

郦道元在他的巨著《水经·巨马水注》中，以雅隽秀逸的文字，描述了他的家乡河北涿州郦亭之美："巨马水又东，郦亭沟水注之……西带巨川，东翼兹水，枝流津通，缠络墟圃，匪直田园之赡可怀，信为游神之胜处也。"是多么令人神往啊！

郦道元的父亲郦范在北魏王朝为官长达五十年，经历了五位君主，成为北魏王朝的重臣之一。这样一个家族，既为郦道元在政治上的发展铺平了道路，又为他研究学问提供了良好的客观条件和环境。

郦道元（？—527年），字善长，范阳涿县人。关于郦道元的生年，多有学者发表过不同的意见。如清代杨守敬在其著作《水经注疏》中论及郦道元生年时，认为是太和九年（485年）；赵贞信《郦道元生卒年考》认为是和平六年（465年）或延兴二年（472年）；陈桥驿则与赵贞信的观点相同，也认为是延兴二年（472年）等。现在尚难确定，暂且存疑。

郦道元家乡被称为郦亭，是一个自然风景十分优美的地方。郦道元在《水经·巨马水注》中特别写了一段文字描述他的家乡："巨马水又东，郦亭沟水注之，水上承督亢沟水于迺县（县名，一为汉置，一为隋置，分别在河北省涞水县及定兴县）东，东南流，历紫渊东。余六世祖乐浪府君，自涿之先贤乡，爱宅其阴。西带巨川，东翼兹水，枝流津通，缠络墟圃，匪直田园之赡可怀，信为游神之胜处也。"家乡优美的自然风光，陶冶了幼年的郦道元，他日后所表现的那种热爱自然、热爱祖国河山的丰富感情，和上述《巨马水注》中所表达的热爱自己家乡的浓浓乡情，是完全一致的。

"燕赵古称多感慨悲歌之士"所指正是郦道元的故乡一带。郦亭东去不远的楼桑里，便是三国时期蜀国开国君王刘备的桑梓故里；黄金台是距郦亭左近的又一处古迹，它记载着战国时燕国昭王敬贤礼士的感人典故；郦亭附近的易水岸边，是当年荆轲与燕太子丹引吭高吟"风萧萧兮易水寒，壮士一去兮不复还"的拱手壮别之处。刘备、燕昭王和荆轲等英豪雄杰的形象，同这片钟灵毓秀的水土一样，孕育着郦道元刚强弘毅的性格，为他后来能够在事业上胸有丘壑，大展宏图，执着地追求真理，在政治上廉洁清鲠、疾恶如仇打下了淑世济民的思想基础。

二

太和十八年（494年）郦道元初入仕途，随北魏孝文帝北巡，时任尚书郎，从此开始了他的仕宦生涯。他被擢升为御史中尉时，此时北魏已十分腐败，为重振朝纲，不畏权贵，"威猛为政"，致使"权豪始颇惮之"，而终于酿成"阴盘驿遇难"的扼腕悲剧。明明是为国捐躯一代英豪，为何被《魏书》收入《酷吏传》里？

为官五秩的郦范去世后，其长子郦道元继承爵位，被封为永宁伯。太和十八年（494年），郦道元初入仕途，随孝文帝北巡时任尚书郎。

北魏后期，政治动乱，国力衰微。郦道元表现出了他在政治、军事上的卓越才干。在试守鲁阳郡时，当时因"蛮人"居多，不立大学，他到任后，"表立黉序，崇劝学教"。"道元在郡，山蛮伏其威名，不敢为寇"（引自《北史·郦道元传》）。

郦道元被擢升为御史中尉时，此时的北魏已十分腐败。为重振朝纲，郦道元以"威猛为政"，虽然能够使当地"权豪始颇惮之"，但因此招致朝中权贵刻骨忌恨。司州牧、汝南王元悦是当朝孝明帝的叔父，一向狂妄不羁、贪贿无度、生性猥鄙，朝中百官无不忌惮三分。他有一宠嬖之人丘念，依仗其权势胡作非为。百姓们视元悦如虎，视丘念为狼。郦道元察知丘念把持州官的选任，将其逮捕入狱。元悦知悉后，哀求灵太后下令赦免丘念。郦道元闻讯雷厉风行，赶在赦令之前，将丘念问斩。然后再上书灵太后，告发元悦纵容包庇丘念的罪愆。元悦对郦道元更是恨之入骨。

几乎与之同时，从长安传来了肖宝夤将要谋反的消息，朝野震动。肖宝夤本是南齐王朝的宗室，南梁取代南齐时，他的兄弟都被梁武帝杀死，他只好连夜仓皇出逃，辗转流徙来到北魏。北魏王朝为了招降纳叛，立即给予他高官厚禄，并将南阳长公主嫁与他。之后他时时请兵南伐，屡建战功，官至相位。权势赫奕的肖宝夤萌生叛心，且叛乱的劣迹日趋败露。为了安定长安地区，孝明帝与众臣商议，决定派一名得力的大臣前往长安巡视安抚，打探虚实，以便查获其反叛朝廷的蛛丝马迹。元悦与另一"素忌"郦道元的侍中、城阳王元徽就鼓动朝廷派遣郦道元为关右大使，企图借刀杀人。果然肖宝夤以为郦道元去关中是为侦探追查他谋反的问题，更加猜忌、疑惧了，其僚佐柳楷劝诱肖宝夤索性趁机反叛北魏、杀害郦道元，肖宝夤听从了柳楷的谗言，派遣部将郭子帙到阴盘驿（今陕西省临潼区东南）设下了埋伏。郦道元一行日夜兼程，进入雍州地界。路遇一高冈，其上建有一所驿亭，不料从冈后杀出郭子帙的一标人马，将郦道元等死死围困于阴盘驿亭。亭上没有水源，郦道元只好下令挖井取水，掘地十来丈亦不得水，饥渴难耐，疲乏至极之际，郭子帙率军逾墙而入，郦道元面对敌人，"瞋目叱贼，厉声而死"，仍表现出刚毅勇猛的凛然气概。他的弟弟郦道阙及二子俱被杀害。肖宝夤遣其部下将郦道元等遗体运回长安，殡于长安城东。事后，朝廷追封郦道元为吏部尚书、冀州刺史、安定县男。长空雁孤鸣，秦山虎悲啸，夜空流星欻然闪过之时，一代英豪就此陨落。

郦道元是北魏著名的学者、地理学家，同时也是一位爱国将领、一代英豪。但他死后二十七年面世的《魏书》，竟然将他收于《酷吏传》，这不能不让人惊诧莫名！

无论是在《魏书》，还是在《北史》中，我们都没有见到只言片语的"酷吏"史实。所有的只是"威猛为治""秉法清勤"的评陟。这说明郦道元所处的乱世必用重典，故"道元所在郡、山蛮（其时对山区少数民族蔑称）伏其威名，不敢为寇"。对待为非作歹的皇亲国戚，"道元素以威猛之称，权豪始颇惮之"。前者说明他是秉法清勤的能吏，后者则是刚正不阿的诤臣。增至612字的《北史·郦道元传》更记录了他"表立黉序（古代学校），崇劝学教"的教化之功。至于他"瞋目叱贼"，慷慨赴死的壮烈之举及死后的追封和"哀荣"，表明了他是为国捐躯的一代英豪。

然而，《魏书》为何要将郦道元收入《酷吏传》呢？要解开这个疑案，其实也简单，答案只有两个字：秽史。秽史有二解：一为"歪曲历史本来面目的史书"；二为不光彩的污秽生活。《北史·魏收传》记载："（魏收奉诏撰魏史）凡有怨者，多没其善，每言：'何物小子，敢共魏收作色，举之则使上天，按之当使入地……'于是众口喧然，号为秽史。"首先《魏书》作者魏收便有着一部秽声四闻的人生"秽史"——其"好声乐，善胡舞。文宣末，数于东山与诸优为猕猴与狗斗，帝宠狎之"。然后他完全依凭个人的亲疏好恶，以信口雌黄，恣意臧否的态度来写史，能不是"秽史"吗？

《水经注》研究专家赵一清提出了更为具体和深刻的缘故:"(郦道元)何至列之《酷吏传》耶?恐素与魏收嫌怨,才名相轧故耶?"这个猜测看来并不是无根据的。魏收与郦道元素有仇隙,原来是他忌妒郦道元的才学和声誉,才如此用毁誉来陷害郦道元的!

三

郦道元的《水经注》,是一部享誉世界的地理经典。它不仅在自然地理学、人文地理乃至地名学等方面发凡起例,开历史之先河;而且在文学、语言学、历史学、考古学、金石学、文献学等诸多学科领域探赜索隐、钩深致远,取得了令世界惊叹的卓越贡献,真是一部空前的千古奇书。

《水经》是我国古代记载河流的专著,其作者历来说法不一,一说晋郭璞撰,一说东汉桑钦撰,又说郭璞曾注桑钦撰的《水经》。其成书年代,诸家说法不一,全祖望认为是东汉初,戴震认为是三国时作品,诸说尚难确认,不过大体应为汉魏之作。《水经》分为三卷,记载了一百三十七条河流,仅一万来字。虽然粗缀律绪,又阙旁通,以水流为纲,以行进的方式记述流域内的郡县,堪称条理清晰。

郦道元以《水经》所注水道为纲,着眼于《禹贡》所描写的历史上曾经出现过的版图广大的统一祖国,以属于全国的自然因素河流水系为基础,打破当时人为的政治疆界的限制。这充分体现了他希冀祖国统一的进步思想观念。

郦道元所载水体包括湖、淀、陂、泽、泉、渠、池、故渎等。今人赵永复查算达二千五百九十六条,这一数字不仅远远超过了《水经》原书及其他前代的地理著作，而且也是后世学者所难以企及的。注文达三十万字，涉及的地域范围，除了基本上以西汉王朝的疆域作为其撰写对象外，还涉及当时不少域外地区，包括今印度、中南半岛和朝鲜半岛若干地区，覆盖面积实属空前。

《水经注》除了对各种水体的记载外，也涉及了不少自然地理学其他方面的内容。所记各种地貌，高地有山、岳、峰、岭、坂、冈、丘、阜、崮、障、峰、矶、原等，低地有川、野、沃野、平川、平原、原隰等，仅山岳、丘阜地名就有近两千处，喀斯特地貌方面所记洞穴达七十余处。植物地理方面记载的植物品种多达一百四十余种，书中还对各地植物生长的地区性分布进行了记载，描述了我国东部湿润地区的沼泽植被、水生植被的情况和西北干燥地区的草原、荒原植被情况。动物地理方面记载的物种超过了一百种，对各地的特种动物，进行了详赅的考查、记载，如伊水的鲵鱼，若水的象、犀、钩蛇等等不一而足，均具有珍贵的价值。

所记述的时间幅度上起先秦，下至南北朝当代，上下两千多年。它所包容的地理内容十分广泛，包括自然地理、人文地理、山川胜景、历史沿革、风俗习惯、人物掌故、神话故事等，真可谓是我国6世纪的一部地理百科全书。侯仁之教授概括得最为贴切："他赋予地理描写以时间的深度，又给予许多历史事件以具体的空间的真实感。"

《水经注》真可谓包罗万象，在人文地理学方面，它几乎涉及了全部的分支学科，如经济地理学、城市地理学、社会文化地理学等。其中经济地理学又扩展包括农业地理学、工业地理学、交通运输地理学等领域。如《水经注》在城市地理学方面的记载极为丰富。全书记载的县级城市和其他城邑共二千八百余座，古都一百八十余座，是研究历史城市地理的珍贵资料。书中还记载了大量的镇、乡、亭、里、聚、村、墟、戍、坞、堡十类小于城邑的聚落体系，约有一千处，对研究古代聚落地理有珍贵的参考价值。

地名学是研究地名的由来、语词构成、含义、演变、分布规律、读写标准化和功能,以及地名与自然和社会环境之间关系的学科。《水经注》的地名渊源涉及自然地理的因山为名、因水为名等十项种类,也包含了人文地理部门的人物地名、史迹地名等十四项类别,不仅引录了前人的规律性认识,而且还进一步归纳了一系列关于地名命名、更名的精辟见解,有些论述已上升到地名学理论的高度。

《水经注》这部学术著作非常注重语言文字的运用,从文学角度来看,它描绘祖国山川壮丽秀美的景色,同时记述各地的名胜古迹、神话传说、风土人情,文笔秀隽,脍炙人口,千余年来一直被人传颂。

《水经注》除了在地理学、地名学、文学等方面的杰出贡献外,在其他学科,如语言学、历史学、考古学、金石学、文献学等方面一样提供了值得珍视的丰富资料,影响深远。

此外,郦道元在《水经注》中首先表现了大一统的爱国情怀,以及包括少数民族在内的民族自豪感,同时,对兴修水利工程功过是非的评价之中,对造福民众的水利专家如李冰、王景、西门豹、史起等清官循吏进行了由衷赞颂,而对为害黎庶的暴君贼臣及其弊政,予以了无情的批判和鞭笞,表现了崇高思想境界。

《水经注》的内容、辞章、体裁、版本、作者生平、引用文献等的研究逐步发展成为一门专门的学科,简称"郦学"。这与研究《红楼梦》而产生"红学"一样,只不过郦学渊源比红学早一千多年。同时,郦学在域外也声名远播,硕果累累,获得崇高声誉。日本学者森鹿三认为郦道元是"中世纪世界上最伟大的地理学家"。原德国柏林大学校长、国际地理学会会长李希霍芬(1833—1905年)称郦道元是"世界地理学的先导",如此赞誉,郦道元当之无愧。(本文的撰写曾参考郭蕊编著的《笔著华夏——郦道元》)

《河北日报》2016年7月9日刊发

诗豪刘禹锡

中国是一个诗的国度,唐代是诗国的鼎盛时期。万千诗人,如河汉灿烂,辉映星空。而最明亮的"双子星座",便是李白、杜甫,拱卫其旁的耀眼星辰还有王维、白居易、刘禹锡等多人。有趣的是,这些诗人们都有一个彪炳诗史的"雅号",如李白号"诗仙",杜甫为"诗圣"……这些雅号多姿多彩,且传神贴切,流传甚广。那么,唐代杰出诗人刘禹锡的雅号呢?白居易赞叹说:"彭城刘梦得(刘禹锡其字),诗豪者也,其锋森然,少敢当者。"由此可知,刘禹锡被誉为威仪棣棣、声名煊赫的"诗豪"。

一

以"山不在高,有仙则名;水不在深,有龙则灵。斯是陋室,惟吾德馨"的名句享誉千古的唐代诗人刘禹锡,究竟是何许人也?家何族?族何姓?姓何祖?祖何籍?笔者考证出:刘禹锡祖籍为"中山无极人"。我们完全可以敞开怀抱,拥抱这位名垂千古的家乡诗人。

刘禹锡(772—842年),唐著名诗人、政治家、哲学家,字梦得。贞元进士,又中博学宏词科,授监察御史。和柳宗元等同参加主张革新政治的王叔文集团。失败后,贬为朗州司马。后任连州、夔州、和州刺史。晚年回到洛阳,迁太子宾客,官终检校礼部尚书。

关于刘禹锡的祖籍，众说纷纭，多有争议。有的说是洛阳（今属河南）人，有的说是嘉兴（今属浙江）人，有的说是彭城（今江苏徐州）人，有的说是定州（今属河北）人以及中山无极（今属河北）人，莫衷一是。据查有关史料，刘禹锡为匈奴后裔，其七世祖刘亮仕于北魏，随魏孝文帝迁都洛阳，因此刘禹锡便有"家本荥上，籍占洛阳"之说。并始改汉姓——这里须赘一笔，汉高祖刘邦忌惮于匈奴的武力威慑，曾以宗室女子为公主嫁给冒顿单于。据《晋书·刘元海》记载："初，汉高祖以宗女为公主，以妻冒顿，约为兄弟，故其子孙遂冒姓刘氏。"这是冒顿后裔姓刘的起因。嗣后，其父刘绪因避安史之乱，东迁嘉兴，刘禹锡出生于此，嘉为其出生之地。关于说其"彭城人"，经查此说，亦据刘禹锡确在《口兵诫》中曾称"中垒校尉"的刘向为"吾祖"。白居易、权德舆等人亦从其说。那不过是随顺当时"姓卯金（繁体'劉'之左旁）者咸彭城"（《史通·邑里》）俗说，不过是崇尚家世显赫、门第高贵的习俗罢了。这便是"刘禹锡彭城人"说法的由来。

说刘禹锡是定州人、中山人以及中山无极人，得从刘禹锡七世祖刘亮曾任冀州刺史、散骑常侍等职说起，秦汉时期，定州、无极是冀州（先秦至清行政辖区名，辖境大致为河北省中南部、山东省西端、河南省北端——后辖境渐小，主要在河北，故河北省简称为"冀"）的属地，而无极同时又是定州的属地。其说虽异，实际都是指的中山靖王刘胜的中山国，以及他七世祖刘亮任冀州刺史的冀州辖地。据《四库全书总目提要》称："书禹锡本传，称为彭城人，盖举郡望，实则中山无极人，是编亦名中山集，盖以是也。"《新唐书·刘禹锡传》载刘禹锡"自言系出中山"，其实刘禹锡在《连州刺史厅壁记》《夔州刺史厅壁记》等文中，都以"中山刘某"落款，即皆以"中山靖王刘胜"之后自居，刘禹锡在编辑他与令狐楚的唱和文集《彭阳唱和集》时，为此书写的《述言》，以及《传信方》中落款均用了"中山刘禹锡述"。由于刘禹锡皆这样的"自述"，他的朋友如柳宗元、韩愈也称他为"中山刘梦得"。此外，清《畿辅通志》及《中国历史人物辞典》和《中国历史名人辞典》等也都如此刊载。经过反复查证，说刘禹锡是"中山无极人"，显然是有据可依的。

二

不可把握的历史事件和人生际遇，常常是造就人才的大熔炉。如果刘禹锡没有参加"永贞革新"，如果革新没有失败，就不会锻造出千古名篇《陋室铭》；如果没有豁达的胸襟和远大的抱负，也不会修炼出集桀骜豪放、超然洒脱于一身的"诗豪"刘禹锡。

安史之乱后，天下纲纪崩坏，朝政混乱万状。"永贞革新"是当时一批志在革新政治、除弊图强的年轻士大夫的可贵尝试。"诗豪"刘禹锡便在"永贞革新"中焕发出举世瞩目的异彩豪情。

贞元二十一年（805年）正月二十四日，驾崩的德宗灵柩迁移太极殿。两天后的正月二十六日，四十五岁的太子李诵即位太极殿。这就是唐顺宗，号为永贞。顺宗身体虽不好，但性格宽仁却有决断。他即位后，立即起用革新派。尤其是王叔文、王伾被顺宗重用，革新派掌握朝政。顺宗一直礼重师傅，对"二王"深信不疑，诸事仍委请王叔文决断。据《旧唐书·刘禹锡传》载："贞元末，王叔文于东宫用事，后辈务进，多附丽之，禹锡尤为叔文知奖，以宰相器待之。顺宗即位，久疾不任政事，禁中文诰，皆出于叔文，引禹锡及柳宗元入禁中，与之图议，言无不从。"可见，刘禹锡在这场影响全国的政治革新运动中处于举足轻重的地位。刘禹锡积极参与的"永贞革新"，作为中唐时期最重要的政治改革，其实质是"内抑宦官，外制藩镇"，以惩酷吏、罢宫市、免欠赋、禁额外加征为主要内容，对德宗朝经济、政治、军事等方面的弊政进行了一系列改革。

革新派首先要抓住经济命脉，因而安排最适合的人才进入经济部门。顺宗让宰相杜佑兼任度支盐铁使。在杜佑身边，王叔文任度支盐铁副使，刘禹锡擢升为屯田外郎，辅佐杜、王，匡其不逮。

革新运动开始后，刘禹锡全身心地投入其中，他对革新前途充满着信心和期望。诗人此时的心情，从其《春日退朝》诗中可见一斑："紫陌夜来雨，南山朝下看。戟枝迎日动，阁影助松寒。瑞气转绡縠，游光泛波澜。御沟新柳色，处处拂归鞍。"此诗描写雨霁后的艳丽春光，沐浴在祥瑞之气中的宫殿庄严肃穆，象征着永贞革新伊始的崭新政治气象，抒发了他开阔豪放的诗美心境。

刘禹锡以赤子般的满腔热忱参与永贞革新，他当时日理万机的情形，《云仙杂记》中有所描述："顺宗时，刘禹锡干预大权，门吏接书尺，日数千，禹锡一一报谢。绿珠盆中，日用面一斗为糊，以供缄封。"顺宗朝革新派执政期间，刘禹锡每日席不暇暖，需要处理大批公文来函，接待各种拜谒造访者，处理财政事务，当机立断，笔不停挥，飒飒如风雨至。他办事严谨认真，助手送来的书信文件一一回复，每天回信的数量竟达数千封之多，公案旁专门置放了一个绿釉珠纹为饰的小缸，盛着用一斗面粉打成的糨糊用来粘贴信封。他作为"永贞革新"风云人物，那种意气风发、斗志高昂的"诗豪"风采，却活灵活现地展现无余。

元和元年（806年）正月十九日，被逼"内禅"的太上皇李诵去世，终年四十六岁，他实际只当了六个多月的皇帝。宪宗李纯登基后，立即宣布废除新政，尤其不能容忍当初在立储时有异议的革新派人士。在宪宗李纯即位的第三天，唐宪宗及其宦官集团就对革新派进行了全面的清算。宪宗下诏将王叔文贬为渝州（今重庆市）司户，次年被赐死。王伾被贬为开州（今重庆市开州区）司马，不久病死贬所。十一月，刘禹锡又由连州刺史再贬朗州（今湖南省常德市）司马，柳宗元为永州（今湖南省永州市）

司马——此外还贬了韦执谊等6位司马。历史上通常把他们和王叔文、王伾合起来,称作"二王八司马"。

"永贞革新"的失败,标志着作为政治家的刘禹锡一生仕途中最有作为的一幕结束,也标志着他坎坷人生的开始。不过,仕途蹭蹬后,刘禹锡作为一个诗人、文学家和哲学家的价值开始逐渐鲜明地显露出来。

三

从"桃花诗"到《陋室铭》再到大量的政治讽刺诗,"诗豪"之"豪气"外露,诗风时而豪放,时而桀骜;怀古题材、民谣情怀……尽揽笔下,白居易赞"其锋森然,少不敢当"。

白居易称刘禹锡为"诗豪"。须知此一"豪"字,有多种意蕴。首先是"豪俊",即谓刘禹锡之诗才韵致出类拔萃。此外,还有桀骜,乃至声音响亮、宏大等诸义项。细细品味、探究,竟与诗人刘禹锡及其诗文,可谓卯榫相扣,深为契合。

"永贞革新"失败后,刘禹锡多次被贬谪至莽涛瘴雾的蛮荒之地,备尝愁云惨雾的凄凉况味。他"以闲为自在,将寿补蹉跎",岂料漫漫九年之后,被召回长安游玄都观时,仍难抑心中激愤,竟写出了对权贵新宠饱含讥讽的《戏赠看花诸君子》:

紫陌红尘拂面来,无人不道看花回。玄都观里桃千树,尽是刘郎去后栽。

此诗一出,长安城内传诵一时。因桃花诗"语涉讥刺,执政不悦"

（《旧唐书·刘禹锡》），于是当月，朝廷即下诏书，除刘禹锡为播州（今贵州遵义市——则是比朗州更为偏远蛮荒之边地），后改连州，再迁夔州、和州刺史。又挨过十四年后，刘禹锡再次被召回京都时，居然又写出了《再游玄都观绝句》，以一种"桀骜之气和对新贵们的不屑之情"（《碧霄一鹤——刘禹锡传》第372页）嘲讽吟道："种桃道士归何处，前度刘郎今又来。"如果前首"桃花诗"，表现了刘禹锡宁折不弯的倔强的话，那么这次的"桃花诗"，则在权贵面前表现出一种至死不屈的桀骜。这是一种英雄激情和胜利感的崇高美。而"桀骜"，正是"豪"的另一个重要含义。

　　后来，刘禹锡还写过不少发泄胸中愤郁的讽刺诗；或借咏史以表示自己坚贞不屈的意志；或借咏物来诅咒腐恶政敌的群丑。《昏镜》《养鸷词》《聚蚊谣》《百舌吟》等诗都寄托了他对当时社会丑恶现象的指责与愤懑，在这些诗里还表示出一种轻蔑、鄙夷。如在《飞鸢噪》的最后说："鹰隼仪形蝼蚁心，虽能戾天何足贵！"在《聚蚊谣》中则说："我躯七尺尔如芒，我孤尔众能我伤！……清商一来秋日晓，羞尔微形饲丹鸟。"对于那些蝇营狗苟的群丑来说，刘禹锡的满腔愤懑和仇恨，就像化作豪猪身上的刚硬豪刺，犀利地刺向他们。白居易言其"其锋森然，少不敢当"，即蕴此本义。

　　"豪"还有一个义项，即形容声音的响亮、宏大。唐李德裕诗中的"鸣笳朱鹭起，叠鼓紫骝豪"之"豪"，即是此义。隆隆的鼓声叠加紫骝的嘶鸣声，自然是格外响亮、宏大。长期在楚水巴山一带生活过的刘禹锡，对那些地方的民间歌谣深有爱好，并进行过一番认真的研习和改写工作，这给他的诗歌带来了新的气象。他在《竹枝词序》中说："昔屈原居沅湘间，其民迎神，词多鄙陋，乃为作《九歌》，到于今荆楚歌舞之，故余亦作竹枝九篇，俾善歌者扬之。"刘禹锡继承屈原汲取荆楚俚曲精华抒写《九歌》的经验而创作的《竹枝词》等，曾经在荆楚、吴越一带得到广泛的传播。

>……杨柳青青江水平，闻郎江上唱歌声。东边日出西边雨，道是无晴却有晴。

据《新唐书·刘禹锡传》记载："（其）作《竹枝词》十余篇，于是武陵夷俚悉歌之。"显然，刘禹锡创作的《竹枝词》《杨柳枝》《插田歌》等是荆楚民歌的继承与弘扬，使民歌的美妙音韵，不仅响彻当时的巴山楚水，而且恒久地回荡在千百年中国诗史的弦歌吟诵之中，这该是怎样悠长的响亮啊！真乃千古之"豪"音。

此处须着重指出，刘禹锡还在"芳草美人"的"德馨"，即高尚峻洁的情操上，远绍屈原。妇孺皆知的箴铭小品《陋室铭》，即是一个余音袅袅、千古不绝的华彩乐章："山不在高，有仙则名；……斯是陋室，惟吾德馨。"刘禹锡妙用比兴手法，起笔落墨山水，以山之仙名，水之龙灵，引出陋室之"德"馨。此为通篇之"骨"——亦谓一字（即"德"字）立骨法。虽处蛮荒，简陋屋舍，因德品峻洁，触眼之处，芳馨充盈。室外观看，藓苔爬上石阶，染成一片碧绿；室内望去，草色透入门帘，映得满帘翠青。同因"德馨"，所交皆硕学鸿儒，所行咸谐趣雅事。篇末收笔以盛德高节的三国诸葛孔明、汉时扬雄自况。曲终奏雅，金声玉振，以圣人孔子的反诘语"何陋之有？"收束，力透纸背，耐人寻味。全文字字珠玑，警策惕厉。意趣盎然，韵致高雅。骈散相间，朗朗上口。成为旌表德操、砥砺志概的千古座右铭。从"豪"的意蕴来讲，也是一首宏大"德馨"的永久颂歌。

刘禹锡的怀古诗也流传很广，这些诗咏叹历史兴替，对荒凉的故国台榭，虽表示了一种凭吊感怀的情绪，但格调则呈现出沉郁苍凉的悲壮："山围故国周遭在，潮打空城寂寞回。淮水东边旧时月，夜深还过女墙来。"（《金陵五题：石头城》）"朱雀桥边野草花，乌衣巷口夕阳斜。旧时王谢堂前燕，飞入寻常百姓家。"(《金陵五题：乌衣巷》)则深刻表明荣华富贵，转瞬即逝，意在警策人生苦短，大丈夫当为社稷黎庶，勠力用命，建功立业，方是正道。

  刘禹锡的成就是多方面的，近体诗韵调优美，好诗尤多。如"以闲为自在，将寿补蹉跎"(《岁夜咏怀》)、"兴情逢酒在，筋力上楼知"(《秋日书怀寄白宾客》)、"莫道桑榆晚，为霞尚满天"(《酬乐天咏老见示》)等都是诗人对生活深刻的观察和概括，是很能发人深省、引人深思的。元和年间他所写的《平蔡州三首》《平济行》《城西行》等诗歌生动地记述了当时人民拥护朝廷、渴望统一的心情。"……沉舟侧畔千帆过，病树前头万木春。今日听君歌一曲，暂凭杯酒长精神。"(《酬乐天》)这是他贬官二十多年后回乡的深沉感叹。沉舟侧畔，千帆竞发；病树前头，万木争春。自然界的平凡现象中，暗示着社会人事新陈代谢的哲理。更可贵的是诗人并没有因此而感到衰老颓唐。白居易称赞这两句诗"神妙""在在处处，应有灵物护之"(《刘白唱和集解》)。这既是赞美刘禹锡深刻的艺术概括力量，同时也是他旷达胸襟、豪壮气概外化的诗美存在。

  "诗豪"刘禹锡达观、豪放的诗，不仅深刻地影响了诸多中晚唐杰出诗人——杜牧、李商隐、温庭筠，以及宋代的王安石、苏东坡、黄庭坚、陈师道、秦观、张耒等苏门弟子，乃至南宋的陆游，明代的徐渭、袁宏道等，也都是刘禹锡的崇拜者。而苏东坡对他的崇拜则达到狂热的程度。如陈师道《后山诗话》、张戒《岁寒堂诗语》等数本诗话，对"苏子瞻学刘梦得"以及"言诗必举梦得"的情形，多有记载。因此，刘禹锡与宋代"豪放"派诗词风格的形成，显然存在着必然联系。而"诗豪"之诗"豪"的一个重要义项，正是"豪放"。难怪陆游在《初寒》诗中，还念念不忘地吟道，"所惭才已尽，孤咏不能豪"哩！

《河北日报》2016年4月13日刊发

欧美掠影

卢浮宫的走廊里

《卢浮宫的走廊里》画的是卢浮宫走廊里的真实所见,三个女性——两个年轻女性、一个年轻姑娘,还有两个中年男人。一共五个人,竟然有四人靠墙而立,这说明什么呢?不用质疑,卢浮宫太大了,艺术珍宝太多了,使人应接不暇。参观使他们疲于奔命,借着走廊里的小憩,他们都急切地需休憩一下,借此以恢复疲惫已极的体力。

两位年轻女性和那位长着络腮胡子的男人,他们的整个身体(从肩至臀部)都紧紧地靠在墙上,以获得较大的支撑力。走廊尽头的那个中年汉子,可真是累极了,不仅整个身体侧靠着墙,而且连脑袋也侧歪着靠在墙上,就像喝醉了酒的醉汉一样!离开了墙,他就会像一摊烂泥一样,颓然倒地。显然他没有喝酒,滴酒未沾,而是参观给累的。

他们为什么会累成这样呢?

首先,我们要简单地介绍一下卢浮宫博物馆的有关情况。

卢浮宫位于法国巴黎市中心的塞纳河北岸,位居世界四大博物馆之首,始建于1204年,原是法国的王宫,居住过50位法国国王和王后,是法国古典主义时期最珍贵的建筑物之一,以收藏丰富的古典绘画和雕刻而闻名于世。

卢浮宫博物馆占地约198公顷,分新老两部分,馆前的金字塔玻璃入口,占地面积为24公顷,是华人建筑大师贝聿铭设计的。

1793年8月10日,卢浮宫艺术馆正式对外开放成为一个博物馆。现在卢浮宫已经成为全世界著名的艺术殿堂,是最大的艺术宝库之一,是举世瞩目的万宝之宫。

油画 《卢浮宫的走廊里》 蔡子谔 绘

卢浮宫博物馆开放时间除周二闭馆外，每天 9:00—18:00 开放，每周三和周五晚开放至 21:45。门票价格常设展览为 11 欧元，套票为 15 欧元。

馆藏的镇馆之宝有：达·芬奇的《蒙娜丽莎》，汉穆拉比法典，《萨莫色雷斯的胜利女神》（即《胜利女神》）、《米洛斯的阿芙洛蒂忒》（即《断臂维纳斯》）等世界顶级珍宝。藏品数量在 40 万件以上。

建馆之初只是菲利普奥古斯特二世皇宫的城堡，以收藏丰富的古典绘画和雕刻而闻名于世，是法国文艺复兴时期最珍贵的建筑物之一。卢浮宫共分希腊罗马艺术馆、埃及艺术馆、东方艺术馆、绘画馆、雕刻馆和装饰艺术馆六个部分。

卢浮宫的历史是有趣的，同时也是令人震撼的。

一位帝寿高过了寻常百姓年寿的长寿皇帝，一位叱咤风云、炎威显赫的战神皇帝，都和卢浮宫有着直接的血肉关系，你说，能不让我们感到极大的兴趣和震撼吗？

卢浮宫的历史是传奇的。

1204 年，为了保卫北岸的巴黎地区，菲利普二世在这里修建了一座通向塞纳河的城堡，主要用于存放王室的档案和珍宝，同时也存放他豢养的狗和战俘，当时就称为卢浮宫。查理五世时期，卢浮宫被作为皇宫，因此它成为完全不同的建筑了。

在嗣后的 350 年中，随着王氏贵族们越来越高的奢侈糜烂、寻欢作乐的要求，他们不断地增建了华丽的楼阁和别致的房间，然而在其后的整整 150 年间，卢浮宫却并无国王居住。

16 世纪中叶，弗朗索瓦一世继承王位后，便把这座宫殿拆毁了。他下令由建筑师皮尔莱斯科在原来的城堡基础上重新建筑了一座宫殿，弗朗索瓦还请当时著名的画家为他画肖像，他崇拜意大利的画家，购买了当时意大利最著名的画家法埃洛的绘画，也包括达·芬奇的《蒙娜丽莎》等稀世珍品。弗兰索瓦一世的儿子亨利二世即位后，把他父亲毁掉的部分重新建造起来，亨利喜爱法国文艺复兴时期的建筑艺术的装饰，对意大利式的建筑并不感兴趣，他延续了父亲的嗜好，但匮乏他父亲一样的审美观。

　　亨利四世在位期间，他花了13年的工夫建造了卢浮宫最壮观的部分——大画廊。这是一个长达300米的走廊，走廊华丽漫长，亨利在这里栽满了珍稀树木，还养了鸟和狗。甚至他曾在走廊里驰马，追捕狐狸。路易十四是法国历史上著名的国王，被称为太阳王。他登基时只有5岁，在卢浮宫里做了72年的国王，是法国历史上在位最长的国王。路易十四把卢浮宫建成了正方形的庭院，并在庭院外面修建了富丽堂皇的画廊，他购买了欧洲各派的绘画，包括卡什代、伦布朗等人的作品。他一生迷恋艺术和建筑，由于他的挥霍，致使法国的金库空虚。路易十六在位期间，爆发了著名的1789年大革命，在卢浮宫竞技场院子里建立了法国革命的第一个断头台。1792年5月27日，国民议会宣布，卢浮宫将属于大众。1793年8月10日，卢浮宫艺术馆正式对外开放，成为公共博物馆。这种状况一直延续了6年，直到拿破仑一世搬进了卢浮宫为止。

　　拿破仑在卢浮宫建筑的外围修建了更多的房屋，并增强了宫殿的两翼，还在竞技场院里修建了拱门，拱门上的第一批雕刻马群是从威尼斯的圣马可教堂凿取下来的。拿破仑以前所未有的方式装饰卢浮宫，他把欧洲其他国家所能提供的最好的艺术品搬进了卢浮宫，不断地向外扩张，并称雄于欧洲，于是几千吨的艺术品从所有被征服的国家的殿堂、图书馆和天主教堂运到了巴黎。拿破仑将卢浮宫命名为拿破仑博物馆，巨大的长廊也布满了他掠夺来的艺术品，在卢浮宫里拿破仑的灿烂光彩持续了12年，一直到滑铁卢战役的惨败。拿破仑认为世界每一幅天才的作品都必须属于法国。这样的观点是德国人、意大利人、西班牙人和荷兰人所不能接受的。拿破仑失败之后，他们来到卢浮宫，约有5000件艺术品物归原主。但由于法国人的巧妙外交手段及雄辩说服力，仍然有许多掠夺来的艺术品被留在了卢浮宫。

拿破仑三世是一位野心勃勃的皇帝，他是卢浮宫建造以来所遇到的投资最多的"建筑人"，5年内的建筑比所有的前辈在700年内修建的还要多。三个世纪以前想到的宏伟设计图，留给了拿破仑三世来完成，当它竣工后，卢浮宫变成了皇家庆典的场所。富丽堂皇是拿破仑三世修建任何东西的特点。这样，直到拿破仑三世时，卢浮宫整个宏伟建筑才告已完成。

1981年起，在时任法国总统密特朗的支持下，复工计划实施，让这座博物馆重塑昔日荣光。重建后的卢浮宫全部作为博物馆使用，建筑师贝聿铭设计的玻璃金字塔成为卢浮宫的标志。在重建的卢浮宫中，设计者匠心独运地展示了卢浮宫在各个时期的建筑模型，观众可以直观地了解这座宫殿的历史沿革以及历代的珍宝。

我们一进卢浮宫，便急步寻找卢浮宫的三件镇宫之宝：达·芬奇的油画《蒙娜丽莎》、《断臂维纳斯》雕塑和《胜利女神》。我们分别在2楼和1楼寻到了前两件，但"寻死觅活"，也未能找到第三件，后来才听说，作为文化交流运至别国展览去了。

我们旅游团的30余人，楼上楼下跑了回来，都累成了我画中人的那种疲惫不堪的惨状。

画的虽是别人，却真真切切地记录了我们自己的感受。

2022年6月4日写竣

母与子，各有思

《母与子，各有思》画面的两个主要人物，显然是母亲和儿子。

她和他，在画面的表现是相对突出的。其一，是他们占据了画面的主要位置；其二，是母与子之间的距离，反而或者说是故意比与其他人之间的距离更远一点。为什么呢？难道是为了突出表现他们相对的独立人格和人生独立姿态吗？

据说，西方的父母，有人采取了这样的一种"奇葩"行动。真让人匪夷所思。

西方父母不像中国父母那样，认为时刻把孩子保护在自己的羽翼当中就能让他们少受一些社会挫折，他们认为孩子们自己还是应该自食其力，独自面对和解决生活工作中遇到的问题，越早越好，越快越好，越有利于未来的成长越好。

西方媒体曾在网上发起过一次问卷的投票活动，即你多大才想搬离你父母的家呢？大约有25%的人愿意更早就搬离父母的家；75%的人，则希望在24岁以后搬离父母的家，出去独立生活。美国的一个街头采访问道："孩子们应该在什么时候离开父母的家？"大部分美国人认为，这取决于孩子自己，主要的影响因素是他们自己的心理成熟程度和收入的高低。通常美国父母如果认为孩子有获得自由空间的需要，是不会阻挡他们离开家庭的。当然如果他们仍旧需要家庭照顾，再和父母多待几年也未尝不可。

除了父母和子女对"自由、独立"的观点认知，实际最直接影响他们是否在一起居住的是经济因素。

油画 《母与子,各有思》 蔡子谔 绘

近些年西方经济不同程度受到金融危机的影响，经济下滑，普通民众的收入下降，就业困难，失业率骤增。在这样的实际情况下，西方的"啃老"现象也加剧了不少。明显的一点是，青年人不再举着自由独立的旗帜，闹着18岁脱离父母了。

一位22岁的美国青年，他在大学毕业后找到了一份每小时16美元的工作，但这些不足以支撑偿还上大学所欠的贷款债务，再出去租房子，简直就是天方夜谭了。这可不是一个个例。根据调查显示，2015年有超过40%的纽约州人、超过30%的加州人都住在父母家。2017年还有一个调查显示，74%的父母仍然会给予成年后的孩子以经济上的支撑。

在西方国家别说18岁，就是30多岁，依旧依靠父母的年轻人，也不在少数，特别是对于住房的依赖，刚刚毕业走上社会的年轻人租住或购买房屋就是一笔巨款，可能仅是住房一项，就能让他们负债累累。这也是西方的经济现实。

不仅仅是美国，在英国，在澳大利亚等国家，同样有着这样的情况。我们所认为的西方人18岁以后就能摆脱父母获得独立空间的生活，不过是传说。近些年新加入的"啃老"一派的澳大利亚的年轻人，就在住房一项上面面临着巨大的考验。这也是让他们紧紧围绕在父母身边的直接动因。

一项2017年10月进行的调查显示，在18岁以上的澳大利亚成年人中，62%仍然同父母住在一起，这个比例甚至超过了一直以来以集体家庭观念著称的中国，这是什么原因呢？

澳大利亚之前是靠丰富的矿产发家致富的，但现在世界经济不景气，矿业繁荣消失，整个国家的失业率居高不下，甚至还有不断上升的趋势。仅2017年澳大利亚的青年失业率高达13.5%，不充分就业率达到18%，三分之一的澳大利亚青年待业在家，经济下行严重创40年新高。

在这样的经济背景下，澳大利亚青年的日子当然不好过，而澳大利亚的房价又是世界排名前列的高，到目前为止平均房价与收入比从4.2倍上升到 7.2 倍。试想这样的情况，假如不暂时"投奔"父母，尤其作为初出茅庐进入社会的年轻人，怎么可以负担得起呢？

我们一直认为的西方人 18 岁就获得自由、独立的学习、发展空间，看来都是镜花水月，雾中迷津。远远地听着似乎不错，但，真的可以实现吗？他们的现实已经告诉我们，自由诚可贵，生命价更高。是否搬离父母家"单打独斗""自食其力"，还要看自己的经济实力是否点头"批准同意"。

《母与子，各有思》这幅画，在表现他们父母与孩子同时具有独立、自由的空间上，选取了一个较为典型的精神环境——这就是母亲和孩子在排队进入凡尔赛进行参观之前，她和他都不约而同地陷入了深深的思考之中。这种独立、自由的精神状态和思想境界，也许认知层面上，要高出中国母子一筹。

这是应该引来我们深长思之的。

2022 年 6 月 2 日写竣

威尼斯水城和贡多拉

《威尼斯水城和贡多拉》这幅油画主体便是"贡多拉",而上边的房屋和遮阳棚,便是威尼斯水城临海的后门。

我们先来谈一谈威尼斯水城。

威尼斯,素有"亚得里亚海明珠"之称,是意大利东北部城市。人口34.3万。组建于离岸4公里的海边浅水滩上,平均水深1.5米,由铁路、公路桥与陆地相连。由118个小岛组成,并以180条水道、378座桥梁连成一体,以舟相通,素有"水上都市"之称。

从地图上看,威尼斯仿佛是一颗镶嵌在美妙长靴、靴腰上的水晶,在亚得里亚海的碧波雪浪中熠熠生辉。

油画 《威尼斯水城和贡多拉》 蔡子谔 绘

我们可以简单地说几句威尼斯的历史。公元452年肇始兴建，8世纪成为亚得里亚海贸中心，10世纪曾建立城市共和国，中世纪成为地中海最繁荣的贸易中心之一。新航路开通后，因欧洲商业中心渐渐移至大西洋沿岸而衰落。1866年并入意大利王国。此后工商业逐渐发达起来，有炼铝、化学、炼焦、化肥、炼油、钢铁等工业。尤以生产珠宝玉石、水晶工艺器品乃至花边、刺绣等称著于世，我便在那里的手工作坊里，买了一红一蓝两个饮葡萄酒的水晶杯。

陆上的马尔盖拉港是重要油港和客运港，是驰名欧洲的旅游中心，每年都有近300万世界各地的游客到此游玩。

古老的圣马可广场是城市的活动中心，广场周围耸立着穹顶的大教堂、钟楼等拜占庭和文艺复兴时期的巍峨建筑物。离岸2公里处的黄金沙洲，是欧洲最著名的海滨浴场之一。威尼斯肥沃的冲积土质，就地取材的石料，加上用邻近内陆的木头所做的舟船往来穿梭，在淤泥之上，碧波之中，先祖们挥洒汗水，建起了这座美丽的威尼斯。

这个不到8平方公里的城市，却奇迹般地被100多条蛛网般的密布运河，切割成了100多座瑰丽小岛，岛与岛之间凭借长短不一、错落有致的桥梁连接。初来乍到的旅客，很快便会如堕五里雾般地迷失在这薄霭溟溟的"水城"之中。

好在威尼斯有一条成S型的大运河，贯穿整个市区，沿着这条号称"威尼斯最长的街道"，可以大快朵颐地饱览威尼斯的精华所在，而不必担心迷路。

沿岸的近200栋巍峨宫殿、轩敞豪宅和7座穹顶教堂，多半建筑于14—16世纪，有拜占庭风格、哥特风格、巴洛克风格、威尼斯式，等等，在碧波荡漾的海水中，水波潋滟，倒影陆离，看起来就好像在水中升腾起来的一座目不暇接、美轮美奂的艺术长廊。

平日里，S状的大运河，就像一条熙熙攘攘的大街一样，舟船穿梭，往来如织。当然,最别致的就数威尼斯特有的"贡多拉"了。

拙作《威尼斯水城和贡多拉》中,主角就是贡多拉了。

贡多拉又名"公朵拉",是独具特色的威尼斯尖舟,这种轻盈纤细、造型别致的小舟,已有1000多年的历史了。据说,7世纪时,第1任威尼斯总督将这种船命名为贡多拉(1094年文献首次提到)。通常长10.75米,宽1.75米,材料为栎木板,用黑漆涂髹7遍始成。可乘7人,加船夫1人。

贡多拉完全是由威尼斯工匠按照口口相传的工艺制造出来的。据有的船工说,当初的贡多拉并非完全是这个样子的。观摩15世纪和16世纪的威尼斯绘画作品——这里插一句,据说意大利的油画,便起源于威尼斯——那时的贡多拉船头船尾确实比较扁平,不似现代这样高高翘起。船边还画有艳丽的图案,有的还镶嵌着昂贵的饰物,霞影波光,璀璨夺目,名门贵族借此炫耀门第,煊赫权势。

1562年,威尼斯元老院颁布禁令,一律不准在船尖上饰以任何炫耀门第的装饰,已经安装的必须拆除,所有贡多拉都漆髹成黑色。黑黢黢的贡多拉,在碧波荡漾中煞是好看!现代改成了深灰色,与蓝天碧波组成一种水天一色的澄明和谐,更加令人心往神驰!

一只贡多拉要花2万余欧元购买,相当于20万元人民币,有的甚至更贵。高昂的价格也是贡多拉被人们称为"水上法拉利""水上奔驰"的原因之一。其实,它和我国南方水域的小舟和云南泸沽湖的猪槽船颇为类似,并无独特之处,只是现代都以铁皮制造了。在小港内,水波激荡,涵澹澎湃,船体摩戛,殷殷大作,声势噌吰,颇有"窾坎镗鞳"的气魄与韵味。此非西方魏庄子之歌钟也?

贡多拉在悠长狭窄的水巷中摇曳游弋,它穿过了一座又一座的小桥。谁曾想到,隔窗看到自己已然来到了一座令人最为尴尬无奈的小桥旁。这座桥叫作"叹息桥"!据传说,一位被判死刑的犯人蹒跚地走过此桥时,回眸看见了他心爱的女友，心如刀割，他深深地叹了一口气，扭头走上了断头台。中国游客更多地唤它"奈何桥"。我们的贡多拉在经过"奈何桥"时，真有点无可奈何了，因为这里辐辏着许多载了青年男女的贡多拉，他们都要在"叹息桥"下合影，以表示他们的爱情坚贞不渝，至死不变。

贡多拉已经成为威尼斯一枚小小的旅游徽章。提到巴黎，人们情不自禁地想起埃菲尔铁塔；说到威尼斯，昂头翘尾的贡多拉，便不由得在人们脑海里摇曳摆荡起来……

            2022 年 6 月 1 日写竣

罗马许愿池畔"三人行"

"三人行,必有我师焉。"这是孔子《论语》里的话,表明孔子极其谦虚的、随处以人为师的态度。

这里的《三人行》,只是画的罗马许愿池的"三人行",而不在谁是谁"师"。

罗马许愿池——许愿池是力量的象征,在远古时代,出征的罗马男子会来到许愿池旁,投下一枚银币,祈祷自己能凯旋。后来罗马人有一个美丽的传说,如果有人背对着喷泉,右手拿硬币从左肩上方后投入水,就能实现自己的愿望。一枚硬币代表此生会再回罗马,两枚硬币代表会与喜爱的人结合,而三枚硬币则代表令讨厌的人离开。很多旅游者在喷泉旁排着队往里抛硬币,就是被这座城市迷住了的证明。喷泉的名字特雷维(Trevi)便是三岔路的意思,因为喷泉前面有三条道路向外延伸,也正是这个喷泉名字的由来。

喷泉雕刻叙述的是海神的故事。故背景建筑是一座巍峨的海神宫,中央立有一尊被两匹骏马拉着向前奔驰的海神像。海神像为1762年雕刻家伯拉奇(Pietro Bracci)的设计,在海神的左右两边各立有两尊水神。右边水神像上有一幅"少女指示水源"的浮雕,而浮雕上面有四位代表四季的仕女像。这海神和四季仕女,似乎在《三人行》中皆有体现。这在一幅油画中作重背景来体现,似乎并不是一件容易的事情,既要体现出是罗马18世纪建筑风格,又要体现西方文艺复兴时期人文精神的雕塑审美倾向,还要表现雕塑的立体感和体量感。这在方寸之地确是不太好表现的,故颇得朋友谬赞:"寥寥数笔,把罗马建筑上的雕塑画得栩栩如生,委实不易。

油画 《三人行——罗马许愿池畔》 蔡子谔 绘

表现了蔡先生扎实的写实功力云云等不一而足,便是一斑。"

罗马许愿池,与一部非常有名的电影即《罗马假日》联系在一起。因为《罗马假日》里的女主角是由好莱坞著名影后赫本饰演的,而风靡一时的"赫本头"(即赫本在影片中的发式),就是在许愿池旁的一个小小的理发馆诞生的。

我们去的那天,阳光和煦,风和日丽,是一个非常晴朗的秋日。下午,当太阳偏暮时,斜射过来的竟是黄灿灿的金光,阳光下彻,将请愿池几乎铺得严严实实的池底,照得金光灿然,像是一个巨大熔金炉一般!它的魅力和神秘也许正在这里……

这个画面对我的吸引力,更主要的是他们三人是什么关系?你们也不难看出一个大概来。中间的中年男子是主角儿,大约50岁,可能是一个中型工厂或公司的负责人,手里掌握着一定的资产和资源,可谓成功人士,在当地社会上或许有一定的地位和影响,性格偏于沉稳内敛,他应该是左手中年妇女的夫君。

左手的中年妇女,当是中间男子的妻子无疑。她胸前佩戴的硕大宝石胸坠,以及手上的钻石戒指,都折射或反映了他们这对中年夫妻的财富状况乃至幸福指数。他们两人都好像陷入了思索之中,难以自拔,他们苦苦思索的,是什么呢?显然,他们都不是在为自己的衣食发愁,那他们到底为什么发愁呢?

小文一束(上)

诗中"听雨"

"留得枯荷听雨声",被推为公认的好诗。好在何处?予非诗人,亦非禅师,自然无由潜入诗禅妙境。然其"听雨"空间之广大夐阔,令人心驰神往!

刹那间,撼山拔树之飓飙骤起,瓢泼倾盆之豪雨兀至。残荷池塘被白茫茫雨雾吞没,爆发出一片"铁骑突出枪刀鸣"的惊天壮烈!霜刃雪锋,尽隐白光,血飞肉贱,俱匿巨飚!不由使人心惊胆栗,丧魂失魄焉!

仍在刹那间,山风掠过,滚动起一阵"大珠小珠落玉盘"的圆融、娴逸!"中雨"使荷塘无处不滚动着珠圆玉润的莹莹宝光,无处不滋润着珠走玉盘的溶溶绿意,残荷在复苏,在郁勃绽放!一切充满盛夏的热忱与激荡!

而"小雨"则如烟似雾,萦青绕白,"幽咽泉流水下滩",水湮沙滩,何其难哉!幽咽如泣,极言泉流汩渗之涩!蒙蒙细雨,默默洒于残荷,终至滴落,叮咚作响,如此"无声化有声",表现从无到有之妙,从静到动之奇!但这须耐心等待,须静心谛听,这似乎进入了春深参禅的妙境了!

钱锺书先生告诉我们,似乎还有一种"听雨"的妙境:似是而非,是非而是。他别出心裁地拈出南宋诗人巩丰的诗:"一叶初自吟,万叶竞相谑……须臾不闻风,但听雨索索。是雨亦无奇,如雨乃可乐。""是"就"无奇","如"才"可乐"。道出比喻相反相成的妙趣。

宋人云,唐僧多佳句。其一即比物拟声之法。如唐僧无可上人诗云:"听雨寒更彻,开门落叶深。"此诗中比喻之物,若有若无,似真似幻!

绝口不言"听雨"之声，只言其时："寒更尽"——极处生变，寒冬将尽，落叶缤纷，艳春即至！所闻索索，排闼一看，满门"落叶"！落叶窸窸窣窣，下雨沥沥淅淅，何其相似乃耳，何其美妙乃耳！美妙云何？似是而不是乃妙；极其相似而又绝然不是，是乃大妙！另，诗中开言"听雨"，窸窸窣窣，一夜未停；翌日开扉，红叶塞门，粲然满目！竟夜"充耳"，遽变红叶"满目"！"充耳"听觉雅趣，切换"满目"视觉美感，如此妙谛，何处寻得？

2024 年 8 月初旬改竣

读书偶得

　　近购《东坡全集》，肆读《东坡志林》，虽出恭亦不忍释卷；复购洪迈《容斋随笔》，置于枕旁，聊伴鼾眠。东坡，洪迈，俱宋人，一为北宋，一为南宋；洪公，世代显宦，腰缠蟒玉，两代为相，位极人臣；坡翁，亦入禁林，宠拟宸诏，然南冠乌台，终生蹉跎！两人皆硕学鸿濡。腹笥冢宰，文坛领袖！

　　然予读其文，坡翁淡雅而隽永，浅尝即得至味；洪公浓美而峻烈，香雾醉人！予谓读坡公文，如啖荔枝，一粲即见杨妃灿然美白；洪公之文，如饮白堕[1]春醪，甫一开坛，甘洌直逼肺腑，憪然堕入醇乡酣梦也！予甚讶怪，二者皆涉一"白"字，一为其质，美妍而洁白，隐于皮内，似诱人入彀，颇有深意存焉；另一亦为质，标于名号，而峻烈于外，威凌群伦，亦若有攻伐兵略，深匿其里也！予奇而叹焉，因以援笔为志。

2024 年 6 月 16 日

注释：

[1] 白堕：刘白堕，相传为南北朝时善于酿酒之人。北魏杨衒之《洛阳伽蓝记·法云寺》云："河东人刘白堕善能酿酒。季夏六月，时暑赫晞，以罂贮酒，暴于日中，经一旬，其酒味不动。饮之香美，醉而经月不醒。京师朝贵多出郡登藩，远相饷馈，逾于千里。以其远至，号曰'鹤觞'，亦名'骑驴酒'。永熙年中南青州刺史毛鸿宾赍酒之藩，路逢贼盗，饮之即醉，皆被擒获，因此复名'擒奸酒'。游侠语曰：'不畏张弓拔刀，唯畏白堕春醪。'"

韩大星治印小史

韩大星，字北辰，法名明铸，号莲池道人，庄上耕夫。斋馆号有宜斋、抱庐、三秋堂等。系中国书法家协会会员，河北省书法家协会篆刻委员会副主任。韩氏宗祧，声名显达。曾高祖尝膺翰林学士，九江提督，高阳城北有御题匾额之翰林宅院岿然存焉。其父韩映山先生，为中国作家协会会员，曾任保定市文联主席，文学作品风格清隽雅逸，颇饶诗意。为孙犁所创"荷花淀"文学流派之巨子。曾任文学刊物《蜜蜂》《新港》及《大千世界》等编辑、记者、主编。有《韩映山文集》（五卷本）行世。

文脉传承，沾溉胤嗣。大星幼时即受熏染，雅爱翰墨，尤耽金石。1973年以髫龄（16岁）从薛树森、铁杨（铁凝之父）先生习画，翌年复从张寅先生始执铁笔，1975年拜画家韩羽先生为师。韩先生"刻印随意有趣为尚"之印学美学理念，俾其篆铭心曲，受用终身。所治"韩"字小印，颇受韩先生青眷，至今恒钤画作之上。大星遂奋发踔厉，"耕石"不辍：终日觅石、锯石、磨石、勒石，奏刀砉砉，石屑迸飞。一日为韩先生所见，当日即景复书："与石比坚。""我磨石，石磨我。"复以谑语做绝句："转将小扇悬诸壁，腾出手来握刻刀；石头磨去五分五，功夫练成三分三。"书扇乃已矣。此前，韩先生曾驰函谪居桂地僻壤之篆刻家李骆公，为之说项。始得李骆老亲炙，受益匪浅。是年经朋友介绍，拜识河北大学书家黄绮先生，借界《齐白石印谱》，归家即焚膏继晷，以双钩廓填得印蜕墨稿三百余枚，经旬璧还，未逾一日也。此后，白石印谱，朝夕拜观，览之既久，心存目想，神领意造，皆白石印蜕也，所作布局，奇肆朴茂，所用刀法，单刀直入；巨刃摩天，别得天趣，铁笔啮石，刀痕齿齿然也。

1978年，大星篆刻作品"饮水不忘挖井人""中国·日本"，首刊于日本国爱媛县日中友协机关报《明天》，并为爱媛县知事白日春树先生治印。为日本友人田叶井忠、石水伴清、崛内利国、德永明等先生刻名章。受藤颖素子先生之托，倩邀李骆公刻"黄河之水通江户，珠穆峰连富士山""江山如此多娇""团结"诸文于巨石，并以拓片惠赠日本社会活动名家黑田寿男、中岛健藏、内山嘉吉等先生。为中日友好之民间文化交流略尽悃忱。

1979年，大星刻印以呈教上海篆刻家钱君匋先生，钱先生以四十枚印蜕相惠。是岁，作家徐光耀游五台山，觅得一汉白玉石料，重四十余斤，竟仆仆道途，橐负以归。喜滋滋而贻大星；缘其坚不受刀，终委弃之。然舐犊之情，殷殷如也。徐先生素与韩父相能，为大星世伯也。大星曾制"雄县徐光耀印信长寿"阴文印。刊边款述其颠末："壬子秋，余随父举家去津门，结庐于保定莲花池畔。与光耀先生毗邻。先生以写作名世，且极富收藏，亦精鉴赏，又擅书法，复通篆刻，堪称大师也。尝忆昔时，三竿小竹，荧荧灯火，先生诲余不倦。论心谈艺，每至星移，若春风化雨，乐也融融，恍如昨日。……"伯侄情深，由是而知焉也矣。

1980年，大星篆刻作品入选《河北省首届书法篆刻展》，由黄绮、陈椿元先生介绍，加入河北省书法家协会。次年，篆刻作品"风雨思君"入选《全国第一届书法篆刻展览》（沈阳·北京），嗣后结集付梓。又次年，作品入选《黄河流域十省区书画联展》（西安）。拜河北大学谢国捷教授为师。为砭庸针俗、研精覃奥，益从谢师深研吴熙载、赵云谦之印学流派。尤宗后者，突破秦汉玺印典则，汲取古钱币、镜铭及碑版等篆籀入印，章法别致。娴静遒丽，刀法凝练，古劲浑厚，别标新格。杜甫诗云："别裁伪体亲风雅，转益多师是汝师。"是之谓也。

1983年，大星由保定调到省会石家庄工作。越年参加《晋、冀、鲁、豫四省区书画联展》（太原、石家庄、济南、郑州），又越年与治印同仁合作出版《河北十人篆刻集》（河北美术出版社1985年版）。赴京拜识中央美术学院书画篆刻家王镛先生，请益印学。盛夏七八月间，应邀于河北宾馆，为来华旅游之日本长野县友好访华团刻印，自是历时十载。1986年，获石家庄市自学成才奖励基金。加入中国书法家协会，始得称家焉。

1988年元月与赵晓虹女士结缡，于《全国第二届"神龙杯"书法篆刻大奖赛》获篆刻金奖（北京·东京），同年小女韩阳出生，旋拜南京师范大学篆刻家马士达先生为师，时时以金石问学。于是鱼笺雁信，往来交驰，凡五十余通，时逾十载矣。昔以金石相传者，犹不及什一。凡有能此者，悉多剖腹藏珠，务求自秘。马先生则剖心析肝，掬诚相示。令大星肃然敬重。

1989年，作品应邀参加《首届国际青年书法展览》（北京），5月赴京观摩，拜望王镛先生后，翌日乘火车之天津。火车上与天津大学教授、中国书协副主席王学仲先生不期邂逅。王先生清谈雅论、剖玄析微，皆金石篆刻之要义也。无老少之嫌猜，推心置腹；有性灵之感悟，兴会标举。两人谈笑謦咳，竟忘乎旅途矣！当晚下榻"天大"招待所。翌日，参观由日本国筑波大学为学仲先生建造之"王学仲艺术研究所（又称'黾园'）"。尔后，先生索纸飞翰，为大星绍介其弟子，有以研习魏碑称著书坛的书家孙伯翔先生等。又得拜识画家孙其峰、梁崎先生、书家龚望先生。大星一日拜望五位画界书坛宿耆巨擘。当为天道酬勤之赏赉也。次年，获"天涯杯"国际书法、美术、摄影展书法一等奖（海南三亚）。又次年，个人传略收入《中国美术年鉴（1949—1989）》（人民美术出版社出版）。作品应邀选入《当代书法家篆刻家用印集》（香港新文印刷有限公司出版），该集收入136位当代艺术家常用印章。传略收入《中国书画大辞典》（山东黄河出版社出版）。小女韩阳三龄，始涂鸦，雅有童趣。

1992年，作品收入《中国书法家会员作品集》（河南人民美术出版社出版）。而已辞去公职，于河北省佛教协会任义工，皈依佛门，遂为居士。是年刻印甚夥：发愿汇刻百方印石、足成《孙犁作品印谱》。"印谱"囊括孙犁姓名，曾用名、笔名、作品集名。其间鱼雁往复。孙犁复函三通，发表于《文论月刊》。于所刻印章，良多嘉许；并题签二纸，以备不时之需。另为诗人臧克家、贺敬之治印数方，为作家贾平凹治印十四方，为画家梁战岩、刘进安治印多方，为中国佛教协会副会长，上净下慧大法师治印，为日中友协会长平山郁夫先生刻印。为日本一访华团刻印五十方，因催索甚亟，于一辰告竣，洵以倚马可待之"急就章"呼之可耳。是以足见大星思维之敏，布局之速，篆法之熟，腕力之雄，功夫之深也矣！

1993年，刻超大篆刻巨印《道远》（35×26cm）；于河北老年大学任客座教授，以金石篆刻课离退休之学员，为期三年；应净慧法师之邀，为中国佛教协会主席赵朴初治印多方。次年，参加《中日佛教书画艺术首展》（北京）；为画家华君武、黄苗子、郁风、丁聪和方成先生刻印；为河北画家王怀骐、钟长生、江枫和全太安刻印。又次年，与女儿韩阳合办《韩大星、韩阳父女书画印（第一届）展览》（石家庄河北画店）。王学仲先生题写展标，书法家欧阳中石先生题词："虽似曾不盈寸，却可容得天地，尽磨一生。"徐光耀先生题词："痴情痴性，天纵天成；凿石取火，两代争鸣。"并撰写序文。韩羽先生题词："韩家墨趣。"画家贾浩义（老甲）先生题词："耕者有其田。"展出书法、国画、篆刻作品共220余件。河北电视台国际部拍摄专题片并播出。徐光耀先生撰文《精诚开石——记韩大星》，发表于《文论报》（1995年10月1日4版）。调入共青团石家庄市委《青年ABC》杂志社，任编辑三年。

1996年，为台湾学者南怀瑾刻印。美术评论家柯文辉先生撰文《为韩大星印谱催生喝道》，发表于《燕赵都市报》。大星撰文《我与篆刻》《开生面、艺无涯——李骆公篆刻艺术》《春风化雨、秋水文章——马士达先生篆刻艺术》，分别发表于《保定晚报》《石家庄日报》和《燕赵都市报》。《天津日报》副刊发表其篆刻作品《孙犁作品印谱》（部分）。

次年,《韩大星、韩阳父女(第二届)书画印展》在保定古莲池举行。上海书协副主席赵冷月先生题词:"锲而不舍。"河北大学教授、书法家熊任望先生题词:"星日争辉。"王镛先生题词:"日新无疆。"马士达先生题词:"只以天籁,不复慨叹。"大星之父,韩阳之祖韩映山先生撰序。黾勉有加,并寄厚望焉。展出对联、中堂、扇面等书法作品三十余件,国画三十幅,印蜕五十方。河北电视台国际部、保定有线电视台均拍摄专题片并播出。为河北教育出版社出版《二十世纪书法经典》(二十卷)作释文及校勘工作,历时一年。为书法家王学仲、孙伯翔、赵冷月诸先生刻印。大星隶书作品参加《大日本书芸院第五十八回国际文化交流书道展览会》(日本东京),获头书赏状及奖牌。

1998年,为书法家巴根汝先生治印多方,为韩阳刻印三四十方。撰文《豪华落尽见真淳——著名书法家赵冷月》,发表于《燕赵都市报》。北京师范大学教授郭志刚先生撰文《韩大星的印》,发表于《文艺报》。

1999年,河北教育出版社出版精装本《中国当代青年篆刻家精选集·韩大星卷》,柯文辉先生撰序,选入历年得意之作百方。赴天津拜访魏碑书家孙伯翔先生,为其治印六方。伯翔先生回赠书作:"妙印当空,不彰文采;单刀直入,把断要津。"复题:"大星篆刻作品:匠心独运谭何易,迁想妙得非偶然。"同年赴南京拜望从未谋面之业师马士达先生。

2000年,马士达先生撰文《饮之太和,独鹤与飞——读韩大星篆刻》,发表于《书法导报》。于《新民晚报》副刊发表数方篆刻作品。

2001年,个人艺术成就被中国艺苑网收录。书法评论家秘锡林先生撰文《大星三昧》,发表于《石家庄日报》。书画评论家崔自默先生撰文《韩大星印艺缀语》,发表于《青少年书法报》。

2002年,作品入选《鲁迅赴日本一百周年纪念展》(北京)获铜牌奖。韩大星艺术成就载入《河北省志·文化志》(第七十九卷,方志出版社2002年版)。柯文辉先生撰文《读〈韩大星印谱〉》,刊于《燕赵都市报》。

应河北教育出版社之邀，为新闻、教育、出版界之高层官员刘杲、王振铎、杨陵康等共25人各刻印章一方，用时一天半即蒇事。加入中国民革。

2003年，《中国文化报》于1月1日刊《韩大星个人艺术成果介绍》，发表书法、篆刻作品。任石家庄市桥东区政协文体委员。陆续收有志于研习篆刻艺术之莘莘学子数十人于门下。定期于篆刻"沙龙"促膝谈艺，切磋提高。创办并主编《三秋堂篆刻》印学专业小报。创刊号上刊发柯文辉、熊任望先生等贺词，嘉许颇殷，期望甚厚。于《禅》杂志发表佛教偈语篆刻数枚。

2004年，撰文多篇：《印坛巨擘马士达》《雏凤清于老凤声》《孙犁送我的〈陈师曾印谱〉》和《三秋堂的由来》等，刊于《三秋堂篆刻》。书法家牛惠宾先生撰文《韩大星和他的小神童》，发表于《中国书画报》和《人物周刊》。秘锡林先生撰文《印人韩大星》，发表于《河北日报》周末副刊。

以平素雅好音乐，遂成（外国）古典音乐之"发烧友"。敢问古典音乐之幽雅、静谧、博大与夫激情，非大星灵心慧性之对象化孳乳，焉能激荡其突兀之创造灵感，与夫奇谲之艺术想象乎？！

大星正值英年，未来不可限量，必有大成。吾侪当拭目以待。

此文既以"小史"标目，文末不可无"赞"。是以"赞"曰：

燕赵悲歌烈，日月失光晶。

高阳故城阙，韩门出公卿。

御题翰林第，胤嗣得庇荫。

绪风传文脉，映山播芳馨。

翰墨润金石，北辰乃大星。

髫龄即习画，尊师若椿庭。

世叔曰韩羽，意趣雅造型。

排闼石屑迸，濡墨书斋名。
莲池荷香里，嘎爷相比邻。
谈笑复謦咳，聆教月移檑。
五台觅汉玉，橐载负轭行。
石坚不受刀，可怜舐犊情！
黄绮贻印谱，君匋予佳评。
骆公惠石拓，王镛锡箴铭。
金陵士达师，尺素传真经。
津门学仲老，说项咸冠缨。
日拜五耆宿，相与惜惺惺。
书法篆刻展，首届列令名。
西泠金石集，朱砂映玉瑛。
二届神农杯，金奖乃荣膺。
加入国书协，友朋咸垂青。
结缡与晓虹，才士得娉婷。
呱呱女坠地，灵气凝墨晶。
三届父女展，艺坛杨霓旌。
耕石日益勤，印艺复转精。
赵朴老颔首，净慧师延请。
扶桑友人归，实印行囊盈。
一辰五十方，腕力胜掣鲸。
艺苑诸巨擘，索印乃相兢。
丁聪方成老，诗翁有艾青。
孙犁作品谱，宏愿乃勃兴。
囊括罄百枚，成竹方请缨。
梓行精品集，印界咸心倾。

复入艺苑网，丹印照汗青。
柯老锡林兄，著文如建瓴。
带枷犹舞蹈，典则锁势凌。
继承与创新，融通挂角羚。
三秋堂篆刻，化作黄钟鸣。

     2009年7月22日挥汗援笔改竣

妙在"隔"与"不隔"之间
——王律《铜砚楼吟稿》(序二)

白石翁言绘事,曰其妙在"似"与"不似"之间——"太似"则媚俗,"不似"则欺世。王朝闻老论及艺术创作和审美感兴,谓何为最佳状态时,以"不到极点"四字名之。换言之,则佳趣在"到"(顶点)与"不到"之间。因在此之间即蕴涵着莱伯尼兹所谓"现在怀着未来的身孕,压着过去的负担"之"包孕片刻"——此即"譬如画打仗,就得画胜负可分而战斗尚酣的片刻"(黑格尔《美学》,第777页)。如胜负判然,故为丹青宿耆所不取也,勿"过"与"不及",此乃"微醺"之谓也。

言及诗词,王观堂《人间诗话》有"隔"与"不隔"之目。其谓"'池塘生春草''空梁落燕泥'等二句,妙处唯在不隔……。至云'谢家池上,江淹浦畔',则隔矣"。所谓"隔"者,即是对诗(词)人所咏之词,在诠释理会上的"隔阂"。上援引谢灵运《登池上楼》中的"池塘生春草",状物如在目前,春意盎然,明白畅晓,是为"不隔",其后之"谢家池上,江淹浦畔",因用谢灵运《登池上楼》和江淹《别赋》之典,故"隔"矣!有鉴于是,"用典"和"代字"等,当是造成诗词之"隔"的主要表现手段之一,"隔"与"不隔",其优劣妍媸良难判别。如李商隐《锦瑟》之"庄生晓梦迷蝴蝶,望帝春心托杜鹃"句,以其用典,颇"隔";然于庄周梦里化蝶和望帝杜宇死后变作悲啼杜鹃鸟的典故,了然于心后,乃不觉其"隔"。据此,能云其不妙乎?另如"张打油"之"诗",了然无"隔",又焉能云其妙哉?故"隔"与"不隔","妙"与"不妙",似不能一概而论之也。

吾谓诗词，当在"隔"与"不隔"之间方妙；而于今人作品尤然。倘了然"无隔"，直白如话，一览无余，味同嚼蜡，其"诗"安在？然"书袋"橐然，讳其如深，冥行摘埴，不胜其"隔"，奚啻"天书"。乌可言妙？况夫"隔"与"不隔"，别有深意存焉哉！故吾读王律《铜砚楼吟稿》（下简称《吟稿》），深感其诗，常在"隔"与"不隔"之间，发人深省，启迪妙悟？文徽徽以溢目，意象纷呈；音泠泠而盈耳，声律悉谐。栩栩如生，朗朗上口！孟轲云："口之于味也，有同耆（嗜）焉。"吾信吾为《吟稿》说项，当"同嗜"于方家而不致贻笑焉。

诗也者，古之"今体"，乃今之"旧体"也。诗人之毛泽东语"（旧诗）因为这种体裁束缚思想，又不易学"，实为"经历者如鱼饮水，冷暖自知"之剀切教言也。"旧体"倘不加汰选，颇类"风马牛不相及"也；若以新词藻表新思想，状新事物，又于"旧体"殊不相侔，谓之"新诗"或"自由体"可也。此实为一"隔"也，故爬罗剔抉，刮垢磨光，俾色揣称，熔铸新藻，俾与旧体"不隔"为第一要务。《吟稿》于此，颇有举重若轻之概，绝无举鼎绝膑之弊。如《赠集藏家孙翔鹤·五律》中，颔联之"壶小乾坤大，灯悬日月光"，即言其曾举办"紫砂壶"和"历代灯具藏品展"。另云《相石》则以"掌上生奇趣，天人缘自合"出之；另言姚君之河北画店设四处分店，则吟"姚兄设四窟，狡兔亦臣服"，无不浑然天成，谐趣自生！俾"旧体裁"与"新时代"之间"隔"而"不隔"矣。

一如前述，"用典"和"代字"又易为读解和赏析置一"隔"障。吾谓《吟稿》之"用典"和"代字"，多在"隔"与"不隔"之间，恰如一石障目，乃得曲径，通幽之处，始闻花馨，禅房左侧，终悟慧心。《岳父五十初度赋贺〈藏头七律〉》为其尤者，特移录如次：

  子婿无妨亲骨肉，章台醉我惠风施。

岳松壁立遂坚劲，丈翅凌空来宿枝。
五柳直腰轻斗米，十年呕血吐余丝。
大志初酬终入世，寿不能拜赋贺诗。

首联上句之"骨肉"，典出《墨子·尚贤下》，喻嫡血至亲。下句之"惠风"，典出嵇康《琴赋》，赓出王羲之《兰亭集序》。颔联上句之"壁立"，典出《三国志·吴志·贺齐传》。颈联上句之"五柳"，典出晋陶潜《五柳先生传》，后之"斗米"，典出《晋书·隐逸传·陶潜》之"吾不能为五斗米折腰，拳拳事乡里小人邪？"下句之"呕血"，典出《左传·哀公二年》之"吾伏韬呕血，鼓音不衰"，引申为"吐心血"，亟言劳心苦虑；"吐余丝"为活用李商隐《无题》"春蚕到死丝方尽"之典。尾联上句之"入世"，典出汉刘向《九叹·异贤》，谓"投身社会"云尔。另，首联下句，以"章台"代"柳"，是为旧体诗惯用之"代字"。此外，集此诗每句开头所"嵌"之字，则为"子章岳丈五十大寿"，以志贺忱，故此诗又为"藏头诗"或"嵌字诗"。另如《"墨藻居士"藏头诗》《内子二四生辰感赋〈藏头〉》等均是如此。此等诗通篇俱是"用典""代字""藏字"（"嵌字"）——鳞次堆集，几为獭祭，但自然条畅，浑然不觉其"隔"，是所以"隔"而能"化"，臻于"不隔"之化境也。

钱锺书老谈诗，言"造型艺术很难表现'似是而非、似非而是'的情景"（参见《读〈拉奥孔〉》，第38页），而诗之"比喻""代字"等，皆能独擅其妙。如《吟稿》之中《教师节感怀（三首）》，其一"千古弦歌盛，杏坛不绝音"中之"杏坛"，其三"春晖慈比母，谁肯忘师恩"中之"春晖"等，前者指代教师传道授业解惑之讲台，后者指代其教学育人之爱心。孔庙之"杏坛"，当今之"讲台"，暖人之"春晖"，教师之"厚恩"等，造成意象纠葛，虚实相生的妙境，当慢慢品陟，细细把玩，方可味得。另如《病中吟》之"夔一足"，语本《山海经·大荒东经》并《礼记·乐记》。

前者为神兽,"夔一足"言"仅生一足";后者为舜时乐官,舜谓"得夔一足"。一语双关,意象叠加,亦庄亦谐,谐趣横生。再如《访诗人刘章(四首)》其一中之头二句:"花甲诗翁自当行,童真未泯老刘郎。"其"当行"典出宋严羽《沧浪诗话·诗辩》:"诗道亦在妙悟……惟悟乃为当行,乃为本色。""当行"即为"本行"也。用于此处,殊为妥帖——颇类"诗本吾家事"(杜甫语),"诗即吾本色"之赞!另如"刘郎"语本南朝刘义庆《幽冥录》,言刘晨、阮肇赴天台山采药,摘桃疗饥,后遇仙女事。故旧体诗词多以"刘郎"指代"桃","刘郎"与"寿桃"骈出,虚实叠印。读诗之时,意象联翩,纷至沓来,"似是而非、似非而是","实中有虚、虚中有实",于"隔"与"不隔"之间妙趣出之矣!

《吟稿》之中,其于旧体诗词之律,如声韵(叶韵、通韵、转韵和步韵等)、对仗(颔联、颈联对仗)、结构体例(绝句、律诗、排律、古风等)和规定字数等,一体遵循,恝然恪守。其于格律之弊病(如失粘及平头、上尾、蜂腰、鹤膝等),搁管规避,常怀临深履薄之诗心;濡墨挥洒,恒得纵横捭阖之文气。变坎坷为通衢,化格律之"隔"为"不隔"矣。

吾以为无论何种之"隔",皆犹浮云蔽目,可得氤氲朦胧之含蓄美;俟其一扫云翳,侧身光风霁月,"不隔"之境出焉,而豁然贯通之明澄美,则熙熙然得之矣!"隔"激发探寻"不隔"之兴致,而"不隔"鹄的之喜获,又得诸"隔"之翳蔽。愈"隔",探寻"不隔"之兴致愈高,获"不隔"之怡悦愈大。即如吟咏之时,联想遽发,意兴飙举,翰藻纷呈,莫衷一是;时而扑朔迷离,倏忽难辨;时而雾失楼台,月迷津渡,望断桃源;终而蓦然回首,灯火阑珊处,千百度寻觅之"她",嫣然在焉!故曰:妙在"隔"与"不隔"之间耳!

王律先生以《吟稿》见贻,嘱为弁言,故援笔将此读诗心得录出,是为序。

2002年8月28日

惊吓于长白山"天池"

23日晨乘小巴直抵长白山天池北麓顶峰，盛夏骤变隆冬。

狂暴朔风，如猛兽咆哮扑来，令人趔趄几不能立，掀起厚重棉大衣下摆和已被淋湿的塑料雨衣，飞扬翻卷，狠狠摔打面颊，生疼且惊惧！冰雨横洒，如新砺霜刃，砭人肌骨。大雾蔽目，五步以外，渺不辨物。所谓"天池"，悉被茫茫浓雾充填，浑浑莽莽，天地一片，下临无地，如坠深渊，大为赫怖，犹弃洪荒，寒慄不已！此情此景，为平生所未历也。

此大抵亦为长白"天池"之巨大魅力所在，非天山"天池"所能比肩也。

上述数行，乃登临长白山"天池"之实感矣。

2023年7月25日记

读书偶得

洪迈于《容斋随笔》写到他自己，即席实录，自有妙趣也。

南宋时，公私宴会，皆称与主人亦即主席对席者，古曰席面。亦称之为宾，称之为客是已，乃席中仅次于主席之崇隆者。乾道二年十一月某日，薛季益权以工部侍郎受命出使金国。故于吏部尚书厅为之举办饯行宴会。陈应求居主席。陈当为工部尚书并有显赫荣爵者，权势当在给事中之上。陈拱手请薛居宾席。薛辞不就，谓："寻常固有次第，奈何今日不然？"诸公言："此席正为侍郎设，何辞之为？"薛嗒然无对，仍辞不就。及至王日严发话，夹于仓促间应对裕如之景能，出一转圜之语，冲折尊俎，破除僵局。居末座之景卢，笑谓薛言："孟子不云乎：'庸敬在兄，斯须之敬在乡人。'侍郎姑处斯须之敬可也。明日以往，不妨复如常时。"薛遂就席，诸公皆称善。

善从何来，一者景能公即笔者洪迈，于《孟子》等圣人典籍精熟如斯！莫不称善；其二，熟而能化，天衣无缝，善莫逾此；其三，祈"侍郎姑处斯须之敬"，"明日以往，复如常时"。还薛"固自有次第"之"常时庸敬"。圆融周密，圆满之善得之矣！

2024 年 7 月 13 日改竣

琼岛澄迈村墟"闹年"奇观

甲辰龙年初九,徐晗女士邀我和老伴至其娘家美长村观赏"闹春"。其村在金江镇西南38公里处,至则一派热闹景象,商贾云集,摊铺连帐。不时鞭炮爆燃,硝烟袅袅,远处隐隐鼓声,喧阗如雷,滚荡乡墟。

十时许,铺面皆敞门摆筵,钵堆珍馐,盏摇琼浆;喝五吆六,喧闹市廛;肉香酒雾,弥漫通衢。北方正大雪纷飞,此间坐席的乡亲,有的酒肉酣畅,正光着脊梁!

移时,徐家之年筵已摆讫。有火锅,烹虾蟹之属,另有鸡、鸭、鱼、肉,累累于盂。杯盏交酬之间,门外忽闻爆竹乍燃,鼙鼓震耳!众人皆云:"来矣,来矣!"徐晗急起,邀着黄彩衣着之人入席,不坐,受红包急煎煎以返。又邀数人入席,其一余识之,乃门外之摆水果摊之农妇,农妇年轻,颇能食。搛菜扒饭,风卷残云,移时即尽一碗。徐为其从火锅中捞虾搛蟹,颇为殷勤,瞬息再尽累累两碗而去。皆无客套赘语,足见海南乡风民俗之淳厚质朴焉。

老伴示意,去门口看热闹,余即尾随。见游行"闹年"的队伍,为首十余人执旗,击鼓者数人,鼓皆置推车上,有人踞车而漫击之,亦有人步行而追击之。还有两人抬小神庙如亭者置地上,内供泥菩萨并香炉,炉内香火尚袅袅然。

另有一赫然奇观,为他地所绝无者,谓之"银针穿腮"可也。见三位着戏袍之男子,脸涂乌墨,将筷子粗之三尺银针,弯成双股钳状,以其尖锐如针之两股,由乌黑之右腮穿入,横亘口腔,从左腮骇然贯出,白灿灿地旁枝远逸者有之,明灿灿地屈曲上翘者有之,银针上端皆穿满百元钞票，殆有五六十张不等，间或亦贯有红包，籍籍累累若"钱山"将堕焉！其人双目半闭，瞑然无所视；其步态亦颇怪异，蹀躞漫步，颤颤巍巍，如神灵附体一般，此殆古文献所载"跳神"之"尧步"耶？归后席间有客云，某村有十二人连贯银针而横行街肆者，殆若一条拇指粗细银白寻丈修蟒，从东首第一人腮帮一头扎入，横贯十余人，自西头末一人嘴左侧昂然蹿出，偃蹇上翘，直刺云天。俾十余人，声息相通，步调一致，横亘通衢，人流为堵，赫然噤声！虽蔚为壮观，其惨烈之状，亦复叹为观止焉！洵当入"吉尼斯纪录"矣。

忆及此情此景，仅见于姚雪垠《李自成》第一卷下册所描写之苦行僧犹有此举，惊骇不已。今观之琼岛澄迈美长村墟之"闹春"，益加惊骇不已！故援笔以志之。

2024年2月18日农历初九

为"耳菜"撰吉联!

耳闻韶[1]乐不知肉味已三月;
口茹菰菜[2]驭风骖驾[3]仅一夕。

注释:
[1] 闻韶:《韶》,舜乐也。《论语·述而》:"子在齐闻《韶》,三月不知肉味。何也,以其尽善尽美也。"
[2] 菰菜:语本《晋书·文苑传·张翰》:"翰因见秋风起,乃思吴中菰菜、莼羹、鲈鱼脍,曰'人生贵得适志,何能羁宦数千里以要名爵乎!'遂命驾而归。"
[3] 驭风骖驾:谓秋风呼啸之声,奔腾澎湃,起于一夕,如"驭风骖驾",亦喻命驾归乡之速也;与《秋声赋》中"鏦鏦铮铮,金铁皆鸣"相侔。"骖驾"即"三驾马车"也。昔,关仁山、谈歌、何申,乃河北文学"三驾车"也。载驰载奔,震烁囊瀛,孛誉海外。殷殷纫雷,竅坎在耳。其关仁山者,现任河北文协主席,犹骋健笔;然何申兄,却已归道山,永玄壤矣。岁月不居,物是人非!前日加"耳菜"微信,颇感诧异,略一思忖,便亦释然。艺术之分类,有以创作和欣赏的时空呈现形态相区别者,故有时间艺术与空间艺术之分也。还有以创作和欣赏作用于感觉器官相区别者,故有视觉艺术与听觉艺术之分也。前者如绘画、雕塑,后者如诗(小说)、音乐。西哲莱辛有《拉奥孔》专论诗与画之区别。宋黄山谷有诗:"李侯有句不肯吐,淡墨写出无声诗。"此不是将听觉艺术化作了视觉艺术了吗?换句切题的话说,岂不是将"耳菜"换成了"目菜"了吗?近蒙"耳菜"直白相告,方知"耳菜"乃河北省作协原副主席谈歌兄也。今拜观门吉照,拜师收徒,风风韵韵,济济楚楚,一堂欣喜,举座欢快!故谨撰贺联,嵌以"耳菜"两字,以为恭贺焉。

小文一束（下）

"在党50年"的老夫妻

郭云民，乃我省活跃之摄影家也。能饮，海量，平居之日，忧亦杜康，乐亦杜康。举杯小酌，陶然自适。一次小聚，一茶杯烈度白酒，仰颔倾如泉泻，杯空酒罄，了无余沈。予谓，此兄之豪饮，虽曹白坠亦不之醉也，寻常醇醪其奈兄何？！

此兄能饮，好饮，但不沉溺醪糟而勤勉艺事也。日背相机掠光攫影，载驱载驰；时对镜头摄像取形，且寻且觅。并搦管纪之，或庄或谐，骤如风雨，倚马（车）可待；时疏时密，疏可走马，密不透风。报刊索稿者，接踵而至，目不暇接，门槛几为踏破者也！

兄之好谑，亦颇善谑也。一次品茗间，忽朗声言道："齐白石不如我也！"四座皆惊，遽尔怒视，又蓬蓬然面露霁色，以为渠有何淫巧奇技，能超迈白石翁者。不意此兄漫曰道："齐白石仅有三百石印，敢称富翁？余有十万底片，白石翁焉能与余比肩乎？尔等说，当称余什么？"众人大噱，铺纸索笔，央余书六个大字："十万底片富翁"，旁注"石云先生也"数小字，配照片刊诸报端。读者睹读，颇以为奇也，趣也。

此兄乐于助人，热心快肠，一如乃妻。渠常取余文章及书画作品，发布报刊，赚得懿名美誉，令余感纫心骨也。

近日得悉其夫妻两人荣膺"光荣在党50年"纪念章，金光灿然，余等朋友，皆与有荣焉，故撰文制联以颂之。

刘改亭，予社科院资望俱高李仲华院长之原内妹也。讷言，有内秀，乃科技大学高级工程师。雅爱绘事，尤擅工笔，花鸟虫鱼，无不精擅。近濡彩敷色，罩染墨晕，玄香增韵，愈添典重也。

其为人谦抑,乐于助人,虽逾古稀而不稍减。不以路遥,不避繁剧,援手襄助,全然不知惜力也。予于省博办学术文献暨书画个展时,曾借重鼎力,即一著例也。

其赁地于远郊,迢迢数十里,躬耕陇亩。夏日,不畏暑气炎光,洒汗耘劳。秋时,收获累累,弃之独享,分飨芳邻,众俱感其德而称其善也。

画院开年会之际,即云要送点菜蔬俾予尝。翌日,独蹬单车,以纸箱驮北瓜数十斤,红苕数十斤,白菜数颗,大葱一捆,累累藉藉,颤颤巍巍而来,俾予惊而喜,感而痛也!惊喜者,古稀老妪,竟有此膂脚之力;感痛者,病躯耄年,倍加感礽而心疼者也。

前晚,竟于手机得悉,伊与其夫于"七一"前夕,双双荣膺"光荣在党50年"纪念章,惊诧之余,不无感慨也,兹赘数言以纪之,爰以为赞也。

一品牙琴[1],高山流水[2],知音伉俪;

五秩齿耆[3],摄影绘形[4],在党侣俦[5]。

注释:

[1]品:是琴上用横木小杠所分的格,不同格中的音高不同,由此组成音阶。联中之"品",也可作欣赏、品味讲;"一品"还可作最高品级讲,堪称极品。牙琴:谓春秋战国时期古琴演奏家俞伯牙之琴。俞伯牙,原名伯牙,"伯"即其姓,名牙。"俞"之姓,为明冯梦龙于其所著小说《拍案惊奇》中所加。

[2]高水流水:俞伯牙所奏琴曲,而觅得钟子期这位知音。

[3]五秩齿耆:五十年纪老者,此谓党龄,即言有着五十年党龄的老同志。秩,古代官职品级,有"品秩"之谓。"品"与"秩"相对,允称极为工致。"秩",十年。五秩,此谓"光荣在党五十年"。另,"牙"对"齿",亦为极工对;"琴"对"耆",同为名词相对,若论"器皿""人物"小类,则失对矣。

[4]摄影绘形:谓河北省老教授书画院郭云民、刘改亭夫妻俩,一为摄影家,一为画家。

[5] 侣俦，伴侣；在党侣俦：在党同志。因"志"为仄声，嗣改"同俦"，终改"侣俦"，亦与"伉俪"对仗益工。

2021 年 10 月 28 日作

29 日改竣

燕赵文艺名家丛书·文学

孟宪昌书法集序

燕赵自古多感慨悲歌之士。孟宪昌先生乃河北承德平泉人，可谓古之燕人也。予，生于云梦荆楚之地，楚人也。予视其为感慨悲歌之雄才，非徒谓其为燕人也。西哲罗曼·罗兰云（大意）吾谓英雄者，非以其扼关守隘，力雄万夫者也。而赖其心智之伟力也。故罗氏有英雄三部曲存世，令世人读之掩卷而"感慨悲歌"也。

宪昌弱冠入河北大学，修业于数学系。"数"者，孔子所教"六艺"之一也。其"数"即数学之发轫算术也。当今之数学，以研究现实世界之空间形式和数量关系为其主旨。而数理逻辑既为其本，又为其用。乃纯粹之抽象思维，直如镜花水月，了无巴鼻，可谓难矣哉！倘以数学譬诸关隘，可谓雄关巍巍，险隘重重。而宪昌执心智之锐矛，披精勤之坚盾，孜孜矻矻，攀缘攻伐，拔其关而踬其隘，卒以优异成绩结业，洵为河大数学系之翘楚也。

宪昌先生分配至地方工作后，以任务亟须，遂与文字结缘。其间发愤忘食，锲而不舍，厚积薄发，振翰未央。由短篇之通讯报道，终草成洋洋万言之报告文学，《河北日报》以整版篇幅刊载之。哲人云："诗要用形象思维。"形象思维亦曰具象思维，与夫抽象思维雅不相侔，颇似方凿圆枘，相互抵牾也。殊不料宪昌其文中，意象纷呈，文徽徽以溢目，锵然声谐，音泠泠而盈耳。运用之妙，存乎一心，其操形象思维可谓妙矣哉！此时此际，宪昌先生岂不披荡胸之层云，览众山乎青葱；雄关逶迤，蜿蜒足下也矣。据悉，上层领导深谙其才，逢人说项，欲调其至文联机关，从事文学专业创作和组织领导工作。惜哉阴差阳错而未果。孟宪昌书法集中之诗："秋风落叶灿黄黄，漫天飞舞莽苍苍。若问此景谁人画，天公挥毫到太行。"楹联："运思行云流水，落笔跃虎腾龙。"皆其旧作。读者自可领会品骘。毋庸予之喋喋饶舌也。

古人云，天命不可违，天意不可悖也。冥冥间果有"天命""天意"乎？吾不得而知也。然则，孟君髫龄即名"宪昌"。《管子·立政》载"宪既布，有不行宪者，谓之不从令"也。由此即知："宪"即"法"也。另，古时之执法机构为刑部，亦曰"宪部"，纠法机构为御史台，亦曰"宪台"，即今之检察院也。或曰："宪"乃孟氏家族辈分用字。诚然。胡孟君独得此"宪"字？而其椿萱大人胡复名之以"昌"？"宪昌"者，"法度昌明"之谓也。岂不令人咄咄称奇也哉！总之，宪昌之于检察院工作之中，潜心汲取数理逻辑之缜密精严，娴熟把握形象思维之迁想妙得；凛遵宪典，严惩墨吏，体恤民瘼，伸张正义。宪昌居河北省人民检察院党组副书记、副检察长、一级高级检察官之职。执抽象、具象思维之锐，披维护、纠察法典之坚，又下一雄关矣。

旅法华裔雕塑家、艺术理论家熊秉明先生指出："西方艺术只有雕刻、绘画，在中国却有一门书法，是处在哲学和造型艺术之间的一环。比起哲学来，它更具体、更有生活气息，比起绘画、雕刻来，它更抽象、更空灵。书法是中国文化核心的核心。"一如前述，宪昌先生于抽象思维即数理逻辑与具象思维即形象思维之中，批隙导窾，游刃有余。故于"中国文化核心"之书法奥蕴，尤能钩玄致远，探骊得珠。退休后，专精于此，犹锥处囊中，脱颖而出，紫电清霜，灿然炫目也矣。

宪昌专擅草书，祖述羲献，宪章怀素。此说大抵切近实情。怀素经历，可分两段。其未至京华时，曾云"经禅之暇，颇好笔翰"。宪昌则循声可云：吾"数理之暇、文藻之暇、宪务之暇，颇好笔翰"焉。临池学书，池水尽墨，长期积累，功力深湛也矣。此其一。

其二，宪昌之草书，笔触瘦劲类怀素——书贵瘦硬方通神（杜甫语）。

刘熙载于《艺概·书概》谓:"张长史书悲喜双用,怀素书悲喜双遣。"熊秉明指出:因之"张旭的草书是热情澎湃的倾吐,怀素的草书是排除情感的、抽象的、玄意的挥扫"。即张旭草书有提按顿挫,怀素无之。宪昌草书亦类怀素。良苦思之而顿然有悟焉:大抵因数理逻辑追寻其纯粹、简洁、玄远之美,左右其草书之审美旨趣和价值取向也矣。

其三,怀素运笔迅速,如疾风骤雨然。宪昌亦如是。怀素之迅疾,乃得满纸云烟,一片氤氲;宪昌之迅疾,自是孤蓬自振,惊砂坐飞,不激不励,风规自远;独与怀素晚年之小草《千字文》、逸少之《十七帖》更为神似,醇和蕴藉、流便妍美之象尤著。似与之久居宪秩、恪执法柄不无关系耳。然则,其退休后激情未泯,才气沛然,逸兴飙举,意象纷纭。其榜书之"石海""精气神"等,皆于"骨法用笔"之中,追寻"气韵生动"之意象乃至通篇之意境,此自是书法艺术之极诣境界。

予视宪昌先生为雄才,因其独运心智之伟力,拔关夺隘,化雄关险隘为通衢也,焉得不称其为雄乎?"无限风光在险峰",雄关如铁,宪昌先生必披坚执锐、攀缘而上、高歌猛进,从头而越。予谓之雄才,当如斯无愧于古人和来者也矣。

2021 年 9 月 9 日

路继舜隶书字根植于《曹全》
——路继舜隶书《千字文》序

当代书法文化大家欧阳中石先生，乃"四大须生"奚啸伯先生之高足。路继舜先生则为其研究者，故与之素相能，时相过从。一日，继舜出己之隶书作品，就教于欧阳先生。先生熙熙然浏览一过，曰："研习书法，遍临诸帖，转益多师。汝临何帖？"继舜答云："余虽沾溉于诸隶帖，然迩来目之所接，心之所系，思之所幻，手之所摹，无非《曹全》矣。"先生沉吟少顷，曰："唔，汝之字根，植于《曹全》，又能自出机杼，独具面目。甚善，甚善。"欧阳先生之佳评，犹吉光片羽，弥足珍贵也。

继舜龀童即介然特立，不好嬉戏，耽于翰墨。雅爱辞章，敏慧笃学。高中时性情渐开，风华初露，自导自演《夜闯完达山》《邻居》和《红管家》等剧，颇膺时誉。毕业后，终以优异成绩，高中魁榜，考取名校南开大学。入学后，攻读中国文学，藻思风发，才情丰茂，被众人推举为学生会副主席，主管文体宣传。洵属南开学子所谓铮铮佼佼之一流人物也。

卒业后分配至石家庄文化局工作。多次亲率剧团及梅花奖得主，至北戴河为中央首长演出，圆满完成任务。主抓之戏剧创作，思想性艺术性俱佳，颇受观众喜尚。进京演出，连获嘉奖。继舜终晋任文化局局长，全面领导主抓石家庄地区文化艺术工作矣。

继舜调任石家庄文联主席之后，以身作则，执笔编撰的《中华道德歌》，荣膺1996年度河北省"五个一工程"奖，并被编入小学课本。作家阎涛在创作《西柏坡故事》之际，继舜发现杨成武上将之题词"新中国从这里走来",蕴含深远意蕴,遂毅然决然定为该书副题,被众传媒宣传而致脍炙人口,遂为介绍革命圣地西柏坡,乃至石家庄之经典用语和美誉名片矣。其才思敏捷之创意,翕然为当地文化界所推重也。

数年后,继舜复被调任社科联主席,而领导社会科学研究。鲁迅云:搞创作要"热",搞研究要"冷"。"热"用形象思维依赖热情,"冷"运逻辑思维喜尚冷静。或曰:如此"乍暖还寒时候,最难将息"。继舜于"乍暖乍寒"之中,"寒来暑往",顺应时序,遵循规律,应付裕如。并撰写出《试论邓小平理论的三个核心意义》等论文,荣获全国大文库学术论文一等奖等多项大奖而蜚声学林。进而复从中抽绎出《三字规律》撰文多篇,钩玄提要,剖新发奇。近日着手"中华龙"系列研究,其戛戛乎难已哉!真可谓寻坠绪之茫茫,独旁搜而远绍。涓涓溪流,终汇江河,汪洋恣肆,渊源有自也。

继舜退休后,其于书道,可谓苦心孤诣,尽瘁于斯。故其隶书,精进不已。著名书家、书学评论家赵险峰先生评其隶书谓:"于方峻中见圆匀,于端严中出散逸,于雄健中蕴舒和,于古朴中透灵秀。"此评可谓透辟也矣。

本书所印之隶书《千字文》,可无愧当之。诚如欧阳先生所云:其字根植于《曹全》。《曹全碑》全称《合阳令曹全碑》,东汉隶书碑刻。《分隶偶存》评其:"书法秀美飞动,不束缚,不驰骤……用笔起止锋芒,纤毫毕露,虚心谛视,渐渍久之,一切痴肥方板之病自可尽去。"以继舜《千字文》观之,其散逸舒和、灵秀之气,金得《曹全》胎息,故欧阳先生遂有"字根"之说,亦其摒除痴肥方板之圭臬也。

《千字文》之散逸、舒和灵秀之气,乃其审美形态也,倘以中国古典美学之审美范畴名之,可谓之"书卷气"或曰"文气"耳。是气最为难得,非胸罗"书卷",确系"文人"而莫能副焉。且不论继舜有多种著述梓行,单赏其嵌字联,便觉文气盎然,谐趣雅隽。其为山东牡丹画家牛折桂先生撰联云："齐鲁牡丹客，蓬莱折桂人。"即将其郡望、专擅和名讳一并嵌入，妙语天成。另如为一卫生系统领导白士乐先生撰联："身先士卒，敬业乐群。"赞誉与黾勉并存，歆羡同自励同在。除却字外功夫，继舜颇重字内修为，其曾云："不识'草''篆'者，怎敢称家？"故其隶中散逸、舒和之文气，与夫兼擅行草不无关联也。

继舜虽倾心钟爱《曹全》，但于其他隶帖如《张迁》《乙瑛》《封龙山碑》等亦浸润甚深，其雄健、方峻和端严之气，俱得诸碑兼收并蓄、融会贯通之效也。其方峻之圆匀，当从篆碑《表安》中承袭而来，可证其习篆之功匪浅也。

继舜先生将隶书之字根植于《曹全》，即承汉隶正绪，参酌诸隶帖，含英咀华，袭群芳以玄香，钟灵毓秀，把诸碑之逸韵。加之其学识修养，吾将期之以大成可也。

2012 年 10 月 28 日

寻 春

苏轼元丰七年二月一日，于《师中庵题名》文中，记其"寻春"：雪堂、柯池、乾明寺、竹林、乳姥任氏坟、茶圃、赵氏园、梅堂、尚氏第、任公亭、师中庵；计有堂、池、林、坟、圃、园、堂、第、枳、舍、亭、庵等。虽非无一侔者，亦以雪堂、梅堂之粲然、嫣然侔而相异！而其游憩情态，亦各有殊：乃有步、入、观、谒、锄、造、探、至、观、憩、归等凡十余款，款款有致，急徐不类。末曰："且约后日携酒寻春于此。"寻春者何？莺飞草长，争奇斗艳之春日胜境而已。未至"后日"，吾谓之"寻春"，已早于苏长公等得之矣！其《师中庵题名》之文，寥寥不足百字，波诡云谲，争奇斗艳，如此春云诡谲，春花奇艳之美文；不可不谓之"寻春"，已于文中得之矣乎？！

2025 年元月元日

枕上试笔

他较与自较

苏轼于《书茶与墨》中言及古人两种比较之法。一曰同物自较：宋时世人好蓄茶与墨，闲暇辄出二物自较胜负，云：茶以白为尚，墨以黑为胜。以茶较茶，白者愈白；以墨较墨，黑者愈黑。同物自较，则易较出出类拔萃矣。

另一曰异物他较，此即苏轼他较之法：以墨较茶，以黑较白，未尝不胜也。以茶较墨，以白较黑，亦未尝不胜也。前者以黑较白，实则以白衬黑，黑者愈黑。无不完胜，后者亦然。故异物他较，无不较出出类拔萃也。

余曰人生有两境，云：一为顺境，一为逆境。顺境宜自我同较，犹茶与茶较其白，墨与墨较其黑，越较越尚，益较益胜，白者愈白，黑者愈黑；愈较愈益出类拔萃也！逆境宜异我他较，即茶与墨较、白与黑较无不胜，墨与茶较、黑与白较亦无不胜；黑白相较亦无不完胜，无不易较出出类拔萃也矣！

然而，颠倒其较法：顺境如用异我他较，殊易较出自傲；逆境如用自我同较，殊易较出自馁。余谓如此较法，甚而不宜也哉！

2025 年元月 2 日

妙 悟

苏轼于《题陶渊明诗》谓陶靖节诗云:"平畴交远风,良苗亦怀新。"非古人之耦耕植杖者,不能道此语;非予之世农,亦不能识此语之妙也。陶潜为古人之耦耕植杖者,言其亲力亲为;苏轼之世农,亦言其亲力亲为也。"平畴"句,诗人之襟怀,"怀新"句,诗人之心境也。苏轼不一世为农(贬谪几随之一生),倘不同是诗人,不同怀诗心,何得此旷达襟怀,怀新心境焉?故陶靖节悟道此语,苏轼悟识此语,皆诗人诗心、亲历亲为之妙悟也!

2025 年元月 3 日

嗜香玩色之人

苏轼于《看茶啜墨》中，写了北宋几个特殊的嗜香玩色之人。

嗜香之人，则有滕达道、苏浩然、吕行甫诸人。其所嗜香者，墨也。真松煤所制之墨，远烟气，馥然自有龙麝气，滕、苏诸人，于晴暖暇日，研墨水数合，弄笔之余，则少啜饮之。书法家蔡襄，字君谟，其更嗜茶。老病不能复饮，则把玩而已。把玩者何？茶色而已。绿茶之清澈者，其莹若晶；红茶之浓酽者，其艳如血！然只可持之把玩——即观赏其色，不可"亵玩"而啜饮之矣。

茶者，啜饮之物也；墨者，观色之物也。今有宋人如滕、苏者，变观赏之墨色为啜饮之物，不避其赫赫可怖之墨色而啜饮之；而另有其人如君谟者，变啜饮之茶为观赏之物，舍弃其幽幽诱人之茶香而仅观赏之色。滕、苏并君谟皆颠倒而行其事，正如苏长公所言，亦事之可笑者也！

2025 年元月 6 日

改　联

余观《历代挥毫便览》，皆是经典，自当濡墨挥毫，金题玉。细细品鹫，然亦偶觉稍有疏怠者，或则气韵欠厚，佳趣未臻；或则平仄未协，意蕴乏彰。故冒昧搦管纂改之，意欲有所补益焉。兹移录数例如下：

如：汉柏秦松骨气，商彝夏鼎精神。加"凛凛""昂昂"，遂使弦歌响遏行云焉：秦松汉柏凛凛骨气，夏鼎商彝昂昂精神。

另如旧联：仁性养德，虚心向学，遂改为：德以仁性养其乃厚，学须虚心受之方笃。

旧联：艺苑溢花芳，妙墨系春秋。语意未彰，增"五色""百花"，俾蕴意更彰昭。改联：艺苑百花溢芳馥，妙墨五色系春秋。

另有旧联：颐性养寿，屡获嘉祥。改联：颐性乃培福植寿，养气犹储能砺才。

旧有贺男寿通用之联：鹤算千年寿，松龄万古春。加动词"屈指""昂首"，使其拟人更鲜活：鹤算屈指千年寿，松龄昂首万古春。

再如旧联：仁爱笃厚，积善有徵。略嫌泛泛，遂改：仁爱益福愈笃厚，慈善显徵长祯祥。

另如：云山风度，松柏气节。言人言物，喻指欠彰。遂改：云山浩浩彰风度，松柏森森昭气节。

另如：柏节松心宜晚翠，重颜鹤发胜当年。只需将"当年"改为"青春"，便青春盎然，活力充沛也矣！

2025 年元月 8 日

南国风景殊

一夕六饮潮州茶

一个晚上，在不同的地方、场合，用不同的茶叶、茶具，与不同沏茶人、喝茶人，喝了六次潮州工夫茶，这在北方人看来几近荒唐的物事，是真的吗？

回答当然是肯定的。

去年深秋，我从河北石家庄起身，拟去海南澄迈过冬。至琼之前，在潮州小憩。经朋友介绍，在一个名叫潮州帝朝瓷厂里画一批瓷画，一部分拟捐给河北省档案局，于2018年10月6日为我成立的"蔡子谔学术文献暨文学艺术作品档案室"，另一部分想作为瓷画展品，参加我想在明年即八十初度北京举办的《蔡子谔八十诞辰学术文献暨书画展》。由于任务明确、紧迫而繁重，故我的艺术劳动也可谓劳心竭力的。早晨8时厂里准时派车来酒店接我，晚上送回我时，大抵都在9时左右了。午饭后在车间的闲房里休息一忽儿，因劳累，我这个平时常常失眠的老人，在机器轰鸣之中，竟能酣然入梦，也是一件奇事！

瓷厂的老总，是一位充满青春活力的女企业家。从一个潮汕地区的普通农家女，已成为多个行业颇为成功的女强人。但她又是一个热爱生活、懂得享受生活的新潮女性。她上午在瓷厂管理企业，下午就去爬山。这是她多年来雷打不动的工作安排或作息习惯。

她见我劳作得很辛苦，便邀我一起去爬山。我说，老了，足力不行，爬不动了。她说，那您就在山脚下喝茶。

同去的还有罗姓厂长，他开车。穿过繁华市区，驶过韩江大桥，便进入林木扶疏的韩山小道。当车在一个幽邃静谧的处所停下来时，迎风摇曳的竹丛旁，果然有几个人，已经坐在那里喝茶了。

沏茶的是一位老者，六十开外的年纪。他身前的茶盘和茶具均放置于红色的塑料凳子上，他身旁的红塑料凳上还摆着与注水器连体的电磁炉，炉上坐着已经滚沸了的一壶开水。他注水、沏茶、巡茶等的手法都十分娴熟老道。喝茶的人也都坐的是红塑料凳子，显然，这一切都是从他轿车的后备厢中取出来的。说白了，这便是个自带的流动茶摊。当然，这里喝茶是不收费的，因为来者都是相识的富豪。

帝朝和我们坐下来喝了几杯茶，她就顺左手的山路爬山去了。右手这边，便是山势跌宕起伏的翠谷。这翠谷十分奇特，长着茂密郁勃的青藤绿萝，如同毛茸茸的厚实绿毯，不仅将绿草如茵的山地和苔痕斑斑的苍岩覆盖、包裹得严严实实的，而且连一些灌木丛，乃至高高的乔木也被包裹、捆扎起来。山风过处，蒙络摇缀，参差披拂。那风，缓缓地吹过，那竹，款款地摇曳，像将这满山遍野的翠绿，碧沉沉地融入杯盏之中，啜饮一口，便觉沁人肺腑，神清气爽！将宋代杨诚斋的诗改一个字，真是"一'碧'恩到骨"啊！这算是第一次在山野里喝潮州工夫茶了。

一会儿，宝马、奥迪、奔驰等豪车越来越多，喝茶的人也越来越众。我又听不懂潮汕话，真有些"呕哑嘲哳难为听"之感，于是起身，随便在附近走走，等着帝朝下山。

车队从韩山下来，便去了一个酒楼。一进酒楼轩敞的前厅，右手便是一个硕大的树根造型的茶案。十几个人围着茶案坐了下来。古代，专侍茶事的茶童，在潮州有个雅号，戏称"风炉县长"。酒楼的"风炉县长"是位妙龄女郎。这里的茶具、茶叶、用水、冲泡不仅更加讲究，而且手法娴熟，仪态端雅。眼前的一切，令我想起专咏品工夫茶的七绝："曲院春风啜茗天，竹炉榄炭手亲煎。小砂壶瀹新鹪觜，来试潮山处女泉。"这是近代著名爱国诗人丘逢甲从日本回国之后，在潮州小居时写的《潮州春思》之一。诗中的"鹪觜"，乃名茶，状其嫩芽之态也，颇类今之雀舌。我因年齿居长,被拥坐左近,很好地领略一番秋夜啜茗,素手亲炙,盏瀹单枞,细斟慢酌的闲情雅趣。

接着,便加入这些富豪们以狗肉为主菜的盛筵之中。由于帝朝向众人介绍了我"学者、作家、书画家"的身份,又连连呼我"大师",致使大家频频为我斟酒布菜。我也充分体会了一回"土豪"们"大块吃肉,大碗喝酒"的豪壮气概。筵罢,"土豪"自己执壶,又喝了一回工夫茶。我由于饱饫狗肉,思茶颇苦,便坐下又喝了一阵子。

从酒楼出来,落日熔金,暮云四合,时间尚早,帝朝建议我们去逛潮州夜市极盛的牌坊街。牌坊街上,灯火通明,恍若白昼;霓虹彩灯,流光溢彩。人流如织,摩肩接踵,十分热闹。我们走到一座茶楼前,被门口一副墨底金字的对联吸引住了,其联曰:"到此未饮工夫茶,不可自诩潮州客。"这意思明白不过,不喝这茶楼工夫茶,就不能算是到过潮州。我们正在犹豫,帝朝早已迈进门去,用手机交了四十元茶费。她自然不忍心让我们枉来潮州,要喝一回潮州牌坊街茶馆正宗的工夫茶。

茶楼的格局颇似中药铺,南北两面墙上全是一格格的小抽屉,抽屉里按屉面所镌茶名装着茶叶。靠外一米多便是柜台,柜台外便是低尺余的,与东西柜台相齐的长条茶案,茶案下置茶客的座椅。每位茶客都会得到一壶(内有沸水)、一盖盏、一茶盏和一包凤凰单丛茶叶。由茶客自斟自饮。帝朝与罗厂长一组,我与内妹艳卿一组,各人冲泡斟酌地喝起来了。茶店的服务员除了态度和蔼地向大家简单地介绍潮州工夫茶历史和沏泡技术之外,也耐心地予以指导和示范。

我们潮州的茶叶,为什么叫"单丛(枞)"?如凤凰单丛、乌岽单丛。我提了一个问题。她答道,由于茶树往往是丛生的,几百上千年的某一株茶叶丛树,她和她繁衍的子孙在凤凰山和乌岽山的,就分别叫凤凰单丛和乌岽单丛。这是粗分,细分起来,按照单丛茶株的不同香型,又分有:宋种树、夜来香、黄枝香、桂花香、蜜兰香、杏仁香、芝兰香、玉兰香、姜花香、茉莉香等。它们的树龄皆在百年以上，夜来香、黄枝香则逾三百年，宋种树相传为宋代古茶树，当阅千年风霜矣。它们每斤的售价皆在万元至三万元之间，宋种树的售价或竞拍价高达十数万元。

潮州工夫茶自然祖肇唐代茶圣的《茶经》，其将炙茶、碾末、取火、选水、烹茶、酌茶等茶艺的核心内容，条分缕析，记载甚赅。宋元是发展期，明清乃鼎盛期。并有了诸多专著，如清俞蛟撰《梦厂杂著·潮嘉风月·工夫茶》，民国翁辉东撰《潮州茶经·工夫茶》等，形成了融精神、礼仪、沏泡、巡茶技艺、品评优劣为一体的系统茶艺文化形式。这第四次的自冲自酌，可谓是一次实践与理论相结合的过程，在实践的理解上加深了认识。

从茶楼出来，罗厂长家在附近，他便独自回家了。我们便在朦胧的月色、路灯婆娑斑驳树影中徜徉，帝朝说要去一处既有瓷器，也有茶艺的好玩地方。这其实是一个辅导孩子们陶艺和茶道的地方。由于夜晚，空余着排排的小课桌和小蒲团。由蒲团使我想起了参禅，由参禅想起了顿悟……

这个停车广场的门口，是帝朝的茶友，他总给帝朝留着好茶。他将冲泡的第一道茶在各人的茶盏倒上，旋即又倒掉，让各人捧在巴掌中搓着闻香。确有一丝丝馥郁醇厚的幽香，从盏内款款地，似有若无地弥散开来。"好茶，好茶！"大家都情不自禁地赞道。一会儿，帝朝把车钥匙给了"风炉县令"，让他去把她的奔驰车开过来。帝朝便接替了他的"县令"职务，一边沏茶巡茶，一边说，我是一个出生在广东潮州茶乡的农家女，几岁就下茶园采摘茶叶，一般都是上午十一点多钟露水干了才开始摘，下午晾晒，当晚烤炙。采摘、晾晒、烤炙的每一片茶叶的干湿程度，最好都是一样的，均等的。湿了要霉烂，干了易糊焦。她又说，就拿这"关公巡城""韩信点兵"的巡茶、点茶来说，不也是讲究、寻求一样均等的原则和精神么？先"巡城"（即巡茶）的茶盏后"点兵"（即点茶），反之亦然。不也是讲究、寻求一个茶汤浓淡一样均等的原则和精神么？再说，你们河北赵州和尚"吃茶去"公案要说的，不也是这平等的待人接物的原则和精神么？

有人问我,帝朝,你做什么都做得风生水起,为什么?其实,很简单,我只是把做茶、喝茶的道理用进去了。我想,这第五道茶可真是越喝越有味了。看来,这"禅茶一味"不是一句空话!

这时已是夜间十时左右了,我也很有些疲累。但帝朝说,还有一处瓷器店,不可不去。到了店里,的确琳琅满目,更多的是一些小巧玲珑的精品。瘦瘦的老板忙从一个精致的茶叶盒中,用一个木质的小铲子,将茶叶铲到紫砂壶里——他用的是一套做工精细的紫砂茶具。他除了经营美术瓷,还营销绣品。苏绣、湘绣、蜀绣、粤绣四大名绣,应有皆有。"您老见多识广,看看这是什么绣?"我们一边喝茶,一边听他介绍店内的商品或是他的藏品。他侃侃而谈,如数家珍。他忽然指着一个横幅的山水画问我。我凑近看了看,说:"这不是宋代王希孟的青绿山水《千里江山图》吗?要说是什么绣,我眼拙,还真是看不出来。""潮绣,粤绣的一个独具特色的分支。"这店老板还真是腹笥颇富,知道的东西真不少!我们便海阔天空地聊起来,由苏绣的赵孟頫的《斗茶图》到欧阳修与蔡襄的"龙饼之谬";由唐代茶圣陆羽与大书法家颜真卿、怀素的交游,谈到陆羽的后人陆定一,怎样推重吴觉农为"当代茶圣"的……

"你们看看这是什么茶?"店老板看着帝朝和我内妹的神情都有些倦怠,他突然把那精致的茶叶铁盒拿起来,递给了帝朝,"看,这是凤凰单丛里,最有味道的鸭屎香啊!"他接着说,"这茶叶也是有生命,有灵性的。刚喝时浓酽,味厚,汤深,像天上的彩虹一样,赤橙黄绿青蓝紫,绚烂臻极;酸甜苦辣涩,五味杂陈。喝到现在,味薄,汤浅。天高云淡,月白风清;绚烂之极,归于平淡了;呷一口,回甘之中其味无穷!""说得太好了!"因他的话,引起了我的一小段有趣故事。

那是20世纪90年代,江西社科院办了一个刊物,叫《农业考古·茶文化专刊》。主编陈文华一时兴起,出了一句回文上联:"品茶即品人。"所谓"回文",即是能倒过来念的。将这回文联顺念倒念,不正是店老板那番茶话的精当概括和阐释吗?在刊物上征回文下联,这当然是难题,但我仍试着应征对了下联:"大味乃淡味。"典出《老子》《淮南子》。巧了,合一起来,即是:

品茶即品人,人品即茶品;
淡味乃大味,味大乃味淡。

此联刊出后,于千百应征联中,拙联忝列榜首。

吾老矣,早已活过了"天命""耳顺""古稀"的年纪,离"米寿"尚阙一秩,离"茶寿"尚阙三十年。但我又是幸运的,尤其是在今晚的六饮潮州茶中,我不但喝出了茶的淡味、大味,而且品出了人生的淡味、大味!

2020 年 2 月 16 日改竣

思念亲人、朋友

多亏托了共产党的福！

我的老家，便是当今震惊世界、威名赫赫的，于旬日之间建成的雷神山、火神山医院所在地：湖北武汉市蔡甸区。先父讳启朋，先母姓氏严讳厚信。他们俱是辛丑年生人，距今120年了。提起辛丑年，都不禁会想起丧权辱国的《辛丑条约》在那个风雨如晦，暗夜如磐的日子里，先父母艰难地生活着，和命运抗争着。先父母结缡之后，便生育了我们兄弟姊妹七人。我们七人虽都生在解放前，但大都是沐浴着党的阳光雨露成长起来的。

我大姐蔡凝香，解放前毕业于医科助产专业学校（专科），解放后转入邮局工作，数十年从无差错，直到退休。二姐蔡蒲香于解放初期考入武汉大学财经系，毕业后一直在武汉银行系统工作，屡被表彰至退休。哥哥蔡子谦于1951年考取了沈阳的中国医科大学，其时抗美援朝战争已经爆发，隔岸便是连天炮火，颇有戚友好心劝阻，说有危险，但哥哥还是毅然决然地去了。后来成为优秀的胸外科专家，曾两次参加援外医疗队赴阿尔及尔等国，后载誉而归，于武汉医界，颇负时誉。三姐蔡蓂香解放后即考入大连港务局从事报务工作，由于业务突出不久晋升为副台长，工资优厚，待遇渥惠。但她一心向学，后考入大连化工学院带薪学习，毕业后分配至吉林化工学院任教，孜孜以尽教职至退休。四姐蔡文华考入哈尔滨工业大学，毕业后留校任教，后调入北京中科院高能物理研究所附属工厂任高工，参与了负粒子对撞机的研制与安装，荣膺李鹏总理签章的国务院三等功嘉奖令状。五姐蔡文芳毕业于北京大学有机化学系，先后任教于长沙中南矿冶学院和武汉工程技术大学，曾研发辅助治疗心脑血管疾病的"银心（杏）口服液"，颇受消费者青睐。

于是或问，你是哪个大学毕业的？我说，我是社会大学毕业的，我没有上过正规的大学。这是咋回事儿呢？

我们不能不将笔墨荡开去，插入谈一谈家父"错划成分"的事儿。在蔡甸老家读过几年私塾的家父，通过勤勉苦读，考取了武昌的弘文书院。毕业后，以优异的英语成绩考上了湖北邮政局。后升任高级职员邮务佐和在外县管局（当局长），每月薪金二百大洋。根据资料获悉，一大代表李达，民国年代在湖南大学任教授，月薪也是二百大洋，这在当时就算是高薪了。家严勤勉工作，家慈节俭持家，积攒的钱怎么办呢？家严家慈不止一次感叹地说，放在银行怕倒闭，盖成房子怕着火，最稳妥的办法，还是在蔡甸老家置办一点田产，交由自家亲弟兄即我二叔三叔无偿耕种。抗战七八年，我们全家随家父入川，未收过一粒租谷。抗战胜利后全家由川返鄂，随叔叔的意愿，1947年至1949年交了一点租谷，遂于土改时将家父的成分错划成了"地主"。1978年蔡甸镇沈家门口乡政府经过甄别、出具文件，将家父蔡启朋错划的"地主"成分改为"职员"。

可这一个错划的"地主"成分，彻底断送了我的"大学梦"。据有关材料披露，到20世纪60年代初，剥削阶级子女被高校录取的比例，已高达24%，成了阶级斗争的新动向，必须严加纠正。而我，正在纠正之列。我1962年从石家庄市六中毕业至1964年，连续参加了三次高考，后来虽语文、历史、外语诸科课文皆几能背诵，但俱名落孙山。

斗转星移，时代巨轮滚滚滚向前。党的十一届三中全会之后，恢复高考，废黜了"成分论"，不拘一格选人才，天下学子俱欢颜！我便于1979至1980年两年间先后报考了浙江美术学院（后更名为中国美术学院）画史画论方向的研究生、山东师范学院鲁迅研究方向的研究生和中国社会科学院文学研究所现代文学研究方向的研究人员。虽亦皆未被录取，但成绩却使我和关心我的人颇感意外和惊喜！据说彼时蒋南翔重掌高教部，提出了"宁缺毋滥"的主张。听说浙美初试录取标准，为5门功课须达总分300分，其中外语须达50分。而我，外语仅考了15分，除却外语，其余

4门，我考了312.5分，达到并超过了5门功课要求的总分数。专业课画史画论的分数最高，为84.5分。浙美最后寄来的未录取通知书，将"好中选好"中的后一"好"字，加钤一红色的铅字"优"，谓虽"好"尚未及"优"，持的是一种认可的态度。中国社会科学院科研人员的考试，虽然要求更高，试题更难，我的专业科目，也达到了73.5分—70分，这是一个可以直接聘任中级职称即"助理研究员"的分数，然仍因外语只考了24.9分而被黜落。山东师院的情形亦大体如此。凭这三张成绩单，被爱才惜才而又实事求是的共产党员石家庄教师进修学院李石副院长看到后，她坚邀我去石家庄教师进修学院去讲课，当时一位张姓文科教研组长说："一个高中毕业生来教大学，不是胡闹吗？"李石副校长问她："你听过蔡子谔的课吗？"张老师表示没有，李副校长让她听课后再发言。试讲的一上午三节课受到学生热烈欢迎，起立鼓掌一分多钟。学生中有很多都是我当时中学的同事，他们也都友善地祝贺、赞誉我。同为副院长的楚图南哲嗣的楚庄，亦颇满意。于是教院便下调令调我去该院当教师。与之同时，河北省人大常委会教科文卫办公室王计祥主任亦热情调我去他那里工作。1981年7月我调入该办公室后的第三年，复又被河北省社会科学院文学所张树坡副所长等主动推荐，调入文学所，专门从事艺术美学研究。

1986年我被评为助理研究员，1993年晋升为副研究员，1998年晋升为研究员，至2006年退休。在此期间我出版了30余部著作，于《文艺研究》等学术刊物发表论文百余篇，被魏巍、胡可、吴印咸、苏静、李希凡、陈辽、王蒙、铁凝、高尔泰、伍蠡甫、史树青、敏泽、叶朗、旭宇、梁鸿鹰、向云驹、黄能馥、李绵璐等撰文刊于《人民日报》《光明日报》等报刊予以高度评价。专著等荣膺5次"中国图书奖"等国家级大奖和10余次"河北省社会优秀成果奖""河北省文艺振兴奖"等省政府奖。我是中国作家协会、中国美术家协会、中国书法家协会、中国戏剧家协会、中国音乐家协会等13个中国国家级艺术协会会员。创造了被"大世界吉尼斯纪录"

核准的"获得中国艺术家称号最多的人"这一被媒体界称为罕见的文化奇迹和独特人文风景。荣膺《河北画报·创刊60周年典藏版》"文化名人"。评语是:"他完成了30卷1300万字各领域的开拓之作,被称为'大师级通才''大学问家''大儒'"。河北省档案馆于2018年10月建立"蔡子谔学术文献暨艺术作品档案室"。2010年顷,在我与徐将林老师的倡导下,河北省老教授协会积极支持,成立了河北省老教授协会书画院,为河北省老教授书画文化活动做出了自己应有的贡献。年届八秩,我仍孜孜不倦撰写和主编四卷本《中国画学美学史》《别样盗火者——留苏油画大家纪实》,期盼早日与读者见面。

1969年5月1日,我与石家庄市医药公司职工杨玉欣结为夫妻后,生二子。长子蔡庄贤,河北师大政教系毕业,是石家庄市第四十中学高级教师。长孙蔡文翰就读重庆大学,2021年考取北京市的公务员。次子蔡仲贤为石市茶业公司副总。次孙蔡文嘉,于2018年河北省化奥竞赛初赛获第八名,现就读于北京科技大学。现在姊妹兄弟七人,皆已儿孙满堂,除尸病逝的哥姐外,总共约七十口人,无一人出任何问题。要么,退休养老,安享晚年;要么,不负韶华,朝气蓬勃地为亲爱的党和祖国工作、学习,贡献着自己的学识、智慧、青春和力量。

1981年夏末初秋,家母八秩大寿,散居于北京、吉林和武汉的我们姊妹兄弟七家商议,齐聚石家庄市的太奶奶这里,可就是"四世同堂"了!儿孙们都争嚷着要前来为她老人家祝寿。我们这里也略事布置,张灯结彩,喜气盈门。她老人家美滋滋、乐陶陶地逢人便说:"多亏托了共产党的福!不然,他们姊妹七个,包括他们的儿孙大几十口人,哪能这么齐崭崭地有出息?还不是共产党教育得好!"说完,便开怀大笑起来,她老人家颤巍巍的全身,都沉浸在感恩的幸福和圆满之中……

2021年4月30日写竣

我书法家的父亲

我父亲名讳蔡启朋,于 1901 年农历九月十一日生于湖北省武汉市汉阳区蔡甸镇沈家门口一个蔡姓的农户的家庭里。我爷爷的名讳我至今不知。其时家里薄有田产,故我父亲年幼时能上私塾,后毕业于武昌博文书院。我听母亲说起父亲常常白天在田里干了一天的农活,晚上在月亮或油

1973 年冬,父亲大人蔡启朋老先生与母亲大人严厚信老夫人合影

灯下苦读或搦管写毛笔字的情景,月色溶溶,身影茕茕,像一幅淡淡的水墨画,伴随着轻轻的吟诵声,永远印在我的脑海里……

我父亲 20 世纪 20 年代由武昌博文书院毕业,彼时的书院已是辛亥

革命之后的学堂了,开设了英语课。我父亲的英语是响当当的。在他未考入邮政局前,曾被一外籍职业女性雇佣,任翻译和向导,偕同游览庐山。此外,他能顺利地考入湖北邮政管理局,嗣后任高级邮务佐,全凭了他的英语好。因当时职业中令人羡慕的"铁饭碗":海关、邮局和银行里面的高级管理人员,大多皆由外国人担任,故于英语要求甚严。再就是,我在四川留下的唯一个残存在脑际的印象,便是父亲站在家门口的街上,与邂逅的高个子美国援华的空军飞行员用英语交谈。当时三岁的我带着十分好奇的心,听着他们"叽里咕噜",并仰着头睁大眼睛看他们时,那美国飞行员还十分友善地笑着摸了摸我的头,从裤兜里掏了两块牛奶糖塞给我。后来每一念及,我便对父亲油然生出了一种敬重,并觉得父亲委实了不起的朦胧感觉。再就是,解放后,由于在邮局工作,时常将英语报刊拿回家来阅读。其间好像还订阅过一小段时间的英文版《中国周刊》(也许名不确)。他对英语的兴趣和水平一直保持到晚年,只要他见到英语书刊,都要饶有兴味地阅读,有时竟情不自禁地读出声来,抑扬顿挫,音韵铿然。仿佛轻声吟诵的金声玉振,温润而亲昵地触击着我的耳鼓。

　　我父亲的古文水平也是不错的。他退休时的晚年,阅读主要有两个方面:一是古籍,常去旧书店买几本,掖在菜篮子底下带回来读,遭到我母亲的怨艾亦乐此不疲。50年代即我上初中时,他曾为我讲解《左传》的《郑伯克段于鄢》,其后因故未能赓续下去。另一是中医典籍——20世纪50年代在大冶县,他曾开方配药,治愈了我外甥刘行沛的疝气病。他老最服膺乃至崇尚的是傅山:一是《傅青主男科》,一是《青囊秘诀》。包着牛皮纸的书衣,往往是沐手捧览。他说:"古人云,不为良相,即为良医。"这是济世愍民之道。还说,傅青主语:"宁拙毋巧,宁丑毋媚,宁支离毋轻滑,宁真率毋安排。"这话不仅仅是在谈书法,当看作是他愤世嫉俗和民族气节的戟怒偏激之语。

父亲大人蔡启朋年轻时期

我父亲无意做书家，但他的书法功力是相当深厚的。我父亲还在工作时便时时读帖、临帖。他有四本用薄木板做封面，装潢精美的赵孟頫字帖，他是时时翻阅欣赏和濡墨临习的。闲时，面前无笔墨纸砚，他便用食指在桌面虚拟行笔地比画。他平日写信，多用毛笔。这时，我往往在一旁看他写，他每写一句或几个字后，往往要凝神谛视，手中的笔不住地舔墨，手指来回转动笔管，使笔毫蘸墨饱满而又不至淋漓。大抵此时或于脑际搜寻文藻，或在腹笥建构字架……前年，我因事到武汉的《书法报》社，见到我哥哥，并送给他两幅我的书作。他看完良有感慨地说："你的字，现在与爹的字有些相像了。他老人家见了，一定会颔首称道的。"这表明，我这个所谓的书法家的水平，才刚刚接近我父亲的水平。我哥哥是颇有鉴赏眼力的。

我父亲、母亲在1966年10月，迁回退休地湖北黄石市灵乡矿区。70年代初返回石家庄后，我父亲高血压症便日渐沉重了，有时竟沉沉昏睡数日，并略显一点老年痴呆。有一次，我在当时离住处不远的革新街碰到他老和他的宝贝孙子庄庄。他老朝我发火地嚷道："随么什都要瞎买，你看，非要买香烟不可！"我这才见到庄庄撇着小八字脚，手里拿着一根香烟在装模作样地"抽"。我问"多少钱哟？"他老大声答道："十九。"我听后笑了，他老自己也似乎意识到了什么，尴尬地笑了。实际是一角九分钱，但他老只说出了一个简单的数字。

我父亲病危住院，我和我妻玉欣日夜伺候，最严重的一次，我请了一月的假，日夜未离病榻。

最后的一次，是我说服了大姐，用胶皮轱辘的小排车亲拉父亲住院的。医院里没有床位，就睡在大厅左侧的过道里。地上铺了塑料布和褥子。铁架子上挂了输液的瓶子，我在父亲的病榻左侧地上放了一块宽不足一尺的长木板，夜里就和衣躺在上面。实在困了就打一会儿瞌睡。但换点滴瓶、除痰、擦屎接尿等一应杂事，便得时时保持警醒。人一躺下，头顶的走廊顶板上那盏灯便正好对着输液瓶，发出或金灿灿（瓶内是黄药液）或亮晶

父亲蔡启朋老先生手迹

晶（瓶内是无色药液）的一片耀眼炫目的光晕，晃得使人很难闭眼入寐。于是我索性起来，查看爹的下身，当我揭开被褥时，感觉好像身后有人轻塞我的后裾，回头一看，原来是我父亲一只枯瘦如柴的手在拽我衣裾，我忙转过身来，他那只手无力地沿着我的身躯，缓缓地伸移到了我的胸前，不待停息，便滑落下来，少顷，又吃力地伸起来，但随即画着弧线地落下去，又旁逸斜出地伸了过来……他老人家这是干什么呢？是要写字吗？他老还能写出字来吗？他老的手还能使转灵便，点画如意吗？作为书法家的他老，恐怕也完全失去书写能力了。我正要俯下身凑近他老的耳朵，大声发问时，他的手又一次颤巍巍地伸了起来，这次似乎伸得最高，终于停驻下来，这时五指已松松地攥成拳头的模样，然后伸出了大拇指。这大拇指——也称"巨擘"。《孟子·滕文公下》中说："于齐国之士，吾必以仲子为巨擘焉。"这"巨擘"便引申为居于首位的杰出人物。如臧克家在文章中称鲁迅等为"万民景仰的革命先进，文坛巨擘"，这显然不能与"巨擘"的于势意蕴相侔，但其间嘉许和赞叹的意蕴似无二致："好样的，了不起"；"嘿，真棒！"我爹伸出拇指的拳头，在我胸前一仄一仄地久久摆动，此时他老已完全失语，嘴里发出的"唔唔"的微弱声音，意在引起我关注他老于生命最后时刻的重要表达，他老昏瞀的双眼睁得很大，眼角沁出了泪水，我用手指头轻轻地抹去了他老的泪水，自己却心头一热，泪水止不住扑簌簌地落了下来……

我父亲于1977年6月25日病逝，享年78岁。

2013年9月6日

我平凡而伟大的母亲

我的母亲名讳严厚信老夫人，1901年农历六月初三生于湖北武汉市汉阳区蔡甸镇苗湖村；1980年7月23日卒于石家庄。

我母亲是一个默默无闻的家庭妇女，目不识丁，她常不无怨艾地说自己是个"睁眼瞎"。也没有什么令人艳羡，或值得炫耀的身世和经历。她的一生是平凡的。

然而，她老人家在我的心目中却是伟大的。

我们姊妹七人，一个哥哥，五个姐姐，根据湖北汉阳当地习俗，都管我母亲叫"姆妈"。我姆妈是典型的"刀子嘴，豆腐心"。我姆妈的脾气是急躁，甚至可说的暴躁的。而暴躁的"暴"中便挟着打雷闪电一般的气势和凌厉。我的姐姐们常说："姆妈呀，厉害得不得了，嘴巴的骂声刚出口，巴掌跟着就到了！"当然，她们还说："你想想，我们这一大群，姆妈不厉害行吗？还不闹翻了天。"这是入情入理的实话。

我姆妈的吃苦耐劳是超常的。我记得那是1959年，即"地富反坏右"的亲属等人便要每天早晨五点钟集合，然后拎一把斧头、一只小凳和干粮，步行到一二十里的大冶湖对岸下陆（名不甚确）去锤铁矿石，将拳头大的矿石锤成拇指大小的细矿石，每人每天的定量是半立方。我姆妈当年已是六十的人了，缠过的三寸小脚，走路稍长，脚便肿胀得发出钻心的疼痛。她老人家只好一点一点地往前挪，要命的是还要带着一个五六岁的外孙即沛沛，沛沛走一会儿，就要"家家"背他。由于湖坝上崎岖不平，她老人家一瘸一瘸地寸步难行，沛沛还问："家家，你怎么一趷一趷的呀？（双脚像棍棒直撅撅地杵在地上，使得身子连带引起颠簸）"她老人家由于天

燕赵文艺名家丛书·文学

母亲大人严厚信

热上火，中午也吃不下东西，第三天竟是发着烧去的，那天夜里，我和爹在路口等到她老人家时，都快夜里十点了，碎石满地的月光如银，亮晶晶的。在我看来，却像是撒在我心上的一大片破碎玻璃，姆妈一挪步，既扎得她老脚疼，也扎得我心疼……

　　她老一生勤劳，一生爱干净。不光家里桌椅板凳擦拭得干干净净的，纤尘不染；而且也非常注重饮食卫生，那时没有冰箱，过夜的饭菜，头天夜里都要热开了放在纱罩里。她、我爹和我的衣服，特别是白衣服，最后洗得都破成布丝了，还是洁白的。五冬六夏，都是她老人家打肥皂，用手或搓衣板搓洗的。

父亲大人蔡启朋（右二）、母亲大人严厚信（左二）与大姐蔡凝香（后一）、二姐蔡蒲香（左一）、哥哥蔡子谦（左三）、三姐蔡蕖香（右一）、四姐蔡文华（父亲手中所抱）合影

　　她老作为一个"妇道人家"，却有着非凡的胆魄。解放前，我父亲所在的邮政局时有调动。我父亲是一个恪尽职守的憨厚人，唯其能谨慎视事，

故能长期"管局";又唯其是憨厚正派人,不会阿谀奉承,故常被调往偏远的县城。每去一地,都是他自己先走,我母亲独自一人拖儿带女地带着我哥姐一大帮人过生活。抗战初期的1938年夏,蒋介石实行所谓"焦土政策",把黄河花园口堤坝炸了,说是要水淹日军,结果使百余万百姓浸泡在一片汪洋的泽国之中。那时我父亲已去四川,我母亲带着儿女一大帮人尚在鄂西北的老河口。铺天盖地涌来的洪水,黄汤汤的一片,瞬间漫过了居住的一楼,我母亲站在二楼的窗户上,声嘶力竭地呼喊了半日,终于雇到一条小划子,从窗户将我哥姐抱上摇荡颠簸的小划子,携带着几个换洗衣服的包袱,千里迢迢地入川找我父亲。并在路上几次与土匪遭遇,都是我母亲她一人像母鸡用羽翼将鸡雏揽在怀里一样,护卫着她的孩子们,大无畏地与土匪周旋。有一次,土匪突然袭来,实在不遑逃避,在枪声砰然震耳的情急之中,便将二三块银圆和零银用手帕包好掖在衣兜里,把其余装银圆和细软小坤包掩在汽车附近的草丛中,并指给我大姐看好,然后抱定"要钱没有,要命有一条"的决心,来对付土匪。终于安然无恙地躲过一劫。

到四川后,便住在青木关乡下。这,一是因城里生活贵,二是可躲避日机轰炸。住的是两间土坯瓦房,孤零零的,后面有树木葱茏的小山包,山下有一大片茂密的竹林。这便上演了一场我姆妈带领儿女与盗贼、土匪进行"拉锯战"的有声有色的活剧。这事不仅听我姆妈,也多次听我哥姐说起过。凡是所谓"月黑风高",或阴惨惨的雨天,盗贼或土匪是必来的。我姆妈即让哥姐做完功课早睡下,并下"动员令":"今天你们要格外警醒些,我一叫,你们就快些起!"她自己是时时惕厉,处处谨防。"又从西南边下来了,快起,快起!"哥姐们起来了,强盗也便来到了屋侧,踩得瓦片石子"喀嚓喀嚓"地直响,都能真切地听到。这时哥姐也装着大人的腔调壮着胆子吼起来:"把刀磨快些,砍那个贼脑壳","我的火药枪呢,装了铁子(霰弹)没有,炸他们满头开花……"姆妈是指挥官,四下走动,贴壁谛听。发现哪里有动静，便把孩子们召集到这边来"吼"。外边的盗贼也就挪了地方。白天查看，有时竟发现有的地方都快挖透了。只好及时请人补砌。住在那里一年多，没有让盗贼挖透过一次。而有些和我们一样的"下江人"租住的地方，硬是发生过挖通了钻进去"杀人越货"的惨剧。也听说有个盗贼挖透了墙，便将头伸进去探探虚实，一下子被铁桶扣住而毙命了。受到启发，听说姆妈也是备下了铁（马口铁）桶的，由她自己拿着，想那时要说眼疾手快和敢用蛮力，哥姐尚小，恐怕都敌不过姆妈。真要挖透了，她便扣住脑袋，一屁股坐下去，再让哥哥用斧子狠命砸桶沿。这都是认真布置过的。根据姆妈的退贼之策，有时采取"以攻为守"的战术。哥姐们手里拿着棍棒，撞得门山响："走，我们出去抓个打头的贼娃子，送到县里去砍脑壳。走走！"真有一股子要冲出去"擒贼先擒王"的豪壮胆气。"贼娃子"便从原路撤走，踢得瓦飞石滚。我爹要是回来小住几天，便夜夜平安无事，静得简直是"茑萝不动，纤尘不起"。现在看来，虽不是悍匪惯盗，但有"眼线"，也真够惊心动魄的了。就这样，姆妈领着一帮孩子，一边夜里上演"挥刀动枪"的活剧，一边保证了哥姐白天的正常学习（大多上小学）和生活，度过了这提心吊胆的一年半的"战斗"时光。

  我母亲的非凡胆魄，还表现在她勇于任事、敢于担当上面。刚解放，老家乡政府和农会搞"二五减租"什么的，本来是点名要我父亲回去的。但我母亲毅然决然地一人前往。她当时就对我大姐她们说："你爹去了更糟。就我去，是老虎也喂他一口。"临去之前，坐着黄包车往汉口一些戚友家里整整跑了两天，想筹借到一些钱，但到头来是空空如也，她只好将她自己和我大姐结婚时一些金银首饰搜罗在一起，用手帕包起来，带着我去了。我那时刚六岁，懵懵懂懂地也知道一些事，心里充满了恐惧和哀痛。我们到蔡甸沈家门口老家好像是下午两三点，天下着小雨，她老将我放在老屋里便头也不回地去了。我便站在天井里，淋着雨哭喊着"姆妈"。谁哄我也不听——许是要用我撕心裂肺的痛哭，站在湿漉漉的井井里淋雨这些"小苦难",来抵消、救赎姆妈那提起便让人心惊肉跳的"大苦难"吗?不知道,也无从知道。一直哭到天擦黑的时分,她回来一把将我从天井里抱在怀里,并告诉我"没有挨打"时,我才不哭了。她这种"以身饲虎"的牺牲精神和凛然豪气,确使包括我爹在内的众多须眉也要自愧弗如的。

姆妈的聪慧,可谓让人家心悦诚服而赞叹不已的。爹和姆妈在一起生活了半个世纪,无论大事小情,都要和姆妈商量,大多最后是由姆妈拿主意。比方说在生活上遇到一些麻烦且琐屑的事情,且是头次遇到,爹和姆妈也许会因意见相左而争吵起来,而最后仍是采用姆妈的解决办法。这时,爹会顾全男人颜面,以息事宁人的口吻说:"算了算了,懒得跟你争了,就依你还不行吗?"姆妈也不反唇相讥,默默地开始按她的意见来实施。但到事情办完之后,便一五一十地同爹"秋后算账"。驳诘得爹哑口无言,口服心服。他老常对我们说:"你姆妈呀,她是不识字,要有文化,那真不得了。"

20世纪70年代末,因爹病重,在中国医科大学留校任教的哥哥赶来石家庄,俟爹的病情稳定后,得知我妻和姆妈的关系较为紧张,即"婆媳不和",便想认真地劝导一下姆妈。说我妻玉欣够贤惠,够不容易了;您老凡事要麻虎些,不要搞得"针尖对麦芒"似的。姆妈一听就火了,便同哥哥"争吵"起来。哥哥那时已届"天命",姆妈已是快登耄耋的八旬老人了,两人坐在小竹椅上"争吵"了个把小时。事后哥哥不无歉意地对我描述着:"姆妈她老人家的思维太敏捷了,你哪里说得过她?当你提起一个话题时,她老立刻就这话题东一言,西一语,一下子将你陷入一团乱麻的捆绑中。然后,她老口若悬河、唇似刀剑,剖析毫厘、擘肌分理,当你刚刚捋出头绪挣扎着要松绑时,她又出其不意地抽绎出一二个新的线头来,缠绕、捆绑你所谓的思维触角,使你动弹不得。真厉害!我算一点办法没有。"

我们姊妹七人,除大姐受抗战影响是助产学校即大专学历外,其余的四个姐姐和一个哥哥,分别是武汉大学、中国医科大学、大连理工大学、哈尔滨工业大学和北京大学毕业的。我们读书、工作和做学问的聪明、睿智，主要是由姆妈她老人家恩赐的。

姆妈她老人家对子孙的爱，是彻骨浃髓的，是无私的。我是老幺，姆妈无疑是最爱我的。民间有一句俗话，即"打是亲，骂是爱"。这一点可以说充分体现在我身上。我们姊妹七人，我大抵是"挨打受骂"最多的。究其原因，一是我幼小时特别是小学四年级以前太调皮，二是姆妈她老人家爱之深切，说白了就是"恨铁不成钢"。她老人家的爱，是炽热的、是滚烫的，有时简直是灼伤人的、叫你受不了的。我记得在汉口江岸路小学发蒙上学那年出痘子，躺在床上发高烧，烧退后又染了别的病，平日活蹦乱跳的我，竟在床上老老实实地躺了二十多天。姆妈她老人家绝不放过教诲我的好机会："你个死砍脑壳的，一天只知道玩，玩，不规规矩矩地读书长本事，长大了吃什么？狗屎都冇得你吃的！"这样粗俗乃至狠毒的咒骂，真让我受不了。只要走到我躺的屋里，便要狠狠训诫我一通。晚上睡在我身边，她老先用手摸摸我的额头，如不烧或烧得不厉害，于是机关枪一般的"嘟嘟嘟"的扫射便开始了，没有一个多小时，绝对不会停息下来。这时，我便悄悄地将头缩进被子里，用从被角撕出的棉花，把耳朵堵得死死的……

也就是那个时候，我总是长疮，先是胳膊上，然后腿上，乃至全身都溃烂，流脓沥血，难受极了，也讨嫌极了。一般人，绝无像鲁迅讽刺的患有嗜痂成癖的那种"脓如奶酪，艳如桃花"的雅兴。紫药水抹得浑身青紫，也不管事，后来请一位名郎中，配了一种外抹的药末，须用人的津液即口水来调。津液，是中医对人体内液体的总称，包括血液、唾液、泪液、汗液等，后专指唾液。津液显然是人吃饭即吃的五谷杂粮及菜蔬等生成的，是构成生命的精华之一，它的亏损和虚耗，无疑都是伤身的。《素问·调经论》："人有精气津液。"将"津液"与"精气"相提并论，其重要、宝贵可想而知。《医宗金鉴·正骨心法要旨·作渴》："如胃虚津液不足，用补中益气汤。""津液不足"便是病，要及时治疗。老舍《四世同堂》："他不敢多说，他须保存口中的津液。"显然，"保存口中的津液"是延年益寿的养生之道。谁不珍惜？冯沅君《隔绝》："你送我的花我都用从心坎上流出来的津液浸润着。"这里，津液便是从心坎流出来的最深沉、最无私的爱。当时我全身溃烂着，每天都须半饭碗津液来调药，这些津液全是我姆妈她老人家一人的。她老对我的疼爱该是怎样的无私，怎么的深沉啊！

　　爱，就是给予，就是奉献，就是割舍！20世纪60年代初，由于天灾人祸，中国陷入全民大饥荒的时期。饥饿给人带来的对于食物的贪婪，可谓是疯狂的。然而，我母亲忍痛割爱的爱里，便包括她自己和我爹从牙缝里省下来的食物。

　　1960年顷，我一人在大冶县的县一中上学，先是我爹反"右"后被"发配"到灵乡矿区邮局——其实他并不是右派。后来因我爹年届"耳顺"，我姆妈便到灵乡照顾我爹去了。我一人留在大冶县城，她老当然是"割舍"不下的，特别是在那个饥馑像瘟疫一样四处蔓延，并疯狂地吞噬着千百万人的生命的年代，她老更是牵肠挂肚，魂牵梦绕。每隔个把月，便让我到灵乡去饱餐几顿。那是夏天，我在返回大冶时，要从灵乡坐火车到铁山，再从铁山换汽车到大冶县城，前者六十多里，后者三十多里。而灵乡的火车要随着运矿的货车走，故不定时，坐车的人都是"人等车"，绝无"车等人"的。我走的那天，凌晨便到了火车站，由于山洪把有的路段冲了，正在抢修，已经好几天没通车了，故乘客越积越多。一直等到中午还没有开车的迹象，正当我饥肠辘辘之际，我姆妈为我送饭来了，一大搪瓷碗白生生的大米饭，一小搪瓷碗油汪汪的豆腐炒油菜，热腾腾地扣在米饭上。当我大口吞咽时，候车厅熙熙攘攘的人群中，投来多少艳羡的目光啊！我问姆妈："您家（湖北人对老人的尊称）怎样晓得车还未开呢？""邮局人来人往，问得到吵。"不用说，她老是时时牵挂着我的。下午六点来钟，她老人家又送来了晚饭。她老走时，我这才想起灵山矿区即邮局所在地，离灵乡火车站有四五里山路，路上有的路段被山洪冲了，摆放些石头，有的地方，干脆要淌水，水虽清浅，未漫脚踝，但湿鞋浸肤，则是在所难免。我这才想起了这一趟趟地送饭，对于我年近六旬的小脚姆妈她老人家来说，该是多么艰难的事啊！这一天便走了二十多里山路。我吃完饭，天已朦朦胧胧地黑下来，我要送她老回去，她老执意不肯："等了一天不开，你一走它又开了怎么办？"她老走后，便检票上车了。但上车后仍是漫长的等待，开始，怨声载道，人们慢慢地都昏昏睡去了。"弟弟，弟弟，醒醒……"我以为是在梦里。常言"日有所思，夜有所梦"。大抵是我老担心姆妈回去时山路不好走，还要淌水，惦念她老摔跤，所以梦见她老。"醒醒，醒醒"我的肩膀被人用力摇着，我醒了。真的是姆妈。"这不是梦吧？"她老把堆尖一大搪瓷碗的蛋炒饭递到我手上，说"吃到嘴里就知道是不是做梦了"。"您家这深更半夜还来？……"我流着泪哽咽道。"这早晚开的话，到了铁山还不是夜里，不管你是下车就往大冶走，还是蹲在站牌下等车，荒郊野地里，风寒露冷，肚里没食熬得过去？"车上有人见到我姆妈几次送饭的情景，便颇有感慨地搭讪起来："这是您家的幺儿子，还是孙子？""幺儿子。""我听您家叫他弟弟，这是……""他姊妹七个，他最小，是老七，一家人都叫他弟弟，'弟弟'就成了他的小名。"她老刚下车，车就开了。她老略显佝偻的瘦小身影，立在灯光昏暗的寒夜，渐渐缩成了一枚弯曲的钉子，一下子深深地钉进了我的心里，成为我永远的痛！在这钻心戳肺的痛中，我才深切地感受到了她老对我的那种彻骨浃髓的爱！

　　在摇荡颠簸中，我迷迷糊糊地做了一个梦，梦中那枚钉子竟钉在耶稣身上，细看，那耶稣不是别人，却是我姆妈。现在悟彻，一切平凡而伟大的母爱，难道不是人类的救星？

2013年9月8日晨

燕赵文艺名家丛书·文学

金 婚
——悲悼夫人杨玉欣

1969年5月1日，我与我亲爱的妻子杨玉欣到北京她三姑那里小憩，我们算是旅行结婚。结婚当晚，我妻玉欣问："金婚得多少年？"我说："半个世纪，50年。"她说："咱俩也别说什么'海枯石烂'了，咱'白头''金婚'就满足了。"我那时尚在石家庄市南马路工读学校当教员。婚后回石，我便大胆地"逃逸"了一段儿，或者说"逍遥"了个把月。

婚前，如果说是一份提心吊胆的日子一个人扛着；那么，婚后便是两份提心吊胆的日子，两个人牵肠挂肚地煎熬着……

1979年到1980年，我先后报考了浙江美术学院（现中国美术学院）王伯敏教授画史画论研究生、山东师范学院聊城分院薛授之教授鲁迅研究研究生和中国社会科学院现代文学研究方向的研究人员等，专业课成绩可谓差强人意，主要是外语不行。但我凭借着这些成绩和我当时已经发表的文章等，从1978年起，先后从石家庄市第二十九中学调入十九中学、石家庄市教师进修学院、河北省人大常委会教科文卫办公室和河北省社会科学院语言文学研究所。1978年调入十九中就分得了教工宿舍，1983年调入省人大常委会便又一次分得了具有充沛热水供应的三室一厅的住房，生活得到了质的改变。生活境遇和文化氛围的大为改善，使得玉欣微微长胖了，脸色也红润了。单位的同事们给她起了一个绰号，叫"大舒坦"！

当然，真正使她感到"舒坦"的，是我在社会科学的研究上不断取得的成绩或者说成就。比方说，我1996年便在山西人民出版社出版了90

万字的专著《崇高美的历史再现》，荣获了第10届"中国图书奖"，根据省委、省政府"冀"字第28号文件，高套（即奖励）了两级工资。2002年我在河北美术出版社又出版了独立撰写的180万字的《中国服饰美学史》，荣获了第13届"中国图书奖"，又高套（奖励）了两级工资。在我退休前夕，因荣膺国家级大奖共高套（奖励）了七级工资，这比一般的教授工资便要高出一块来。这才是我妻玉欣深感自傲和由衷"舒坦"的。

正如钱锺书先生说的，难过日子慢，好过的日子快。一晃，"银婚"都过去了，"金婚"还会远吗？

"'金婚'你不送给一个礼物吗？"

"送，送，当然要送。"

"送什么？"

"要什么？"

她没有回答我，径自用双手搬来了我去年出版的《中国服饰美学史》。她翻开彩页，指着彩图说："我要这'凤冠霞帔'。"

"哎哟，你这是要过过贵夫人的瘾吗？……可这东西，到哪里去寻呢？"我暗自叫苦不迭。

"听人说，拍卖市场拍过。"

"真的吗？那咱留心寻，留心寻！"我急忙应酬道。心想，这事，也只能这样应酬下去了。

我妻玉欣是在1990年前后退休的。退休后，目标比较明确了，有意识学着烧菜，另一是玩麻将牌。前者可提高我们小家庭的物质文化生活；后者可丰富她自己的精神文化生活。两者相得益彰，相辅相成。前者如做春卷儿，烧香菇卤菜，清蒸鲈鱼，清炒竹笋等。

就说做春卷儿，那春卷皮儿就颇难鼓捣。它要求春卷皮薄如宣纸，虚和透亮。这须将面粉中的面筋净行洗去，然后将洗净的面筋以面团在右手中"耍弄"，软硬程度，如同油条（面），抓在手里，流淌欲下，摁擦饼铛，会留下薄薄的面皮，用锅铲将皮铲起翘角儿，再用左手拇食二指轻轻夹住，遽然一拽，这一张春卷皮才算烫得了。饼铛上不摆油不行，揭不起来，会粘铛锅；摆多了不行，面皮粘不上去，只需那么似有若无的一忽儿，这一忽儿，颇类用画笔蘸色渲染，笔肚内泳含那么一点春意血晕，故春江着碧，夕阳染血，笔下诗韵画意，方得妙趣。谁说烹饪不是艺术呢？炉火纯青，恰是高妙艺术。我妻恰恰领悟了此等艺术，故年节做出的春卷儿，使汉口老家来的故乡人都惊讶不已！

2006年我退休时，我们曾到四川峨眉山、乐山等地旅游一次。2012年，我们又到台湾日月潭和阿里山旅行了一次。其后，我们曾到欧洲德国、日内瓦、法国和瑞士旅行了一次，前几年到美国西海岸又旅行了一次。算是一起领略了一下国内山川、国外异域的风光。

再后来她就不太愿意动弹了。到了2019年，她提出要去山东蓬莱长岛游一趟，我们就去了。回来之后她似乎很疲惫，总是昏沉沉地嗜睡。开始，我总以为她是年纪大了，劳累了，便让她好好休息，我来执炊。但两三天过去了，还是如此昏睡不已。我便把孩子叫来，对他们说："你妈总这样昏睡，看来要好好检查一下了。"

河北医学院第四医院反复检查的结果出来了。犹如一个晴天霹雳，把我和孩子们都震蒙了：玉欣患有多处癌症如直肠癌、肺癌、脊椎癌和骨癌等，且俱转移，已无法再开刀疗治了。与我和孩子们相与为伴的时光不多了，恐怕只能以时日计算了！

我和孩子们都三缄其口，对她隐瞒了病情。总说，还确定不下来哩，有点疑问，问题应该不大。她也从不多问，一切听凭自然，仿佛云卷云舒，纡徐自如，并无多大的压力。只是有时眼睛盯在一个地方，像老僧入定那样陷入沉思。什么事情仿佛也都看得淡了，莞尔一笑，也显然更加温婉隽雅了……有时还会执着一事一言，喋喋不休："瞧，你爸老是一把抓住我的手，久久不放，怕我一眨眼跑了似的……你看有意思吧？"她嗔怪地说着,有时把泪花都笑出来,我听了,只能把要夺眶而出的泪水默默地强咽到肚子里去。

她的亲妹妹彦卿,即从老家深县来到石家庄,照顾、伺候她,并接替我执炊的任务,晚上即由我执夜。送她去医院检查、诊治并缴费、取药等一应杂事,均由两个儿子负责。儿媳只要有空,便为她按摩一下双腿和双脚。早饭后无他事,我便学着按摩,由于怕她疼,我的按摩多是轻抚。她说我的按摩轻柔摩挲,抚来揉去,就是一首妙曼的催眠曲。她闭上眼,竟能睡个把钟头。这时,我便轻轻地揉搓她的双脚,拇指按在掌心,余四指托住脚背,由会泉穴,向四指推发散开,最后再把脚掌四指轻轻将直并扽一下,同时会发出轻微的"嘎巴"一声。于此,无疑会改善微循环系统的血液流通,具有祛阻除痛的功效。

她对于病痛折磨的忍受力,是令人难以想象的。几种癌症在体内同时爆发出来的刮骨绞肠一般的剧痛,那是一般人难以想象的!有一次夜间小起,不慎碰到了左臂的肩膀头,她"哎哟!"猛地叫唤了一声,便昏厥过去了,半天苏醒不过来。轻轻探摸她的左胳膊,薄薄的一层皮肉底下,原本光滑圆润的肩胛骨上,竟是长得像牡蛎凸起的另一面,满是疙瘩瘤瘿。这便是触摸得到的骨癌罢!从她被告知患了三四种恶性肿瘤且已转移,到最后离开人世,她没有"吭"一声。她生怕亲人听到一声叹息,会比她自己疼得更椎心泣血!所以她一声不吭。

只是在最后的两天,她拼尽力气,用双手把自己胸前的被子拽开。瘤火奔突,毒焰炽热,该是怎样的一种炎威煊赫、灼热燎烧的炙烤煎熬啊!她仍然一声不吭,只是值夜的亲妹妹彦卿给她盖上了,她便又拼力给扯拽开来!

2019年3月3日下午4时许,大夫告诉我们说:"杨玉欣的血压下来了,你们准备后事吧!"玉欣,我亲爱的玉欣,你就这样迫不及待地要走吗?丢下我一个人。"金婚"只剩一个多月,50多天啦,整整50年,

18200多天的风风雨雨都淌过来了,就50多天等不了了吗?她的长子庄贤、次子冲贤,长孙文翰等儿孙们一声比一声悲怆、一声比一声凄楚地呼唤"妈妈"和"奶奶"的哭声,使我泪如雨下。我用面颊紧紧地贴着她的脸,同声呼唤,她,也没有被唤醒!

我揭开了她脚头的被子,真正应了民间那句"女怕穿靴,男怕戴帽"的话,玉欣的一双脚,微微地蜷缩在一起,已肿胀得圆润晶莹、冰清玉洁,像冰雕玉琢的莲苞一般!

我缓缓地伸出双手去,将她的那双晶莹剔透的莲苞般的脚掬在掌中,紧紧地贴在我的面颊上,随着我放肆流淌的泪水滋润,顺势滴在了我的心窝里……

"欣,你就真的撇下我一人,这就要走吗?"

我看她的眼角,是潮湿的,并没有滴出眼泪来。我有意地轻抬了一下她的左胳膊,并没有出现往日那种仿佛是刮骨剔肉、锥心剜肺一般的剧痛感。她安静地入睡了,已经睡熟了啊!

"哇,玉欣……"我悲怆地狂嗥着,大滴的眼泪簌簌地滴落在她的脸颊上,并在耳鬓塌陷下去的地方聚集成更大的泪滴,晶莹剔透,颤巍巍的,活脱脱地像凤冠霞帔上的珍珠啊!

"玉欣,玉欣,你快睁眼看看,这就是我们'金婚'的凤冠霞帔呵,"我食指蘸了泪水,抹在她眼睑上,而接着,我密集的泪珠便接踵而至地滚落下来,"你看看,这就是真真切切的珍珠呵!"

玉欣,我亲爱的夫人,让我们共同走完"金婚"的心路历程吧!

2022年5月20日草竣

油画 《金婚》（蔡子谔与夫人杨玉欣） 蔡子谔 绘

我缄默奉献的子谦大哥

我是湖北省武汉市蔡甸区人。1950年冬天,我的哥哥蔡子谦即考取了沈阳的中国医科大学。据说这是日本人在中国创办的大学,师资力量、专业学术水平乃至教学医疗设备都是积淀甚深、根底殊厚的。我记得当时我母亲和我五个姐姐都还居住在武汉市江岸区蒋梦麟路的邮局宿舍里。当时我母亲反对他去,在广济邮局管局(即当局长)的父亲得知后,也来信劝阻他去。因其时抗美援朝战争已经爆发,隔江便是炮火连天的朝鲜。然而,我哥哥还是毅然决然地去了。

说实话,哥哥是我儿时崇拜的偶像。他年轻时体魄健壮,篮球打得又好。对于瘦小羸弱的我来说,自然歆羡不已。他的画画得更好,那是1953年夏天,他从沈阳中国医科大学回湖北大冶县探视父母,闲时,不用铅笔打草稿,径用钢笔画了一个苏联近卫军英雄奥列格的画像,惟妙惟肖,竟同书上印的一模一样,使我佩服极了!我对书法的喜爱,是受我父亲的熏陶,而画画,则是受我哥哥的影响。

就在那年暑假,我哥做了一件令我终身受益的事。那年我在大冶县城关完小上四年级,因平均总成绩59分留级了。我父亲蔡启朋便生气地训诫我道:"这就是老师嫌你调皮捣蛋,故意让你留级的。"当时我们小学的教室,是深宅大院的老房子改造的,左右墙上都没有窗户,只有前面天井上漏下来的些许天光,且在黑板的后面,一片昏昧幽暗。坐在后排的我,既看不见老师在黑板上写什么,也听不见他讲什么。别的犹可,算术可真是懵里懵懂地找不着北了。我父亲让我哥哥给我补习算术。首先,他让我把算术的法则、定律都背熟,然后再一遍遍耐心地给我讲解,怎样运用这些法则、定律来做四则运算的习题。他每讲一句话，一个意思，都要看我是不是真的听明白了，记在心里了，能用了，甚至能举一反三了，他才往下进行。他在讲到往池塘里注水之类运算题时，便拿个玻璃杯往里倒茶水，一次几分之几、几分之几地叠加起来，并讲解如何进行运算。每天做的习题，他都要认真地批改，并对症下药，把不同的问题、毛病，进行归类，条分缕析地给我讲解。归纳，使我知道了异中有同；分析，使我领会了同中有异。他对我语重心长地说："弟弟，学习一定要静下心来——静下心来，才能看懂题，题看懂了，才能琢磨怎么做。碰到难题，不要慌，不要毛躁，要开动脑筋，想想最近学的哪些公式、定律能用上？用上了，豁然贯通，问题便能迎刃而解……"从我哥哥那里，我不仅学得了学习方法，而且悟得了思维路径（由个别到一般，由具体到抽象），茅塞顿开，灵犀点通！开学后，父亲把我转到大冶师范附小去了，从此，我的成绩，便名列前茅了。哥哥循循善诱地辅导，使我受益终身。

哥哥毕业工作后，因家中姊妹多，且都在求学，他便替父亲担负起其时在哈尔滨工业大学上学的我四姐蔡文华每月的生活费、学杂费，有时还要接济一下时在北京上大学的五姐蔡文芳。1965年，我父亲因错划的地主成分（1979年家乡汉阳蔡甸区政府已改正），被其退休的湖北大冶县邮局褫夺了养老金。故我哥哥便又同已经工作了的大姐蔡凝香、二姐蔡蒲香等一起担负起我父亲、母亲严厚信和我的生活并读书费用。加上他其时已结婚生子，他和我嫂子左大生（系左宗棠之后）、侄子加上在湖南孀居多年的老岳母的生活重担，都落在他和我嫂子肩上。他们如牛负轭，荷重前行，默默奉献，从无怨艾。

我哥哥是一个医术十分出色的大夫，他平素更是很少言及自己，我只能浮光掠影地略说几点：首先，他毕业留校任教，便表明他学得不错，基础扎实。其次，"文革"期间，一个外国医学代表团到沈阳中国医大考察，他在副台主刀，作胸外科手术表演。最后，他曾作为中国医学专家，派往阿尔及尔等国进行践行国际主义的医疗援助，且不辱使命，载誉而归。他20世纪80年代调回家乡的武汉市第一人民医院后，任大外科包括肿瘤外科主任。据说，当时渴求挂蔡教授门诊号的皆是星夜排队，可谓"一号难求"。此外，他还常被武汉广播电台、电视台作为名医请去举办医学讲座和医学科普活动。

他在中国医大任教期间，曾一度调入心血管疾病研究室工作。我1972年暑期到东北出差，路过沈阳，夜间就睡在他工作室的牛皮大沙发上。在那个年代，可见其研究室工作条件是十分优渥的，也表明他出类拔萃的研究潜质已得到公认。然而，令我十分诧异的却是，他在几十年的医学生涯中，竟然没有发表过一篇医学论文。我曾就此好奇地问他，他说，我的论文都写在临床，写在柳叶刀上了。数十年来，数以万计的手术，我没有出过一例差错。这就是我平生的一篇大论文。啊！这同我们河北的"时代楷模"李保国一样，不是论文写在了太行山上吗？这种不求名利的缄默奉献，使我肃然起敬。

我认为，缄默奉献，是一种不事声张，不计回报的奉献。是一种做事务求实效的行为准则，也是一种做人襟怀高远的思想境界。

2017年秋，我在体检时即发现患有肺癌，尚在早期，当及早手术为是。由于我肺呼吸衰弱，使得手术延宕下来。后来遇到从美国留学回来的王大夫说，我只开一个孔，问题不大。重新检查肺功能，证实了他的估计。于是便决定在2018年1月8日8时实施手术。我哥哥闻讯，一定要来看我。置我和两边家人的苦苦劝阻于不顾，终于在手术前两天，在侄子蔡少贤陪同照顾下，千里迢迢地从武汉赶到了石家庄。当时他已87岁了，腿脚已十分不便，遂以轮椅代步。术后第3天，当我从特护病房转到普通病房后，他即坐轮椅来到病房，当他知悉我一切正常时，脸上露出了欣慰的笑容。离开时，他心绪悲凉地说到年纪，他已望九，我亦望八，都是耄耋老人，见一次就少一次了，两人抱头痛哭，呜呜咽咽的哭声，竟把大夫和护士都惊动了！2018年深秋，他得知我妻玉欣亦患癌后，多处打听治疗良方。后探听到注射血蛋白可以抑制癌细胞生长时，他便打算从武汉买了寄来。可由于血蛋白针剂要求低温存储，心急如火的他，曾一度想买了放到冰镇的暖瓶里亲自送来！后来还是侄子找一个生物制品厂可以代办低温邮寄，才打消了他千里送药的念头，当即买了寄送过来。当我老妻向为她注射血蛋白的护士言及此事时，眼里噙满了泪水，唏嘘不已。

2019年岁末，将迎来我哥哥"米寿"的诞辰，我正打点行李，要前往武汉为他祝寿时，不料侄儿少贤打来电话，说他爸爸最近身体不适住进了医院，"米寿"庆典暂且作罢。我想起去年他从武汉赶来石家庄看我的情景，说的话，痛彻心扉，恍然如昨。我哥哥蔡子谦于2020年2月15日凌晨驾鹤西逝，享年89岁。侄儿打来电话说，他爸爸是带着安详、欣慰的微笑走的。我接过话茬儿说道："你爸爸的微笑，既是对你们子孙晚辈的满意嘉许——因你们的孝顺，使他福寿延年，活到九秩椿龄；也是对祖国、对党、对人民的由衷赞许，想到你们儿孙生活在这样一个幸福、祥和的盛世强国，他不能不倍感欣慰，安心瞑目了。"

亲爱的哥哥，您一路走好！

2020 年 5 月

作品『集锦』

诗人白居易（节选）

编者按：中篇历史人物传记《诗人白居易》约10万字，凡23章，本集选刊第八章和第九章。

第八章　可怜卖炭翁

一个严寒的凌晨，纷纷扬扬的大雪渐渐停了。在长安城南门外，有个老翁赶着牛车，拉着一车炭，艰难地朝城里走去。这卖炭老翁瘦骨棱棱，脸上罩着一层黑苍苍的烟火色和灰蒙蒙的尘垢。他的双鬓已经花白了，一双骨瘦如柴的手，黑黢黢的，就像支杈开的炭棍一样。身上穿着件单薄的破衣衫。车轮在一尺多厚的雪地上艰难地向前滚动，碾出了两道深深的冰辙。

卖炭老翁住在终南山脚下，自小以伐木烧炭为生。从他那满面烟尘和一双乌黑的手上，便可以想见他长年累月度着烟熏火燎的艰难岁月。老人喘着粗气，用手里的那支小皮鞭抽打着牛屁股，还不时地仰起头，用他那昏花的双眼看看天气，嘴里叽叽咕咕念叨着："老天爷，你发发慈悲，刮风吧，下雪吧！雪下得越大，风刮得越狠，我的这车炭才能卖出价钱来啊！大慈大悲的老天爷，你千万不要怜悯我老汉身上的衣衫单薄，我不怕冷，我那一家老小都瞪着眼看我，张着嘴等我啊……"

冬日的太阳从云层里钻出来，发出白惨惨的光。老翁有些泄气了。他用力在空中打了个响鞭，想尽快赶在别人前面，到热闹的西市去把炭卖掉。

不料，牛车突然"嘎"的一声，陷进了一个深深的泥潭。老翁用力挥鞭抽打着牛屁股，使劲地吆喝着。老牛喘着粗气，奋蹄夹尾地往前蹿了几回。但由于车重，辁辘陷得深，再加上车辙上结满了冰凌，滑溜溜的，几次都没有拉上来。到最后，任凭老翁怎样挥鞭吆喝，老牛只瞪着铜铃般的眼睛，"哞哞"地哀叫着，身子一动也不动了。这时老翁也精疲力竭，又饥又乏，便放下鞭子，在路旁拣了块石头，坐下喘气。

长安的大街上渐渐地热闹起来。达官贵人的高大马车碾着冰辙，发出一阵嘎吱吱的声响；人喧马嘶和小贩的叫卖声隐隐传来。老人听了心如火燎。他几次挣扎着想站起来，但他那衰老而僵硬的肢体，麻酥酥的已不听使唤，怎么也站不起身来。

就在这时，白居易骑着马到门下省去办理公务。他看到了坐在石头上瑟缩成一团的卖炭老翁和陷在泥潭中的炭车，便跳下马来问道：

"啊！借问老丈，这是你的炭车？"

老翁听到这温和的声音，忙用污黑的手背擦试了一下被风雪刺出的泪水，这才看清有位衣冠楚楚的官员牵着马在向自己发问。他急忙用尽全力，支撑着站起来，走向前去拱手打揖道：

"啊，官家，你要买炭吗？"

"想必老丈是以卖炭为生的吧？"

"正是，正是，一家五口住在终南山下，吃的，穿的，全都系在这车炭上啦。今日半夜三更起身，冒着风雪，原想一早进城，想不到这老牛破车，陷在这里了。官家，官家，你买了我这车炭吧！"老翁恳求道。

"老丈，你套上我的马，先把车从泥坑里拉出来再说。"

"官家，你……你说什么？"

老翁似乎有些不相信自己的耳朵。待白居易将马拽过来，把缰绳塞在他手里，又凑近他的耳朵把刚才的话大声说了一遍，老翁这才相信，再三道谢后，急忙将车撑起来，从牛背上解下车辕，套在马背上，放下支架，

又牵着马一拖,终于把车拖出了泥潭。老翁又将马从车辕下解出来,递给了白居易,感激地问道:

"敢问官家尊名贵姓?"

"晚生姓白,名居易,也是进城去的。老丈不必客气,快请上路吧!"

"哎哎……"老翁明白了这位官员并不是要买他的炭,只是让自己的马来帮他拉车,这真是菩萨心肠的好官人啊!老翁正要上前道谢,忽听得那边有人尖着嗓门叫道:

"喂,你瞧,前面有车好炭……"

老翁猛一抬头,只见那边一个穿黄绸衫、一个穿白绸衫的宦官,纵马朝这边奔来,外边的绸衫,被寒风吹得翩翩翻飞。

"哎呀,不好,恐是'宫市'的人来了!"白居易冲着老翁焦急地说道,"赶车快走吧!"

所谓"宫市",就是皇宫里需要物品,派宦官到市场上去购买。这些穿着黄衫的是宦官,穿着白衫的是宦官指使下的"白望"(唐代无品级的平民都穿白衫。"白望"都是些市井恶少,专替宦官们做眼线)。当时宫中每天派出去的"黄衣使者白衫儿"就有好几百人。他们一大早便来到热闹的东西市和其他街巷,只要瞅见需要的东西,起初还从兜里掏出一纸文书来,说是"皇上有旨",后来连公文也不带,只要口里喊着"宫市",便随意付一点钱,或根本就不给钱,将东西掠走。

白居易眼看要演出一场悲剧,便再三催促老翁快快走开。老人便赶着牛车急急往城西走去。那宦官和"白望"哪里肯放,他们策马追来,拿出一份黄纸文书,在老翁眼前晃了一下,叫道:"你这老东西,耳朵聋了,我们是皇家派来的,再睁眼瞧瞧——这车炭收下了!"

"这卖炭老翁一家靠此维持生活,两位要买,也该出个公道价。"白居易在一旁说道。

"是呀,是呀,这位官人说的都是实情,盼二位老哥高抬贵手……

我一家老小感恩戴德。"老翁一边哭泣,一边瑟缩着身子给宦官打躬作揖。

那宦官用眼瞟了一下白居易,见他不过是个八品小官,给那个鼠头獐目的"白望"递了个眼色。这家伙便把手一扬,嚷道:"去去去!少啰唆!掉过头,往北,往北……"这家伙边说边拉住牛车朝北拐过去,那宦官随手把掖在裤腰带上的半匹皱巴巴的旧红纱和一丈白绫,挂在牛角上,算是给了老翁的炭钱。老翁呆若木鸡地愣了半天,只得迈动僵直麻木的双腿,踉踉跄跄地跟在牛车后面追赶。寒风吹开他那破烂的衣衫,不时送来他那苍哑的哀求声……

诗人目睹了这一切,心中掀起了起伏的波澜……他回府之后,奋笔写下了《卖炭翁》这篇著名的讽喻诗:

卖炭翁,
伐薪烧炭南山中。
满面尘灰烟火色,
两鬓苍苍十指黑。
卖炭得钱何所营?
身上衣裳口中食。
可怜身上衣正单,
心忧炭贱愿天寒。
夜来城外一尺雪,
晓驾炭车辗冰辙。
牛困人饥日已高,
市南门外泥中歇。
翩翩两骑来是谁?
黄衣使者白衫儿。
手把文书口称敕,

回车叱牛牵向北。
一车炭重千余斤，
宫使驱将惜不得。
半匹红纱一丈绫，
系向牛头充炭直！

诗中对当时盛行的"宫市"制度，进行了严厉的谴责。白居易出于善良的愿望，希望这诗歌传到朝廷，能使皇上体恤民情，革除弊政。然而，他很快就失望了，他所厌恶的"黄衣使者白衫儿"，仍然肆无忌惮地横行在长安城的大街小巷上……

第九章 牡丹花开时节

暮春三月，阳光明媚。都城长安到处都盛开着灼灼牡丹。

长安的牡丹品种繁多，有姚黄，有魏紫，有沉醉东风，有无力淡妆，有杨家一捻红……在慈恩寺和元果院，还有"芙蓉三变"。这"芙蓉三变"，清晨洁白如雪，午后透出嫩黄，傍晚粉红含晕，宛如少女含羞时粉嫩绯红的面颊一样娇媚。慈恩寺的牡丹比各处的牡丹早开半月，元果院和太真院的牡丹则比各处的牡丹迟开半月，这一先一后，使得长安城的暮春时节姹紫嫣红，花团锦簇。尤其是三月十五这天，前去寺院游赏的人特别多，熙来攘往的人群，轮轴相撞的马车，简直把附近的街道挤得水泄不通。

白居易刚到长安做翰林学士时，由于资历较浅，只能办一些较琐碎的例行公事，有时还在宫中值班，往往忙到深夜。门下省的琐屑杂务，使他感到十分厌倦；而官场中的世态炎凉，又使他有些心灰意冷。幸喜翰林院北庭有一个花坛，种着一些较为珍奇的花草，一年四季争奇斗艳，清芬四溢。诗人心头烦闷，胸有积郁，总爱倒背着手，缓缓地踱到这花坛前来伫立一会儿；对坛中的那几株牡丹花，他更是特别喜爱。这几株牡丹中，有红、紫、白几色。别人独爱红紫的浓艳娇丽，白居易不受世俗的影响，却尤其珍爱白牡丹。从他的"怜此皓然质，无人自芳馨"（"怜"是喜爱的意思，"皓然"是洁白的意思）的诗句里可以看出，诗人赞赏的，正是这白牡丹洁白无瑕的高洁品质。它无论是否有人顾盼，照样发出馨香。

诗人与常人赏花不同。他对草木花卉倾注诚挚深厚的思想感情，哪怕是花开花落这些寻常事，也会勾起他感情上的波澜。

一个暴雨天，白居易发现，花坛中的牡丹经过风吹雨打，到傍晚只留下两株残枝了。诗人不禁怅然若失，晚上在床上辗转反侧，不能入睡。他想：受到风雨欺凌的那两株牡丹，明天一早，恐怕再也见不到以往娇妍的花容了；由此联想自己的命运，不同样是"怜此皓然质，无人自芳馨"吗？想到这些，他的惜花、怜花和爱花之情，益发强烈，便一骨碌爬起来，提了灯笼，再次到牡丹花前去观赏叹惜一番。

白居易是这样爱花、惜花、怜花，并以花自比，借花抒怀。但是，在他当谏官，亲眼看到一些达官显贵、宦官近臣挥霍无度的生活之后，对同样娇妍妩媚的牡丹，却产生了两种不同的感受。

那是暮春的一个凌晨，长安沐浴在晓星残月的清晖之中。远远传来声声啼晓的鸡鸣，钟楼上刚刚响过五更二点，鼓楼上便掠过阵阵晨鼓。紧闭的城门，在深沉肃穆的号角声中缓缓打开，斜斜地高悬在护城河上的吊桥落放下来，近郊种花的农夫，将那娇妍鲜嫩的各色牡丹，肩挑着、担驮着、车推着，或由姿容姣好的垂髫小妞怀里垫一块锦缎，双手搂抱着坐在木轮车上，随着花花绿绿的小轿和牵着骆驼的人一起，像一股潮水向城里涌去……

这天，白居易有件公务，要到朝中一个显宦官邸里去接洽一下。他起了个早，想在办完公务之后，顺便到花市上去领略一下明媚春色和旖旎风光。

他来到那个显宦的官邸门口时，只见远处传来"得得"的马蹄声。循声望去，耀眼的黄衫在晨风中翩翩飞舞，那鞍马上精雕细镂的银饰，使四蹄翻飞扬起的轻尘闪光耀眼……

这时，同白居易一样暂时躲闪在檐下的几个行人窃窃私语：

"这是干什么的？这样威风！"

"这些人可了不得呀，是皇帝爷的'内臣'哩！"

"不就是那些宦官吗，下颏上没有胡子，光溜溜的，说话尖声尖气的像女人……"

"哎呀呀！我说老世兄，你可别小看了这些没胡须的太监头子，瞧！他们黄衫儿底下，那甩动的丝穗儿都系着皇帝爷赐的金印呐！那系着红缨缨'朱绂'（古代系印纽的丝绳）的是个大夫，那系着紫花花'紫绶'（一种丝质带子，古代常用来拴在印纽上）的或许是个将军哩！你没听说当年陷害诗仙李白的宦官高力士，就被称作高老将军吗？"

"本来是伺候皇帝爷的奴才，却掌握了这么重的权柄，出入禁中，干预朝政，这成何体统……"

他们见这些黄衣宦官滚鞍下马，朝这边走来，才噤住了。白居易是朝廷命官，不好同这些布衣百姓一起议论什么，但他们这些直言快语，正是他郁积在胸中要吐而不得吐的闷气啊！

白居易随在那几位宦官身后走了进去。办完公务后，见那位显宦正在摆午宴，同几个达官显贵饮酒作乐，便悄悄地站在一边观看。但见案几上摆着芳香醇美的名酒和鹿唇、驼蹄、豹胎、熊掌等八珍，还有黄灿灿的洞庭橘，焦脆脆的天池鳞（扬州天池的一种名贵鱼）。席上热气蒸腾，酒香四溢，众人划拳行令，劝酒让菜。待那几个刚来的宦官入座之后，气氛更加热烈。

酒过三巡，在地上又加铺了一层厚厚的、十余丈见方的大线毯，说是舞伎要跳《霓裳羽衣舞》（唐代宫廷乐舞）了。

白居易认得出来，这就是宣州（今安徽宣城）太守进贡给朝廷的红线毯。这种红线毯毛茸茸的，上面织着各式各样的花饰，那些花饰还散发着沁人心脾的清香。当舞伎在上面飞旋歌舞时，罗袜绣鞋随着轻盈舞步隐没在长长的茸毛里。

舞蹈开始了。白居易定睛看去，一个亭亭玉立的舞伎站在红线毯上。优雅的音乐奏着缓慢的散板，舞伎浅含笑意，微动腰肢；待奏到中板时，才按节拍翩翩起舞。节拍由缓而急，舞姿呈现千姿百态的变化。舞伎有时斜拖着长长的裙子若凌波微步，有时放开裙子任它急速飞旋，像风卷雪花一样，凝成一团雾蒙蒙的白烟，飘忽不定。

"喂，老兄，你，你……知道这小雏妞……"那黄衣宦官喝得有些微醺了，摇摇晃晃地扭过头去，问座旁的一位朝臣，"她身上那薄得像蝉翼似的，穿着看得见粉嫩的胳膊腿儿的是什么玩意啊？"

"唔唔，这不是罗绢，也不是纨绮（一种轻细有提花的熟丝织品）。恕愚兄见识短浅，请问将军，这可是宫中传说的那种'缭绫'（一种高级丝织品）不是？"这位朝臣拈着下颏上的几缕短须反问道。

"老兄好眼力，好眼力！此物正是'缭绫'。要知道，圣上这次要的一千匹缭绫，还是我去督办的哩！"

"哦！将军真是劳苦功高，劳苦功高！听人说，假如抱着整匹的缭绫，站在高处，抛撒开来，嘿！简直像飞流直下的瀑布，待你再走近一看，那些花纹真叫奇绝，就好像袅袅青烟里又变幻出白簇簇的霜雪来。"

"咳！你说的那都是老皇历了。不久前我去吴越督办，给当地太守传了皇上的口谕：今年的缭绫，要从皇宫里取图样。比方说，织上云天外行行南飞的秋雁，然后再染出江南一片碧沉沉的光波云影来。裁制舞衣时要把袖子做得大大的，裙子裁得长长的——舞起来就像天仙一般。然后用金熨斗熨成各种褶纹。这样一来，舞衣上异彩异纹，相互映发，变幻不定。"

"这真是巧夺天工，巧夺天工呀！"

"像这种阳春穿的舞衣舞裙，一套就值千金！可那昭阳殿里受到恩宠的舞女，只穿一次，嫌这舞衣污了汗水，蹭了脂粉，就扔了……"

白居易本来还想把平日极不容易看到的《霓裳羽衣舞》看完，但听那丝管乐声中，好像加入了"札札"的机杼（织布机上的筘）声，而且这声音越来越大，越来越响，震得他不由得举起手捂了耳朵，匆匆地走了出来。他的眼前蓦地浮现出贫寒女子的淡淡身影；她们坐在织布机前，愁眉不展，一双双纤纤的素手把竹梭抛来抛去，"札札札"地响上一千声，还织不出一丈绫……可昭阳殿里那些歌伎舞女啊，你们假如看到这种情形，能不觉得心疼吗！

他信步来到元果院附近的花市上，早已没有了赏花的兴致。他看着那些游荡无度的达官显贵们，心里滋长了一种无法说出的厌恶情绪。他在花市上漫不经心地逛着，看那各色各样的花，都没有一个固定的价格，给价多少全看花色种类来定。再看那花圃中，红色的灼灼夺目，白色的亭亭玉立……上面有布幕遮着，四周用篱笆围着，加上时时洒水，又有泥土封固，所以从苗圃移到花市上，颜色活鲜活嫩的，一点也没有变，卖的价钱也就更加昂贵了。对于这样卖花和买花，人们似乎都已经习惯了。可一位乡下老农偶然来到这里，看到有钱人家的公子哥儿这样挥金如土的情景，不禁连连叹息。诗人在一旁细细体味，恍然领悟了老农夫在那喟（叹气的样子）然长叹中含的辛酸苦楚：一束深色的牡丹，相当于十家中户人家所出的赋税啊！十户中人的赋税，钱以万计，可眼前这些挥霍无度的达官显贵，并不在意地就把它花掉了。

诗人回到家中，白日的所见所闻，在眼前不时闪现。他情不自禁地吟哦道：

牡丹芳香啊，牡丹芳香！

金黄的花蕊绽开在红玉的花房；
牡丹的几千片花瓣赤霞似的灿烂，
几百枝花朵绛烛似的辉煌。
照地生辉，刚展开锦绣的身段，迎风播香，
却没有带兰麝的香囊。
仙人的琪树，被比得苍白无色，
王母的桃花，也显得细小不香。
你宿露浸润啊！泛起紫闪闪的奇艳，
朝晖映照，放出红熠熠的异光；
你红紫深浅啊！呈现着不同的艳丽色调，向背低昂；
变幻出无数的憨态娇样，无力地卧在花丛，
将息带醉的身体，无情地对着绿叶，
隐藏着脉脉含羞的面庞。
娇生生的媚笑，仿佛想掩住吐气若兰的口香；
怒悠悠的情怀，好像在撕裂千曲百回的柔肠……
于是乎引动了王公卿相，冠盖相接地赶来观赏；
还有轻车软轿的贵族公主，同那香衫拂拂的豪家儿郎。
寂静的卫公宅闭了东院，幽深的西明寺开放了北廊。
一对对的飞蝶陪伴着香客，一声声的莺啼挽留着春光……
花开花落二十天啊，满城的人们都如痴如呆发了狂……
夏商周三代之后，文采胜过实质，奢靡之风越来越狂。
这股风啊，现在一直刮到了牡丹花上。
元和皇帝很关心农桑，由于他体恤下民，天降吉祥。
去年的嘉禾长出了九穗，田中冷清，没有人去瞧瞧是啥样？
今年的瑞麦分出两枝，皇帝欢喜，没有人去垄亩观光。
没有人去理会农桑，这情况真使人悲伤！

我愿暂借天帝的力量，剥去那牡丹的娇艳浓妆；
制止那卿士的爱花病狂，像圣君一样来关心稼穑！

诗人一边慢慢吟哦一边挥笔疾书，便成了《新乐府》中的《牡丹芳》。后来，诗人还写了《牡丹芳》的姊妹篇《买花》。在《买花》中，诗人再次透过对买花这一小事的剖析，尖锐地揭露了豪门贵族的奢侈无度，表达了对穷苦百姓的无限同情。他写道：

帝城春欲暮，
喧喧车马度。
共道牡丹时，
相随买花去。
贵贱无常价，
酬值看花数。
灼灼百朵红，
戋戋五束素。
上张幄幕庇，
旁织笆篱护。
水洒复泥封，
移来色如故。
家家习为俗，
人人迷不悟！
有一田舍翁，
偶来买花处。
低头独长叹，
此叹无人谕：

一丛深色花,
十户中人赋!

日后,他还根据在那个显宦家和平日目睹的许多弊端和丑恶现象,写下了大量讽喻诗:有感念女工劳苦和统治阶级穷奢极侈的《缭绫》,有揭露宦官骄奢淫逸的《轻肥》,有反映民众疾苦和揭露横征暴敛的《杜陵叟》《重赋》等,有反映妇女辛酸遭遇的《上阳人》等,有谴责不义战争和颂扬爱国精神的《城盐州》《缚戎人》等。这类讽喻诗题材广泛,笔锋犀利,有一百七十余首。权贵们读后,都大惊失色,切齿痛恨。可是,人民群众却喜爱它,纷纷争相抄录、传诵。

左宗棠前传（节选）

编者按：长篇历史小说《左宗棠前传》约30万字，凡6章36节。本集选刊第六章。

第六章 樊燮兴谤

一、樊总兵大啖无餍

一日，左宗棠与巡抚骆秉章正在商议抗击太平军有关事宜，只听得衙役通报永州镇总兵樊燮前来拜谒。

骆秉章听到通报忙连声说道："有请，有请。"

骆秉章话音未落，只见一个身躯魁伟的武官，高视阔步、气色骄盈地走了进来。他头戴朝冠，顶端是镂花金座，中饰一颗红宝石，上衔镂花珊瑚。身着簇新补服，前后补子，锈狮为饰。足蹬朝靴。一望便知是武二品的镇台。

樊燮走进签押房，朝正往外迎迓他的骆秉章巡抚拱手作揖道："卑职樊燮参见中丞大人。"

骆秉帘忙拱手还礼："樊镇台免礼，请坐，请坐。"

樊燮转身正要挨着骆秉章巡抚的上首落座，忽瞥见对面坐着一位燕颔虎背、器宇轩昂的僚员。他忽地想起来，这可能便是左宗棠！他与左虽未谋面，但左的赫赫威名，却如雷贯耳。由于左宗棠不过是骆秉章巡抚的一名戎幕，并无实职。而自己却是堂堂的武二品朝廷命官，自觉气壮了许多。

他见左宗棠端坐在那里威仪棣棣,目光如炬地睨视着自己,似乎又觉矮了几分,且有自惭形秽之虞,一时不知是慑于气势声威,还是碍于酬酢礼节,他便虚与委蛇地朝左宗棠微微拱了一下手,一似囫囵吞枣般地道了一声:"左师爷一向可好。"

"樊总兵客气了。"左宗棠瞥他一眼,缄默有顷,才冷冷地回道。

左宗棠为何如此冷落樊镇台?这中间自有缘由。

设镇驻兵的永州府在湘南,与广西毗邻,乃边陲荒疆之地。樊燮自以为所辖之地,是天高皇帝远,纲纪弛废,吏治怠忽;加上他与湖广总督官文最宠爱的五姨太是远房亲戚,故与官文过从甚密,自己又颇擅夤缘攀附之术,深得官文宠信。

官文的青眷和庇护,使得樊燮有恃无恐,益发暴戾恣睢、胡作非为起来。

樊燮虽生得身躯魁岸,但因喜嗜肥腻,又以武事久废,渐生颠顸之态。再加上他终日耽于声色,早将那一个魁梧的身躯,教那明眸皓齿的"伐性之斧",戕贼成了一副外强中干、徒贮囊脑的臭皮囊。作为一个总兵的他,竟然连驰骋马背的颠簸,似乎也经受不起了一般!他只要出门,便坐一架八抬绿呢大轿。为了减少花费,轿夫均由军中士卒充任。

去岁永州附近的阳明山举行庙会,当地缙绅邀请樊燮莅临观光。由于山路崎岖,一个士卒因刚刚充任轿夫,被山石绊倒,致使轿子歪斜,将樊燮从轿内摔了出来。刚摔出轿,便被别的轿夫搀扶住,并未跌伤磕破,只是略微受了一点惊吓。樊燮回永安城后,立即将那个被山石绊倒的轿夫捆绑起来,罚以重重的鞭笞——竟把那个年纪轻轻的士卒活活打死了。士卒们均愤愤不平,敢怒不敢言。

更有甚者,在一次检阅新兵时,樊燮这个总兵,坐在八抬绿呢大轿中,让士卒将他抬至校场的阅兵台上,唤侍从把轿帘掀起,他竟端坐在绿呢大轿里,检阅刚招募来的新兵操练布阵。此后,永安兵府乃至永安城里,便传出了一个令局外人莫名其妙的歇后语："樊总兵阅兵——坐轿看"。

由于樊总兵如此这般胡作非为，克扣军饷，贪贿无艺，肆意挥霍，秽闻四播。永州兵府怨声鼎沸，简直乱成了一锅滚沸的米粥一般……

永州知府黄文琛不能熟视无睹，便向湖南巡抚骆秉章告了一状。骆秉章遇见了这等"挠头"的事，不能不找左宗棠商量。显然，投鼠忌器是难以处置樊燮的根本缘由。

"樊燮这些劣迹，要是坐实了，当严惩不贷。我看先派人去仔细察访清楚了，再做道理罢。"左宗棠虽疾恶如仇，但仍遏制住了自己的愤怒情感，只是愤愤地说道。

于是左宗棠派左安带了两个随从，到永州府去暗暗察访了七八天，得知黄文琛状纸上白纸黑字写的，桩桩属实，无一句虚妄不实之言。直气得左宗棠吼道："这等地痞恶棍，哪还像个统兵的镇台？！"

不料左宗棠正要操觚草拟奏折时，时局和人事都发生了他始料不及的变化。他将饱蘸浓墨的毛笔重重地顿在花梨木文案上，肚子竟憋了一股无处发泄的窝囊气！

暮色中，只留下了他一个沉郁忧患的孤独身影……

二、金谷侑觞，左宗棠即席制出了"樊燮草包"的觥筹

就在左宗棠搦管濡墨，要草拟参劾永州总兵樊燮时，西王石达开率领的太平军将士，且战且走，已离开福建，经由江西、湖南，悄然向西开拔了。根据情报，枢垣邸抄认为，是时石逆已率长毛进川，急调曾国藩入川堵剿。

曾国藩思忖，一旦入川，远离江宁，这剿灭反逆的殊勋伟业，何啻被人褫夺？为此他上奏皇上，恳请他进兵皖中，誓雪兵败三河之耻。

翌日，曾国藩一方面驰函官文、胡林翼，敦请他们向皇上代为缓颊。另一方面不敢丝毫懈怠，尽起驻扎在建昌的水陆两师，进军巴蜀。将临武昌，曾国藩顷接上谕，命曾国藩暂驻鄂省，与官、胡熟商进剿皖逆大计，

援川部队从湖南另行选调。樊燮的所作所为，官文了如指掌，长此以往，非闹出乱子来不可。遂提出派永州镇总兵樊燮率两千人马入川堵剿石逆。胡林翼巡抚谙悉个中底里，当即赞同。

这天，樊燮统兵路经省府长沙，便将军队驻扎在城郊，自己带了几个亲兵入城，向湖南巡抚骆秉章辞行来了。

樊燮对左宗棠的冷漠态度，自然十分不快，却未吭声，大剌剌叉开双腿，靠骆秉章坐了下来。骆秉章注意到了左、樊之间气氛的不协调，忙说出几句抬举、敷衍樊燮的话来："樊镇台，此次秀峰制军亲向皇上保荐你入川剿贼，想镇台定会捷报频传，以报圣上宸眷和制军器重。"

"那是当然，知恩不报非君子。樊某以为，石逆孤军远窜蛮荒之地，成不了气候，在下不敢夸口说一举歼灭，但围歼石逆，为时不远。"他似乎有意要在左宗棠面前炫示一番，表明自己绝非等闲之辈似的。

"镇台率大军出征，真乃八面威风，令发匪闻风丧胆。高奏凯旋，如囊取物一般。令人歆羡敬畏不置！"

樊燮哪里听得出这话中的敷衍、揶揄之意，反而更加得意："洪杨长毛，鼠辈跳梁而已，何况石逆，更是不在话下。我大清臣子，自当勠力同心，将其一鼓荡平，宣昭天威！"

樊燮仗着是总督官文的姻亲，才升任总兵几年？根本未同太平军交过锋，终日啖食牛鞭，耽于声色。何曾见过太平军打起仗来那股摧枯拉朽，势如破竹的凌厉之势？

左宗棠听了这些大吹法螺一般的虚妄之言，冷笑了一声："哼，这几年朝廷调兵几十万，糜饷几万万，至今尚未将长毛一鼓荡平；老成谋国的曾涤生侍郎，宵旰勤王，惕厉奋发，居然曾败石逆之手。对于这等凶悍的贼中枭雄，你未免也太小看了！"

"难道你左师爷，是要我长发逆的志气，灭自家的威风不成？"樊燮蓦地站了起来，怒目问道。

"不,我是说你,把自己吹嘘得太过头了!古人云,'恃国家之大,矜民人之众,欲见威于敌者,谓之骄兵。兵骄者灭。'这点兵家常识,难道樊总兵都不懂吗?"

"左师爷,樊某深荷崇隆圣眷,宠信有加,此番率绿营大军出征,军令如山,间不容发!就不与你在这里打嘴皮仗耽误工夫了。"说罢双手一拱:"骆中丞,卑职告辞。"

骆秉章心中明白,樊燮来长沙巡抚衙门,纯系官场应酬。他虽劣迹昭彰,秽声四播。但与制军结有姻亲,且相契甚深,此次率兵入川进剿,断不能闹得彼此势同水火,结下仇隙。忙起身殷殷阻拦:

"樊镇台,骆某已略治芹酌,以壮行色。务请樊镇台赏光。"

徐有壬布政使和陶恩培按察使也一同过来苦苦劝阻。

其实,骆秉章的殷勤挽留,本是想借酒筵上觥筹交错的融洽气氛,来消弭樊燮和左宗棠之间的嫌隙,不料反铸成了朝野震动的"樊燮事件",为左宗棠险些招来"杀身之祸"!

这个以当今诸葛亮自许的,自谓"老亮"或"今亮"的左宗棠,对于即将铸成的临头大祸,也实在无法预料。刚才听了樊燮那番炫鬻自己,贬抑他人的话后,怒不可遏,要大发雷霆的他,现在似乎冷静了些,微微蹙眉,仿佛在思谋什么……

不一会儿,筵席便在签押房左边的厢房里摆好了,真是盘列八珍,樽溢九酝;果擘湘橘,脍切锦鳞。这等的佳酿珍馐,即便是不吃不喝,看上它一眼,也足饱朵颐之福!

"樊镇台,请,请。"骆秉章起身邀樊镇台入席,左宗棠和徐有壬藩司、陶思培臬司,还有一位陈姓的盐运使也都跟随其后,入席就座。

樊燮看到酒菜如此丰盛,珍馐中居然还有他极为嗜的红烧牛鞭。看来骆中丞为他治办的饯行宴,是早有准备,且实心实意的。于是刚才心中的不快,也便烟消云散了:"骆中丞如此费心,卑将于心不安呐。"

"樊镇台率师出征，为国用命，骆某略治薄酒菲酌，不成敬意，聊表微忱而已。请，请！"众人入席后，骆秉章又让衙役将杯盏撤去，换上了景德镇烧制的豆青色冰梅纹巨觥，十分精致古雅。

酒过三巡之后，半晌没有说话的左宗棠忽朗声说道："樊总兵出征挞伐发逆，我们当高兴些才是。如此喝闷酒，兴味索然。我们何不寻个金谷侑觞之具，提提兴致，好壮行色。"

在大家的一片赞同声中，骆秉章让一名衙役捧出了一个满插觞筹的筹筒，放在了席间。

这竹雕的筹筒，是明代雕刻名匠杨文昭的得意之作。杨文昭也是读书人，因屡试不中，隐于雕艺。尝以旃檀作佛像，宛如生人。优游京师，诸贵人多招致之，而昂藏自负，耻于干谒，其所交皆儒雅名流。此筹筒饰以《竹林七贤》的深浮雕，三两寸许的人物，举止意态，神情风貌，皆须眉毕现，栩栩如生。骆秉章为了活跃席间气氛，稍事介绍。菜肴丰盛，器皿精雅，更提高了众人猜筹行觞的雅兴。

以官秩德齿论，均以骆秉章居长，故大家推举他主持觞政。

骆秉章便不谦辞，手持筹筒，轻摇了两下准备执行觞政。这竹签制的觞筹正面，写的是一个或两个谜语，每条谜语打某代或一人，或二三人不等，写在反面，由席上众人轮流抽掣；抽出之觞筹，交与主持觞政者，由他念出谜面，而后由掣筹者猜谜底。猜中者罚他人喝酒掣筹，猜不中者自罚。在座者均老于此道，无须赘说，便猜筹行觞地玩将起来。

第一个掣筹的，是众人众口一词推举的樊燮。为他饯行，自然由他首开觞筹。他举起筹摇了几摇，抽出一筹，瞥了一眼，他怕有的字认不全，便索性交给了骆秉章，只听骆秉章念道：

才至雨谷逢商凤，又过邯郸遇士龙。

稍顿片刻，骆秉章提示道："打三国时期的二人各二字。"

"魏、蜀、吴，这三国鼎立，是哪边的人？"樊燮问道，显然来了兴致，不禁脱口问道。

"违犯觞政，"左宗棠大声说："罚他浮一大白。"

"姑念初违，下不为例。可给你提示一下，是蜀国的两员虎将。"

"这'又过邯郸遇士龙'，好像说的是'赵子龙'。不知这'士'字作何讲？而'才经雨谷逢商凤'，便着实让我'丈二和尚——摸不着头脑'了。"

"'士'者，'子'也。君不闻孔子、孟子、墨子、老子、庄子，皆'士'也。这'才经雨谷'，岂不是'关云长'？'谷'者，关隘也。你想，关隘长云笼罩，能不'雨'乎？'赵子龙'算猜对了，可免罚；这'关云长'未中，得罚一杯。"

"我谨遵骆中丞的觞令，喝了酒再说话——"说着，双手举起巨觥，仰脖一口喝下，用那只肥胖得像鼓槌一般的大手，抹了一下嘴角，说道："骆中丞刚说的谜底是'三国二人二字'，这'关云长'，不是三字么？再说，这'才经雨谷'算是讲明白了，可那'逢商凤'又作何讲呢？"

"'关云长'的'云长'，不是他的表字么？其名曰'羽'。这'羽'，在五行中，是'五虫'中的'朱雀'即'凤'，又是'五音'中的'商'音。岂不云'商凤'者与？"骆秉章耐心地作了一番诠释后说："樊镇台命何人掣筹。"

"嘿！与骆中丞喝酒，真教我樊某开了眼界，长了见识呀！"这时，面色黄白，双颊虚胖的樊燮脸上，因酒力发散，微泛酡红，便也有了几分生气，他流眄了一眼，避开左宗棠，指名让徐有壬藩台掣筹。徐有壬径由筹筒中掣出一筹，递给了骆秉章，只听他朗声念道：

　　四人姓同名不同，夏官堂上阐哄哄。

一个道田单破阵，一个道董卓移官。

一个道廉颇刎颈，一个道孔明火攻。

骆秉章念完后，提示说："这'姓同名不同'的四人中，春秋时的一人，姓名为三字；汉时的两人，一个三字，一个四字；宋时的一人，三字。"

"这与'廉颇'有'刎颈'之交的，那就是蔺相如了。中丞大人，你说可对？"徐有壬试探地问道。

"那'田单破阵'，'董卓移官'，还有那'孔明火攻'呢？你且说出他们都叫'蔺什么'来！"骆秉章未从正面回答，反倒给他出了这样一个大难题。

"这个——"他用手轻轻地拍着脑门儿，眉头微蹙，看来颇费思索："这个着实把我难住了。我认罚，我认罚。"

侍立一旁的衙役，立即又拿过三个巨觥来，一字儿摆在了他的面前，斟得满满的。

"骆中丞，下官近日偶染风寒，烦疴未愈，不胜酒力。为表甘愿受罚之诚，满饮此觥，余下的三觥么——我讲个故事，给大家凑凑趣儿，看行不行？"

"钧卿兄，那要看你的故事有没有趣儿，能不能引逗众人捧腹大笑？"陶恩培臬司不依不饶地说道。

"好！"徐有壬双手举觥一饮而尽，然后翻转巨觥，使觥口朝下，表示滴酒未剩。在众人"好好"，"痛快"的吆喝赞扬声中，坐了下来，轻咳了两声，便讲了起来：

"其实这也是个'酒令'故事。名字叫'雅令相戏'。故事发生在明代万历年间，文章巨擘袁中郎，也就是袁宏道，他在浙江吴县当县令时，一天，有一位江右孝廉前来拜谒。其弟现为部郎，与袁中郎有年谊。于是置酒舟中款待他，并招长邑令江绿萝字盈科一道同饮。且偕往游山。舟行次岸，酒已半酣，客请主人发一觞令。中郎见船头置一水桶，便道：'要说一物，却影合一亲戚称谓并一官衔'。这就是说，这种觞令，要求每人先说一物，再用一句由官衔、亲戚称谓组成的句子，与前举之物暗相吻合，且要求意思贯通。合席轮说，不成则罚。众人皆称善。袁中郎于是指水桶说道：'此水桶非水桶，乃是木员（圆）外的箍箍（哥哥）。'盖谓孝廉为'部郎'——因'部'亦称'员外郎'——之兄也。中郎说过，轮到孝廉，孝廉见邻舟一舻公手持笤帚，便道：'此笤帚非笤帚，乃是竹编修的扫扫（嫂嫂）。'其时袁中郎之兄伯修即宗道、弟小修即中道，悉为翰林院'编修'。众人皆哂然称妙。绿萝属思间，见岸上有人捆束稻草，便脱口道来：'此稻草非稻草，乃是柴把总的束束（叔叔）。'江绿萝大概知悉孝廉原系军籍，有族子现为武弁即'把总'。于是三人相顾大笑。"徐有壬讲完自己便仰头大笑起来，但不料响应者寥寥，只绰有兄长宽厚之风的骆秉章，跟着"嘿嘿"笑了几声，也算是补补台，凑凑趣。

"钧卿兄的故事，虽文趣盎然，但未引发众人拊掌剧噱。何者？盖因未竟其事之故也。"不待徐有壬找人代饮，左宗棠便大声说道。

"没有的事，"徐有壬急忙分辩道："故事讲完了。"

"我问你，这则'雅令相戏'，你敢说不是出自国朝褚人获撰的《坚瓠集·补集》吗？"左宗棠目光峻厉，神情凛然，总给人一种先声夺人的非凡气概。加之他指出的出处无误，不由得徐有壬不领首称是。然后，左宗棠便用他那洪亮浑厚的嗓门儿，不由分说地讲起来："好，还是由我替你接着往下讲罢。舟中之人，一轮觞令行了下来，合席未罚。于是觞令又轮回袁中郎头上。袁中郎正在搜索枯肠，忽见系舟的岸上，两人抬着一抬轿子晃晃悠悠地走过来，旁边还跟着一个扈从。由于大雨初霁，地上坎坷不平，泥泞难行，加之前面那轿帘有些长，垂曳飘拂，怕沾泥水，那两个轿夫把个轿子抬得歪过来斜过去的——还好，那里面的缙绅，却未像我们樊镇台在永州阳明山那样摔出来，当然更没有鞭笞轿夫之举，只是在轿里厉声斥道：你们喝醉了不曾？把个轿子抬得歪七扭八的！把轿子抬正，把轿帘往轿里掖掖——看，都拖曳在泥水里了！袁中郎忽高声道：有了，此轿帘非轿帘，乃是正抬（镇台）的——"说到这"画龙点睛"之处，左宗棠似乎有意停顿下来，使得屏息静气听他讲述的众人，不禁一齐问道：

"什么？"

"掖——掖（爷爷）。"

左宗棠的话音一落，当即爆发出一阵大声，徐有壬这才明白左宗棠为什么要伴称《坚瓠集·补集》里的"雅令相戏"未讲完了，原来他是要"续貂"，这左季高才高八斗，文思如涌，睿智明哲，机锋犀利！真可谓是"貂尾"之"续"了，哈哈哈哈……

陶恩培是个胸有城府、颇有计谋的人，他知道骆秉章巡抚殷勤挽留樊燮的良苦用心。当左宗棠讲至什么"却未像我们樊镇台在永州阳明山坐轿"云云时，便曾在席下用膝盖轻轻地碰了碰左宗棠，提醒他不可恣意笑谑，免结仇隙。可眼下，当包括侍立一旁的衙役在内的众人，都笑得前俯后仰时，他也忍俊不禁，真的"捧腹大笑"起来。

樊燮当听到左宗棠说"樊镇台坐轿子""鞭笞轿夫之举"什么的时候，便有所惕厉，不料他左宗棠在面前虚晃一枪，最后趁你不备之际，却冷不丁从背后猛刺过来，真让你猝不及防……"左宗棠，你说清楚，谁是谁的爷爷？！"他憋在心头的由羞辱点燃的怒火，正要喷吼出来，不料却被骆中丞的呼喊打断——

"季高兄讲得太好了，太妙了！"骆秉章随着众人大笑后，忽大声呼喊一般地说："你们说，以军职品秩论，'镇台'不是'把总'的爷爷，是什么？我看称八辈祖爷爷差不多也够了——不信，我们掰着指头数数看，'把总'的上头是'千总'，'千总'的上头是'守备'，'守备'就是'把总'的爷爷辈了，再往上，都司、游击、参将、副将，一直到'总兵'即'镇台'。论以官秩，'镇台'是'把总'的六辈祖爷爷，季高兄，你说我们该不该让樊镇台痛饮这三巨觥?"

"照你这么一说，真是太应该了。"左宗棠爽快地应答道。

"好，我喝，我喝。"樊燮经骆秉章这么一说，气也先消下去一半，另一半憋在肚里，也无由发泄。自忖逢场作戏，得过且过。骆中丞既然如此抬举，我也不能不识趣儿。但对这有意羞辱我的左宗棠，我樊燮轻饶不了他! 当他把三巨觥酒牛饮之后，趔趄了一下身子，冲着左宗棠说："这三巨觥酒我遵骆中丞的觥命，替徐藩司喝了，可他那觥筹上的'四人姓同名不同'的觥谜，却要左师爷来替我猜。"

"好，樊镇台出征，左某愿为前驱——效力，但丑话说在前面，左某要是猜得出怎样? 猜不出又怎样?"

"这好办，两个字：'喝酒。'猜得出，我喝；猜不出，你喝——都是这么三巨觥。"三巨觥下肚，樊燮也一扫平日的猥亵之态，变得似乎豪爽起来。

"好，一言为定。"左宗棠一口允诺，说道："那'姓同名不同'的'四人'，便是：司马牛，春秋时人；司马迁、司马相如，汉时人；司马光，宋时人。中丞大人，请看觥筹的谜底对不对?"

不等骆秉章说话，樊燮抢着说："你得将这来龙去脉，有枝有叶地给我们摆弄明白，让我口服心服，我才喝酒。"

"田单以'火'破'牛'阵，或云破'火牛阵'，不叫'司马牛'叫甚? 只是那许多上好的黄牛鞭，白白让火吞噬了，没让我们嗜鞭贪饕的樊总兵得着，实在令人扼腕太息! '董卓移宫'，得一'迁'字，'廉颇刎颈'，舍'相如'其谁? '孔明火攻'，火借风势，风助火威，烧得它个'光'彻江天! 非'光'云何? 至于这'司马'之姓么? 出自'夏官'，君不闻，《周礼》载：周时设置六官，以司马'为夏官'，掌军政和军赋。唐武则天时，曾改兵部尚书为'夏官'，旋复旧称。若不置信，当着骆中丞和众人的面，拿《周礼》和《文献通考·职官六》来查验一下。樊镇台，左某所说，能让你看出青枝绿叶，能让你服气吗？"

"樊某心服口服。"

"那好，喝酒！"左宗棠大声喝道。

"我喝，我喝。"樊燮饮这三巨觥酒，既未站起来，也未用手端觥，而是趴桌面上，以唇衔觥口——来了个"长鲸汲水"。

觥内酒罄，他便头一歪，就势倒在他自己的胳膊上。嘴里仿佛含着核桃，叽里咕噜地说着什么。好像是说着"大丈夫一言，驷马难追"之类的话后，还叫嚷着"喝，喝，我没醉，我没醉！"不一会儿，便鼾声大作。

骆秉章正要示意大家散席，并让衙役搀扶樊燮到东厢房榻上歇息。左宗棠却叹惋地说："嘿，我准备的好酒好菜还没上席，就泥醉了，殊为可惜！"不料两个衙役过来，正拉起樊燮的手臂搭在自己的肩上，要扶他站起来时，他竟抽回手来，将衙役推搡了一把："谁说我醉了？告你们说我没醉。我还要喝酒，吃菜……"说完，他晃晃悠悠地坐下来，居然真的操起箸子去夹红烧牛鞭，当他把牛鞭刚刚放入嘴里，嚼了几下，刚刚下咽，头又歪倒在臂弯里，旋即打起呼噜来……

左宗棠用眼扫了一下樊燮，对着落座甫定的众人说："我为樊燮准备的酒菜，只要由诸位分享了。"

骆秉章办事，一向休休有容，谨言慎行。他既不愿得罪樊燮，当然更不愿连犯左宗棠。尤其是左宗棠刚耿清肃、疾恶如仇的脾性，是绝不会轻饶樊燮的，更不要说樊燮还在那里神气活现地吹嘘什么"将石逆一鼓荡平，宣召天威"的谵语狂言，更是火上浇油地激怒了左宗棠。席间虽是觥筹交错，猜谜行觞，但骆秉章却如芒刺在背、针毡在股一般！无一刻不临深履薄，提心吊胆。现在好了，樊燮这样泥醉昏睡过去，左宗棠再将他为樊燮治备的"酒菜"端出来，似乎倒也无关紧要了。

"一仍旧贯，我这里有两诗一联，各打一人。我且念了出来，大家猜猜。"左宗棠说罢，使用他那苍劲浑厚的嗓门儿，抑扬顿挫地吟了出来：

> 其一
> 营营青蝇，止于篱笆。
> 厄酒彘肩，啖而咽下。
> 其二
> 万竿风竹，笔下轩昂。
> 才能经邦，和理阴阳。
> 其三
> 桐城文魁暂隐姓，
> 南阳粗履且著名。

"其一打秦汉时一人两字，但取其姓；其二打国朝一人，姑用其名；其三亦打国朝一人，仍用其名。凑在一处，奇趣乃出。"左宗棠说完，便自斟自酌，任凭众人猜测评说，不再理。

"这三个倒是过耳即知。'厄酒彘肩，啖而咽下'，不是在鸿门宴上目眦尽裂，怒斥项王的樊哙，又是谁呢？至于'万竿风竹，笔下轩昂'的画竹圣手，倘在宋时，自有'胸有成竹'的文与可；在国朝，除却郑燮，还有谁能以草书中竖长撇法运笔，专写风竹，体貌疏朗，风格劲峭，器宇轩昂，而'竹'如其人呢？至于'桐城文魁暂隐姓'，仅取'桐城文魁'四字即可。以'桐城文派'而言，发凡起例，惟'方苞'乃可当之。刘大櫆、姚鼐等，虽为大家，俱绍箕裘。可我就不明白，季高兄自是衔华佩实的斫轮老手，从不以浮言虚藻为饰。而上述两诗一联，仅取其半，即可了然，其余另半，岂不是自养赘疣，徒添蛇足？"

"益之兄有所不知，此正季高之为季高也。"骆秉章素知陶恩培虽有轻才小慧，制艺虽工，但学向根底毕竟尚浅，未及津逮，自然难得个中奥妙。他便以倾心歆羡的口吻说道:"季高兄所作,实无一浮言虚字。先说'唉而咽下',即是'樊哙'之'哙'的诠解。《说文·口部》云:'哙,咽也。'此虽游戏文字,然深湛玄妙,一至于此!倘无'倚马草檄,刻烛赋诗'的捷才,殊不可得。至于诗联的另一半,岂可视为骈拇枝指?须知其一头联两句,乃是《诗经·小雅·青蝇》中'营营青蝇,止于樊'的巧妙置换。毛《传》训释:'樊,藩也。''藩'就是'篱笆'。而其二中的'和理阴阳',乃《尚书·周官》中的'燮理阴阳'所易。这义同词异所置换隐匿的两字,岂不正是——"骆秉章说至此处,忽然缄口不言,遂以食指蘸酒在桌上写出"樊燮"两字。

骆秉章不待露出惊讶神情的众人发出赞叹,便接茬说道:"这'南阳粗履'也是持之有故的,《说文·䑞部》对'苞'字的诠解:'苞'草也,南阳以为粗履。那么,将'方苞'的'方'字暂且隐去,单留一'苞'字,季高之意,也就'包寓'其中了。"

"左帅爷,到底'包寓'何意?"那个陈姓的盐运使,一脸狐疑,于这个中奥妙,尚未解悟。问道:"快说与我们听听!"

左宗棠仍自斟自酌,并不理会。还是陶恩培接过话茬道:"你难道没听说过国朝乾隆年间文章泰斗纪晓岚为巨贪国蠹和珅题匾的事吗?所题'竹苞'两字,乃'个个草——'……"见骆秉章向他频频摆手示意,他才噤住,也学骆秉章以指蘸酒,在桌上写了一个"包"字。然后他伸出两手,如搂便便巨腹,款款滑至胯下收束后,又抬手指了指正在酣睡的樊燮。他的这一滑稽动作,如巨石投水,溅起了轩然大波一般的欢快笑声,那陈姓的盐运使竟笑出了眼泪……

"怎么样?"左宗棠这才把觥问陶恩培道:"益之兄,这算不算'捧腹大笑'?"

"怎么样,怎么样!"不料樊燮竟颤巍巍地站起来,指着左宗棠怒吼:"你你,你姓左的小心点。……我,我樊某跟你没完!"樊燮说着,便用双手紧把着这杯盘狼藉的筵席边沿,试图猛力掀翻它。

"大胆樊燮,"左宗棠一个箭步抢至樊燮面前,一手按着桌面,一手揪着他的新簇簇的补服脖领,吼道:"你想翻天不成!"

左宗棠轻轻一搡,樊燮跌跌撞撞地向后趔趄了几步,被他扈从的亲兵扶架住,尚未摔倒。可那顶镂金嵌珠的花翎顶戴,却甩出去一丈多远,落在了地上。

这便是造成震动朝野的"樊燮事件"的肇端。不料这戏谑之间酿成的祸胎,最后使樊燮丢掉了他那武二品的花翎顶戴;而左宗棠却招致龙颜震怒的"杀身之祸"——险些丢掉了他的脑袋……

三、左宗棠拜谒古隆中,"今亮"缅怀"古亮"

朔风呼啸,裹挟着漫天飞舞的霏霏雪霰,如同一簇簇白羽箭镞,倏地射向左宗棠他那骨棱棱的宽大脸庞上,骨节粗大的手上和棉袍布履上,发出极细微的沙沙声;脸上的雪霰被体温融化后,像数条涓涓小溪,热气蒸腾地从脸上、髭须上滴落下来,将积有薄薄一层雪霰的棉袍前襟,又濡湿了一片……

左宗棠用手在脸上抹了一把,抖了抖身上的雪霰,然后将手反剪在身后,在这雪霰弥漫的襄阳城楼上,浑然不觉地踱着方步,观赏着眼前这琼楼玉宇一般的银白世界。

襄阳城西南里许,有一条蜿蜒的檀溪,现在已被冰封雪盖,银装素裹。相传当年刘备屯驻在左边的樊池,刘表请刘备赴宴,蒯越、蔡瑁欲趁机捕获刘备。刘备得闻风声后,不辞而别,潜迹急遁。不料走渡这襄阳檀溪时,一场暴雨,竟使眼前的檀溪,变成了一条滚滚滔滔的河流,阻隔了他的去路,不料他的坐骑的卢马,昂首振鬣,一声嘶鸣,蓦地一纵,刘备伏在马背如同腾云一般,将三丈余阔的檀溪甩在了身后……

"马作的卢飞快,弓如霹雳弦惊。"左宗棠低声吟哦着辛弃疾的《破阵子》："了却君王天下事，赢得生前身后名。可怜白发生！"

左宗棠无限感慨地想道，我左宗棠年届半百，秋霜侵鬓，矻矻戎幕，已逾六载，不但未"赢得生前身后名"，反被君王目为"劣幕"，敕令严加缉查，若无挽狂澜者出，将有性命之虞啊！

他放眼远眺，霏霏雪霰中，仍能隐隐约约地看见一线隆中山峰峦耸峙的淡淡山影。这便是诸葛亮隐居于此的卧龙岗了。当年刘备曾率关羽和张飞"三顾茅庐"。左宗棠甫抵襄阳，翌日便去瞻仰了诸葛亮的隆中故里。其时虽是春寒料峭的三月，但卧龙岗翠微入目，青葱喜人。入山处耸立一石坊，横书"古隆中"三个大字，雄肆遒劲。左近另有孔明庙一座，庙宇虽不甚轩昂，却有一派森森肃穆之气，令人敬仰。内祀诸葛孔明塑像，旁殿并列一些石碑，以志孔明一生功业，惜略有剥蚀，字迹漫漶。此处还有"三顾堂"，堂内庭院雅静，无不款款有致。山中还有"草庵碑""淡泊亭""抱膝亭"等胜迹……

诸葛孔明辞世之时，时年五十有四，已成就了名垂千古的伟业奇勋！从刘备后，大败曹操于赤壁，收复江南及平定成都后，策为丞相。刘皇叔驾崩，受遗诏辅弼后主。建兴初年，封武乡侯，领益州牧。志在攻魏以复中原，东和孙权，南平孟获；而后出师北伐，六出祁山，与魏相攻战者累年。后以疾卒军中，谥以"忠武"。真乃"鞠躬尽瘁，死而后已"。孔明长于巧思，损益连弩，作木牛流马，推演八阵图，咸得精要，目为神人。卒后有《诸葛武侯集》遗世。其煌煌伟业，赫赫武功，谁能踵其武而望其尘？是啊，我左宗棠是要立志传承箕裘，建勋立业于当世，青史垂名于千秋。年过及笄即以"今亮"自谓，交好友朋也皆以"今亮"相期许；岁月荏苒，马齿徒增，我则改称"老亮"，相知戚友复以"老亮"相称誉。愧疚啊，委实愧疚！忽忽已届半百，衰年将至。纵然腹笥经纶，胸富韬略；而寸功未立，片言未建，壮志未酬，德性未彰——扪心而言，在与太平军的攻战挞伐之中，不是未建过功业，未出过奇谋，也可谓是武能克定祸乱，文能经纬三湘啊！但良策勋业都赫然在目地书在了张亮基的名下，骆秉章的名下，甚至是官文的名下。而我左宗棠的名下只是触目惊心地写下了黑墩墩的"劣幕"两个大字——竟成了一个"南冠楚囚"！彼苍者天，何其有极！

前此，在京师的王闿运听到左宗棠横遭构陷的事后，曾驰函慰藉：

  去岁闻贝锦之词，深为执事不平。然此不足以累执事也。功高为人所忌，铄金销骨，自古有之；谤书盈箧，乐羊所以流涕也！然策安三楚，勋赞一匡，有识者心服执事之算略，则固异口同词矣！度忿游词之相蔑，必拂衣还山，绝口不谈世事，以自明其高蹈，但此乃浅之为；丈夫非望达节之士也。若柏心则愿执事行就胡、曾二公军中为赞画兵谋，以成其灭贼之本怀。俟拔取健康，槛献元凶，然后角巾归里，长揖不受赏，使海内闻之，以为少伯、留侯复见于今，岂非英豪壮志，奇杰美谈乎。与夫悻悻去国者，不可同日语矣！

难得闿运兄的一片盛情美意，可谓是宗棠的知己，然而，饱汉岂知饿汉饥啊！现在哪里是谈"角巾归里，长揖不受赏"，或者什么"少伯、留侯复见于今"的时候啊！时乖命蹇，危在旦夕。窃自忖度，此时的山北山南，网罗密布，即使匿影深山，亦将为金丸所拟。士固不可再辱死于小人，未若死于盗贼之快。倘就涤老及麾下，作一营官自效，战而胜固稍伸讨贼之志；否则策马冲锋，亦可泄吾胸中恶气也！

左宗棠真想将郁结充塞在胸间的无穷愤懑作一声霹雳怒吼，喷吐倾泻出来，化成这纷纷扬扬的漫天大雪，填满人世间这沟沟壑壑的巨大"不平"……

甚堪欣慰的则是，我左宗棠混迹尘世，颇有几个推心置腹、披肝沥胆的戚友，仍是左顾存恤、情同手足。胡林翼便是这中间，可以生死相托的一位有智有谋的戚友。

左宗棠是后来才得知内情的:载有咸丰帝"(左宗棠)若果有不法情事,可就地正法"朱批的官文奏折,传递回武昌督府后,备受宠爱的六姨太从官文那里得悉后,她知道左宗棠与巡抚大人胡林翼的姻亲关系,便悄悄地将咸丰帝的朱批告诉了胡林翼的夫人陶静娟。静娟夫人一听便急了,便哭泣着要胡林翼急忙设法搭救。

胡林翼当即差人到长沙给左宗棠捎信,讲明事情原委的来龙去脉及其情势的急迫和严重,并嘱在此期间定要谨言慎行,千万不要惹出别的麻烦来,以致无法挽回。

左宗棠接读胡林翼的亲笔信后,气得咆哮如雷,定要即刻起启去武昌找官文与樊燮当面对质、直言辩诬。骆秉章晓以利害、苦苦劝阻,才未能成行。可过了两日,左宗棠又向骆秉章递交了蠲除戎幕之职的辞呈。对骆秉章恳切地说:"弟性刚才拙,与世多忤,近为官相所中伤。幸所坐之事,容易明白;而当轴诸公,尚有能知之亮之者,或可不预世网,然亦险矣!自忝草野书生,毫无实用,连年因桑梓之故,为扳发缨冠之举,忘其愚贱。一意孤行,又复过蒙优奖,名过其实。其遭此谤焰,固早在意中。特借此欲脱离戎幕之席,非敢再希进取,以辱朝廷而羞当世之士也。"骆秉章雅谊殷殷,再三挽留。但左宗棠去意已决,骆秉章只好准其所请。

当骆秉章问及左宗棠今后将何去何从,左宗棠答以赴京参加明春的礼闱。骆秉章无言以对,知道左宗棠牢骚满腹、义愤填膺,赴京春闱,只不过是一个托词罢了。也不便说破,遂厚赠川资,黯然伤神,依依作别。临别时,左宗棠又交给骆秉章一纸。

骆秉章展开一看,原来是刘蓉写给左宗棠的一封回函。字虽不多,但情真意切:

> 兄佐幕数年,功在桑梓,虽议论繁兴,公论要不可灭。函谕及时引退,欲使不孝承其乏,不惟识暗才疏,罔达时务,徒累知人之明,

亦惧斫情夺礼,轻冒不韪。

显然这是左宗棠在辞行前,曾荐刘蓉以自代。骆秉章紧紧执着左宗棠的手,将他送至抚府大门外时,禁不住潸然落泪。左宗棠也陷入了对于居幕期间的深深缅怀之中……

四、左宗棠的"炮筒子"脾气,放炮拜发军报奏折和他创制的劈山炮

有一天,骆秉章到左宗棠的居室里来议事,谈得甚为款洽。这时骆秉章便从容地对左宗棠说:"抚署佐杂班的某某,到省垣已颇有时日,听说仍在赋闲,似宜酌派一差使。"

骆秉章说完后,便注视着左宗棠的反响。左宗棠默然不语。半晌未说一句话。

骆秉章有爱妾某氏。妾弟某随入湘中,曾捐得一个佐杂候补的虚职,但赋闲日久,亦不得实差。其姊代求骆秉章赏派差使,骆秉章面有难色,说:"此等事平日概由左师爷主持,我未便向他启齿。"妾屡屡哀求,哭诉不已。骆秉章出于无奈,便允诺道:"姑寻一个左师爷高兴的时候,伺机说说这事才行。"

骆秉章沉吟片刻,不得不实话相告:"实不相瞒,此人是小妾之弟。小妾向我聒耳已久矣。我之所以迟至今日方向季高先生言及,是因我已打听到此人确有辁才小慧,品行端方,办事亦颇知谨慎。避嫌之故,何独招弃而向隅?"

左宗棠闻后莞尔而笑:"我今日甚高兴,何不饮我以酒?"

骆秉章忙呼衙役,欣然命其取酒来。俟酒取来后,骆秉章便亲为左宗棠斟酒。左宗棠待骆秉章斟了满满的一杯酒后,端起来二话没说,一饮而尽;骆秉章再斟,左宗棠再饮;三斟三饮。

左宗棠喝完第三杯酒后，向骆秉章躬身长揖道："喝过三杯离别酒，左某从此告别矣。"左宗棠说罢便呼家人收拾行装，准备辞行。

骆秉章一见，大为骇愕，诧异问道："这是为何？"

左宗棠直言坦告："明人不烦细说。意见偶然不合便当割席。君子绝交，不出恶声，何必多言？"

骆秉章顿悟刚才失言，脸上露出尴尬的微笑，致歉地说道："秉章方才所言，均作罢论，季高先生切莫以此萦怀。秉章倾心相任，从善如流，此心可质天日。万勿因一时误会，便萌去志。以后一切，全仰仗季高先生主持，骆某再不加干涉矣。"说完，急呼衙役安顿左宗棠的行李，洗盏更酌，恳切说道："我再与季高先生畅饮数杯！"

左宗棠见骆秉章如此真诚地悔悟，便肃然相对，感慨致辞道："中丞大人，请问，今夕是何夕？今日乃大乱初兴，戎马倥偬。倘是想维系人心，整顿吏治，实当务之急。若是在用人任事上，略一徇私，便会顿失人心，贻误大局。左某诚知佐杂班中的如夫人之令昆，实小有才干，且知谨慎办事，未尝不可予以差委。然毕竟要请中丞三思而后行。若能饬他离省别就，最为妥帖；尚在湘省，便只能屈置。万一因派差之故，使官场同僚之中，疑惑中丞因专房之宠而施以差委，疑虑左某因徇中丞之请而货缘攀附，为自己谋位置。此等恶声一播，则群小奔竞，志士灰心，以后恐无一事可为矣！此即左某之所以告别的缘由，乃不忍心在此，亲眼看见中丞的隆盛功德毁于一旦也。"

骆秉章听后感慨良深，竭诚拜服道："左公真益我哉，骆某谨受教矣。"

"中丞大人，莫要以我左某直来直去的'炮筒子'脾气见怪才好！"左宗棠略致歉意地说道。

"季高先生这是说哪里话？"骆秉章喟然感叹道："此乃'与君一席话，胜读十年书'啊！"

从此之后，在湖南抚署中，便形成了一条不成文的规矩：凡是左宗棠倡言的，骆秉章无不翕然而从；凡是左宗棠决然不准的，骆秉章亦断无贸然允诺的道理。

就在骆秉章为自己的小妾之弟求情的事后不久，长沙城发生了一起杀人案。

常某是长沙城内的缙绅，声望素著。但其子却终日游冶，佻挞成性。后因与人争夺一美貌歌伎，遂起杀人之衅。

此缙绅之子被拘于督抚衙门，论律自当抵命，可其父四处托人求告，声言膝下仅此一子，恳求留此嗣息，以续香烟，并遍贿抚署的文臣武僚，意欲赎其子一命。而被害家里则不依不饶，杀人偿命，自古如此。

左宗棠一听说此事，便嘱咐刑狱师爷说："自古而今，只有杀人者偿命，未闻独子杀人可以银钱救赎者。不杀，还知大清律令的威重吗？"

那缙绅最后终于亲自登门，向巡抚骆秉章觍颜求情，并提出只要不杀其"不肖犬子"，他愿向抚署捐助巨额款项，以助军饷。

捐款助饷，对于抚署来说，显系求之而不得的大好之事。加之现在局势危殆，军饷匮乏，真若大旱之望云霓一般。可骆秉章一转念，此事断不可贸然承诺。便对那髯须萧然的缙绅温婉地说道："老先生可否将此种舐犊深情，说与季高先生听听。"

常姓缙绅素知左宗棠生性耿直狂狷，是个一点即着的"炮筒子"脾气。故不敢径去拜谒求情，便托了一个抚署中资深的官员刘某前去找左宗棠，表示常某甘愿捐助巨额军饷，恳乞左师爷通融，俾其"不肖之子"得免一死。

左宗棠一听，冷笑了两声，然后正色亢言地说："古今律令，向以'杀人偿命'为不易之铁律，岂有以钱赎命者？《管子·版法》云：'正法直度，罪杀不赦，杀戮必信，民畏而惧。'你说，我左宗棠能置这千年铁律于不顾，而贸然改易乎？"

那刘姓官员只好默然而退。

不久，常姓缙绅的独子，经鞫劾无误，绑赴法场，即行典刑。常姓独子伏法后，长沙城内街谈巷议，众口皆碑。使骆秉章博得了铁面无私、执法如山的美誉。一时间，城内秩序井然，百姓安居乐业；食货富穰，市廛繁茂。

通过此事，骆秉章对左宗棠倚畀更重，不仅言听计从，简直到了一切军政要务，听凭处治的信任程度。

其后，还发生了这样的令人难以置信的事件。

有一天，又一次巡抚衙门的辕门外，突然响起了轰然鸣响的炮声，骆秉章惊骇地问道：

"哪里在放炮？"

"辕门外。"

"做么事？"

"左师爷在拜发军报折子。"

"哦。"他听完，默默地点了点头，然后对答话的衙役吩咐道："把拜发的军报折稿拿过来，让我寓目一下。"

"那赶紧把军报折子追回来罢，料他并未走远。"那衙役似未明白骆秉章的意思，忙问道。

"不，只需将奏折草稿拿来我看看即可。"

按照大清典章的规定，拜发军报奏折是件极其隆重的事情，一般均由巡抚躬自主持。可左宗棠拜发的军报折子，连巡抚骆秉章看都未看一眼，就放炮拜发了。骆秉章对左宗棠的倚重之深、信任之坚，可谓到了令人难以置信的地步。

其时，在骆秉章的幕府中颇有几位湘楚才彦，如郭嵩焘、丁善庆、黄冕等，左宗棠常与他们在一起，或则臧否人物，言及枢垣衮衮诸公；或则运筹帷幄，挥斥胸中百万雄兵；或则敲诗曳韵，贯注全神于引商刻羽……每当这时，骆秉章坐在一旁，莞尔捻须静心倾听；当他们每有精辟独到见解时，往往会由衷地表示嘉许赞叹。

但抚署中有的官员则看不惯，心生嫉妒，飞短流长地说出些是是非非的话来，发泄他们心中的嫉恨：

"在湖南抚署，是幕友擅权，捐班寄重。"

骆秉章听说这话之后，十分锐敏地觉察到，这是抚署僚员中对于他用贤任能的一种嫉妒情绪的发泄。这种嫉贤妒能的情绪，很有可能影响左宗棠的去留。便当即把抚署的文武官员召集起来，诚恳地晓之以理、动之以情地说：

"我听有人说在湖南抚署中，是'幕友擅权，捐班寄重'。首先我要告诉大家的是，善掌圣君贤臣，向来都是用贤任能，唯才是举。《礼记》里说的'好贤如《缁衣》，恶恶如《巷伯》'，管子曾说：'见贤不能让，不可与尊位。'《左传》有云：'使能，国之利也。'《尚书》亦云：'推贤让能，庶官乃和。'古之圣贤箴训说得如此明白，身为朝廷命官，其可忘却怠忽？加之现在'长毛作乱'，国家正值用人之秋，就更当如此。贤达之人，难免亦有短处，古人也早有明训：'任人之长，不强其短；任人之工，不能其拙。'我们岂能以一面之词，哓哓置喙耶？本抚于此重申，用贤任能，唯才是举，不以科甲、捐班分轩轾。……"

骆秉章巡抚这一番推心置腹的诚恳话语，温暖和滋润着左宗棠、黄冕等幕僚的心田，使得他们更加勇于任事，开拓进取。

咸丰四年，湖南在左宗棠的倡言下，设立了船炮局，由丁善庆、黄冕等具体操办，左宗棠主持其事。黄冕由此得到了实践的磨砺，成为有清一代的造炮专家。

左宗棠不仅主持船炮局的财政要务，而且躬自参与实践。他自行设计了一种威力强大的"劈山炮"，改用铸铁制造。炮身凡五尺，外形颇类大抬炮，一次能装半斤弹药，射程能达五里以外。

此劈山炮试炮成功之后，在每艘舢板左右各安装一门，可俯可仰、可前可后，根据射击的目标可自由调节俯仰、远近的程度，十分便捷、灵活；

这在当时,确乎算是颇具威慑力的利器了。

湖北帮办团练大臣曾国藩得悉后,便差人将劈山炮运至湘军驻防的前线,发挥了别的火器不可替代的巨大作用。曾国藩对此劈山炮大加赞扬。认为它是水陆两用的具有重大杀伤力和使用灵便的重要利器。

在曾国藩的郑重建议下,湖南船炮厂全体工匠夜以继日地赶造,终于连续生产了近千门这种劈山炮。除装备了湘军、湖南的绿营军之外,还作为重要的辎重,支援了外省,使它在抗击太平军的战场,发挥了巨大的作用。

骆秉章为了庆贺劈山炮的试制成功,特备了数桌盛筵,除湖南巡抚的文武官员外,还邀请了湘军的重要领将前来赴宴。

在这次庆贺的盛筵上,骆秉章抑制不住内心的感荷之情,向抚署的文武官员和湘将领朗声说道:

"今天高朋满座,人才济济。实在是我湘省兴旺发达之征兆。岳麓书院山门的门联撰得好哇!'唯楚有材,以是为最。'正因我湘楚有了众多的龙盘凤逸之材,才使得我们湖南这个不大的省份,在保境卫民,抗击长毛的诸次战斗中,建立了殊勋伟业。几年来,我们湖南可谓是'内靖四境,外援五省'——粤、桂、贵、鄂、赣等五省,都得到我们湖南湘军的援助。除此之外,我们湖南不但为他们诸省筹饷,而且辎重及军械、船炮均由湖南供应。唯其如此,我们支援了毗邻的五省,同时也为我们湘省带来了'内清四境'的平靖局面……"

说到此处,骆秉章略微停顿了一下,以引起众人的格外关注和凝神谛听。他用眼扫视了一下在座的大家,提高声音说道:"湖南'内靖四境,外援五省',这主要是谁的功劳呢?不少人一定会说,这一定是你巡抚骆某人的功劳了。这话说得不对——我骆秉章在各位同僚的扶持赞襄下,也不能说寸功未立,片劳未建。但主要的功劳都是在座的文武官员和湘军的涤生侍郎和诸将领们。这里我还要特别地提一个人——他就是这劈山炮的创制者左季高先生。左季高先生在'内靖四境，外援五省'的卓著功勋，是令人瞩目的，是难以磨灭的……"

骆秉章见众文武皆屏息静气地听自己的讲话，便想列举几件具体的事例说说，以达到激浊扬清、励精图治的功用。他继续侃侃而谈：

"就拿前些时来说吧，湖南又罹寇乱，民物凋耗。北境岳州之寇直逼崇通，时有不虞；寇复上犯南牢，郴州、桂阳地接广东的连县、韶关地区，永州、宝县地接广西全州、桂林所在。土寇蜂起，日夕图北。妄图与北边的金陵寇相汇合，与腹地土匪相呼应。值此之时，湖南良将精卒，已悉从大军东征，其饷粮、船炮、军械，皆仰给于湖南。在此紧要关头，季高先生弼佐骆某，内谋守御，外筹军谋；核实并劾奏失守镇道以下十八人与属吏的罢黜更替。与之同时，檄湘勇五百人防广西寇贼，调度游击周云耀军屯兵江华，复檄李辅朝率楚勇九百人防广东悍寇。时值知府王葆生南勇屯聚于宜章，故季高先生征得我的赞同，草拟奏折，留胡公林翼屯军岳州，独当北路。这才形成了'内靖四境，外援五省'的肃靖局面。也才有了我们设绅局于会城，专事制造船炮并取得今日之成果……"

"中丞大人谬奖了。左某生性愚鲁耿介，平素与诸公同事，多有得罪。"左宗棠忽然站出来，拱手昂然高声说道："若不是中丞大人虚怀若谷，胸纳百川，俾龙蟠凤逸之士竞相趋附，焉有今日之局面？此外，涤生侍郎统领之湘军，披坚执锐，首当悍贼之锋镝，艰苦卓绝、浴血奋战，厥功乃伟。另有一人，奋发惕厉，南征北战，功不可没。此人即王鑫，今年七月，广西灌阳匪寇围道州，知州冯昆竭力扼守。王鑫自江华与周云驰军汇合，疾驰而至，与贼鏖战城下，寇败而遁，复袭江华，王鑫闻知后，先取间道入城，乘贼不备，开城突袭，贼大败后，逃窜至栗木屯一带与灌阳余寇相纠合，复扰零陵。十月，王鑫越境入桂，大破栗木土寇，焚其贼巢。江华之逸寇，复纠连州寇，攻宁远城。众至万人，穰穰垓垓，气焰嚣炽，势若难遏。王鑫闻警，星夜驰赴，如风发飚至，寇颇惊骇，王鑫奋槊跃马，距险纵击，杀至城下,毙寇二千人,生擒四百有余。湘南甫定,广东寇大举进犯,与蓝山败寇相聚合,其势尤盛。王鑫与周军复由宁远驰剿,正值江忠济自庐州归,亟檄招募楚勇千五百人,奔袭合围,败寇逃逸。江军追余寇至嘉禾,贼复窜聚宁远。十一月,王鑫追堵宁远之贼,迭破悍贼,搜斩无遗,南境略清……"

"季高先生快不要说了。再说,愧煞王鑫矣!"王鑫接着话茬词情恳切地说:"鑫自岳州败归后,本应在劾奏罢黜之列。不但未遭严纠,中丞大人和季高先生反独慰勉。季高先生之殷勤告诫,虽骨肉无以复加。嗣后又四奉手书,语语从至性出,而入人心坎。鑫何幸而得紫自己乎?自败归获戾以来,每念深负君国,又深诸友、诸勇殉难之惨,肝肠寸断。忽忽焉不知生之可乐,而死之可悲矣。但既蒙中丞生死肉骨之恩,并施之于宽政。故鑫得以未戮之躯,以图赎报而已。鑫心非木石,讵敢自爱其身乎?倘改《诗·邶风》:'我躬不阅,遑恤我"功"?'我身尚不能自容,何暇忧及我的什么功劳啊?这是我的心里话,祈中丞大人、季高先生和诸公鉴察焉。"

"好一个'我躬不阅,遑恤我"功"'?"骆秉章意兴遄飞,举着酒杯,大声说道:"王鑫为罗罗山的高足,不但久历兵事,屡建奇功;而且究心理学,颇有心得。今天看来,还于文采词翰,心存灵通。将《诗·邶风》中的'我躬不阅,遑恤我后'改易一字。用以表述他此时此刻之忠勇诚恳之心情意绪,实在是传神之至!让我们同心勠力,荡平发逆。不仅要建'功'于千秋,还要贻'后'以荫庇。让我们借季高先生创制的这'劈山炮',作为我们劈轰发逆的胜利征兆,平靖粤匪,建'功'荫'后'而满饮此杯吧!"

"平靖粤匪,建'功'荫'后',满饮此杯!"抚署及湘军文武官员皆高举酒杯,齐声应和,洪亮的声音在抚署的西花厅久久回荡……

左宗棠终于怀着依依难舍挚拳眷念的心情离开了省城长沙,暂回湘阴小住了几日,便别了悲泣不已的诒端夫人,和因招构陷而急得火攻心、辗转病榻的稚子孝同。冒着凛冽朔风和漫天阴霾，乘船北上，来到了湖北的襄阳。

其实，在左宗棠的心中，萌发了一个石破天惊的想法：这便是凭借着明春礼闱这个契机，侥幸得中进士，便在圣上亲临殿试时，他左宗棠将直面圣上，禀陈樊燮货缘制军官文，有恃无恐，为非作歹，贪贿无艺，颟顸无能的一切。纵然触迕龙鳞，冒犯天威，因之身获缧绁，死于非命；我也要鲠言直议，无所回隐。就是要让世人万口藉藉，詈骂奸佞。目我左宗棠是个堂堂正正、铁骨铮铮的伟丈夫；绝不是那种蝇营狗苟、觍颜人世的庸常之辈。

然而，左宗棠也清醒地认识到，科场风云，变幻莫测。上次春闱，不是因湖北名额尚缺，将本来要中进士的他左宗棠又废黜了吗？世事难料啊！穷蹙之时，委实叫左宗棠左支右绌，进退维谷！

左宗棠俯视着远处在雪霰中隐约可辨的檀溪想道，难道这冥冥间，世事果有定数么？的卢一跃，檀溪可越；刘备安然无恙，蒯、蔡徒唤奈何！那么，天高地迥，人海茫茫，谁是挽狂澜者，来解救我左宗棠脱此困蹇舛呢？！

正在这时，仆人送来一封湖北巡抚胡林翼的急信，信中言及皇上深恐官文所奏不实，特派都察院湖广道监察御史富阿吉来湘查访后，据实奏疏。富阿吉近日即由京杭运河南下。胡林翼已派心腹家人胡汉等溯运河而上，迎候钦差富阿吉。急信末尾最后圈点的两句话是：

倘钦差富阿吉入吾彀中，事尚可为。切盼吾兄勿赴京师春闱。京师诸事，已嘱托嵩焘和闿运两兄，极力斡旋。万望吾兄少安勿躁，泰然处之，切勿别滋事端。如暂无栖身之所，可趋避宿松涤丈处，亦可至英山晤仆，静俟转机，是为至嘱。

"嗳"！此事倘"入吾彀中"，又会出现怎样的"转机"呢？除非像润芝兄能劈山炮那样，朝着钦差轰它一炮不可！这显然是件"难于上青天"的事情。

五、钦差双手捧着代拟的奏折，惶惑万分地递给了胡林翼

胡林翼亲热地执着富阿吉的手，寒暄着踱下船后，便用绿呢八抬大轿送到了巡抚衙门，胡林翼亲为之设盛宴洗尘。

酒过三巡，胡林翼笑吟吟地盯着富阿吉说："国朝康熙年间，朱彝尊即锡鬯先生，写过一首《送赵主事榷关扬州》的诗，不知钦差读过没有？"

"这个……这个诗，是写什么的？"富阿吉顿时语塞，支吾其词："下官学疏才浅，一时不复记忆。"

"是写'钦差'的呀，"胡林翼故作惊讶："怎么，钦差大人，竟未读写'钦差'的诗，实为憾事。"

"下官愿聆润帅教诲……"富阿吉感到胡林翼好像话里有话，讥诮之意，溢于言表。遂想到这一路纸醉金迷、色香肉艳的绮丽风光，以及船到武昌之后，许老板刚上岸不久，胡林翼巡抚便亲来船上迎迓，此中定有蹊跷，不觉心里有些发虚："嗳，嗳，下官洗耳恭听。"

"锡鬯先生的诗句是：'持节自来星使重。'明朝有个叫唐顺之的诗人，也有'天威临下国，星使入明光'之句。"胡林翼瞥了富阿吉一眼，侃侃而谈："钦差大人想必知悉，古时认为天节八星主使臣事，因称帝王的使者为'星使'。'星使'者，天也；'帝王'者，行'天命'也。'星使'者，代帝王行'天命'而昭'天威'也。故是至高无上，一言九鼎的。只是不知星使此番来楚，所宣是何'天命'？"

"润帅言重了，下官只是受圣上差遣，勘查钦案——俟'劣幕'左宗棠不法情事一旦坐实，即付典刑。"富阿吉一听是胡林翼说的一番恭维话，放下心来，拿出了钦差的派头。

"星使秉公执法,宣昭天威,可敬,可敬!"胡林翼一边举杯侑酒,一边说道:"敢问星使熟知左宗棠其人否?"

"彼为'劣幕',劣迹昭彰,"富阿吉趋避唯恐不及地说:"下官何曾相识,何处知晓?"

"不瞒星使,林翼与左宗棠同乡,对其人之才德略知一二。"

"啊,"富阿吉颇感意外,以惊诧的目光盯着胡林翼,似乎在说"难道你巡抚大人与'劣幕'左宗棠有什么纠葛?"旋即又恢复常态,摆出了一副勘查实情的架势:"那请胡润帅说说,是非曲直,下官自当秉公而断。"

"要知道,三湘士子,稍通文墨,略涉国事者,莫不知左宗棠乃当今卧龙岗之诸葛孔明——"

"啊!有这等事吗?"富阿吉的惊讶中露出了不快乃至鄙夷的神色:"这倒是下官闻所未闻的奇闻。"

"然这却是湖湘尽人皆知的'奇闻'。"胡林翼神色坦荡、声气清朗地说:"左宗棠以一介寒儒,侧身戎幕,呕心沥血,矻矻穷年者,已阅六载。值此凶锋四起,兵燹遍地之时,三湘黎庶,免遭涂毒者,固仗骆中丞镇抚之功,实亦赖左宗棠赞襄之力。远的事情且不说,就前不久伪翼王石达开窜扰宝庆府,以破竹之势,汹汹而来,猝不及防,湘省震惊!正是左宗棠挺身而出,紧急调集省内绿营、团练,勠力同心,殊死拼搏,使宝庆府得以保全,继而出奇兵以破敌。救黎民于水火,解百姓于倒悬……"

"哦,照胡润帅如此说来,左宗棠还真是个奇才呢!"富阿吉生长簪缨世族,耽于声色,对于文韬武略,了无兴趣。只是觉得胡林翼好像有意偏袒左宗棠。心中略有不快:"那为何又被制军劾为'劣幕'呢?"

"星使有所不知,"胡林翼给富阿吉亲斟上酒,举杯浅酌了一口,极诚恳地说:"这是因左宗棠生性清刚耿介,疾恶如仇;又不屑于韬光养晦,同尘和光,故于宵小之徒多结怨府。永州镇总兵庸碌顽劣,贪贿无艺,不理军务,专事贪缘。左宗棠对他的嘲讽呵责,实含针砭警策之意;寄寓于行觞猜枚之中，纵情乎戏谑滑稽其里，绝非藐视小觑朝廷命官。诚盼星使为国家社稷保全人才计，在圣上面前，多多替左宗棠说项才是呀！"

"是呀，'平生不解藏人善，到处逢人说项斯'。我富某纵然想当'逢人说项'的杨敬之，但那要看左宗棠，到底是不是'项斯'了。倘是乏'善'可述，其奈若何？！故下官秉承上谕，勘查钦案，务期水落石出，才好秉公断谳。"

"秉公断谳，以报宸眷，这自是为臣之道。但目下众说纷纭，莫衷一是；一叶障目，难窥岱宗。加之星使义不谙内情，要做到秉公而断，委实是难呐！"

"那如何才能做到秉公而断，"富阿吉操着象牙箸夹了一筷鲜嫩的鲈鱼肉，放到嘴里，边嚼边举双手略约一拱："还要恭请胡中丞明示！"

"卑职不敢，"胡林翼压低声音说道："依鄙见，星使当危存爱才之忱，才能后执秉公之忠。"

"听中丞的意思莫非是——"富阿吉不觉警竦起来："要我富某袒护左宗棠不成？"

"若要星使行袒护之私，何用如此詹詹炎炎、喋喋不休者为？实因星使握有生杀予夺之柄，当为圣上惜才耳！当今天下，纷纷扰扰，凶锋逞势，妖氛弥野，得一轻才，尚且不易，何况支撑大局之雄才？倘若忍加摧残，听任斫丧，实非国家社稷之麻，黎民百姓之福哇！"胡林翼瞥了富阿吉一眼，略一沉吟，凑近富阿吉道："星使倘能理解卑职所陈苦衷，便祈于武昌暂驻，废止湘行，下官已不揣简陋，妄代星使拟好奏稿，以谔谔直言，为左宗棠辩诬，星使可在武昌抚府拜发后，再返斾归京。"

"卑职拜奉圣命而来，若不躬赴湘省勘核查办，岂非欺罔朝廷，瞒骗乘舆？此等弥天大罪，卑职何敢承受？况夫左宗棠之要案，已立于都察院，有案可稽，卑职岂敢凭中丞一面之词，偏听偏信而贸然定谳？中丞大人方才这番言语——恕卑职直言，既有称诱左宗棠之嫌，又有构陷卑职之疑！思之再三，断然不敢从命。"

富阿吉说着便站了起来，有悻然离去之意。

"且慢，看来星使是断然不肯吃'敬酒'了，"胡林翼轻喝了一声，冷冷地说道，"那就只好奉以'罚酒'了。来人——"

衙役闻声而至，早把另一份奏折递在了胡林翼的手中，胡林翼当即"啪"地一下甩在了富阿吉的面前："恭乞星使寓目，首先躬自勘查一番，看看有无诬告不实之词？"

富阿吉闻言，颇有些惊诧莫名。待他将奏折从桌上取来一看，竟然大惊失色，面如灰土！冷汗涔涔，禁不住浑身上下如同筛糠一般地颤抖起来……

这份奏折中，以无可辩驳的详赅事实，揭发富阿吉自出京师以来，如何沿途骚扰，作威作福，奸淫民女，耽于美色，敲诈商贾，恬不知耻，延宕时日，悖违圣命等等罪状，桩桩件件，昭然若揭。证据确凿，不容置辩！富阿吉乃一纨绔子弟，因祖荫得袭官秩，终日只知声色犬马，耽于淫乐。既不谙世事，也未经磨难。看罢奏折，如同五雷轰鸣，泰山压顶一般！苦苦哀求："胡中丞救我，胡中丞救我！"

"事实俱在，铁证如山，下官如何救你？！"胡林翼声音虽低，但骨子里却透着威严。

"胡中丞救我，万万不可拜发此折！"富阿吉如同遭了雷轰炮击一般，拱手哀声恳求："胡中丞，万万不可拜发此折呐！"

"不拜发此折，"胡林翼朗声问道："那星使打算拜发何折呢？"

富阿吉用颤巍巍的手，从桌上拾起了胡林翼代拟的那份奏折，双手捧着，惶惑万分地递给了胡林翼……

六、咸丰帝问郭嵩焘，左宗棠所以不肯出，系何缘故？

其实，左宗棠所说的挽狂澜者，还有一位，这便是他的同乡郭嵩焘。

此时京师的郭嵩焘，已非当年即咸丰二年，与左宗棠同避兵燹，栖身梓木洞，并力劝左宗棠出山，入湖南巡抚张亮基戎幕时的郭嵩焘了。

郭嵩焘自那时与左宗棠睽离日久，曾于翌年奉江忠源之请，诏命四川、湖广等省速制战船；并随江忠源抵江西瑞昌，北援湖北田家镇，并以援江西之功，特授翰林院编修。岁末应曾国藩所请，往衡州商定水陆营制。咸丰四年曾国藩派郭嵩焘等专办湖南捐务；湖南巡抚骆秉章接纳郭嵩焘倡议，始抽厘金，军饷充盈。咸丰六年春二月，赴苏州途经上海，始与英人接触，对英伦的富强和文化之发达颇感震诧，并有了倡办洋务的思想萌芽。咸丰八年正月，供职翰林院复授编修。由于郭嵩焘经过了这一番历练，丰富了阅历，扩大了视野，增长了才干，故岁末以辅臣陈孚恩、肃顺举荐，咸丰帝下诏对策。恩宠有加，甚得宸眷。

皇帝的召见，使郭嵩焘感到：喜从天降的极大喜悦，"天威咫尺"的无限惶恐！

咸丰八年七月二十九日，郭嵩焘入如意门后，先率朝房，两个内宫太监告诉他坐等"叫起"。所谓"叫起"，就是皇帝事先预定某天召见某几人，这些臣工便于凌晨早早去北朝房恭候，太监入内禀报，皇帝最后"钦定"今天召见某某、某某、嗣太监按此名单通知恭候的臣工，然后依序次第觐见陛下，召见几人便称"几起"。大凡初次被召见之臣上，事先均得托门子打通太监的关节，届时得以指点，如在何处下跪、何处叩首之类。否则，初次入觐，在皇帝面前有失礼仪，被太监张扬出去，遭到御史弹劾"失仪"，就不知会闹出什么乱子来。后来左宗棠便在这方面出过纰缪，若不是左宗棠老成谋国，功高盖世，险些铸成大祸——这自是后话。

郭嵩焘的被召见，由于有权臣关照过，故一切顺遂，并无碍滞。由太监引领他款款走过一个数十步的雕梁画栋的长廊，便到了皇帝所在的金銮宝殿。太监低声明示了跪拜之处后，便退至长廊尽头。轩敞空旷的金銮大殿只剩下咸丰皇帝与郭嵩焘君臣二人。郭嵩焘偷偷瞥了一眼，两廊及大殿均空无一人,这便造成了他得以"尽所欲言,无所避忌"的良好氛围。初次觐见皇帝,得窥天颜的荣幸,使郭嵩焘暂时忘却了忧国忧民的满腹牢骚,不得不恭维"国朝体制,远出前代"。

高踞于御案龙椅之上的年轻咸丰皇帝,双目直瞪瞪地注视良久,才开始问话。初次晤面的问话,无非是籍贯、年龄、履历,与湘军有关的一些琐事。郭嵩焘是有问必答,均能简明扼要,条理畅达。约略沉默了一会儿,郭嵩焘又补充讲了几句罗泽南、李续宾等湘军将领的简况。咸丰帝仅答一"然"字,便结束了这次召见。

翌日,一些郭嵩焘的朋友,怀着好奇的心情问及召对时敬畏之心如何?郭嵩焘说:"彼者见天颜诚惶诚恐,无非是怕奏对时张皇失措,贬官降职,嵩焘幸是向来将功名看得轻,贬官于我何损?故尚能侃侃然据实陈奏,不似他人或则期期艾艾,口欲言而嗫嚅;或则似鹦哥学语,一言便了。"郭嵩焘风流倜傥,清高自诩;辞翰华赡,漠视功名;且能以国家社稷为重,倡导实学,举贤荐能。其名节风概,颇得士人推重。

咸丰八年十二月,辅臣陈孚恩又面奏咸丰帝,言郭嵩焘与刑部主事何秋涛"通达时务,晓畅戎机,足备谋士之选"。咸丰帝闻后颇为欣慰,下诏召见两人,何秋涛者,福建光泽人,字愿船。道光进七。外患日亟,颇关心社会政治问题,尤注重边疆史地研究。他认为沙俄与中国毗邻,对中俄边境地理应有专书记载,以资考究。为此他旁搜远绍,钩玄提要,补苴罅漏,张皇幽眇,撰成《北徼汇编》。资料详赡,考释精审。咸丰帝阅后甚为嘉许,赐书名《朔方备乘》。此书成为日后左宗棠进军并治理新疆和处理中俄边境外交事务的重要参考典籍。这也是后话。

但这次一连两日咸丰帝对郭嵩焘的召见,却涉及了左宗棠并对其日后的政治、军事生涯产生了深远的影响。

咸丰八年十二月初二日,咸丰帝第二次召见了郭嵩焘。几句问话之后,咸丰帝便双目凝视着郭嵩焘,劈头提问:"汝看天下大局,宜如何办理?"

少顷又问:"汝看天下大局,尚有转机否?"以此等涉及国家社稷、兴替盛衰的重大问题垂询,既可见出圣上宸心所系,睿思所绾;又委实表现了对郭嵩焘圣眷甚深,倚畀甚重。

郭嵩焘虽清高自诩,闻后仍受宠若惊。首先竭尽诚恳地恭维了"皇帝天也,却天心所见端"。接着便讲了一些讲求吏治、严惩贪庸、黜奢崇俭、励精图治的兴国之道。顺便极力褒扬了湘军将领胡林翼、罗泽南、王鑫、李续宾等人;但对曾国藩却三缄其口,只字未提。因郭嵩焘唯恐替自己这位统帅湘军的亲家曾国藩说话引起圣上的疑忌。咸丰皇帝自然听出了弦外之音。因郭嵩焘断言天下事大有转机,"长毛逆贼"绝不能倾覆大清王朝,而曾国藩手下湘军统兵者"皆报效朝廷的大将之才"。故咸丰帝听了非常满意。当天就颁了一道圣旨"恩准郭嵩焘翰林院编修在南书房行走,钦此"。

清廷的南书房是皇帝的私人咨询机关。虽无实权,但入直南书房,便常与皇上晤面,成为声名赫赫、炙手可热的"天子近臣"。郭嵩焘真是步"近"天,宠幸何如!

翌日,咸丰帝再次在养心殿西暖阁召见了郭嵩焘,并以关切和亲切的口吻对他讲道:"南斋司笔墨事却无多,然所以命汝入南斋,却不在办笔墨,多读有用书,勉力为有用人,他日仍当出办军务。"郭嵩焘对于这样从天而降的殊荣,感激涕零,一再"叩谢天恩"。然后他们君臣两人的话题便转到了左宗棠的身上。

咸丰帝神情专注地望着郭嵩焘问:"汝可识左宗棠?"

郭嵩焘恭谨地答道:"微臣自小相识。"

皇上又问:"自然有书信来往?"

郭嵩焘又答:"有信来往。"

皇上嘱道:"汝寄左宗棠书,可以吾意谕知,当出为我办事。左宗棠所以不肯出,系何缘故?想系功名心淡。"

郭嵩焘略一思索,小心谨慎地答道:"左宗棠亦自度赋性刚直,不能与世合。在湖南办事，与抚臣骆秉章性情契合，彼此亦不肯相离。"

"左宗棠才干如何？"皇上的问话犹如羽镞，直取鹄的。

"左宗棠才极大，"郭嵩焘亦开门见山，直抒胸臆："料事明白，无不了之事，人品尤极端正，所以人皆服他。"

"左宗棠多少岁？"

"四十七岁。"

"再过两年五十岁，精力衰矣。趁此年力尚强，可以一出任事也，莫自己糟蹋。须得劝劝他。"

"微臣也曾劝过他。只因性刚不能随同，故不敢出。数年来，却日日在省办事。见在湖南四路征剿，贵州、广西筹兵、筹饷，多系左宗棠之力。"

"闻渠意想会试？"

"有此语。"

"左宗棠何必以进士为荣，文章报国与建功立业，所得孰多？他有如许才，也须得一出办事方好。"

"左宗棠为人是豪杰，"郭嵩焘极力赞誉之余，寄寓了对皇上拔擢起用人才的厚望："每言及天下事，感激奋发。皇上天恩，如能用他，他也万无不出之理。"

其实，此时已为湖南巡抚骆秉章的戎幕，骆秉章对他的青眷之殷、倚界之深，皆并世无两。咸丰四年时，即有御史宗稷辰一力荐举左宗棠。谓其"不求荣利，迹甚微而功甚伟，若使独当一面，必不下于胡林翼诸人"。咸丰帝阅后命湖南巡抚出具切实考语送部引见。"一个不求荣达，不羡名利，有仕进的机缘而不急于出仕"，左宗棠清高孤介、隐遁尘世的胸抱和情怀，引起了咸丰帝的注意和兴趣，且牢牢地记住了左宗棠的名字。当然，对于他的不肯为朝廷所用，为圣上尽忠，心中自然存有芥蒂，稍许不怿。这次对郭嵩焘的垂询，更加深了咸丰帝对左宗棠的印象，但对他的啸吟林泉、不肯仕进，便疑虑更重、猜忌更深了。因此，当咸丰帝蓦然阅到湖广总督官文参劾左宗棠为"劣幕"的奏折,他确实有些震怒了,于是有了这样一个措辞严厉、处置峻急的"湖南为劣幕把持,可恼可恨"及"若果有不法情事,可就地正法"的朱批。但他龙颜震怒之余,细细思忖,又唯恐将这样一个锥处囊中,尚未脱颖的奇才枉杀掉了。于是,便又有了都察院湖广道监察御史富阿吉的湖湘之行……

七、国家不可一日无湖南,湖南不可一日无左宗棠

郭嵩焘在接到胡林翼从鄂省捎来的急函不久,又收到了左宗棠的一封来函。看来情势甚为急迫危殆!当他正坐拥愁城,举棋无措之时,同乡的王闿运突然排闼而入,进门便一把牢牢地执住郭嵩焘的衣袖,急切地说道:"筠仙兄,不得了!左宗棠出事了。被那个贪庸骄蹇的湖广制军官文严劾为'劣幕',总督官文曾命湖广考官钱宝青传讯,饬左宗棠即到武昌对簿公堂,要不是胡润帅从中极力转圜,季高兄早被缧绁所系了。现仍在稽查勘验之中,如此薰莸无辨,泾渭不分,一旦被官义不问青红皂白地'就地正法'了,这如何是好?"

这个王闿运,字壬秋,又字壬父。湖南湘潭人。年辈晚于郭嵩焘,系咸丰举人。治《诗》《礼》《春秋》,宗法《公羊》,好言帝王之学。又因其曾于咸丰四年与左宗棠同居张亮基督署之幕,与之雅谊殷殷,推心置腹。常在私下同郭嵩焘言及左宗棠,谓其深目隆准、燕颔虎背,绰有王侯之相。加之他的胸富韬略、身藏鳞甲,绝非久蛰池中,终会腾骞有时。故极言季高之生死,关乎日后国脉昌衰、黎庶休戚,断不可等闲视之。在他从大臣肃顺嘴里,探得这个消息后,当即便给左宗棠写了一封辞情剀切的信,深表慰藉。他觉得此时入直南书房的郭嵩焘,也许能有什么办法,便急匆匆地找他来了。

"是呀!我也正为这事急得一筹莫展,失了方寸哩!壬秋,你来了我们正可好好磋商出一个办法来,拼死力保全季高才是!你看,这是前几

天刚收到的季高的信。"

王闿运急忙接过信来,展开读道:

抵襄阳后,毛寄耘观察出示润公(胡林翼)密函。言含沙者意犹未慊;网罗四布足为寒心。盖二百年来所仅见者。杞人之忧,曷其有极?侧身天地,四顾苍茫;不独蜀道险;马首靡托已也。帝乡既不可到,而悠悠我里,仍畏寻踪。

王闿运看罢信后,直言不讳地说道:

"筠仙兄,你声望素著,圣眷方殷,能不能设法觐见圣上,直接为左宗棠请命?"

"不可,不可,断断不可。"郭嵩焘一口否定了:"你想,我曾在皇上面前荐擢褒拔,不遗余力。但因那是皇上垂询,故虽为同乡戚友,亦在所不避。现在皇上猜忌甚深,震怒未艾,岂敢直撄龙鳞?"

"那还有什么办法呢?"王闿运紧蹙双眉,十分焦急:"难道我们就眼睁睁地看着这位当今的诸葛孔明,毁于这些奸佞之手不成?"

"依愚之见,此事非'韩荆州'不能成。"郭嵩焘忽然舒展双眉,朗声说道:"此事亦非'不以富贵而骄之,寒贱而忽之'的'韩荆州'不能为!世有'韩荆州',然后有三湘才彦;故我辈三湘龙蟠凤逸之士,翕然风从于'韩荆州';得以化险为夷、否极泰来,扬眉吐气、激昂青云矣!"

"嘿!可你说的这个'生不愿封万户侯,但愿一识韩荆州'的'韩荆州'如今到何处去寻呢?"王闿运知道郭嵩焘是借唐代玄宗时的韩朝宗——以其曾任荆州刺史故名——以喻当今朝廷执掌国柄的有力者。但他仍微蹙眉尖,喃喃自语地吟哦道:"是啊!如赖有力者,哀其穷而运转之,盖一举手、一投足之劳也。诚哉是言,于握有国柄的有力者来说,实不过一举手,一投足之区区微劳耳。这有力者,真乃'上穷碧落下黄泉，两处茫茫皆不见'啊！"

"依愚所见，这'有力者'，实是远在天边，可近在——"郭嵩焘说至此处，故意卖关子似的噤口不言了。

"近在何处？"王闿运怨艾道："哎呀，都什么时候了，你还有闲心与我打'哑谜'猜？"

"近在眼前，近在咫尺呀！"郭嵩焘见王闿运还是满脸狐疑，便大声说道："这'有力者'，便是请你为西席的内务府大臣肃顺，这于你壬秋兄说来，难道不是'近在咫尺'，'近在眼前'吗？而肃顺，请你为西席，不正说明他对你眷顾甚殷，倚畀匪浅吗？再说，他既是一位政治目光深邃，颇能锐意拔擢汉族俊彦，并委以重任的满族权臣，又是被咸丰帝视为股肱的辅臣。你要是向他禀陈一切，事情定有转圜之机。"

王闿运回到肃顺府，便刻不容缓地向肃顺胪陈了左宗棠遭湖广总督官文严劾一事的本末，并极言左宗棠乃湖湘奇才，万望保全。肃顺于左宗棠也早有所闻，实存护惜之意。便对王闿运说："素闻左宗棠与曾国藩、胡林翼过从甚密，相交甚深，我当奏请皇上特旨垂询曾、胡，你去与郭嵩焘递个口风，让他在京师联络几位声誉卓著的翰林上书皇上，到那时，我再向皇上剀切进言，便顺理成章，事亦可谐矣。"

最负时名的翰林，莫过壬子年殿试甲科第三名的探花郎，时为内阁学士的潘祖荫。潘祖荫乃江苏吴县人，其祖即乾隆年间独占鳌头，鼎鼎大名的状元郎——潘世恩。潘世恩嗣授翰林院修撰，累官体仁阁大学士，加太傅；直枢廷三十年，卒年八十有六。有著作《思补堂集》遗世。潘祖荫的文章翰藻，可谓箕裘承绍，得其风骨。郭嵩焘与他同值南书房，对于潘祖荫的脾气秉性了如指掌，正因为他是京师名士，文章巨擘，故他的文章，殊为难求；倘是让他冒着风险为左宗棠上奏折辩诬，就真可谓"难于上青天"了。

然而潘祖荫雅好古玩，除收藏鼎彝，深究金石之学外，尤爱收藏把玩鼻烟壶。鼻烟壶者,实为盛放鼻烟的一种玲珑小巧的瓶子,故亦谓鼻烟瓶。那鼻烟,为烟草制品之一。以香味馥郁的烟叶,晒干后羼入必要的名贵中药材,磨成粉末,装入密封容器,经一定时间的陈化,即可应用,无需点燃,单以手指粘上烟末,轻轻由鼻孔吸入即可。云可明目,尤有辟疫之功。潘祖荫不仅对所用鼻烟颇为考究,而对鼻烟壶的喜嗜,已成癖习。打个比喻说,这便像他做文章一样,"纪言者必提其要,纂言者必钩其玄"——择其"精要"和钩其"玄妙"者,表明他作为收藏家的犀利目光的犀利和超迈手段;而"贪多务得、细大不捐",则表明了他收藏的浓厚兴致和殷实财力。

更有一个带有戏调色彩的传说,表明他对鼻烟壶的喜尚乃至痴迷,有时到了"迷信"的程度。他以为鼻烟壶与他是"心有灵犀一点通"的——鼻烟壶竟有了品骘文章、臧否人品的生灵!他在一次主考乡试时,遇到两个文章难分伯仲的,而"二者必取其一"。踌躇之际,他便取出两个形制相同的鼻烟壶来,只是一为翡翠绿的,定为甲;另一为胭脂红的,定为乙。然后放入长衫的口袋,摸出绿的来便取中甲,摸出红的来便取中乙,决不更改。其中被文坛传为轶事趣闻。

一天,郭嵩焘请潘祖荫到家里喝酒。觥筹交错之间,郭嵩焘不经意地从琵琶坎肩的内兜里,摸出一个小小的"什物"来,左手满把地握着,从手指的缝隙中,不时可以窥见那小巧玲珑的"什物",闪烁着宝石般的熠熠红光和耀眼的璀璨银光。郭嵩焘用右手的食指伸入其内,蘸满了姜黄的粉末,抹在自己的两个鼻孔里,于是闭起双眼,张大嘴巴,似乎单等着那雷霆乍起的一个喷嚏!

"'金丝熏',这是吕宋纯正的'金丝熏'?"潘祖荫忽地惊喜叫道:"筠仙兄,你从哪里弄来的'金丝熏'鼻烟?这种'金丝熏'鼻烟,本名叫'淡巴菰',烟香淡雅幽远,殊为难得,产于吕宋,制作亦十分精细考究。国朝初年王士在《香祖笔记》中,便有详述……"

郭嵩焘待那个响雷一般的喷嚏打过之后，手却高高地举在空中，仿佛等待着再一次雷鸣的到来。

"噫！让我看看你手里的稀罕物——"潘祖荫忽地惊叫起来，一边说着，便一步蹿过去，硬是把郭嵩焘的那个鼻烟壶从手掌内抠了出来，惊喜地喊道："哎呀！这不是万历年间，意大利传教士利玛窦从泰西带来进献给明神宗朱翊钧的那个镶银玛瑙鼻烟壶吗？真是奇宝，奇宝呀？"

"伯寅兄，你真不愧是鼻烟壶的收藏家，我看你还是个别具慧眼的鼻烟壶鉴赏家哩！博古通今，探幽索隐，竟将利玛窦的贡品鼻烟壶一眼就认出来了，真是如有神助一般呐！"郭嵩焘极力褒扬道。

"不怕你筠仙兄笑话，我对这只利玛窦的镶银玛瑙鼻烟壶，是垂涎已久，有时竟在梦里获得，欢喜若狂！今日得见，真有老杜'相对如梦寐'之感慨呀！"潘祖荫略约停顿了一下，果敢地说："吾兄如肯割爱出让，我愿出重金罗致。嗳，就怕吾兄不肯忍痛割爱哟！"

"伯寅兄，你我意气相投，情同手足，还有什么舍不得的，这个利玛窦的鼻烟壶虽价逾巨万，但与友情相比，何啻'鸿毛泰山'？"郭嵩焘说着，用眼瞥了一下潘祖荫，已被激情感动而涨红的面孔，豪爽地说："既然伯寅兄喜欢，小弟就送与伯寅兄了。"

"筠仙兄，这，这如何使得？！"潘祖荫一边慌忙举起双手推阻，一边连声辞谢道："这礼物太重了，祖荫如何当得起？"

"伯寅兄不闻，俗话说'为朋友两肋插刀'乎？何况你我是同气相求、肝胆相照的兄弟呢？伯寅兄就不要辞让了。"

"恭敬不如从命，那小弟便斗胆拜受了。不过，祖荫说句话在这里，筠仙兄若有用得着小弟之处，虽说不上'两肋插刀，肝脑涂地'，但竭尽微忱，断不敢辞。"潘祖荫激动地说道。

"伯寅兄既然如此仗义，小弟正有一事相求。"

"筠仙兄尽管说来，……"

"且借伯寅兄的如椽大笔一用！"

"筠仙兄，你是要写颂赞铭箴，哀悼诔碑，还是要写诏策檄移，奏启议对？"

"实话说，小弟要伯寅兄写的，断非为一己之私的小言詹詹之文；而是系于宗庙社稷，黎民苍生的大言炎炎的鸿文。"于是，郭嵩焘便将"樊燮事件"的颠末，向潘祖荫详述了一遍。潘祖荫风华正茂，才藻横溢，平素十分恼怒贵胄的颟顸无能和骄奢淫逸。况且他的家乡江苏吴县已落入太平军手中多年，亟盼早日光复。而光复桑梓的热望只能寄托在曾、胡、左这类湘楚豪杰的肩上。潘祖荫一边听，一边打腹稿。由于他腹笥既富，笔翰且华，援古证今，每发一端，便如悬瀑泻地，迸注分流，奔涌激荡！顷刻之间，便龙腾凤翥地草就了一篇滕理畅达、气势凛然的奏折。

"筠仙兄，你且听听这段，看看有无一点扬清激浊，补阙拾遗的新意不？"说完便以吟哦的口吻念道：

湘勇立功本省，援应江西、湖北、安徽、浙江，所向克捷，虽由曾国藩指挥得宜，亦由骆秉章供应调度有方，而实由左宗棠运策决策，此天下所共见，久在我圣明洞察之中也。前逆酋石达开回窜湖南，号称数十万。以本省之饷，用本省之兵，不数月肃清四境，其时贼纵横数千里，皆在宗棠现画之中。设使易地而观，有溃裂不可收拾者，是国家不可一日无湖南，湖南不可一日无左宗棠也。

听到此处，郭嵩焘禁不住兴会飙举，高声赞叹："伯寅兄，你真无愧是皇上御笔钦点的探花郎！'国家不可一日无湖南，湖南不可一日无左宗棠'，看似寻常语句，但国事日蹙，四境溃裂的多事之秋，将国家安危，三湘泰否系于左君一身，读来直如硬语盘空，力敌千钧一般。任谁也撼它不动，真乃千古不刊之词！小弟实佩服之至，歆羡之至！"

"筠仙兄过奖了。你再读读下面写的吧,如有不妥,我们再一起来推敲推敲。"潘祖荫将手中草拟的奏折递给郭嵩焘,自己一手轻摇着那雕镂精工的檀香折扇,一手抚须微笑道:"筠仙兄也是湖湘才彦,文章魁首。疵缪之处,尽管直言。须知你我是为国家惜才,为黎庶请命。"

"伯寅兄所言极是。"郭嵩焘见潘祖荫神绪高昂,大有"反客为主"的味道,心里十分高兴,遂捧起奏折,高声诵道:

宗棠为人,秉性刚直,疾恶如仇。湖南不肖之员,不遂其私,思有以中伤之文矣。湖广总督惑于浮言,未免有引绳批根之处。宗棠一在籍举人,去留无定轻重,而楚南事势关系尤大,不得不为国家惜此才。

"这'引绳批根',言湖广总督官文惑于浮言,与樊燮等不肖之员相与为伍,合力排斥异己。尤为妥帖。此典出《史记·魏其武安侯列传》。其词云:'及魏其侯失势,欲倚灌夫引绳批根生平慕之后弃之者。'因此典将势利小人嘴脸,活脱画出。而文章又不失典雅工稳,允当大气!我看无须改动一字,径直誊出奉呈上去。不信皇上不动怜悯惜才之心!"

"筠仙兄,该改窜,该芟刈的地方,都由你做主,千万莫要客气!"

"伯寅兄,这样的奏疏——尤其是那两句'不可一日无',可与范仲淹《岳阳楼记》的'先、后天下'那两句相媲美,直如响遏行云之黄钟大吕,必在神州赤县,久久回荡,代不绝响。"

"震古烁今,传诵不绝,实不敢当。不过,写这两句时,实乃迁想妙得,如有神助一般。文中之佳句,犹诗中之诗眼,灵犀之通,慧根之悟,悉集于斯!亦可谓昭天地钟灵毓秀之德了!"潘祖荫也摇头晃脑,颇为自得地说道。

前此,咸丰帝一收到勘核意见截然不同的两份奏折:一封是胡林翼代钦差富阿吉拜发的盛赞左宗棠的;另一封则是湖广总督官文,派人到湖南长沙去了一趟，将道听途说，深文周纳地将左宗棠诬构成一个十恶不赦的"劣幕"。咸丰帝阅完奏折后，颇为踌躇，难以决断。正在这犹豫不决之时，看到了潘祖荫和两三位颇有清誉的翰林的奏折，潘祖荫奏折中所说的"国家不可一日无湖南，湖南不可一日无左宗棠"，深深打动了他。使他想起了三国魏朝一个叫李康的文人，在他的《运命论》中所说的话："'木秀于林，风必摧之；堆出于岸，流必湍之；行高于人，众必非之。'夫忠直之迕于主，独立之负于俗，理势然也！"正在这个当口，他又接到了兵部侍郎曾国藩拜发的回奏。曾国藩明确地提出了擢用左宗棠的倡议：

  左宗棠刚明耐苦，晓畅兵机，当此需才孔亟之时，或饬令办理湖南团防，或简用藩、臬等官，予以地方，俾得安心任事，必能感激图报、有裨时局。

  咸丰十年三月下旬，曾国藩给圣上递了回奏后，便致函左宗棠，其词云："台旆在英山，约住几时？此间即派夫役奉迎，敝处与希庵（李续宾）处均可小住，杨（岳斌）、彭（玉麟）处尤可勾留。江湖空阔，足遣壮怀耳。"与之同时，他还给胡林翼写了一封信。信中道："季公已到英山，今早已专丁持缄奉迎矣。水师中别有一种风味，季公若买一舟，载妻孥其中，……可以教子，可以避湘，亦一说也。姚惜抱（鼐）诗云：'孤艇著书江水上，百年阅世酒尊间。'季公岂有意乎？"夫烟波一舸，饮酒著书，人生此境，兼之实难。有此资给，无此胸襟不能得之；有此胸襟，无此时会亦不能得之。姚鼐此诗，意境虽奇，亦只能托诸联翩之浮想也。显然曾国藩是"醉翁之意不在酒"，看来他是要急切地罗致左宗棠了。不能不令人佩服他运筹帷幄的缜密周详了！

  胡林翼的回奏称誉更殷，拔擢任事、酌量器使之情更切：

臣查湖南在籍四品卿衔兵部郎中左宗棠，精熟方舆，晓畅兵略，在湖南赞助军事，遂以克复江西、贵州、广西各府州县之地，名满天下，谤亦随之。其刚直激烈，诚不免汲黯大戆、宽饶少和之讥。要其筹兵筹饷，专精殚思，过戍可宥，心固无他。臣与左宗棠同学，又兼姻亲，咸丰六年曾经附片，保奏其在湖南情形，久在圣明洞鉴之中，应请天恩酌量器使，并请旨饬下湖南抚臣，令其速在湖南苏勇六千人，以救江西、浙江、皖南之服土，必能补救于万一。

肃顺凭借着曾、胡诸人为左宗棠辩诬并力荐其为庙堂伟器的情势，奏请圣上免去稽查左宗棠的过失，予以擢用。咸丰帝接受了肃顺的倡言，下诏左宗棠以四品京堂候补，随同曾国藩襄办军务。其后，左宗棠又请骆秉章代他上了一道奏折，详赅奏明樊燮贪庸无能，军务弛怠的种种劣迹，樊燮终被黜免总兵之职。

革职后的樊燮，偕二子回原籍湖北恩施，寻觅城郊一静僻之地，盖了一栋甚为轩敞的楼房。楼房竣工之日，樊燮治酒席宴请恩施诸父老，抱拳拱手说："劣幕左宗棠不过是一举子，狂僭恣肆，飞扬跋扈，既辱我名，又褫我官，视军职如粪土，目武人为犬马。今天，我樊燮当着桑梓父老的面，将犬子厝置于楼上，延揽名师，教其日读圣贤之书，不中举人，进士，点翰林，湔雪我耻，死后不得入祖宗坟茔！"

此后樊燮果以厚礼聘得名师，以楼房为私塾，除塾师及二子外，旁人一律严禁上楼，一日之餐，办得如同酒筵一般，恭请塾师下楼款款酌食，二子不准其着士子的角巾儒衫，而令其着荆钗布裙的女装，使之勿忘羞辱之恨。并谆谆告诫二子："考上秀才游于泮，脱去女外装；中举后脱女内装即亵衣亵裤，与左宗棠功名相侔，方平起平坐矣；殿试得售，中进士、点翰林，则在祖坟前烧纸焚香，禀告先人，吾儿已胜过左宗棠了。"

樊燮二子谨遵父命，刻苦攻读。后来，第二子樊增祥即号樊樊山者，果然中了进士，于是在父亲坟前燃放鞭炮，馨香祷祝了一番。

关于樊樊山的后来情状，这里也顺便赘上一笔：这个樊樊山，为人足智多谋，颇有文藻。中进士后以庶常改官陕西渭南令。其时鹿传霖抚陕，荣禄任西安将军，悉于樊颇为倚重。甲午开战之后，荣禄内调，襄赞军务。其后樊以卓异召对称旨，记名以道府用，交荣禄差遣。自此樊居荣幕年余，义和拳兴起后，樊返西安隐居，优游林泉，吟咏烟霞。至国事日蹙，两宫西幸之时，荣禄以枢府秉笔乏人，任樊掌诏敕。庚子冬季及辛丑春初，圣上屡下罪己诏，皆樊草拟。樊亦以此擢任凤颖道道员。继而连升陕臬（按察司）、陕藩（布政司），骏驳大用矣。然樊恃才傲物，自视太高；其应事接物，往往盛气凌人。故累起累踬，终未成大器。戚友皆谓樊虽久历仕途，仍未脱文人习气云云。

乃父樊燮自恨"文气"太缺，而筑楼责其子发愤读书，涵养"文气"；而其子樊樊山又嫌"文气"太过，至颠踬仕途，未至显位也。

而樊燮的死对头左宗棠，经历了这次险些典刑问斩的祸患之后，渐次走上了得以施展其经天纬地的鸿才伟抱的漫漫征战之途。

从此，左宗棠便掀开了他个人乃至中国历史上，由一个戎幕僚员到封疆大吏，由一个寒素书生到贵封侯伯，由一个乡试举人到宰相辅臣，由一个蛮荒疏逖之地来到纶扉枢垣的极富传奇色彩的一页。在这一页上既留下了他血腥杀戮、残酷镇压太平军和回民义军的刽子手的深深耻辱，也留下了他气薄云天的爱国主义豪情，规复新疆边陲的民族英雄的无上荣光……

然而，这冥冥中的一切，对于由梦魇一般的厄运中挣扎出来的左宗棠来说，他是浑然不知、了然不觉的。

他站在一艘战舰的船舷旁边，仰头看看天空，天空是那样的澄碧如洗，看看江水，江水是那样的奔涌澎湃。他已经完全恢复了把握自己命运的刚韧意志和无畏勇气，一阵略带凉意江风吹了过来，把他那靛蓝色宽大衣袖的布袍长衫鼓荡起来，像一只黑苍苍振翮欲飞的巨大鹰隼一般！

他看着江面上风樯片片的征帆,情不自禁地低吟着李白的两句诗来:"长风破浪会有时,直挂云帆济沧海。……"

这时,有一个戈什哈急匆匆地走来,告诉左宗棠说、湖北巡抚胡林翼来看望他,请他到涤帅的拖罟上去相会。

左宗棠到拖罟与曾国藩、胡林翼相晤后,谈笑謦欬,甚为款洽。不料胡林翼这位湘军中的"智多星",神情诡秘地说出了一个石破天惊的鸿猷擘画来,使得曾国藩听后,而如灰土,连连低声说:"狂悖,狂悖!"就连左宗棠自己也惊骇万分,呆呆地坐在那里,半天没有说出一句话来……

2003年3月草竣

6月底改毕

五賦合集

《兰亭序》引

隋纲圮坏民怨沸，秦王跃马挥金戈。
河清海晏坐明殿，山呼万岁受朝贺。
偃武修文开内府，访求墨宝振金铎。
无奈连年频挞伐，金题玉躞毁燹火。
右军手迹遭五厄，烟涛微茫杳黄鹤。
至尊独爱兰亭序，爬罗剔抉空无获。
龙颜不悦烦啧呵，百官觳觫笏紧捉。
忽闻謦咳衣窸窣，奋袂徐趋麟德阁。
形销骨立一老叟，名曰萧翼神矍铄。
拜舞归来策蹇驴，泛舟剡溪凌烟波。
山石荦确到寺晚，暮鼓声中开柴扉。
枵腹辘辘连叫苦，风卷疏粝罄瓦釜。
辩才禅师邀相见，褒衣博袖乃俗儒。
客言宝殿佛画好，屋漏壁坼似法书。
如闻高山流水声，觅得知音吐肺腑。
慨然倾囊示书札，字迹漫漶皆古物。
羲之真迹赫然在，缟素漠漠阴云布。
忽闻雷霆匝地起，龙跃闾阖雨滂澍。
复悸山岫林惊风，凤阙嵯峨踞猛虎。
老儒动容称雄强，南梁武帝言不虚。
感师频致殷勤意，溘然就木难瞑目。

痛憾未睹兰亭序，铺床拂席再唏嘘。
睚盱辩才踟蹰立，须臾捧来一卷楮。
和璧隋珠光彩夺，先祖手泽兰亭序。
春光雍融柳色新，柔条垂金晴岚浮。
如见明眸皓齿女，脉脉含情黛眉舒。
凌波仙子飘飘下，凤翥鹤落栖春芜。
妍美流便呈媚姿，铁画银钩列满楮。
霍然收卷笼袖中，疾言遽色宣诏书。
可怜辩才匍匐地，稽首拜罢如槁木。
萧翼称敕离山寺，星夜兼程回京华。
关山迢迢驰雄骏，一日龙池飞五花。
柔色承颜传圣诏，文臣武僚纷杂沓。
萧翼稽首献丹墀，太宗倒屣下玉榻。
兰亭光耀明光殿，禊帖墨映柏袍纱。
龙颜大悦颔首笑，面命赵韩双钩拓。
钩罢廓填锡太子，嫔妃笑靥承宠嘉。
一日山陵忽崩摧，兰亭殉葬埋地下。
稀世之珍始泯迹，永閟玄壤黯光华。
白驹过隙光阴逝，物换星移开新宇。
雄鸡一唱云霞蔚，神州大地柳飞絮。
春光永驻万物生，百花争妍香馥郁。
泉壤骸骨重见天，坟茔简瓿亦自诩。
独有金陵兴之墓，爨体铭文费疑虑。
抑或碑帖本有别，一为行草一为隶。
想当然者不足据，残卷发掘天山隅。
字字皆遗波磔意，笔笔悉为晋人书。

遂使史家生疑窦，禊帖真伪多龃龉。
学耆奋起如椽笔，兰亭翳蔽要扫除。
不独字为智永托，文与羲之亦不侔。
孝标注录临河序，何故兰亭添蛇足
前文天朗气又清，一觞一咏恣欢谑。
续貂胡为忽转悲，悲夫痛哉感崩徂。
更有一处留破绽，癸丑两字多局促。
分明属文飞翰时，干支未能复记忆。
真如高唐赋成后，楚天云雨皆堪疑。
嗟夫一本兰亭序，百年疑案岂断臆。
玄鉴睿赏讵不察，乃有耳语千秋事。
馨香祷祝颂万遍，唯愿兰亭无乖戾。
风云叱咤新世纪，兰亭翰光如朝曦。

  偶读郭沫若《由王谢墓志的出土论到兰亭序的真伪》驳议，忆及萧翼赚兰亭故实，忽于右军法书风神之美似有领悟，意象纷呈，兴会飙举，爰濡翰作《〈兰亭序〉引》六十韵。作于一九八三年。近日略有改动。

汉光武帝赋

西汉末年,国运衰颓。汉帝昏聩,妃嬖淫乱宫闱。王莽篡位,外戚专擅炎威,天下汹汹,民怨沸沸。加之涝灾频仍,渺渺一片泽国。旱魃肆虐,炎炎千里赤地。哀鸿遍野,尸骨累累。于是乎绿林啸聚山林赤眉揭竿相随,海内分崩,禹域圮隳。

是时之刘氏皇族,绵绵瓜瓞以葳蕤。远支旁庶,裔胄攘攘而寒微。宗室刘縯,毁家纾难,起兵舂陵揽雄魁。乃弟刘秀,熟视天变已成,披坚执锐骑牛随。虽皆南阳宗子乡绅,兵少将寡且疲羸。刘秀新野斩县尉,青牛始易乌骓。联手新市、平林,纳下江入旌麾。百川汇海,大振军威。旋战莽军于育阳,击杀大将于沘水。新莽地皇四年,绿林拥立宗子刘玄,遂登更始帝位。信封刘演为大司徒,勉为辅弼系国威。刘秀封太常偏将军,骁勇善战而尽瘁。

更始立朝,王莽披猖。命大司空王邑,发精兵四十万,直扑昆阳。其时夕阳染血,旌旙展扬也。雷霆撼地,辎车驰冈也。蜂聚蚁附,莽军肆狂也。雾横岚斜,晚炊黄粱也。雪峰涌浪,驻扎军帐也。寒星荧荧,剑锷雪霜也。虎啸狮吼,笼兽惊惶也。此千里之凶焰,势难遏挡。昆阳绿林守军,仅万余戎行。死则难见妻儿,皆欲弃城偕亡。刘秀呼曰:"同心共胆,并力御敌,功庶可立,脱弃城窜亡,必尸陈乱冈。"王凤守城布防,刘秀出谋匡勷。亲率十三骠骑,乘夜色冒死突围,搬取救兵援将。旋即莽军攻城,形势苍黄。劲弩齐发,箭雨滂滂。冲輣猛撞,城门晃晃。云梯接堞,刀剑锵锵。流星坠营,彗矢煌煌。义军敝衣血袖,负户而汲。拼死抵抗,固守不降。无何刘秀发郾陵兵马,驰援昆阳。短兵相接,莽军千余身亡。佯遗信函,宛城已下布谎。王邑方寸不宁，兵气大伤。刘秀挟三千虎贲，挺剑奋骧。既经累捷，胆气豪壮。冲入乱阵，王邑仓皇遭戕。城中将士冲出，斗志轩昂。驰骤掩杀，锐不可当。是时骤雨倾盆，似倒海翻江。滍川漫溢，溺尸相藉如冈。狮虎呼啸跳踉，践踏惊惧身亡。昆阳大捷，新莽气数早殇。

刘秀马不停蹄，攻城略地。噩耗传来，縯兄惨遭杀殪。幽咽啼血，痛彻心脾。阋墙焉可御敌，煮豆何燃豆萁。含悲忍恸，益发谦恭有礼。诚惶诚恐，觳觫更始宸仪。藏颖囊中，免罹粉齑肉糜。韬光养晦，竟膺武信侯玺。仕宦已逾执金吾，荣耀故里。娶妻遂得阴丽华，风光旖旎。

群雄争锋，问鼎燕冀。赤眉声势鹊起，铜马腾骧奋蹄。河北"三王"，各拥旌纛。尤来、隗嚣，雄踞半壁。"得不得，在河北。"童谣里，藏玄机。持节招抚，孰膺最为合宜。众望鹄的，刘秀素著威仪。刘玄深恐，纵猛虎而归山林，腾蛟龙以播云雨。冯异擘画，出锦囊之妙计。贪缘权臣，舍金玉以厚畀。卒领大司马衔，单车空节，镇抚燕蓟。慰悦民心，延揽虎贲。其时王郎于邯郸，筑坛登基以称帝。耿况率谷阳万骑，驰援以逞侠义。击杀王郎，凶锋暂告消弭。迎娶圣通，贵戚固结高谊。

刘秀声威煊赫，彤弓如霓映碧空。更始惶惶惊恐，遣使以萧王册封。敕其交出兵权，无异于断臂折肱。贰于更始，坚拒乃按兵不动。却发幽州十郡之铁骑，鼙鼓动地夹攻。数十万铜马之众，瑟瑟归降如寒蛩。跨州据土，兜鍪铁甲百万勇。更始三年，公孙述践阼蜀中。群霸称王，拥兵自重。

将士行至河北鄗，恳上尊号竭精忠。顺众志攀龙附凤，逆天时望绝途穷。乃命有司设坛，筑千秋亭培壅。燔燎告天，登基祝文吐衷。皇天上帝，后土神宗。眷顾降命属秀，皇皇不敢不从。信王莽篡位，发愤兴戎。破王寻、王邑于昆阳，诛王郎、铜马其枭雄。平定天下，海内恩隆。上当天地之心，下为元元归终。建元建武，大赦天下万民拥。立国号为"汉"，改鄗为高邑今仍用。

建武元年十月，光武定都洛阳。赤眉拥主刘盆子，国势益陷板荡。

崤底大战，失东隅而收榆桑。兵困粮乏，宜阳请降。献出传国玉玺，泛和氏璧之宝光。收缴兵器甲胄，齐熊耳山之高冈。光武亲征，一举大败海西王。建元六载，中原逐鹿握指掌。陇右隗嚣，威名素冠西凉。诏书飞翰，取喻鲍子、文王。然隗虚与委蛇，首鼠两端乖张。佯从汉帝，暗为蜀虎作伥。光武亲驰沙场，河西五郡归降。得陇望蜀，乘胜南击川邦。九年孟春，隗以忧愤薨亡。陇右荡平，鼎足三遭一戕。唇亡齿寒，蜀国失却屏障。公孙述遂横浮桥于江上，植水道以木桩。筑楼观旷其视野，结营寨坚拒汉将。汉兵火攻，风助火威愈骤狂。蜀卒水溺，千舰立化火凤凰。诏令汉将吴汉，直取广都，据西蜀之腹脏。大破洛城，斩杀其弟，蜀帝痛失臂膀。悉散金帛，招募敢死五千氓。信激战半日，尸堆如山血成江。汉将破阵，直刺公孙胸膛。锦城倾降，西蜀君殪国殇。克定天下，东汉一统辟疆。

干戈寥落，兵燹寝而黎元苏。万民喁喁，四海一以绿畴秀。光武知天下之疲耗，思乐息肩之求。自陇蜀平定之秋，未言军旅之筹。励精图治，裁冗吏以简机构。闲置三公，权柄归台阁之手。与民休戚，蠲峻法而薄税收，不尚边功，释奴婢而放幽囚。抑制豪强，丈田亩而核户口。提倡儒学，博士赡其文绣。表旌气节，隐者增彼鹤寿。建武中元二年二月戊戌，光武帝崩于南宫前殿，享年六十二春秋。

赞曰：值阳九无妄之世，遭炎光厄会之讧，九州鼎沸，四海汹涌。致践阼而继踵，称王以倥偬。咸瞵瞵之鹰鹫，眈眈而虎熊。光武秉朱光之巨钺，腾霜蹄之风骢。其荡涤浊秽，剿除元凶。若降狂飙而纵烈焰，起雷霆而荡寰中。尔乃庙胜之前勿兴师，运筹之后方动众。故攻无不克之顽酋，战靡奔北之骁勇。具伯乐之慧眼，擢俊彦而遂空。实经纶以腹笥，咸淑世而致用。信允冠百王之圣德，群下翕然而风从。卒驭璇玑之休徵，符应五百之大统。辟"中兴"之孔道，建"定鼎"之元功。金石铭勒其勋烈，诗骚歌咏之高风。

岁次壬辰秋月吉日蔡子谔撰赋并书

皇安寺赋

　　有明之季，天启年代，魏阉飞扬跋扈，炎威九陔，熹宗昏庸暗昧，寒噤三缄。秽德垢行，朝臣免遭戕害；世风日下，禅门亦蒙尘霾。嗟乎平山净土寺，北寺南院泾渭裁，南院九陀寨，梵宫丛林生孽胎。暗营隧洞淫窟，明唱密宗梵呗。可怜豆蔻年华，娉娉袅袅皆少艾，怎奈风饕雪虐，悲悲切切冤孽债。九陀色胆包天，欲心了无挂碍，十载秽声匝地，孽海云诡波骇。

　　且夫魏阉把持朝柄，贤良多遭鼎镬。顾命太监王安，罹祸乃坐忠悫。手下心腹乔士武，义愤哽噎，几经蹉跌；平山偏亮村结庐，归耕陇亩，高标峻节。忠箴铮铮，萦耳不绝："佑皇安泰，功昭日月。"不辱使命，辗转长夜，灵犀一点，豁然通彻。以净土寺为依托，取少林寺之韬略，十三棍僧救秦王，万千悃诚奉圭臬。有缘得识赵南星，面聆謦欬趋拜谒。此非"铁肩担道义，棘手著文章"者耶？顷悉九陀寨之秽闻，顿烧五攻火于眉睫。袈裟袍里播"云雨"，梵呗声中泣悲咽。士武率众僧挞伐，剿灭九头陀凶孽。涤荡淫窟之污秽，归还净土以霁月。

　　士武削发，皈息禅榻。僧号佑安，发愿护法。修葺北院，住持管辖。更寺名为皇安，盛香火于遐迩。经鱼声声暗晨钟，棍棒啸啸惊昏鸦。棍僧静能好身手，飞檐走壁娴弓马。崇祯二年，山西流寇殃民，佑安率僧剪伐。久旱不雨枯禾苗，赈济灾民赖袈裟。三年清军陷永平，狼烟笼悲笳。众僧抵达迁安，静能攀城拼杀。收复失地奏丹陛，赐墨御笔泛光华："出家不忘国，攻城勋劳大。"崇祯八年，佑安圆寂，众僧道场悲咤。心吐衷曲留遗爱，归埋祖茔带畚锸。砾石残瓦埋不泯，精魄绕宝刹。夕阳暮鸦掩不住，灵光射月华。

斗转星移,白驹云飞。新世纪金龙之年,慧超开发汤汤水。千岩竞秀,如雕琢之翡翠,万壑争流,赛奔驰之乌骓。云汉香浮,层峦葱茏葳蕤。石枕霞蔚,潭印青藤曳垂。游人如织,犹过江之鲫往回。广种福田,普施桑梓以仁惠。超念兹在兹,踵事增华难入寐。忽阵阵香风袭人,天花乱坠。白云如絮拂面,幻成翩翩衣袂。观音大士立云端,善目慈眉。轻启唇吻布福荫,徽音如雷:"浮图即佛陀,观自在山隈;黎元耕福田,至大至圆慧。"雄鸡唱,惊破酣睡。信步走,槐坡徘徊。忽盈耳,佛偈隐隐回荡崔嵬;抬望眼,梦境历历不爽纤微。超如醍醐灌顶,开悟菩提圆慧,遂发宏愿,不负佛偈迪诲。

才几度子规北啼,孤雁南飞。倏尔摩崖观音,岿然现身山隈。头戴华冠,面如满月笑微微,身佩璎珞,串若星汉颤巍巍。灼灼其华,玉英莹莹为雪肤;飘飘欲举,白云朵朵缀仙袂。俯瞰尘世,救苦拯难施德惠;关注来生,人慈人悲为指归。公路如彩带,缠峰峦之迂回,游人若螺钿,撒漫天以珠翠。鬼斧神工,夺惠之其雄恢而精微;披肝沥胆,以玄奘之弘毅克艰危。

窃维再几度秋赏蟾月,春披绿裳。田田弥望,飞阁流翠于碧落;在在显现,佛殿梵宫之宏廓。山门岿然耸立,"皇安寺"赫然醒豁。星云大师手泽,遒劲如锁钮铁索;寄寓护法宏愿,坚固若金刚不破。重檐歇山,天王殿愈显巍峨。笑口常开,袒胸大肚弥勒佛。四大天王,围卫护法神韦驮,神威赫震,驱妖缉鬼镇阎罗。大雄宝殿,轩敞闳阔。大雄世尊法仪庄严,须弥座端坐。文殊五尊恭侍在侧,面聆佛谛说。环立十八罗汉,形神毕肖栩栩欲活。彩绘四壁变相,引入慧流同归佛脉。藏经楼、大钟殿相互参差,观音阁、莲花池次第交错。礼佛广场,仰望摩崖观音弥高。四顾廓然,佛光普照福慧超豁。

众善男筚路拾柴,佛灯如日喷薄;诸信女涓滴汇流,慈航波澜壮阔。

募捐勿弃锱铢，布施不嫌菲薄；均获十分功德，永享荫泽福祚：无始恶业，皆予其解除缰锁；逢凶化吉，天人护佑俱超脱；旧仇夙怨，障碍破除避网罗；脱离烦恼，心中慧灯明灼灼；消弭冻馁，丰衣足食无灾祸；所言所行，且懿且嘉均安妥；福慧资粮，增丰加厚愈赡博，仪表堂堂，玉燕投怀才禀卓；速证佛果，西天净土闻钧乐。

赞曰：慧超法师，临济嫡绍。四五之世，有明宗师传道。三十余载，居家如在斋醮。心心念念，弘法殚精瘁劳。点点画画，抄经继晷焚膏。观音托梦，妙音闻韶；宏愿重建，皇安寺庙。锲而不舍，何惧太白磨杵之永宵，铭心刻骨，甘涂和氏刖足之肝脑。摩崖观音凿成，堪比伊阙众佛之姣好，盘山公路修竣，赛似"吴带"当风之缥缈。万象空中画廊，绿纷红骇；百里太行禅谷，青萦白绕。自奉甚俭，乐颜回陋巷之箪瓢，涓滴奉佛，崇世尊饲虎之圆了。同结善缘，布施广邀，众耘福田，丛林再造。传承衣钵，稍逊神秀诗偈之才藻，延续薪火，积蕴慧能圆觉之玄奥。无上善念，摩崖观音颔笑，无量功德，浮屠佛陀旌表。

西里赋

　　隋唐之石邑城，载白氏卜居土门关西里。繁衍生息，逾六世纪矣。是仰祭侄稿之忠义烈光，尤崇颜鲁公以肝胆威仪。阖家百姓，勤劳尚义。耕读传家，贤良咸集。百年沧桑，斗转星移。日人修石太路，铁轨贯穿村墟。钢铁脊梁，托起工业发轫之春犁。

　　苍黄起，天地覆，黄钟大吕灿云绮。五一年春，梅花吐芬雪霰稀。毛泽东主席亲临西里故地，下榻"白楼"频挥橡笔。耿耿长夜审定"毛选"，东方欲晓接紫气。马克思主义真理，孕化为毛泽东思想虹霓。五四年夏，朱总司令缅怀忠魂伟绩。修建华北革命烈士陵园，英风豪气聚西里。慧光政委，魂归故里。枫青塞黑，歌骊瞻依。白求恩，专门利人唯忘己。柯棣华，救死扶伤乐不疲。白求恩国际和平医院，毗邻拔地而起。国际主义精神，白衣战士铭心臆。六八年春，省委迁石家庄市。西里遂成中枢之地。省公检法，拱卫在其北西。

　　改革开放，春潮席卷大地。光明实业，敢于潮头兀立。廿家企业，长鲸破浪振鳍。产值三亿，惊蛰雷声如馨。中央首长，殷殷嘱托期冀。国际友人，啧啧称羡鼓励。五一劳动勋章荣膺，光莅两届全国人大代表会议。全国农村合作医疗，"赤脚医生"培训试点，双占鳌头称范仪。城中村改造，通衢大道去樊篱。首家华美农民影院，审美思维翩跹炫奇。

　　赞曰：崇德西里，里仁为美典仪。民风淳朴，勤勉笃行孝悌。荣光西里，主席步履亲莅。橡笔振洒，曙光东接紫气。尚义西里，遥绍鲁公忠义。无私奉献，进驻省垣枢机。争先西里，敢于弄潮擎旗。改革肇始，勇创数个第一。

"一带一路"，花雨丝路攘熙。寰球人类，筑命运共同体。华夏民族，为中国梦崛起。西里人民，不忘初心，牢记使命，奋发努力。

白树惠　白建文　王律　策划

蔡子谔　撰赋并书

岁次戊戌撰讫己亥改定

中山刻石守丘恩义歌

2024年9月，金石学会李俊卿副会长打电话问我能不能为文物拓片写个题跋，我说可以试试，只怕写不好。他不以路遥，即让女儿开车，亲为我送来拓片，盛情难却，我只好应命试为；俊卿先生并在网上开拓了题跋展示，以资交流、激励。我看展示，真是风云际会，俊彦云集；莘莘济济，鱼鱼雅雅。为凑雅兴，敢将拙作，且附骥尾，聊博一粲耳。

漠漠古国掩风沙，中山遍地彻军笳。
定鼎虽是鲜虞人，骨髓纯系中原化。
文同古篆通形义，鲜汉杂居通姻娅。
水丰草肥栖息地，无奈烟燧起悲咤。
地处滹沱河水浒，国疆太行麓林罅。
赵武灵王忽改制，胡服骑射开奇葩。
驰马啸如后羿箭，搏杀猛似虎头鲨。
虎视眈眈逞威势，鹰瞵鹗鹗不足讶。
毁鼎废阼信有日，庙堂将倾遭诛杀。
滹沱水浒一罪臣，深思苦虑缓撑筏。
他系河上监罟吏，水浒茅茨即为家。
苦守坟丘已数年，芟荑培土奋畚锸。
墓主本是旁姓人，非嫡非庶非蒹葭。
个中一段千古情，义薄云天放光华！

何能铭之同日月，选择顽石力磨砑。
觅来箭镞做錾刀，石坚簇利相摩戛。
电光石火起刹那，眼前迷蒙皆虚化。
鸾翔凤翥灿云霓，碧树珊瑚交枝丫。
古潭幽渊跃龙蛇，啸风唤雨露鳞甲。
铁索金绳相纠缠，力拔山兮锁钮霸。
刻石堪比秦猎碣，难分伯仲并蒂花。
錾罢即置坟庐顶，雨浸雪蚀蒙风沙。
鬼魅守护烦抾呵，雷轰日炙野牛踏。
悠悠千年沉睡死，黄蒿白茅掩媕娿。

媕娿始睁朦胧眼，耕耘农夫恰路过。
路隘石滑满青苔，片石一拌险踬踣。
农夫拾石粗打量，不类蝌蚪似蚓索。
较之龙骨价靡菲，且换碎银解民瘼。
瞌睡之时递眠枕，凑巧好事触犄角。
考古学人陈应祥，收罗碑拓和古墨。
守丘刻石信鸿宝，价值直追鼎与镬。
疏疏朗朗十九字，古篆不曾断筋脉。
学界泰斗李学勤，褒衣博袖振金铎。
深海骊龙忽眨眼，骊珠灵光闪灼灼。
刻石幸经斫轮手，言简意赅昭裁酌。
金石学者李俊卿，探求真谛苦追索。
聚义梁山揽雄杰，众人抟泥塑巨擘。
百人题跋守丘石，一刀一斧细雕斫。
莽涛瘴雾启山林，筚路蓝缕有大可。
敢与硕学掰手腕，腹笥八斗岂敢搏！

赓续尚有魏暑临，疏通文脉理璎珞。
天明郁盦进睿出，振翰朱墨卓荦荦。
吾疑石鼓忽再歌，叱咤秦地焕碧落。
更有京粤众翘楚，宝麟楚明稚儒墨。
精致媚如蟾宫月，银钩聊挂人心魄。
遒劲酷若海船锚，铁画牢缚舰徽繵。
昨夕忽见汉亮隶，波磔神似张迁拓。
秋人全形拓惊睹，美不胜收信赡博。
文采风流如天花，老眼昏花难捕捉。

云苦雾盖马迹隐，灰线草蛇蛛丝荷。
上天入地寻个遍，守丘刻石何秘赜？
天花烂漫莫衷是，宏望先生实睿哲。
公乘守丘系何人？旧将阿曼享恩泽。
其为代词表归属，旧将身份亦明彻。
何为旧将守坟墓？此间肝胆实烜赫。
曼将忠勇诚克嘉，为救主帅刀舔血！
山崩地坼全不顾，保全导命填沟壑。
厚葬曼将溥沱浒，筑庐坟旁常倾榼。
音容笑貌宛然在，啼泗横流常恻恻。
此等厚恩可感天，这般笃义足奋翮。
何如寻得贞固石，刮垢磨光篆盛德。
倩此敢告贤淑士，可歌可泣垂典则。
非是一股郁愤气，填于胸臆失般若。
我等自当灌醐醍，高揭恩义歌太和。

2024年10月10写竣

跋

1990年春天，春寒料峭，河北省作家协会主持日常工作的副主席刘小放兄给我打来电话，问我能不能冒寒去唐山刘庄煤矿搞一次采访？我答应下来。

省里有那么多作家，小放兄为什么找到我的头上？他说他看过我写的《画家韩羽》。

1982年春，我尚在省人大常委会教科文卫办公室工作，我随老资格的人大秘书长郑厚庵老去保定出差，下榻保定宾馆。郑老行政十级，加之又是保定地区的人，安排一切优渥、适意，这为我的采访活动提供了方便条件。当时韩羽先生的漫画在报章发表甚多，而且他的文章写得也好，老辣恣肆，颇为我所崇尚。我便萌发了采访韩羽先生的念头。韩羽先生当时尚在保定河北工艺美术学校当教员。我采访他时，开始他较冷淡，当我谈了我曾报考浙江美院王伯敏教授画史画论专业研究生时，他变得热络了，当他问及我考试的成绩，知道当时我4门功课考了312分，超过了据说是5门功课录取分数线为300分时，颇为我因另一门功课外语仅考了15分（当时据说录取分数是50分）而"名落孙山"，深感惋惜！后来的采访，韩羽先生完全放开了！那时他正值英年，血气方刚，谈锋甚健，口少遮拦，冷嘲热讽，肆无忌惮！谈到半夜肚子饿了，他便亲自下厨，炒两个菜，切一碟猪头肉下酒。这，也许是我能稍稍写得活泼生动一点的前提。文章写出来了，托人送到《长城》编辑部。记得当时是北大毕业的肖一先生主持编务，他传出话来，说他很欣赏这篇作品的文学语言，很考究！文化修养也好。当时他模糊地说了一个什么理由没有发表，没记住。后来我见到他，他仍颇有兴致地称赞我的"文学语言很是考究"，仍模糊地讲了没有发表的理由——我仍没记住。刘小放兄也曾亲口对我说，他就是因为看了编入《追赶太阳》一书中的《画家韩羽》才找的我。至于"文学语言"怎样地"讲究"，我自己到现在也没怎么觉出来。只记得当时徐迟写的《哥德巴赫猜想》刊在《人民日报》上，家喻户晓，我看了多遍，很崇拜，很歆羡！也许潜移默化地受到些许影响，在语言上，多有斟酌，也未可知。

后来，小放副主席亲送我去了刘庄煤矿，安排妥了他才回石家庄。我则在唐山刘庄煤矿住了两个多月，写出了《原动力的潜层开掘——刘庄煤矿纪实》。北京师范大学出版社的社长看了十分感动，派编辑到石家庄来，要求我增写，补足成10余万字单行本出版。河北省委书记邢崇智同志亲切地接见了我，关切有加，勉励有加，并热情地写了"序言"：《尊重工人的主人翁地位》。再后来，此作荣获了中国作家协会的"1990—1991年度全国优秀报告文学奖"。

那是1991年，我正在河北西南山区革命老根据地涉县"蹲点扶贫"。于是就手写了报告文学《当代戎冠秀》和《绿色惠风》，分别都是4万余字的小中篇，前者发表在《长城》1991年第4期，后者发表在《人民文学》1992年第12期。

除此之外，我还写过一些较短的报告文学作品，发表在《河北日报》等报章上。这便是我较为集中地写"报告文学"的一个时期。

其后，我的工作转入晋察冀新闻摄影工作的研究，撰写了140万字的《崇高美的历史再现·中国新闻摄影美学风格论》，荣获第10届中国图书奖。这是河北省委、省政府〔28号〕文件中明文规定的，与茅盾文学奖、文化部华表奖等齐名的国家级大奖，涨两级工资。当时的我创作欲望高涨，干劲十足，笔不停挥地又写了近40万字的《沙飞传》和不足20万字的《沙飞画传》，分别为北京中国文联出版公司和北京时代出版社出版。由于这部文学传记有着较为强烈的传奇和悲剧色彩，故转载、连载的报刊甚夥！《全国新书目》《新华新书目报·社科新书》《作家文摘》《文学故事报》《中华读书报》《天津今晚报》《上海新书报》《上海·中外书摘》《中国邮政报》《东莞日报》和《河北档案天地》等近二十种报刊连篇累牍摘录转载。《天津·今晚报》先转载了数期，每期大半版；后又另起炉灶，改为每期千余字，共转载67期。《东莞日报》（沙飞故乡）转载数月，凡81期。《河北档案天地》转载一年，12期，每期万余字。这便形成了北京时代出版社的另一版本：《沙飞画传》。《沙飞传》获河北省第10届文艺振兴奖。

社会上风行金庸"武侠小说"时，应出版社朋友之邀，写过一本主人公是一位女扮男装行侠者的章回传奇小说，出版时责编更名《奇侠艳遇》，20多万字，河北人民出版社印行了5万册。收入拙《文集》第27卷时，我嫌书名俗而不雅，遂改名《扑朔行》。

此前我还写过几个中篇历史小说《绿林赤眉》《王昭君》《诗人白居易》等，后者由上海少年儿童出版社出版后，颇受欢迎，还获过少年读者喜爱读物奖，寄来一个小奖杯，至今留存着。

在编纂拙《文集》时，我将这些形形色色、林林总总的文学作品，总编在《蔡子谔文集》第6编中，约200万字。要想从中选出20余万字的一部文学作品集来，委实不易。故我只好采取蜻蜓点水，浮光掠影的方式，在一本书、一个作品中选取一个章节或一个小节，以章节名或小节名作为作品名称，然后注明其出处，如此来以斑窥豹了。

此外，还收入了我近年新写的篇章，如《欧美之旅掠影》即是。这些短章都是围绕我的写生油画作品写的，故必须附丽着画作，方能看得明白，才能有点兴味。还有几篇浅近的文言文短文。

最后，我要感谢河北作家协会创研室的张莹女士，熟人冯丽萍女士，还有我老伴杨艳卿女士，没有她们辛勤的录入、校对和编排工作，这本《绿色惠风——蔡子谔文学作品选》，便难以聚合起来，成不了书。

当然，从内心更感谢河北省委宣传部和省作家协会的领导，这是不言而喻的。

2024 年 9 月 10 日晚写讫